¿Rompemos o no?

LINDSEY KELK

Editado por HarperCollins Ibérica, S.A.
Núñez de Balboa, 56
28001 Madrid

© 2016 Lindsey Kelk
© 2018 Harlequin Ibérica, una división de HarperCollins Ibérica, S.A.
¿Rompemos o no?, n.º 236 - 10.1.18
Título original: We Were on a Break
Publicado originalmente por HarperCollins Publishers Limited, UK
Traductor: Ana Peralta de Andrés

Todos los derechos están reservados, incluidos los de reproducción total o parcial en cualquier formato o soporte.
Esta edición ha sido publicada con autorización de HarperCollins Publishers Limited, UK.
Esta es una obra de ficción. Nombres, caracteres, lugares, y situaciones son producto de la imaginación del autor o son utilizados ficticiamente, y cualquier parecido con persona, vivas o muertas, establecimientos de negocios (comerciales), hechos o situaciones son pura coincidencia.

® Harlequin, TOP NOVEL y logotipo Harlequin son marcas registradas por Harlequin Enterprises Limited.
® y ™ son marcas registradas por Harlequin Enterprises Limited y sus filiales, utilizadas con licencia. Las marcas que lleven ® están registradas en la Oficina Española de Patentes y Marcas y en otros países.

Diseño de cubierta: Holly Macdonald © HarperCollinsPublishers Ltd 2016
Imágenes de cubierta: Dreamstime.com

I.S.B.N.: 978-84-9170-565-9
Depósito legal: M-30062-2017

Queridos Della, Terri y Kevin,
¿Qué es peor, parecer celosa o loca?
Sí, eso es lo que pensaba, gracias.
Os amo, Lindsey y Beyoncé

CAPÍTULO 1

No importa lo maravillosa que sea tu vida, el último día de vacaciones siempre es deprimente. Estoy hablando del miedo a los lunes multiplicado por la tristeza posnavideña y vuelto a multiplicar por una tarjeta de crédito agotada, con el añadido de saber que te esperan doce meses sin vacaciones por delante antes de que puedas volver a largarte. A no ser que seas Beyoncé. Imagino que nada, salvo cenar con Kanye, resulta deprimente si eres Beyoncé. Pero, para el resto de los mortales, el último día de vacaciones es algo así como hacer la declaración de la renta, depilarte las ingles con cera o ir a la nevera a buscar tu barrita de chocolate favorita y descubrir que se la ha comido alguien.

De rodillas en el sofá, apoyé la barbilla en los antebrazos y fijé la mirada en la ventana. Un cielo azul intenso fundiéndose con el mar azul oscuro y teñido con destellos rosáceos y rojos por el medio anunciaba que la noche estaba en camino. El sol se estaba poniendo literalmente en mis vacaciones sin que nadie pudiera hacer nada para evitarlo. Estaba bronceada, tenía diecisiete picaduras de insectos y una maleta llena de tonterías que no necesitaba, pero todavía no tenía la única cosa que había estado esperando, lo cual, solo podía significar una cosa.

Aquella noche era la noche.

—¿Liv?

—¿Adam?

—¿Soy yo o se me nota mucho el paquete con estos pantalones?

No era esa exactamente la pregunta que estaba esperando.

Alargué el cuello para ver un metro noventa de novio rubio enmarcado por la puerta del dormitorio y empujando su miembro hacia mí con expresión exasperada.

Um. Llevaba sus mejores pantalones. Mi corazón comenzó a latir un poco más rápido.

—¿Tú crees? —dije, mirando aquella zona con los ojos entrecerrados.

Era posible que se notara, pero solo si mirabas y, francamente, ¿cuánta gente podía haber en Tulum un lunes por la noche fijándose en los genitales de mi novio? Esperaba que no mucha.

—Yo no veo nada —añadí.

—«Yo no veo nada» no es lo que quiero oír cuando miras hacia ahí —Adam dobló ligeramente las rodillas y saltó delante del espejo—. ¿Estás segura de que no marcan demasiado? Me había olvidado de que estos pantalones eran tan estrechos.

—Estás muy bien —le aseguré con una sonrisa mientras él hundía las manos en los bolsillos y estudiaba su reflejo desde todos los ángulos—. Me gustan esos pantalones.

—Voy a cambiarme —dijo él, más para sí mismo que para que yo lo oyera—. No puedo guardar nada en estos bolsillos. Y se me marca mucho el paquete.

—¿Qué necesitas llevar en los bolsillos? —pregunté con una atractiva nota aguda nacida de la desesperación rechinando en mi voz—. Puedo guardarte la cartera en el bolso.

—¿Y mi teléfono? —musitó Adam mientras le dirigía una nueva embestida al espejo antes de regresar al dormitorio—. ¿Y otras cosas?

—¿Otras cosas?

Adam desvió la mirada hacia mi teléfono, que estaba vibrando en el alféizar de la ventana.

—Sí —respondió desde la habitación—. Otras cosas.

—¡Ah, de acuerdo! —contesté, asintiendo mientras abría el mensaje de texto—. Otras cosas.

¿YAAAAAA?

Cassie me había enviado ese mismo mensaje de texto treinta y seis veces en los últimos catorce días. Cualquiera pensaría que era ella la única cuya presión sanguínea había alcanzado niveles capaces de provocar un infarto cerebral durante las últimas dos semanas. Y no era una exageración, lo había estado comprobando. Ventajas de tener experiencia en medicina.

No, tecleé a toda la velocidad que me permitieron mis dedos, *todavía no*. Añadí tres caritas tristes por si acaso no estaba segura de lo que sentía y después un unicornio por ningún motivo en particular. Siempre hay lugar para un unicornio.

Tres pequeños puntos cruzaron el fondo de la pantalla mientras Adam desafinaba cantando una canción de Rhianna en el dormitorio.

¿No estará nervioso?, sugirió Cassie. *Dale un empujoncito*.

Alcé la mirada del teléfono justo a tiempo de ver a nuestro corpulento y muy velludo vecino con nada encima, salvo un traje de baño diminuto, pasando por delante de mi ventana y alzando la mano en un educado saludo. Alojarse en una cabaña en la playa tenía sus inconvenientes. Por supuesto, nuestro vecino no había aparecido en la página web. Le devolví rápidamente el saludo, me levanté y me apoyé en el brazo del sofá mientras alisaba las arrugas de mi falda larga.

¿Darle un empujoncito?

Eso era más fácil de decir que de hacer. A lo mejor podía empezar una conversación intrascendente de camino al restaurante, algo así como «¿sabes que nueve de cada diez novios que quieren vivir para ver otro día les proponen matrimonio a sus novias en vacaciones?». O quizá, «¡eh, Adam! El dedo anular de mi mano izquierda está frío. No tendrás nada brillante para calentarlo, ¿verdad?».

Estoy en ello, respondí desalentada.

No hubo emojis en aquella ocasión.

La verdad sea dicha, habíamos disfrutado de unas vacaciones adorables, pero habrían sido considerablemente más adorables si no hubiera estado esperando en todo momento a que Adam dejara caer la bomba P. No hay nada peor para matar el buen humor que estar esperando una propuesta de matrimonio que nunca llega. Y me gustaría aclarar algo: no estuve tres semanas recostada en un diván, esperando a que se abalanzara hacia a mí con la promesa de una renta anual de cien libras y un abrigo nuevo cada invierno. Aunque no habría estado nada mal. Cuando eres la única veterinaria local en cinco pueblos a la redonda, te pasas la mayor parte del día en la clínica, ayudando a un chihuahua, o en la cama, durmiendo profundamente. Después de lavarte las manos, por supuesto. El plan ideal al final de un día molestando a los perros era entregarme a un maratón de *Real Housewives* y dos tercios de una botella de vino rosado con Adam a mi lado. El matrimonio ni se me había pasado por la cabeza. Había otras muchas cosas que todavía me quedaban por hacer. Quería viajar. Quería comenzar a beber whisky. Quería terminar las últimas temporadas de *Doctor Who* antes de que comenzara la nueva.

Sin embargo, las cosas habían cambiado. Por lo visto, Adam le había dicho a su hermano que pensaba pedirme matrimonio en México. Después, su hermano se lo había contado a su esposa que, daba la casualidad, era mi mejor amiga. Por supuesto, todo el mundo sabía que Cass no era capaz de guardar un secreto y que solo hacía falta media botella de Pinot Grigio para que me lo contara todo. Y allí me encontraba yo, al final de nuestro viaje y todavía sin compromiso. Me habían dicho que había una sortija. Me habían dicho que la sortija iba a viajar a México. Y en aquel momento quería mi maldito anillo. Era Gollum, solo que con mejor pelo.

—¿Estás lista?

Adam volvió a salir del cuarto de baño. Sus mejores pantalones habían sido sustituidos por unos vaqueros normales combinados con una bonita, pero en absoluto especial, camisa.

Le miré intrigada. ¿Por qué decirle a alguien que le ibas a proponer matrimonio a tu novia si después no lo hacías?

—Sí, estoy lista —contesté.

Me incliné para guardar el teléfono en el bolso, apartándolo de mi vista y esperando poder sacarlo de mi cabeza.

Él frunció el ceño un momento, echó un vistazo a mi atuendo y se desabrochó el primer botón de la camisa.

—¿Vas a ir así vestida?

—¿Qué tiene de malo? —me levanté y dejé que mi largo y vaporoso vestido cayera hasta el suelo—. Me encanta este vestido.

Era un vestido maravilloso. Suelto a la altura del trasero, estrecho en el pecho y, lo más importante, me permitía comer sin tener la sensación de que llevaba puesta la faja de mi abuela. Me había costado una cantidad de dinero escandalosa, pero Cassie me había asegurado que era el vestido de mi vida y yo lo había cargado a mi tarjeta de crédito sin pensar en posibles daños y prejuicios. Eso esperaría hasta que llegara la factura. Así que más le valía a Adam proponerme matrimonio. Necesitaba que empezáramos a juntar nuestros ingresos para pagar este desastre.

—Me hace sentirme un poco desaliñado, eso es todo. ¿Estás segura de que irás cómoda con esos zapatos?

—Podría correr un maratón —agarré una sandalia para inspeccionar el tacón de ocho centímetros. A lo mejor lo del maratón era un poco exagerado—. No vamos a ir muy lejos, ¿no?

—Google Maps dice que estamos a diez minutos —contestó, palpándose la camisa y hundiendo después los pulgares en los bolsillos de los pantalones, como un vaquero vestido de Topman, todo ello con los ojos todavía clavados en mis zapatos—. ¿Puedes andar diez minutos con eso?

Asentí y emití un sonido de disgusto nacido en mi garganta. Claro que podía caminar durante diez minutos. Generalmente, y después de haber tenido un incidente particularmente desagradable con una escalera de espiral de por medio en un club llamado Oceana durante la Fiesta de los Novatos, era de la opinión de que no podía salir nada bueno de castigar a tus pies con unos zancos enanos. Ya había pasado más de una década desde entonces, pero, si te has pasado el primer semestre de la universidad con muletas, recelas de cualquier zapato que mida más de tres o cuatro centímetros.

—La verdad es que me gusta este vestido —dijo Adam mientras cruzaba la habitación y terminaba posando los brazos en mis hombros. Yo abrí las piernas y le estreché contra mí hasta quedar nariz contra nariz—. ¿Es nuevo?

—Sí, bastante nuevo —contesté, esperando que no siguiera preguntando.

Adam odiaba gastarse dinero en ropa, de ahí que solo tuviera un par de pantalones bonitos.

—Es como un auténtico vestido de mujer —hundió el rosto en mi pelo, presionando los labios contra el hueco entre el hombro y el cuello. Me estremecí de la cabeza a los pies—. Creo que es el más bonito que te he visto nunca.

—Me gustaría asegurarme de que eso es un cumplido —susurré, mientras él me rodeaba la cintura con las manos y el rubor teñía mis mejillas.

No podía decirse que Adam fuera un hombre perezoso en el dormitorio, pero, durante las vacaciones, el dormitorio no era lo único que le motivaba. El cuarto de estar, el baño, la playa, los cuartos de baño de un restaurante al que nunca volveríamos... Y no es que yo me quejara. El encargado del restaurante, quizá, pero yo no.

Deslicé las manos por su pecho y las apoyé en sus caderas.

—A lo mejor deberíamos quedarnos esta noche en casa.

—No, vamos a ir al restaurante.

Adam miró el reloj, me soltó como si yo fuera una bolsa de humeantes excrementos caninos, retrocedió y presionó la parte delantera de los vaqueros para sofocar una incipiente erección.

—Y tenemos que salir ya si no queremos llegar tarde —añadió.

—Adam, estamos en México. Y, desde que hemos llegado, no ha pasado nada a la hora que se suponía que tenía que pasar —le recordé. Me eché la melena rubia hacia delante para tapar el sarpullido dejado por la barba incipiente de Adam y coloqué con delicadeza la falda del vestido sobre mis muslos—. ¿A qué viene tanta prisa?

—Estuvieron muy raros cuando hice la reserva. Se supone que es un sitio muy sofisticado —insistió mientras miraba su reflejo en el espejo y se alisaba las cejas. Qué raro—. Ya tendremos tiempo de hacerlo cuando volvamos.

Mi novio era tan romántico…

—Muy sofisticado —repetí.

Eso sonaba como la clase de restaurante en el que le propondrías matrimonio a tu chica o, por lo menos, la clase de restaurante con un cuarto de baño decente. Y, siendo sincera, cualquiera de ambas cosas habría sido bien recibida a aquellas alturas del viaje.

Le seguí a la calle y, mientras salíamos, me miré por última vez en el espejo. El pelo estaba bien, el maquillaje también, pero no podía hacer nada contra la nariz quemada por el sol, excepto olvidarme de ello. Estaba todo lo preparada que podría estar.

La próxima vez que cruzáramos aquella puerta, estaríamos comprometidos.

O habría apuñalado a Adam con una espátula. O con una cucharilla de café. O con cualquier cosa que tuviera a mano, la verdad. Siempre he sido una mujer de recursos.

—¿De verdad tenemos que volver mañana a casa? —Liv caminaba a saltitos a mi lado mientras yo intentaba aminorar el ritmo de mis pasos.

—¿No estás preparada? —le apreté la mano y sonreí, esperando que mi palma no estuviera tan sudada como imaginaba—. Me muero por una taza de té hecha como es debido.

—Sí, esto es horrible —contestó ella, señalando la arena blanca y aquella puesta de sol digna de un salvapantallas—. Cambiaría todo esto por una taza de Tetley.

—Ya sabes lo que quiero decir —dije, mirando al mismo tiempo mi reloj. Definitivamente, íbamos a llegar tarde—. Vamos, hay que aligerar el paso.

—Estoy segura de que ya hemos andado más de diez minutos —replicó Liv con voz tensa varios minutos después—. ¿Está mucho más lejos?

—No mucho.

Una expresión sombría cruzó el rostro de Liv mientras me agarraba la mano con fuerza e intentaba estar a la altura de mis grandes zancadas. Un consejo: si mides más de uno noventa y terminas saliendo con alguien que mide menos de uno sesenta y cinco, nunca podrás evitar sentirte frustrado por lo lento que camina.

—Echaré de menos las puestas de sol —admití mientras ella caminaba a mi lado en silencio. Le pasé el brazo por los hombros, pendiente siempre del reloj—. Las puestas del sol no están mal.

—¿Que las puestas de sol no están mal? —repitió Liv arqueando una ceja—. Si no fuera por el gato, no volvería. Aquí tenemos todo lo que necesitamos. El sol, el mar, la arena y un servicio de Internet sorprendentemente bueno. No tengo ninguna prisa por volver a casa.

Con toda la naturalidad que pude, me pasé la mano por la cadera, palpando el elocuente bulto que llevaba en el diminuto bolsillo. Estaba casi seguro de que Liv había descubierto la sortija en la cabaña, cuando estaba guardando mi ropa, pero, si de verdad la había encontrado, estaba fingiendo de una forma espectacular y era imposible que pudiera estar fingiendo con algo así: era una pésima mentirosa.

—Pero cuando volvamos tendremos un montón de trabajo... —continuó hablando y retorciéndose las puntas de la melena entre los dedos—. ¿Tienes muchas ganas de empezar a trabajar en el proyecto del bar?

—Sí.

—¿Y no estás nervioso?

—Qué va.

No estaba nervioso, estaba aterrado. Justo antes de que nos fuéramos, el amigo de un amigo de un amigo me había puesto en contacto con un tipo que iba a abrir un bar en Londres y necesitaba a alguien para diseñar y construir los interiores. Como él no tenía apenas presupuesto y yo estaba buscando un proyecto, habíamos llegado a un acuerdo financieramente dudoso, aunque emocionante. Pero aquel iba a ser mi primer proyecto importante y había un montón de cosas que podían salir mal. ¿Habría hecho bien los cálculos? ¿Los plazos serían realistas? ¿Sería capaz de sacarlo adelante sin que todo terminara pareciendo una porquería? Pero Liv no necesitaba saber lo preocupado que estaba. Para la mayoría de las mujeres que conozco, ver a un hombre muerto de miedo al enfrentarse a la oportunidad de su vida no resulta precisamente excitante.

—Será increíble —dijo ella con un asertivo asentimiento al que yo no pude contestar—. Y también estarán los sesenta y cinco años de mi padre, el bautizo de Gus, tu cumpleaños, mi cumpleaños...

Emití un sonido poco comprometedor, intentando sostenerle la mano, acordarme de si había recibido una respuesta de Jim, el propietario del bar, a mi último correo y abrir Google Maps para comprobar si aquel maldito restaurante estaba donde se suponía que tenía que estar. Porque lo único que podía ver era playa, playa y más playa. Llevábamos andando una eternidad y no se veía ningún restaurante de cinco estrellas con vistas a la puesta de sol y un cuarteto de cuerda ridículamente caro por ninguna parte.

—Lo de la clínica ahora es una locura. Es como si todos los habitantes de la tierra acabaran de adoptar diez perros y todos ellos tuvieran infecciones de oído, o lombrices, o cualquier otra cosa repugnante.

—¿Liv? —la interrumpí.

—¿Sí?

Alzó hacia mí sus enormes ojos azules, unos ojos embadurnados de maquillaje, embadurnados en el buen sentido.

—No sigas.

No hay nada como una mujer hablando de meterle la mano en el trasero a un perro para que te entren ganas de hacer una romántica propuesta de matrimonio.

—Lo siento.

Abrió la boca para decir algo más, pero la cerró y fijó la mirada en el mar. No parecía muy contenta.

—¿Liv?

—¿Sí?

—¿Qué crees que estará haciendo Daniel Craig en este momento? —le pregunté.

Giró, protegiéndose los ojos del sol, y me miró.

—¿El actor o el gato?

—El gato.

—Comer, dormir y cagar —contestó, tirándome de la mano cuando comenzó a quedarse rezagada—. Es más o menos lo que hace últimamente.

—¿Y qué crees que estará haciendo el actor?

—¿Comer, dormir y cagar? Es más o menos lo que hace últimamente.

—Qué rara eres.

Solté una carcajada y separé los codos ligeramente mientras intentaba encontrar la señal de teléfono y esperaba que no hubiera una enorme mancha de sudor en mi espalda. Debería haberme puesto una camiseta debajo. O desodorante en la espalda. Debería haber hecho montones de cosas.

Liv apretó los labios en una sonrisa.

—Tú sí que eres raro.

—Ya, pero por eso estás enamorada de mí.

Me interrumpí al ver aparecer el mapa en la pantalla. No estábamos cerca del restaurante. Estaba a diez minutos en coche, no andando.

—Sabía que tenía que haber alguna razón —dijo ella, intentando separar sutilmente una hebra de pelo de su brillo de labios—. ¿No estás emocionado con el bautizo?

—Me cuesta creer que mi hermano haya sido padre —contesté con la mirada fija en el teléfono—. Ni siquiera le dejaban traerse a casa la cobaya del colegio y ahora ha tenido un hijo.

Volví a calcular la ruta y bajé la mirada hacia Liv, que esbozaba una mueca de dolor a cada paso que daba.

—En cualquier caso, estas han sido las mejores vacaciones de mi vida —dijo lentamente—. No puedo imaginar nada mejor.

—Sí, han sido increíbles —corroboré con un sudor frío corriendo por mi espalda. ¿Cómo podía haberla fastidiado de aquella manera?—. Absolutamente irrepetibles.

—Y no puedo imaginar a nadie con quien me apetezca más estar, Yeti.

Alzó la mirada, me dirigió la más tierna y dulce de las sonrisas y yo pensé que iba a vomitar. En el buen sentido.

—Nunca —añadió.

¡Ay, Dios! Iba a vomitar de verdad. Lo había planificado todo con esmero, cuidando hasta el último detalle, y había terminado liándola con la dirección. A lo mejor aquello era una señal. A lo mejor no tenía que proponerle matrimonio.

—Es evidente que no lo has pensado bien —le dije, forzando una risa para intentar olvidar que me estaba muriendo por dentro—. ¿Quieres decir que prefieres pasar las vacaciones conmigo a pasarlas con Channing Tatum?

—¿Por qué Channing Tatum?

—No lo sé —admití—. Es guapo, ¿verdad? Tiene un cuerpo musculoso y todo eso. Y sabe bailar. A las mujeres les encantan los hombres que saben bailar.

—Tú no sabes bailar y me encantas... —replicó, entrelazando con fuerza sus dedos entre los míos—. Y te aseguro que te prefiero a ti a Channing Tatum.

—¿De verdad?

—Tienes mejor pelo —asintió con aire pensativo—. Y yo no sería capaz de hacerle algo así a su esposa. Me parece encantadora.

Me había preocupado de la ropa que tenía que ponerme, de elegir la música adecuada, del menú, de depilar mis pobladas cejas de hombre lobo, pero me había equivocado con las distancias. Se suponía que teníamos que llegar al restaurante a tiempo de ver la puesta de sol. Y a aquel ritmo sería media noche y todavía no habríamos llegado.

—Lo digo en serio —comenzó a decir Liv con la voz ligeramente quebrada. Volví a sentir el estómago revuelto—. No quiero estar con nadie más que tú. Para mí no hay nadie más. Ni lo habrá nunca.

Le solté la mano y sequé las sudorosas palmas de las mías en la parte de atrás de los vaqueros.

—Sí, más vale malo conocido —dije, trastabillándome con la lengua—. Es como *Star Wars*. Ves la trilogía original y las películas son geniales, pero entonces George Lucas dice que va a empezar a hacer nuevas películas de la serie y tú te emocionas, pero terminas viendo *La amenaza fantasma*.

Liv frunció sus perfectamente acicaladas cejas. Siempre había deseado que nuestros hijos heredaran sus cejas.

—Me he perdido.

—Lo que estoy diciendo es que nuestra relación es como la película original de *Star Wars* —le expliqué—. Así que no puedo dejarte por si termino con la *La amenaza fantasma*.

El sol había comenzado a ocultarse en el horizonte, pero no era difícil interpretar la expresión de mi novia. No parecía tan satisfecha como yo con mi analogía...

—Lo que estoy diciendo es... —me froté las manos y tomé de nuevo la suya—. Tú eres *Una nueva esperanza*, ¡eso es! Y es mejor que me quede contigo porque quién sabe si la próxima chica será *El despertar de la fuerza* o *La amenaza fantasma*.

—Si yo fuera tú, creo que dejaría de hablar —miró alrededor de la playa desierta con obvia confusión—. Yeti, ¿dónde está el restaurante?

—¿Sabes? Hay una pequeña probabilidad de que cuando vi que el restaurante estaba a diez minutos estuviera viendo la distancia en coche —contesté, volviendo a mirar el mapa—. Está más lejos de lo que pensaba.

—¿Cuánto? —me preguntó, tambaleándose de forma notable mientras andaba.

Yo ya sabía que aquellos tacones terminarían dando problemas.

—La buena noticia es que ya llevamos andando veinte minutos —contesté con una sonrisa vacilante—. Y el restaurante solo está a cincuenta minutos.

—¡Cincuenta minutos!

Liv se paró en seco y me miró como si acabara de decirle que tenía que caminar durante el resto de su vida... sobre brasas ardientes.

—No puedo andar media hora más con estos zapatos.

Se inclinó hacia delante y el pelo rubio cayó sobre su rostro, dejando expuesto su largo cuello mientras intentaba caminar con aquellos minúsculos zapatos de hebillas. Yo odiaba aquellos zapatos, pero adoraba aquel cuello. Quería besarlo, pero aquel no era el momento.

—Me están destrozando los pies.

Ya sabía yo que aquello iba a pasar.

—Bueno, pues quítatelos e iremos andando por la arena —sugerí, contemplando aquel camino irregular que corría a lo largo de la playa.

Ni siquiera a mis pies enfundados en unos Hobbit de cuero le resultaba muy atractivo.

—No puedo —contestó con un gesto de dolor mientras se quitaba el zapato—. Tengo el pie hecho un desastre.

—¡Dios mío, tienes una herida en el pie! —solté una exclamación de repugnancia de forma involuntaria cuando apartó el zapato y reveló la que probablemente había sido una desagradable ampolla quince minutos atrás—. ¿Por qué no has dicho nada?

—Tenías mucha prisa —se apoyó contra el murete de piedra de la playa y tocó con cuidado el desastre supurante que antes había sido su pie—. No quería que llegáramos tarde.

—Te dije que no te pusieras esos zapatos —le reproché, enfadado con su pie, enfadado con Google y con alguna posibilidad, muy ligera, de estar enfadado conmigo mismo.

—También me dijiste que el restaurante estaba a diez minutos —me espetó en respuesta—. No puedo evitarlo.

Miré el teléfono una vez más antes de echar un vistazo al pie machacado de Liv. Era de lo más asqueroso, pero no podía apartar la mirada de él.

—Si vamos andando por la playa estaremos allí en diez minutos —le aseguré, agrandando el mapa para estar seguro de que aquello era un atajo—. Allí podremos lavarte la herida.

—No pienso ir andando por la playa —se plantó, cruzándose de brazos—. Está asquerosa. ¿Quieres que se me infecte el pie? ¿Quieres que termine con una septicemia?

«¡No!», estuve a punto de gritar, «¡lo que quiero es hacerte una maldita proposición de matrimonio!». Pero respiré con calma, dejé el teléfono a un lado y sonreí.

—¿Tienes una gasa?

—¡Cómo voy a tener una maldita gasa! —explotó—. ¿Por qué voy a tener una maldita gasa?

—¿Porque eres veterinaria? —sugerí—. ¿No llevas encima una gasa?

—¿Por si acaso nos cruzamos con un pastor alsaciano al que se le haya clavado una astilla?

Le di la espalda y miré hacia la puesta de sol, hacia la última luz plateada que flotaba sobre el mar, y toqué el anillo que llevaba en el bolsillo. Se suponía que deberíamos estar allí en aquel momento. Se suponía que deberíamos estar bebiendo champán, rodeados de rosas blancas y disfrutando de otras muchas cosas maravillosas por las que había pagado un riñón y la mitad del otro a Pablo, el director de eventos de aquel lugar que estaba en El Culo del Mundo, México. Debería estar con una rodilla en el suelo y la sortija en la mano, en vez de ser ella la que estuviera agachada en el suelo y curándose una herida.

—A lo mejor deberíamos volver al hotel —sugerí con voz débil mientras el sol se ahogaba en el mar—. Es de noche, es tarde y no vamos a llegar a tiempo.

—¿Quieres que volvamos? —preguntó Liv, pronunciando cada palabra con evidente inseguridad—. ¿No quieres que vayamos a cenar?

—Bueno, lo que no quiero es que nos quedemos aquí sentados —repliqué—. ¿Tú qué sugieres?

«Hazlo ahora», siseó la vocecita que tenía en mi cabeza. «Díselo ahora que no se lo espera».

—Vale —apretó los labios, se levantó y avanzó cojeando por el borde del camino—, volvamos.

«Muy bien», por alguna razón, la voz que resonaba en mi cabeza se parecía mucho a la de mi hermano mayor, «vuelve al hotel, no le propongas nada, espera a que Liv te deje y así podrás morir solo, con una barba kilométrica, cajas de pañuelos de papel en los pies en vez de zapatos y cientos de botellas llenas de tu propia orina para mantenerte a ti y a tus dieciocho gatos».

—Mierda —musité, buscando la sortija en mi bolsillo y agachándome.

Agachándome muy despacio. De verdad iba a tener que mirarme alguien la espalda.

—¡Un taxi!

Antes de que pudiera detenerla, Liv cruzó el camino a la

pata coja para acercase a la carretera y paró a un coche blanco con una raya roja en un lateral. El taxi se detuvo a su lado con un chirriar de neumáticos. Yo la observé con atención. Los faros del coche iluminaron el vaporoso vestido blanco que revoloteaba alrededor de sus piernas; su melena flotaba tras ella. Era preciosa. Inteligente y cariñosa. Me hacía reír, me cuidaba incluso cuando ni siquiera yo sabía que necesitaba sus cuidados y siempre veía *Stark Trek, la próxima generación* conmigo, aunque la hubiéramos visto ya una docena de veces. Olivia Addison era perfecta.

Y yo ni siquiera era capaz de llevarla a un maldito restaurante a tiempo.

—No puedo —comprendí, con la mirada fija en la sortija de compromiso de mi abuela—. No puedo hacerlo.

—¿Adam?

Era demasiado tarde. Liv ya estaba dentro del taxi, mirándome.

—¿Qué haces?

Me sentí como si todo lo que había dentro de mí hubiera dejado de funcionar. Como si incluso mis órganos estuvieran esperando a ver qué pasaba a continuación antes de molestarse en seguir manteniéndome con vida. Ella abrió los ojos como platos y parpadeó al ver que posaba la rodilla en aquella calle polvorienta.

—Atarme el zapato —contesté, dejando la sortija en el suelo y tapándola con el zapato—. Lo siento.

Sería mejor que empezara a guardar las cajas de pañuelos de papel y adoptara unos gatos, pensé mientras me levantaba, guardaba de nuevo la sortija en el bolsillo y obligaba a un pie a avanzar delante del otro para reunirme con ella en el taxi. No podía ir a la protectora de animales y llevarme ocho, ¿verdad? Seguramente habría un límite.

El taxista se adentró de nuevo en el veloz tráfico, conectó la radio a todo meter y puso una banda sonora a mi desgracia con una canción que hasta aquel momento me había encantado. Después de aquello iba a tener que dar caza a Mumford y a sus hijos y asesinarlos a todos.

Liv iba con la mirada clavada en la ventanilla y los zapatos en el regazo y yo cerré los ojos, intentando averiguar cómo era posible que todo hubiera salido tan mal. Deslicé el dedo en el bolsillo diminuto de los vaqueros, tracé la silueta del engarce del zafiro del anillo de compromiso de mi abuela y me apreté el puente de la nariz, intentando no llorar.

Bueno, al menos eso me salió bien.

CAPÍTULO 2

—¿Ya lo tienes todo?
—Sí —contestó Adam, mirando por encima del hombro—. Por lo menos eso creo.
—¿Has revisado todos los cajones? —pregunté—. ¿Has mirado en los cajones de la mesilla de noche?
—He mirado dos veces —contestó, desapareciendo en el dormitorio.
En cuanto habíamos vuelto a la cabaña, Adam se había metido en el cuarto de baño con la excusa de que tenía el estómago revuelto y no había vuelto a aparecer hasta que yo había renunciado a cualquier esperanza de propuesta romántica y había cambiado mi hermoso vestido blanco por mi pijama de Garfield. Había sido una noche perdida. Ninguno de los dos había dormido nada, pero ninguno estaba preparado para admitir que pasaba algo. Adam no dejaba de repetir que no se encontraba bien, aunque, después de que yo me acostara, había sido capaz de acabar con todas las cervezas que quedaban en la nevera y a mí ya me estaba costando no perder los estribos.
—¿No vas a llevarte estos protectores solares? —gritó, blandiendo varios botes medio vacíos de Ambre Solaire—. Queda un montón.
—No me cabían en la maleta —contesté mientras arras-

traba la maleta hacia la puerta principal, salía a la entrada y saludaba a nuestro madrugador taxista con la mano—. Déjalos.

—Pero si en uno de ellos queda más de la mitad —apareció en el cuarto de estar con tres botes en la mano—. ¿Por qué no has utilizado uno hasta que se acabara en vez de empezar los tres?

—¿Y tú por qué no has usado protector solar en estos quince días? —pregunté a mi vez—. Son todos diferentes. El factor 50 para la primera semana, el 30 para la segunda y el 15 para las piernas.

—Eso no tiene ningún sentido —susurró. Abrió su maleta y metió los botes a la fuerza—. Qué forma de malgastar el dinero.

—Es protector solar, no importa tanto, podemos comprar más. Y si sigues metiendo cosas esa maldita maleta va a terminar explotando.

Adam alzó la mirada con una expresión de desafío en sus anchas facciones.

—No, no va a explotar.

Yo arqueé la ceja y me encogí de hombros.

—Muy bien.

—No tienes razón en todo —cerró la cremallera y pasó por delante de mí, empujando la maleta hacia la puerta—. Eso es tirar el dinero.

—Idiota —repuse para mí—, claro que tengo razón.

Adam permaneció en la entrada, con la mirada fija en su teléfono mientras yo cerraba la puerta tras nosotros. Yo ya había hecho el registro de salida cuando Adam había ido a darse su baño matutino porque, como ya he dicho, no se encontraba bien.

—¿Va todo bien? —le pregunté cuando vi que comenzaba a teclear frenético, con todos los dedos de la mano, incluidos los pulgares, en el teléfono. Tenía unas manos tan grandes que hasta un iPhone 6 parecía pequeño—. ¿Ocurre algo?

Negó con la cabeza sin apartar la mirada de la pantalla.

—Necesito hablar con alguien. No me llevará ni un minuto. No pasa nada.

Me le quedé mirando mientras le veía dirigirse hacia la playa a grandes zancadas, pero mantuve la boca cerrada por miedo a terminar gritándole a la cara «¿dónde demonios está mi sortija?». Así que me limité a asentir y conduje mi maleta hacia el taxi que nos estaba esperando mientras él caminaba de un lado a otro por la arena, gritando a alguien en español. Siendo yo una persona cuya única opinión sobre las bodas antes de enterarme de que, al parecer, Adam quería proponerme que nos casáramos, era que, si no había barra libre en la recepción yo no iba, estaba empezando a preocuparme por si me habría vuelto loca.

—¡No! —ladró Adam con su penoso acento español—. ¡Eso no fue lo que acordamos!

Era raro verle a punto de perder los estribos. Normalmente, mi novio era tan tranquilo y ofensivamente amable que en una ocasión fui a su casa y me encontré a unos testigos de Jehová intentando inventar una excusa para marcharse.

—¿Quién era? —le pregunté con forzada indiferencia cuando se sentó en el asiento de atrás, a mi lado.

—Nadie —respondió mientras se ponía el cinturón de seguridad y se volvía hacia la ventanilla—. Nada.

¡Oh, muy bien!, pensé con una sonrisa beatífica. Iba a tener que matarle.

—Nadie —repetí.

Se volvió hacia mí y, por un momento, pareció a punto de decirme algo.

—De verdad —insistió con un cincuenta por ciento menos de indignación—. Nadie. El director del restaurante quería saber por qué al final no utilizamos nuestra reserva.

Mentía fatal.

—Muy bien —mantuve la mirada fija en el horizonte mientras nos alejábamos a toda velocidad de nuestra preciosa cabaña, situada en un precioso complejo hotelero al lado de una preciosa playa, y comprendí que había pasado dos semanas esperando una propuesta de matrimonio que nunca iba a llegar—. Va todo bien, entonces.

—Sí —respondió Adam girando hacia la ventanilla—. No pasa nada, no te preocupes.

Porque, por supuesto, aquello era lo más sensato que se le podía decir a una mujer, ¿no?

—Eh, dame eso.

Adam alargó la mano hacia mi maleta cuando la apoyé en el reposacabezas del asiento que tenía delante de mí, con el pelo pegándose a mi frente empapada en sudor.

—No te preocupes —contesté con una cansada, pero decidida sonrisa—. Puedo hacerlo yo.

—Ya sé que puedes —contestó.

Me quitó la maleta de las manos sin el mayor esfuerzo y la deslizó con eficacia en el portamaletas que teníamos encima antes de darme un beso en la frente.

—Pero déjame ayudarte —añadió.

—Gracias —dije, y dejé el bolso en el asiento.

Adam se encogió de hombros en respuesta y fijó la mirada en su billete mientras yo me acurrucaba en aquel asiento tan incómodo.

—¡Vaya!

—¿Vaya? —alcé la mirada y vi que Adam tenía la mirada clavada en el billete—. ¿Qué pasa? ¿No vamos juntos?

—Sí —contestó al tiempo que guardaba el billete en el bolsillo trasero del pantalón—, pero estás en la ventanilla.

Miré por la diminuta ventanilla la pista humeante y vi a tres hombres con unos chalecos naranjas fluorescentes lanzando las maletas a una cinta transportadora. Observé una maleta que caía y rebotaba en el suelo antes de que uno de los hombres la llevara a patadas de nuevo hasta la cinta para volver a intentarlo.

—¿Querías ir tú en la ventanilla? —miré con renuencia mi pequeño pedacito de cielo—. ¿Quieres que cambiemos?

—No, no me importa —se quitó la bolsa que llevaba cruzada al pecho y la dejó en su asiento—. Es solo que cuando vinimos también te tocó la ventanilla.

—Siéntate tú —le dije, agarrando mi bolso—. Ponte tú y yo me sentaré en el medio.

—He dicho que no me importa.

Era extraño, porque daba la sensación de que sí le importaba. Parecía que le importaban muchas cosas, pero, como habíamos estado en un casi completo silencio desde que nos habíamos montado en el taxi, era imposible saber lo que le estaba pasando por la cabeza. Yo ya había leído todas las revistas del corazón que el aeropuerto había podido ofrecerme mientras él había estado recorriendo la terminal de arriba abajo y gritando al supuesto propietario del restaurante en un mal chapurreado español. Habían sido casi tres horas. Yo no era una mujer conocida por su paciencia en lo que se refería a los seres humanos y la idea de pasar doce horas de vuelo hasta llegar de nuevo a Gran Bretaña no me estaban ayudando a mostrar mi faceta más sensata. Si él no iba a explicarme lo que estaba pasando y la porquería de aplicación que yo había descargado a toda velocidad para intentar traducir lo que decía tampoco, era mejor fingir que no había pasado nada.

—Eh, creo que voy sentada a vuestro lado —una joven con acento americano asomó su mano a modo de saludo tras los hombros inmensos de Adam—. ¿Es el 22C?

—¡Ah, hola! —le dirigí una sonrisa histérica y le di un codazo a mi novio en el muslo—. Adam, ¿puedes quitar la bolsa?

—Soy Maura —saludó ella. Se colocó unas tiritas contra el mareo en la muñeca y dejó todo un surtido de medicamentos y unas bolsas para vomitar en el bolsillo del asiento—. Es probable que duerma durante todo el vuelo, así que, si necesitáis ir al cuarto de baño, saltad por encima de mí.

—No te preocupes. Me llamo Olivia, Liv —le dije, señalándome a mí antes de señalar al ser humano que se interponía entre nosotras—. Este es Adam.

—Supongo que no vamos a cambiar de asiento antes de despegar —Adam agarró la bolsa que había dejado en el asiento de Maura sin saludarla y se abrazó a ella como un niño enfadado. Ella se sentó, cachete contra cachete contra el trasero de Adam—. Pero da igual. Tú siéntate en la ventanilla y yo iré en el medio. Otra vez.

Alcé la mirada hacia él, tan moreno y tan huraño, y deseé contra toda esperanza que se hubiera metido mi sortija en el trasero.

—¿Por qué no podemos cambiar de asiento antes de despegar? —pregunté, mirando a Maura que, sentada en el 22C, se estaba tomando un puñado de pildoritas blancas con un solo sorbo de agua. Era una auténtica profesional.

Adam se sentó en el asiento de en medio con un golpe seco.

—Porque, si el avión explota durante el despegue, es posible que no puedan identificar nuestros cadáveres. Necesitan saber dónde va sentado todo el mundo para distribuir los restos.

Maura, la del 22C, se quedó helada.

—Creo que, en realidad, eso tiene más que ver con la distribución del peso —respondí alzando la voz—. Y, en realidad, tampoco creo que importe mucho, así que vamos a cambiar.

—No, eso es en los helicópteros —me corrigió Adam, abrazado todavía a su bolsa—. Con los aviones, lo hacen por si acaso todos los cadáveres terminan carbonizados y es imposible reconocer los restos en...

—Cámbiame —me levanté y le levanté a él mientras Maura, la del 22C, comenzaba a llorar—. ¡Y por el amor de Dios, cierra la boca!

—¿Qué pasa? —me preguntó con los ojos abiertos como platos e ignorando que mi vecina de asiento estaba temblando en silencio y fijaba la mirada en las normas de seguridad del avión con los ojos enrojecidos—. ¿Qué he hecho?

—Nada —musité, escondiéndome detrás de mi pelo—. Siéntate.

Adam colocó su bolsa en el asiento de delante, se puso la capucha y sonrió por primera vez en no podía recordar ni cuánto tiempo.

—¿Liv?

Arrancada de un profundo sueño en el que estaba a punto de ir a comprar un helado con Brad, Ange y los niños, sentí una fuerte presión en el hombro.

—¿Liv? Liv.

¿Por qué? ¿Por qué tenía que despertarme cuando me había costado tanto quedarme dormida?

—¿Liv? —Adam me palmeó el hombro una y otra vez—. ¿Estás despierta?

—No —contesté sin abrir los ojos—. La verdad es que no.

—Estoy aburrido.

Abrí un ojo y descubrí su rostro tan cerca del mío que veía borrosas sus pecas.

—Háblame.

Tiró de los cordones de la capucha de su sudadera roja de tal manera que la capucha se ajustó a su cabeza hasta que solo asomaron los ojos y la nariz de su estúpido y atractivo rostro.

—Todavía tenemos para muchas horas.

—Ya lo sé, por eso estaba dormida —respondí, dándole un golpe en la capucha—, ¿No puedes quitártela? Pareces el Imbécil de la Caperucita Roja.

—Te encanta —Adam ató los cordones en un elaborado lazo debajo de su barbilla—. Estoy genial. Soy el Asombroso Yeti Caperucita Roja.

—Si tú lo dices —respondí con un bostezo—. Y no lo digo solo porque tengas algo de comer en la mano.

Había sido Abi la que le había bautizado como «Yeti» cuando le habíamos conocido. Siempre le ponía algún mote a nuestras citas, se negaba a reconocer sus nombres verdaderos hasta que la relación se había consolidado. Adam había terminado llamándose Yeti porque ninguna de nosotras creía que fuera posible que un hombre atractivo, disponible y con más de treinta años se mudara a nuestro pueblo con su familia y, por lo tanto, le consideraba tan raro como el abominable hombre de las nieves. Con el pelo rubio y, en aquel entonces, más largo y greñudo que años después, Yeti le pegaba, y con Yeti se había quedado.

—Abre la boca —me pidió, abriendo una bolsa de M&M—. Apuesto a que te meto uno en la boca.

En algún lugar, lejos, muy lejos, sentí a mi abuela revolviéndose en la tumba. Algo más cerca, oí a Maura, la del 22C, dejando escapar un ronquido porcino.

—No vas a tirarme pastillas de chocolate a la cara en un avión —le dije con voz serena, tapándome la cara con la mano—. Basta.

—Sabes que soy capaz —repitió Adam, preparando un M&M azul—. Abre la boca.

Con los labios más apretados que la media del trasero de un gato, sacudí la cabeza, todavía malhumorada porque me había despertado y recordando poco a poco todos los motivos por los que estaba enfadada con él. Lo raro que estaba la noche anterior, las llamadas de teléfono del aeropuerto y, sí, la completa y absoluta ausencia de una petición de matrimonio.

—Muy bien, como tú quieras —musitó, vaciando media bolsa directamente en su boca. Se dejó caer hacia atrás y sacó una lata de Coca-Cola de la mochila—. Lo siento, mamá.

—¿Perdón? —me volví con tal brusquedad que una cortina de mi propio pelo aclarado por el sol azotó mi rostro—. ¿Qué me has llamado?

—Nada —contestó con una sonrisita de suficiencia—. Mamá.

—¡Oh, cállate! —contesté, estaba irritada, sobre todo, porque tenía razón. Era algo que ocurría cada vez con más frecuenca. Yo abría la boca y salía la voz de mi madre. Tenía maternitis—. Eso no tiene ninguna gracia.

—¡Ah! Así que eso no tiene ninguna gracia —bajó mi bandeja sin preguntarme si podía dejar su lata en la diminuta hendidura sin poner siquiera una servilleta debajo—. No soporto que me hables como si fuera un niño. No eres mi madre, ¿sabes?

—Gracias a Dios —repliqué sin pensar.

La sonrisa de suficiencia desapareció de su rostro.

—¿Y qué se supone que significa eso?

Debería haberlo sabido, en serio. Sabía que no se permitían comentarios sobre su madre, jamás, por mucho que a él le gustara hablar de la mía. Esa es la primera regla no escrita y no nombrada cuando se sale con un niño de mamá. No hacer bromas sobre su madre. Nunca.

—Nada —agarré la lata, cerré la bandeja y crucé las piernas sin golpearme las rodillas—. ¿Tu bandeja está rota o algo parecido?

—Por lo menos mi madre es divertida —musitó. Me agarró la lata de la mano y bebió sonoramente—. Por lo menos mis padres no son aburridos.

—No empieces.

Cerré los ojos e intenté pensar en cosas felices, como mis amigos, mi gato, el calendario de Adviento y las rebajas de Topshop. En realidad, no pasaba nada malo, era solo que estaba atrapada en un espacio cerrado, no había dormido y la noche anterior... ¡Oh, Dios! Iba a matar a alguien. Por lo menos Maura estaba totalmente inconsciente, así que no habría testigos.

—Ahora mismo no te aguanto.

—¿A mí? —repitió Adam con incredulidad—. ¿Yo qué he hecho?

—¿Además de esas extrañas llamadas telefónicas? ¿Y de los mustios silencios? —en cuanto empecé, ya no podía parar y comenzó a bullir en mi pecho una sensación desagradable.— O, no sé, ¿echar a perder la última noche de nuestras vacaciones?

—No me encontraba bien —protestó. Continuaba con los cordones de la capucha atados en un lazo bajo la barbilla y tuve que hace un serio esfuerzo para no ahogarle con ellos—. De todas formas, no podías andar con esos zapatos ridículos. Habrías terminado gimiendo durante toda la noche. Deberías estarme agradecida.

—No habría gemido —el pie todavía me latía bajo las capas de gasa—. Fuiste tú el que dijo que solo eran diez minutos andando. ¿Y puedes hacer el favor de quitarte la capucha cuando hablo contigo?

Adam se quitó la capucha. El pelo cayó sobre su rostro, seco y despeluchado por el aire acondicionado del avión. Parecía como un perro pomerano furioso y era muy difícil tomarle en serio.

—Sí, me equivoqué —dio unos cuantos tragos a la bebida y arrugó la lata como un Increíble Hulk muy poco impresionante. Aunque hay que reconocer que estaba casi verde. A Adam no le ha gustado nunca volar—. Siento no ser siempre perfecto, como tú. Y, de todas formas, no habría estado mal que no te pusieras esos estúpidos zapatos.

—No soy perfecta —respondí, colocándome el pelo detrás de las orejas, que, por cierto, comenzaban a abrasarme. Era por culpa de aquel aire tan seco. Los ojos empezaron a llorarme porque me había quedado dormida con las lentillas. Por supuesto, no estaba llorando—, pero tampoco soy estúpida.

Sentí que Maura se tensaba a mi lado. Al parecer, no estaba tan dormida como yo había pensado en un principio.

De los labios de Adam escapó un suspiro de condescendencia y volvió a ponerse la capucha, tapándose los ojos.

—Claro, el estúpido soy yo. No como la profesora Liv. Cerraré la boca antes de que termine diciendo algo que pueda ofenderte.

Yo no sabía qué hacer. Nosotros nunca discutíamos. Jamás.

Bueno, sí, una vez que borró el capítulo final de *Downton Abbey* de mi Sky+, pero me compró el DVD y todo quedó perdonado. ¿Qué se suponía que tenía que hacer? Dejar que se tranquilizara, me dije a mí misma. Seguir el consejo de Elsa y dejarlo pasar. Eso sería lo más inteligente.

—Idiota.

Cerré los ojos en el instante en el que aquel insulto salió de mi boca. Estaba avergonzada. Elsa jamás le llamaría idiota a su novio. Olaf, quizá, pero Elsa jamás.

—¿Yo soy un idiota?

Adam se quitó la capucha de un tirón y se volvió en el asiento para dedicarme toda su atención.

—¿Yo soy un idiota? —repitió.

Abrí la boca, pero no salió nada de ella. ¡Genial! De pronto no se me ocurría nada que decir.

—Llevas dos semanas comportándote como una chiflada —me dijo en un exasperado susurro que despertó a cualquiera que todavía estuviera durmiendo en un radio de tres filas de asientos a la redonda—. Lloriqueando, de mal humor, quejándote constantemente, ¿y ahora dices que yo soy idiota?

—¿Cuándo he lloriqueado? ¿De qué me he quejado? —repliqué, intentando mantener la rabia a un volumen apropiado. Si mi abuela hubiera vuelto a la vida, habría vuelto a morir al vernos discutir en público—. ¿A qué te refieres?

—«¿Qué vamos a hacer hoy, Adam? ¿Adónde vamos a ir esta noche, Adam? Adam, necesito beber algo. Adam, ¡qué calor! ¿Por qué no me llevas en brazos, Adam? ¿Por qué no alquilamos un burro, Adam?»

—Cuando te pedí que me llevaras en brazos solo estaba bromeando —contesté furiosa—. Y es evidente que en realidad no quería alquilar un burro. Estás exagerando.

Tenía que admitir que se me habían salido los ojos de las órbitas cuando una chica montada en burro nos había adelantado a media montaña, pero por lo visto había que comprarlo y yo no podía estirar más el crédito de mi tarjeta. No, después de haberme comprado aquel maldito vestido. En general, cualquier cuestionamiento por mi parte había tenido que ver con el hecho de que estaba ansiosa por la supuesta proposición de matrimonio, pero eso no podía decírselo.

—Siento mucho que los mayas no construyeran su antigua civilización cerca del hotel —se burló Adam—. Qué puñado de egoístas estúpidos.

—Hacía calor y tenía sed —miré alrededor del avión y todo el mundo desvió a toda velocidad la mirada—. Pero eso no significa que no me lo haya pasado bien. No hables como si hubiera estado quejándome todo el tiempo.

—Sí, seguro que has disfrutado mucho —respondió él, ajeno o indiferente a la escena que estaba montando—. Te encanta quejarte, te quejas constantemente.

—Claro que no —por lo menos, no más que cualquier mujer inglesa que se respetara a sí misma—. Pero, cuando me molesta algo, te lo digo, que no es lo mismo.

—Entonces es que te molesta todo. Liv, ¿cómo te las arreglas? —dijo Adam, enderezando la espalda y rodeándose con sus propios brazos, alejándose de mí cada vez más, evitando cualquier tipo de contacto físico—. Para ti nada es lo bastante bueno, ¿verdad?

—¿A qué te refieres? —estaba tan enfadada que apenas podía ver y lo peor de todo era que estaba segura de que iba a empezar a llorar—. No entiendo nada.

—México no es suficientemente bueno, mi familia tampoco, yo tampoco —continuó despotricando en un furioso suspiro. Se irguió como un bebé grandote, golpeando los reposabrazos del asiento con los codos y el techo con la cabeza—. Nada te parece nunca lo bastante bueno.

Me quedé mirando a mi novio de hito en hito y él comenzó a luchar con el cinturón de seguridad, tirando de él e intentando estirarlo, pero solo consiguió apretárselo todavía más. Tal y como estaban las cosas, no era una mala idea. Era algo de lo más extraño. Adam jamás perdía los estribos. Era obvio que le pasaba algo.

—Adam —posé la mano en su brazo para calmarle intentando ignorar los ojos curiosos que nos observaban desde todas las direcciones del avión y comportarme como la adulta de la pareja—, ¿qué te pasa?

Él sacudió la cabeza y se apartó. Mi mano quedó en medio del aire durante unos segundos y yo me quedé sin saber qué hacer, literalmente. ¿Qué había pasado? ¿Cómo habíamos pasado de estar besándonos en la cabaña a estar gritándonos en un avión?

—¿Que qué me pasa? —me preguntó con una carcajada—. Esto es increíble. A mí no me pasa nada, ¿qué te pasa a ti?

Sin esperar respuesta, sacó el teléfono móvil del asiento de atrás y abrió uno de sus juegos, ignorando por completo mi expresión de estupor, la de Maura, la del 22C, y la de los pasajeros de la fila 23. Nada de lo que me apetecía decir serviría de nada, nada de lo que estaba sintiendo tenía sentido. Lo único que podía hacer era permanecer callada y en silencio durante las siguientes cinco horas y media y esperar que estuviéramos sobrevolando el equivalente mexicano del Triángulo de las Bermudas.

Me sequé las comisuras de los ojos con la manga, fijé la mirada en el asiento de delante, ardiendo de vergüenza, confusión y, sobre todo, con la firme sensación de que había hecho algo mal, solo que no sabía el qué. Y, si Adam no se había disculpado para cuando aterrizáramos, siempre podía empujarle por las escaleras en Heathrow y decir que había sido un accidente.

Hicimos el resto del viaje en silencio, oyendo los sollozos atragantados de Maura cada vez que el avión sufría una sacudida, y después pasamos otra hora sin palabras en la aduana seguida de las dos horas del trayecto a casa. Yo iba medio despierta medio dormida, sufriendo alucinaciones por el desfase horario y soportando unas inoportunas lágrimas. Ya no me importaba la sortija, lo único que quería era saber por qué Adam estaba tan enfadado.

Un brusco giro me despertó cuando estábamos saliendo de la carretera principal para entrar en el pueblo. Ya estaba bien, pensé, frotándome los ojos y mirando parpadeando el reloj del salpicadero. A lo mejor las vacaciones no iban a terminar en una propuesta de matrimonio, pero no tenían por qué acabar así.

—¿Ya hemos llegado?

Adam asintió mientras nos adentrábamos en las carreteras rurales.

—Me pregunto qué habrá pasado mientras estábamos fuera —dije con una voz tan ronca que apenas podía oírme a mi misma—. Se supone que mi padre iba a encargar que pintaran el quirófano. Espero que haya puesto el color que le sugerí.

Adam continuaba con la mirada fija en el parabrisas.

—Apuesto a que Gus ha crecido —continué—. Cada vez que le veo está más grande. Creo que va a ser alto, como tú y como tu padre. Apuesto a que para cuando tenga siete años será más alto que Chris. Y, desde luego, va a ser un rompecorazones, como dijo tu madre.

Miré a mi novio de reojo. Nada.

—Qué viaje tan largo desde Tulum, ¿verdad? —cloqueé cuando pasamos a toda velocidad por el supermercado en el que mi padre había jurado que no compraría jamás, hasta que descubrió que le ofrecían un café gratis cada vez que entraba. La pequeña cooperativa del pueblo había cerrado a los seis meses. Jamás había tenido la menor oportunidad—. Ayuda a pensar.

Sobre qué, no estaba segura.

Un nuevo giro nos sacó de la calle principal y nos llevó a la estrecha calle que conducía a la clínica.

—¿Vamos a mi casa? —pregunté.

Mi voz sonaba como si me hubiera frotado la garganta con papel de lija.

Nunca nos quedábamos en mi casa porque Adam odiaba quedarse en mi casa. Era un piso diminuto situado encima de la clínica veterinaria, todo lo contrario de la casa de tres dormitorios de Adam, una casa con un enorme jardín y sin vecinos a ambos lados. Adam aseguraba que mi piso estaba poseído por los Fantasmas de las Mascotas del Pasado, que se pasaban la noche aullando y no le dejaban dormir, pero yo tenía la impresión de que no le gustaba alejarse ni de su sofisticada cafetera ni de su cama, que era descomunal. En los tres años que llevábamos juntos, se podían contar con los dedos de una mano las noches que habíamos pasado juntos en el piso. Tenía la mayor parte de mis cosas en casa de Adam, pero, como mis padres eran un poco anticuados en aquellos asuntos, nunca me había mudado de manera oficial. Dormía en mi casa unas dos veces a la semana si tenía que quedarme en la clínica hasta tarde o Abi me pedía quedarse a dormir, pero, en realidad, mi piso había terminado siendo un trastero innecesariamente bien amueblado.

El Land Rover de Adam crujió a lo largo del camino de grava que había junto a la clínica y las luces de seguridad que se activaban por el movimiento alumbraron mis ojos como si me estuvieran acusando. Agotada y frustrada, lo único que quería era meterme en la cama. A lo mejor un par de horas de sueño decente me ayudaban, las cosas siempre se sacaban de quicio cuando faltaba la luz del día y todo el mundo sabía que la situación empeoraba si estabas cansada. Abrí la puerta de pasajeros y bajé a trompicones. Definitivamente, el coche de Adam no estaba hecho para gente bajita como yo. Saqué mi maleta del maletero y, estaba arrastrándola tambaleante hacia la puerta principal con las llaves en la mano, cuando me di cuenta de que Adam seguía en el coche. Con el cinturón puesto todavía. Y agarrando el volante como si el coche pudiera salir disparado por voluntad propia.

—¿Piensas dormir aquí? —le pregunté, con el filo de las llaves de mi casa cortándome los dedos—. Hace un poco de frío para acampar.

—No —contestó con los ojos fijos en el parabrisas—. Me voy a casa.

Respiré hondo, intentando calmarme.

—Adam —le dije con toda la tranquilidad de la que fui capaz—. Vamos dentro y...

—Necesito aclarar algunas cosas —me cortó, señalando hacia el parabrisas. Aunque en aquel momento miraba en mi dirección, no me estaba mirando a los ojos—. Necesito un descanso, Liv.

—Bueno, acabas de disfrutar de unas vacaciones —señalé, intentando no bostezar—. Has tenido dos semanas de descanso.

—No me refiero a esa clase de descanso —terminó con un resoplido y giró la llave en el encendido—. Necesito un descanso de todo esto, de nosotros.

La luz de seguridad parpadeó encima de mi cabeza, dejándome en una desconcertante oscuridad durante demasiado tiempo. Lo único que podía distinguir era el perfil de Adam recortado por la luz naranja del resplandor del salpicadero.

—¿Qué?

Mi bolso fue deslizándose por mi hombro hasta aterrizar a mis pies y golpear el suelo. Todo lo que contenía terminó desparramado. En el interior de la clínica se oyeron ladridos somnolientos y aullidos mientras la luz de seguridad volvía a la vida, deslumbrándome con su irritante luz blanca.

—Estoy cansado, Liv —musitó, acelerando el motor—. Me voy a mi casa. Ya hablaré contigo más adelante.

Y, sin más explicación, giró rápidamente y salió disparado, duchándome de grava en el proceso. Estupefacta, alargué la mano hacia el bolso y sentí una inesperada lágrima rodando por mi ojo seco y cayendo por la punta de la nariz. En el interior del bolso, mi teléfono resplandecía anunciando un mensaje de texto. Era Cassie, que se había levantado para la toma de las tres de la madrugada.

¿¿¿ESTAS COMPROMETIDA??? ¿¿¿YA TE LO HA PEDIDO???

—No —le susurré el teléfono, con las lágrimas cayendo a placer por mi rostro mientras me arrodillaba en el suelo—. Solo estoy hecha polvo, deprimida y desesperada por hacer pis.

Los afilados cantos de la grava se clavaban en mis rodillas y mi pie protestaba bajo todas aquellas vendas, pero yo no sentía nada. No podía sentir nada en absoluto. Me pasé el dorso de la mano por la cara, guardé todas mis cosas en el bolso y arrastré la maleta por la grava hasta llegar a la puerta de mi pisito, sola.

CAPÍTULO 3

—Hola, idiota.

No había nada como una llamada de mi hermano para arruinar un martes perfecto antes de que hubiera empezado siquiera.

—¿Estás ahí o están contestando el teléfono tus secuestradores? —dijo al ver que no contestaba. Se rio de su propia broma mientras seguía esperando la respuesta—. Si son los secuestradores, no queremos que vuelva. Hagan lo que tengan que hacer.

—Muy gracioso, Chris —bostecé sonoramente al tiempo que me frotaba los ojos con los puños.

¿Por qué había dormido en el sofá? ¿Por qué llevaba puesto todavía el abrigo? ¿Por qué tenía la horrible sensación de haber arruinado mi vida?

Ah.

Sí.

Estiré la contractura que tenía en el cuello y contemplé con los ojos entrecerrados la devastación de mi cuarto de estar: la maleta abierta al lado de la puerta, La sudadera en el suelo, la botella que había comprado libre de impuestos en el aeropuerto noqueada por un zapato volador y vacía al lado de la alfombra.

—¿Qué quieres?

—¿No tienes nada que contarme, hermanito? —me preguntó Chris—. ¿No quieres compartir nada conmigo antes de que lo vea en todas las redes sociales?

—No.

—¿De verdad?

—De verdad.

Me estiré todo lo que pude sin tener que levantarme y rebusqué en la maleta la cajita que había estado llevando encima durante los últimos tres meses. No estaba allí.

—¿No lo has hecho?

—La verdad es que no me apetece hablar de eso —contesté, sintiendo crecer el pánico. ¿Dónde estaba la sortija?—. ¿Qué quieres?

—Como tú quieras, tío —contestó, abandonando el tema con mucha más facilidad de la que esperaba—. Papá necesita que le lleven al supermercado y yo no puedo. ¿Puedes llevarle tú?

—Acabo de bajar del avión —volví a tumbarme. La cabeza me daba vueltas por culpa de la desafortunada idea de haberme puesto a beber a las tres de la madrugada y sentía algo clavándose en mi cadera. Era la cajita de la sortija, escondida entre los cojines del sofá—. ¿Por qué no puedes llevarle tú?

—Porque tengo trabajo, Adam, y ahora mismo voy de camino a la oficina. No te has dado cuenta de que estaba en el coche, ¿verdad? Es por el nuevo Bluetooth que he conectado al Jaguar. Se oye tan bien que...

—¿No puedes tomarte el día libre? —le interrumpí, agarrando la cajita y dejando que sus aristas afiladas se clavaran en la palma de mi mano—. Pensaba que eras tu propio jefe.

—Cuando uno dirige su propio negocio no existen los días libres —se burló—. En este último mes apenas he tenido un minuto para mí. Sinceramente, si me voy fuera una mañana, el número dos de la compañía no sabe ni de dónde le sopla el viento. He contratado a unos idiotas, Adam, es un milagro que la empresa continúe funcionando, y más todavía que vaya tan bien. No puedo dejar de ir hoy, estamos apostando por...

—Le llevaré yo —dije rápidamente. No tenía estómago para soportar otra conferencia de Chris Floyd sobre lo muy importante que era—. Estaré allí dentro de una hora. Déjame darme una ducha y después iré para allá.

—De acuerdo, se lo diré —contestó Chris en tono alegre—. ¿Y qué es lo que ha ido mal? ¿No lo habéis pasado bien? Cass se muere de ganas de saber lo que ha pasado.

—Sí, algo así —respondí, frotándome las sienes—. Será mejor que cuelgue.

—Bueno, espero que estés más hablador mañana por la noche. Seguís pensando venir a cenar, ¿verdad?

—Eh, no sé —contesté.

Me senté y fingí una tos. Me había olvidado. Siempre lo olvidaba. Era Liv la que manejaba nuestra vida social. Yo me encargaba de asegurarme de que Liv comiera verdadera comida y ella se encargaba de hacerme salir al mundo exterior. Había sido un buen sistema hasta entonces.

—No me encuentro muy bien. Y no quiero ir si tengo un catarro. Ya sabes, lo digo por el bebé.

—¡Ah, claro! —contestó—. Supongo que no. ¿Lo has pillado en las vacaciones?

—En el avión, creo.

Volví a toser, intentando infundir más flema en el proceso, y puse el manos libres mientras revisaba el correo y los mensajes.

—Llevo toda la noche encontrándome fatal.

Por lo menos lo último no era mentira.

—Bueno, tú avísame, hermanito —dijo Chris—. Cass pensaba preparar un plato de cocina china ridículamente complicado que se tarda un montón en hacer. Si no vais a venir, hazme el favor de ponerme un mensaje esta noche o me va a tocar aguantarla.

—Dile que a nosotros nos basta con una pizza —contesté.

Mientras hablaba, revisé media docena de correos de Pablo, el propietario del restaurante que parecía decidido a sacarme el dinero por la no propuesta de matrimonio. ¿Cómo era posible que no aparecer y no disfrutar de la cena me costara más que haber ido de verdad al restaurante? Desde luego, yo no le había encargado fuegos artificiales. ¿O sí?

—Sí, pero ya sabes cómo es —me dijo con un medio suspiro—. Quiere hacer algo especial, ya sabes. Y yo pensaba que tendríamos algo que celebrar.

Yo sabía cómo era Cass. Y también pensaba que tendríamos algo que celebrar. Se suponía que esa cajita no tenía que estar en mi mano derecha en aquel momento. O, por lo menos, su contenido. En realidad, no estaba seguro de lo que se hacía con la caja una vez se ponía el anillo en el dedo. ¿Se quedaba ella con la caja? ¿Tenía que quedármela yo? ¿Se arrojaba al mar en una gloriosa celebración del amor y con la vertiginosa sensación de que aquella joya no abandonaría su dedo nunca jamás?

—No dejes que se líe mucho cocinando —empecé a quitarme un calcetín—. Te enviaré un mensaje más adelante, pero ahora mismo estoy hecho polvo. La verdad es que no creo que vayamos a ir.

—De acuerdo, avísame. Ahora tengo que colgar. Ya casi he llegado al trabajo.

—Sí, lo entiendo —dije, enfrentándome al segundo calcetín, tarea que resultó mucho más fácil tras haberme quitado el primero—. Me halaga que hayas encontrado tiempo para llamarme y pedirme un favor.

—Debería —replicó Chris—. Ahora ve a buscar a papá antes de que se coma a uno de los perros. Dale recuerdos a Liv.

Pateé los calcetines sobre el suelo de madera, dejé que el móvil se deslizara entre los cojines del sofá y sostuve la cajita de la sortija en la palma de la mano. Qué cosita tan discreta. Para ser algo tan pequeño, el peso resultaba excesivo.

—¿Adam, qué has hecho? —me pregunté en voz alta mientras Jim Beam bailaba claqué en mis sienes. Tenía las boca seca, me escocían los ojos y me dolía todo el cuerpo—. ¡Qué has hecho!

Lo recordaba todo borroso, y lo agradecía. Recordaba haberme enfadado en el avión, haber conducido hasta el pueblo en silencio y después una discusión delante de casa de Liv, aunque lo que le había dicho seguía siendo un misterio. Y después... nada. Apenas aguantaba la cerveza en las mejores ocasiones, pero el Jim Beam más el jet lag eran una combinación diabólica y sabía que no tenía ninguna prisa para llamar a Liv pidiendo detalles.

Me levanté con mucho cuidado y con el mismo cuidado dejé la cajita dentro de un jarrón alto de cerámica colocado en la repisa de la chimenea. Un lugar del que no pudiera escapar. Un lugar en el que yo no pudiera verla.

Me estiré, recogí la botella de whisky casi vacía, la dejé en la mesita del café y sentí náuseas al oler la peste a alcohol que salía de la alfombra. Qué desastre.

—Primero la ducha. Después, papá —dije a mi reflejo verdegrisáceo—. Humillarme delante de Liv será lo tercero.

Tenía la sensación de que lo último podía demorarse algún tiempo.

—¿Estás de broma?
—No, no estoy de broma.
—No te creo.
—¿Por qué iba a inventarme algo así? ¿Puedes pasarme el termómetro?

David, mi enfermero y mi pareja en el trabajo, agarró el instrumento requerido sin apartar sus ceñudos ojos de mí. Bruiser, un bulldog francés que no podía dejar de expeler gases, fijó sus enormes ojos verdes en el termómetro.

Yo no había dormido nada después de que Adam me dejara en casa. Había estado dando vueltas y más vueltas en la cama durante un par de horas antes de quitarme el pijama y ponerme la bata de trabajo. Había hecho las rondas, había supervisado a los pacientes que se habían quedado a pasar la noche y había llamado a sus dueños antes de que David llegara al trabajo. Por lo que yo sabía, no había pasado nada importante mientras estaba fuera, aparte de que habían tenido que llamar a mi padre para que atendiera a un cobaya con un ataque epiléptico en medio de la noche el viernes anterior.

—¿Adam no te ha propuesto matrimonio? —David agarró con sus manos enguantadas a la reticente mascota—. No te muevas, Bruiser, solo será un minuto.

—Eso es lo que les dice a todos los chicos—le susurré a Bruiser mientras lubricaba la sonda.

—Sinceramente, no voy a volver a contarte nada —contestó él con una afectada inclinación de cabeza—. Solo fue una vez y no me importó nada. Fui a un colegio público, Liv. Todo el mundo lo hacía.

Incluso no habiendo dormido, sufriendo los efectos del *jet lag* e intentando convencerme como una desesperada de que no pasaba nada, David fue capaz de arrancarme una sonrisa.

—No cambies de tema. ¿Qué demonios ha pasado?

—Adam no solo no me ha propuesto matrimonio —le conté. Mientras hablaba, iba observando sin perder detalle los números saltando en un pequeño monitor digital mientras Bruiser, el Perro Pedorro, emitía un sonido agudo terrible—. Ayer por la noche se volvió completamente loco. Tuvimos una discusión de lo más extraña en el avión y a las tres de la madrugada me dejó en mi casa y anunció que necesitaba un descanso.

David bajó la barbilla y arqueó una ceja.

—¿Un descanso?

—La temperatura es normal —asentí—. Sí, un descanso. ¿No te parece raro?

—Déjame ver si lo he entendido bien… —David le hizo a Bruiser una merecida caricia entre las orejas antes de prestarme a mí toda su atención—. ¿Fuiste a México pensando que ibas a comprometerte y al final te han dejado?

Alcé la mirada bruscamente y descubrí una expresión de desconcierto en el semblante de mi amigo.

—No me ha dejado, ha dicho que necesitaba un descanso —respondí, presionando con la muñeca el moño torcido que me había hecho en lo alto de la cabeza—. No he dicho que me haya dejado.

—Muy bien. Entonces, ¿qué ha pasado con la propuesta de matrimonio? —limpió a Bruiser por detrás antes de llevarle con mucho cuidado hasta una jaula con una manta en el suelo que tenía tras él—. Yo pensaba que era una cosa hecha. ¡Con las oportunidades que he perdido de comer pasteles para que pudieras estar escuálida en las fotografías del día de tu compromiso!

—Y te pido que me disculpes —le dije, quitándome los guantes de látex—. No tengo ninguna explicación. A lo mejor nunca va a proponerme matrimonio. Han pasado tres meses desde que Cass me habló de la sortija. Una sortija de la que se supone no tengo que saber nada, ¿recuerdas?

—¿Quieres decir que a lo mejor compró la sortija y después se dio cuenta de que no quería casarse contigo, pero no te dijo nada porque no quería cortar antes de las vacaciones que ya había pagado y por eso ha esperado a que volvierais?

Bruiser y yo soltamos un grito ahogado al unísono.

—Eres una mala persona —le acusé mientras la idea iba penetrando en mi cerebro. Una vez oída, iba a resultarme imposible olvidarla—. Por eso no tienes novia.

David, resplandeciente con una bata con huellas de dálmata que había encargado a los Estados Unidos, se me quedó mirando desde el otro extremo de la habitación.

—No tengo novia porque soy demasiado atractivo para una sola mujer —me aseguró—. Y porque Abi todavía no ha querido acostarse conmigo.

—Abi nunca querrá acostarse contigo —lancé los guantes a la papelera, pero no sentí nada al encestar a la primera. Las cosas estaban realmente mal—. Y Adam no ha roto conmigo. Discutimos y él necesitaba dormir. Eso es lo único que ha pasado.

David me dirigió una compasiva sonrisa.

—Como hombre y como amigo —respondió—, me siento en la obligación de decirte que estás siendo una auténtica estúpida.

Me atacó entonces una oleada de náuseas provocadas por el jet lag. Debería haber comido algo más que un paquete de galletas Jammy Dodgers antes de ir al trabajo.

—Y estás siendo de lo más desagradable —añadí—. Así que ahora vas a quedarte sin regalo. Cierra el pico.

—Solo estoy intentando ayudar —se encogió de hombros como si fuera yo la que no estuviera siendo razonable—. En serio, ¿de verdad no estás comprometida?

Metí las manos bajo el grifo de agua fría con intención de despertarme. Adam había dicho que estaba cansado, que hablaríamos más adelante y que necesitaba un descanso. ¿De verdad quería que cortáramos?

Cerré el grifo lentamente, esperando otra explicación más racional.

—¿De verdad crees que me ha dejado? —pregunté a mi vez. La perspectiva me golpeó como una sonora bofetada—. ¿Tú crees que estaba hablando de una verdadera ruptura?

—Supongo que esto te va a producir un gran impacto, puesto que siempre me anticipo a todas tus necesidades —respondió David—. Pero la verdad es que no sé leer el pensamiento. No sé lo que piensa Adam, no sé más de lo que tú sabes. Yo pensaba que era cosa hecha. Estaba esperando que me pidieras que fuera tu acompañante en la boda.

—Yo también —contesté, dándole vueltas todavía a la posibilidad de que me hubiera dejado sin que me hubiera dado cuenta siquiera—. Pero, solo para que lo sepas, no pensaba tener acompañante.

—Cómo puedes ser tan cruel —repuso David, mientras yo hojeaba sin verlo el informe de Bruiser para ocultar mi rostro sonrojado—. Para serte sincera, Liv. Yo creo que Cass es la culpable de todo este asunto. Si no te hubiera dicho nada de la sortija, no habrías estado tan estresada antes de marcharte.

—Ella sabe que odio las sorpresas —no pude evitar defender a Cass, pero, en el fondo de mi corazón, estaba de acuerdo con él. Había echado a perder mis relajantes vacaciones antes de que hubieran empezado siquiera.—. Es una estupidez. Yo ni había pensado en comprometerme hasta que empezó todo esto. ¡Dios mío, David! ¿De verdad crees que me ha dejado?

David alzó la mirada hacia el fluorescente zumbón que se suponía debería haber arreglado mi padre mientras estábamos fuera y se encogió de hombros.

—No lo sé, Livvy —contestó—. Los hombres pueden ser unos cerdos. La última vez que tuve que romper con una mujer le pedí a mi vecino que contestara mi teléfono y le gritara en japonés hasta que ella dejara de llamar. ¿Has intentado llamarle esta mañana?

—No —contesté, todavía perpleja—. Cuando me dijo que ya hablaríamos pensé que hablaríamos un poco más tarde, no sabía que me estaba dejando para siempre, ¿sabes?

—Así que te tomaste una parte de la conversación literalmente y la otra no —se inclinó hasta terminar hocico contra nariz con Bruiser— . Mujeres.

Bruiser gruñó mostrando su conformidad. El muy pedorro.

—No «mujeres», sino Adam —le corregí mientras David se retiraba hacia el lavabo. La pobre mascota apestaba—. Es él el que está siendo un idiota. ¿A quién se le ocurre dejar a su novia de esa manera? Sobre ese tipo de cosas hay que ser mucho más claro. Necesitas especificar. ¡No puede haber espacio para la ambigüedad en un abandono!

Me aferré a la inmaculada mesa de exploración de acero inoxidable y recordé el incidente entero. ¿Habría dicho que quería cortar en lugar de descansar? ¿Le habría entendido mal? Era posible. Estaba muy cansada. ¿Pero por qué? ¿Por qué iba a querer hacer algo así? El estrés, el dolor y la inseguridad borboteaban dentro de mí. Bruiser gruñó quedo y me lamió la mano. Hasta un perro flatulento me compadecía.

—Liv —abanicando el aire de delante de su rostro, David se apoyó contra la puerta de atrás y cruzó sus moteados brazos delante de él—, agarra el maldito teléfono. No vas a enterarte de lo que está pasando hasta que no hables con él.

Estúpido David y estúpido sentido común.

—Lo haré después del próximo paciente —dije, estirando mis dedos desnudos y presionando el frío metal de la mesa. No iba a faltar al trabajo. Sencillamente, no quería—. Es Zoe Gustar, ¿verdad? Creo que puedo ocuparme de su carlino.

—¿Estás segura? —me preguntó con el ceño fruncido—. No debería haber dicho nada, lo siento. Estoy seguro de que tienes razón y que todo esto solo ha sido un gran malentendido.

—No pasa nada —le dije. Me temblaban las manos—. De verdad, no pasa nada.

—Hablaré con Zoe y con el carlino —dijo él, levantando la tablilla sujetapapeles de la mesa—. Vete a llamar ahora mismo. No vas a poder hacer nada hasta que no le llames.

—De acuerdo —contesté mientras abría la puerta que conducía al pasillo trasero de la clínica, llevándome el instrumental—. Te lo agradezco.

—Seguro que todo se arregla —me tranquilizó David, dándome un golpecito en el moño mientras yo me iba—. Y me alegro de que hayas vuelto.

—Sí —contesté con un entusiasmo que no sentía mientras cerraba la puerta de la sala de exploración detrás de mí—. Yo también.

Desde luego, no había nada como meterle el termómetro en el trasero a un perro y descubrir después que tu novio te ha dejado subrepticiamente justo el día que tus vacaciones han terminado.

CAPÍTULO 4

—Y por lo visto por eso explotó el microondas.

Mi padre sacó dos cajas de cereales del estante y las sostuvo a la distancia de un brazo, sopesando las cajas por encima del borde de las gafas.

—Para empezar, no entiendo por qué se te ocurrió meter un yogur en el microondas —le dije, quitándole los Frosties de la mano y dejándolos otra vez en la estantería—. ¿Tan aburrido estabas?

—¿Alguna vez has calentado un yogur? A lo mejor está delicioso —me tendió los Coco Pops sin oponer resistencia y los sustituyó con resignación por una caja de muesli—. Pensé que sería como una crema de avena.

Miré toda su selección de alimentos ecológicos y libres de azúcar y eché los Coco Pops en el carrito.

—Asegúrate de que se acaben antes de que mamá vuelva a casa.

—Oh, claro que se acabarán —contestó, apoyándose pesadamente en el carrito. Tenía el bastón metido en la bolsa de la compra, apuntalado contra su hombro como si fuera un mástil que hubiera perdido la bandera—. Podríais venir Chris y tú esta noche y ayudarme a acabarlos. O a lo mejor podríamos pedir una pizza. Mañana recogen la basura. Tu madre no se enterará.

—¿Una pizza? —pregunté en tono dubitativo—. Yo creía que ya no comíais ni gluten ni leche ni huevos.

—Ni carne —añadió—. Podemos pedir una pizza pepperoni.

—No sé si puedo ir esta noche —dije, adelantándome—. Tengo cosas que hacer.

—Bueno, de acuerdo —avanzó arrastrando los pies y con una sonrisa de mártir en la cara—. Tu madre volverá mañana por la noche. Estaría bien disfrutar de una noche de chicos, pero, por supuesto, ya sé que estáis muy ocupados.

Agarré un paquete de Weetabix. Se nos habían acabado y sabía que Liv querría volver a alimentarse de forma saludable a la vuelta de las vacaciones. Justo después de darme la patada que estaba casi seguro me merecía.

—¿Se lo está pasando bien? —pregunté. Recordé en aquel momento que, a las tres de la madrugada, le había dicho a Liv que quería tomarme un descanso y dejé las Weetabix en su lugar, tragándome el oscuro presentimiento que tenía en la boca del estómago—. Está en un retiro de yoga, ¿verdad?

—Un retiro de yoga y una desintoxicación de azúcar —me corrigió mientras doblaba la esquina y miraba con nostalgia un paquete de Hobnobs de chocolate—. Y también tenía algo que ver con el mindfulness.

—Muy profundo.

Arqueé las cejas mientras observaba a mi padre con aquella camisa recién planchada y los pantalones con una raya tan marcada que podría haber cortado el pan con ella. Aunque no podía comer pan. Él pasaba por completo del interés que se había despertado en mi madre a partir de la mediana edad por todo tipo de cosas saludables, pero, dejando la prohibición de los Coco Pops de lado, ambos parecían haberse adaptado al nuevo rumbo vital emprendido por mi madre con relativa facilidad. Probablemente porque mamá no sabía que, una mañana sí y otra no, mi padre se metía en la cafetería a tomar un sándwich de beicon cuando salía a comprar el periódico.

Aquel era un problema de los pueblos: eran demasiado pequeños para guardar secretos. Yo mismo le había visto escondiéndose detrás del *Telegraph*, con las gachas de maíz cubiertas de salsa de carne.

—Desde luego —asintió—. ¿Estás seguro de que no puedes venir esta noche? Lo que quiero decir es que Chris tiene un negocio y un hijo recién nacido, pero ha dicho que podría sacar una hora o así. Podríamos intentar quedar pronto. ¿Alrededor de las cuatro?

Suspirando, agarré los Hobnobs y los puse en el carrito, al lado de los Coco Pops.

—Si puede Chris, supongo que yo también.

—Tu hermano es un buen chico —dijo mi padre con un asentimiento de cabeza—. Le han hecho un encargo importante, ¿sabes?

—Sí, lo sé —contesté, doblando las mangas de mi jersey sobre los nudillos—. Me lo ha comentado. Dos veces.

—Le está yendo muy bien —sonrió radiante a una mujer con el mandil del supermercado y aspecto furioso y continuó hablando—. Y el pequeño Gus, ¡qué cielo! Y es fuerte como un roble.

—Un auténtico cielo —le aseguré, sin estar muy seguro de si eso era bueno o malo.

Pero mi padre había sido médico hasta su jubilación, así que decidí que tenía que ser bueno.

—Deberías ir a cuidarle de vez en cuando —me aconsejó mi padre—. Antes de que te toque a ti.

—Sí —contesté, concentrándome en la tabla nutricional de un bote de Horlicks.

Desde aquella fatídica noche de viernes en casa de Sadie Jenkins en la que habíamos celebrado la fiesta del último año de instituto, mis amigos y yo habíamos pasado casi cada segundo de nuestras vidas intentando averiguar cómo disfrutar del sexo tan a menudo como fuera posible sin dejar a nadie embarazada. Sexo bueno, bebés malo. Pero, desde hacía algún tiempo, mis amigos no paraban de provocar embarazos y yo no sabía cómo se suponía que debía reaccionar. Cuando Cassie se había quedado embarazada, Chris era un desastre, vivía escondido en la parte trasera de su garaje y cantaba Oasis mientras jugaba con una Game Boy de 1992, original y en perfectas condiciones. A partir del nacimiento de Gus, se dedicaba a subir a Facebook fotografías suyas con el torso desnudo sosteniendo al bebé en el aire como si fuera la copa FA. Como Liv había apuntado, todo muy póster Athena, y no en el buen sentido. Chris no era un hombre que debiera presentarse sin camisa al mundo.

—Suéltalo —me pidió mi padre mientras nos acercábamos a buscar el papel higiénico—. No has dicho una sola palabra de tus vacaciones y, francamente, Adam, no recuerdo una sola vez que hayas hablado menos desde que eras adolescente. ¿Ha pasado algo?

Negué con la cabeza y agarré un paquete de doce rollos de Andrex.

—No.

—A tu madre no le gusta esa marca —los pescó del carrito y los dejó de nuevo en la estantería—. Desde que han puesto perros en el papel, dice que la hacen sentirse incómoda.

—Muy bien.

Agarré entonces una marca reciclada de papel ecológico sin blanquear con un precio exorbitante y esperé la aprobación de mi padre, que fue transmitida con un lento asentimiento.

—Es solo que estoy muy cansado. Llegamos muy tarde.

—¿Pero lo pasasteis bien? —preguntó—. ¿Y Liv está bien?

—Lo hemos pasado muy bien durante las dos semanas —dije. Técnicamente no era una mentira. En realidad, las cosas no se habían estropeado hasta la noche anterior—. Y Liv está muy bien.

—¿Y no le importará que te robe por una noche? —se empujó las gafas por el puente de la nariz y sonrió radiante—. Pizza, Coco Pops y un poco de *Newsnight*.

—¿Qué mujer podría tener algo que reprochar a una reunión de hombres con Coco Pops, pizza y Kirsty Wark? —repliqué—. Aparte de mamá, claro.

—El azúcar es más adictivo que la cocaína —respondió sabiamente—. Y la carne mata. Y estoy seguro de que la pizza también tenía algún problema, pero ahora no se me ocurre cuál y, para serte sincero, tampoco me importa. Creo que me he ganado el derecho a disfrutar de una porción de pizza de vez en cuando.

No tenía nada que objetar.

—¿Cuándo crees que se aburrirá de todo esto?

—No sé si se aburrirá —tamborileó con los dedos en el bastón mientras examinaba los diferentes tipos de toallitas húmedas—. Esto le está durando mucho más que los bailes de salón o la cerámica.

—¿Habéis conseguido vender el horno?

—No hay mucha demanda de hornos de cerámica de segunda mano por la zona —respondió mi padre—. Y nunca se sabe, a lo mejor vuelve a interesarle la cerámica.

—Eres un santo —dije, pensando en los cuencos de las formas más absurdas y en la cantidad de ceniceros que guardaba en los armarios de mi cocina. Las aficiones de mi madre debían de haberles costado una pequeña fortuna. Casi tanto como mi carrera de Derecho a medio terminar, sugirió una vocecilla interior muy parecida a la de mi hermano—. A veces no sé cómo lo aguantas.

—Cuando me casé con tu madre, sabía en lo que me estaba metiendo —contestó, encogiéndose de hombros—. Lo único que le ha durado a tu madre más de seis meses soy yo, así que no puedo quejarme. Sé que ahora las cosas son diferentes, pero no voy a negar que me alegré cuando Chris decidió dar el paso. Eso lo cambia todo. Cuando te cases, lo comprenderás.

—Sí —me estremecí de forma involuntaria, sin estar muy seguro de si me daba más miedo ir a pedir disculpas o la posibilidad de que Liv ni siquiera quisiera verme—. A lo mejor tienes razón.

Al fin y al cabo, siempre había una primera vez para todo.

Yo nunca he sido fumadora, pero ha habido veces en las que la idea de encender un cigarrillo me ha parecido brillante. Estar escondida en la parte de atrás de la clínica revisando Instagram no era nada relajante. Todas aquellas fotografías de las vacaciones de otra gente, con selfies de morritos y fotos artísticas de platos de pasta podrían haber sido mucho más fáciles de digerir con una bocanada de nicotina. Cada vez que buscaba en la pantalla, pensaba en la fotografía de mi abuelo que estaba colgada en la habitación de mis padres. Estaba de pie en la clínica, con el pijama de cirujano, disfrutando de una pipa con sus colegas después de haber practicado su primera punción lumbar a un pastor alsaciano. No estoy diciendo que fuera algo saludable, ni para mi abuelo ni para el perro, pero en la fotografía todo el mundo parecía extraordinariamente relajado y todo el mundo aparecía fumando. Y ahí estaba yo, con los ojos clavados en la pantalla sucia de un teléfono móvil, mirando lo que había desayunado una de las componentes de Little Mix, y mis niveles de ansiedad se habían salido ya de los gráficos.

Durante dieciséis minutos había estado fingiendo que estaba a punto de llamar a Adam, y en esos dieciséis minutos había hecho un repaso total de todas mis redes sociales y había comprobado en tres webs diferentes si Mercury no se había quedado obsoleto. Normalmente no era una persona falta de palabras, pero una cosa era decir «lo siento, señora Stevens, pero su hámster no ha conseguido sobrevivir» sin vacilar y otra muy distinta llamar a tu novio cuando lo único que tenías que decirle era «mira, me estaba preguntado si por casualidad no me dejaste ayer a las tres de la mañana».

—¿Liv?

Alcé la mirada y descubrí a Adam delante de mí con la misma sudadera roja con capucha de la noche anterior, pero con una expresión diferente, más avergonzada, en el rostro.

—Hola —me saludó.

Bueno, por lo menos me había ahorrado el tener que llamarle.

—Pareces cansada —tenía un triste ramo de rosas en la mano derecha y se aferraba a ellas como si en ello le fuera la vida—. ¿Has tenido mucho trabajo esta mañana?

—Mucho —contesté—. ¿Y sabes? Ayer por la noche no dormí mucho.

—¡Ah! —bajó la mirada hacia las flores que llevaba en la mano y soltó un largo y pesado suspiro—. Son para ti.

Alargó la mano todo lo que le daba al brazo y solo avanzó hacia mí cuando estuvo convencido de que era estrictamente necesario.

—Gracias —le dije.

Intenté no fijarme en que no había sido capaz de quitarle el precio. Vi un montón de bolsas de Sainsbury's en la parte de atrás de su coche y me sonaron las tripas. ¿Quedaría muy mal que le dijera que cambiara las flores por una hogaza de pan?

—Son muy bonitas.

No lo eran.

—Era lo menos que podía hacer —las palabras de Adam sonaban forzadas e incómodas—. Siento lo de anoche, no sé qué se me paso por la cabeza. Algo debió de afectarme a la cabeza durante el vuelo.

—¿Te refieres a lo de que querías que nos tomáramos un descanso y todo eso? —pregunté, concentrándome en el ramo de flores.

Aunque Adam había ido a disculparse y a pedirme que volviéramos, la teoría de David había conseguido hacerme daño. Mucho daño. Tanto daño como cuando un burro me había dado una coz en el estómago. Pero aquello solo me había ocurrido en una ocasión y los burros no mareaban tanto la perdiz.

—Eh… ¿sí? —hundió las manos en los bolsillos, bajó la mirada hacia sus pies durante unos instantes y volvió a alzarla para ver si estaba o no perdonado—. Lo siento.

No estaba perdonado.

—¿Lo sientes? —pregunté.

Me había dejado. Había tenido lugar un abandono y yo ni siquiera me había dado cuenta. Estando allí, en el aparcamiento, con el teléfono en una mano y un ramo cutre de flores de supermercado en la otra, estuve a punto de colapsar. Cualquier cosa que dijera o hiciera estaría mal. Si lloraba, me sentiría como una estúpida. Si gritaba, él me gritaría a mí, y si le perforaba la yugular, bueno, en teoría iría a prisión, ¿pero no encontraría al menos algún consuelo? No sabía qué era peor, si estar enfadada, loca o destrozada por amor, porque, en aquel de momento, estaba sintiendo todo al mismo tiempo.

—Sí, lo siento —me dirigió una leve y atractiva sonrisa y alzó la cabeza un poco más—. Eh… bueno… Ya sé que se suponía que teníamos que ir a casa de Chris y de Cassie esta noche, pero mi madre está fuera y mi padre nos ha pedido a mi hermano a mí que nos pasemos por su casa, así que creo que será eso lo que hagamos. Chris y yo, quiero decir.

Apreté con fuerza el ramo y agradecí a los jefes supremos del supermercado que hubieran quitado las espinas.

—¿Qué?

Por alguna extraña razón, no parecía capaz de terminar de entender la parte en la que mi novio me abandonaba y cambiaba de opinión de un día para otro como por arte de magia. Me resultaba difícil perdonar algo ocurrido en el pasado cuando, para empezar, acababa de enterarme de que había sucedido. Yo no era una santa, no era Beyoncé, por puñetera desgracia.

—Chris y yo vamos a ir a tomar el té a casa de mi padre —repitió con una enorme sonrisa en el rostro, tranquilo y relajado mientras, en el interior de mi cerebro, giraba una versión diminuta de mí misma gritando con toda la fuerza de sus pulmones y ahogando mis pensamientos en el proceso.

—Así que han decidido suspender la cena. ¿No te ha llamado Cassie?

¿Eso era todo lo que tenía que decir? Lo siento, rompí contigo, voy a tomar el té con mi padre, aquí tienes una porquería de flores del supermercado y finjamos que no ha pasado nada, ¿vale? Genial. Adiós.

—Lo siento —contesté, apoyando las flores en la pared. Me froté mi rostro brillante y quemado por el sol con las dos manos—. Creo que me he perdido algo. ¿Qué pasó exactamente anoche? ¿Qué pasó en México?

La tensión se apoderó de nuevo de mi novio, que se inclinó hacia atrás, tiró de las cintas de la capucha y sacó hacia delante el labio inferior.

—No sé —contestó.

Dio una patada a la grava con la punta de sus Converse y encogió los hombros hasta la punta de sus orejas. Había hecho lo mismo cuando yo había descubierto que se había comido todas mis Jaffa Cakes, así que por lo menos tuve la seguridad de que sabía hasta qué punto era seria la cosa.

—Fue una estupidez —continuó—. No estaba pensando lo que hacía. Solo estaba cansado, Liv.

—Bueno, de alguna parte tuvo que salir —señalé, procesando todavía todo aquello—. Supongo que en aquel momento lo decías en serio.

Sentía mi rostro encendiéndose, no solo por el dolor, no solo por el enfado, sino consumido también por sentimientos a los que no había prestado atención durante años. Adam siempre me había hecho sentir a salvo, segura y, muy de cuando en cuando, medianamente enfadada, pero eso solo cuando dejaba envoltorios de galletas Penguin al lado del sofá. Lo único que me apetecía en aquel momento era volver a casa, taparme con las sábanas hasta la cabeza y fingir que nada de aquello estaba pasando. En cambio, tenía que solucionarlo como una mujer adulta y explicarle después a un hombre de sesenta y dos años que el hecho de que su gato tuviera algunos pelos de color rosa neón y el que le pusiera jerséis de ese mismo color estaban relacionados.

—No sé —contestó él.

Aunque no parecía estar tan mal como yo, sus ojeras indicaban que tampoco había dormido muy bien. Era justo.

—Estaba enfadado. Todo ese rollo del avión, y tú no parabas de hablar. Necesitaba espacio para calmarme.

¿Todo ese rollo del avión? ¿Lo decía como si yo tuviera la culpa?

—Yo estaba molesta porque el lunes por la noche estuviste muy raro —le recordé, enviando el calor de mi rostro a alimentar el fuego que ardía en mi vientre. La rabia era mejor que las lágrimas. Con el enfado podía trabajar. Con el cansancio y la sensiblería no—. Y no fui yo la que montó una escena en el avión.

—Lo siento —dijo envarado—. ¿Qué más quieres que diga?

—¿Ahora ya no necesitas espacio? —pregunté, procesando lo ocurrido mientras hablaba.

¡No era justo! Él había tenido toda la mañana para pensar y a mí me habían pillado por sorpresa. Si alguien necesitaba espacio, esa era yo.

—Eh, Liv, el señor Harries está aquí… —David asomó la cabeza por la puerta, miró a Adam, me miró a mí y volvió a cerrarla—. ¡No importa! —gritó a través del buzón—. Ya me encargo yo.

—Mira, he dicho que lo siento —continuó Adam, ignorando la interrupción de David—. No sé por qué estás tan enfadada.

—Estoy enfadada porque, por lo visto, rompiste conmigo a las tres de la madrugada —le expliqué, golpeándome la palma de la mano con las rosas hasta dejar una alfombra de pétalos rosados a mis pies— y ahora quieres fingir que no ha pasado nada. Solo han pasado nueve horas, Adam. ¿Qué pasa? ¿Has cambiado de opinión? ¿Nueve horas te parecen suficiente descanso? Sencillamente, no lo entiendo.

—A lo mejor no ha sido tiempo suficiente —comprendí que también él estaba enfadado. Era obvio que pensaba que una disculpa acompañada de un ramo de flores barato iba a ser suficiente—. Si vas a seguir así, a lo mejor necesito más tiempo.

—¡Muy bien! —grité.

—¡Muy bien! —gritó él en respuesta.

Por un momento, continuamos los dos en silencio en el aparcamiento, sin que ninguno se moviera o dijera nada. Yo no estaba segura de si quería seguir discutiendo o salir corriendo y esconderme. Adam apretaba y destensaba las manos y yo veía aquellas mismas opciones girando en sus ojos como si fuera una máquina tragaperras humana.

Yo no sería la primera en hablar. Yo no sería la primera en hablar. Yo no sería la primera en hablar...

—¿Entonces qué? —dijo él al final—. ¿Qué es lo que quieres?

Menos de tres días atrás mi respuesta habría sido «que nos comprometamos»; en aquel momento no tenía la menor idea de lo que quería.

—Eras tú el que quería algo —le recordé, sintiendo un amargo placer ante el hecho de que hubiera sido él el que hubiera roto aquel incómodo silencio. En algún momento, aquella conversación se había convertido en una competición. Yo estaba desesperada por ganarla, aunque en realidad no supiera lo que eso significaba—. No puedes decir que quieres romper conmigo y al minuto siguiente fingir que todo va bien sin darme algún tipo de explicación.

Adam se irguió en toda su altura, cerniéndose sobre mí mientras asentía, ya fuera porque estaba de acuerdo o porque estaba intentando convencerse a sí mismo de que lo estaba, yo no lo tenía del todo claro.

—Muy bien —volvió a decir—. Es posible que sea una buena idea dejarnos un poco de espacio.

¡Era tan típico de Adam aquello de dar la vuelta a la situación para que pareciera que todo había sido idea mía! Pero no tenía sentido empeorar las cosas señalándolo. Elevé los ojos al cielo y me volví para que no pudiera verme. La cabeza de David solo era visible a través del panel de vidrio esmerilado de la puerta y comprendí que lo estaba oyendo todo.

—Tengo que volver al trabajo —le dije, señalando tras de mí con el maltrecho ramo de flores—. Ahora no puedo seguir con esto.

Posiblemente nunca pudiera.

—Muy bien —volvió a contestar.

Que Dios me ayudara, pensé. Si volvía a decir «muy bien» una vez más...

—Hablaremos más adelante.

—¿Cuándo? —le pregunté—. ¿Podrías especificar?

—No sé —admitió.

Por primera vez desde que había Adam aparecido, parecía estar sufriendo de verdad. Sin previa advertencia, mi ira y mi rabia se esfumaron, dejando tras ellas una triste figura con un ramo de flores rotas en la mano y un nudo en la garganta.

—Pero te llamaré —añadió.

—De acuerdo.

Clavé la mirada en sus zapatos y ni siquiera fui capaz de mirarle. No creía haberme sentido nunca más insegura con él, y aquello incluía la vez que me había emborrachado, la segunda que me quedaba a dormir en su casa, y había terminado vomitando en la almohada.

Adam avanzó hacia mí con un gesto reflejo para darme un beso en los labios, pero se detuvo antes de llegar. Yo cuadré los hombros mientras él optaba por presionar los labios contra mi mejilla.

—Nos veremos, Liv.

Le observé mientras subía el coche y se alejaba con las bolsas de la compra rebotando en el asiento de atrás.

—¿Estás bien? —preguntó David tras de mi mientras abría la puerta lentamente—. ¿Quieres que le diga al señor Harries que se deje de estupideces y le envíe a su casa?

—No —giré sobre los talones, le tendí las flores y tomé aire. Todavía no, todavía no, todavía no—. Creo que me sentará bien ocuparme yo misma de eso. De todas formas, ya solo queda una hora para cerrar. Estaré bien.

—¿Son de Sainsbury's? —giró el ramo y lo olió con un gesto de desaprobación—. Hasta yo sé hacer las cosas mejor. ¿Quieres que las ponga en agua?

—Puedes ponerlas en agua o tirarlas a la basura. Haz lo que quieras con ellas, siempre y cuando yo no tenga que verlas.

—Excelente opción —David cerró la puerta mientras yo me dirigía a grandes zancadas hacia la consulta—. Me alegro de ver que estás bien. He oído parte de la conversación. ¡Menudo idiota!

—Ahora no —le dije, me quité el moño, lo enrollé de nuevo en lo alto de la cabeza y lo sujeté con una goma de tal manera que debía de parecer una de las protagonistas de *Real Housewives*. En realidad todo parecía salido de *Real Housewives*—. Dame un minuto y después me ocuparé del señor Harries, ¿de acuerdo?

Tragué con fuerza y los bordes de mi visión comenzaron a nublarse. Todavía no, me dije a sí misma, no hasta que no estuviera sola.

—Como quieras, doctora —respondió sin mucho convencimiento—. Si quieres puedo subir a tu casa y meter una botella de vino en la nevera. Solo por si nos apetece tomar algo después del trabajo.

—Que sean dos —dije tras él—. Para la cena y para el postre.

—Por eso eres tú la jefa —reconoció, apuntándome con los índices como si fueran dos pistolas—. Eres muy sabia.

Le seguí con la mirada mientras se alejaba por el pasillo sosteniendo el ramo de flores contra su pecho como una auténtica Miss Mundo. A pesar de que era bastante más joven que yo y un cien por ciento más masculino, solía tener razón sobre la mayor parte de las cosas, pero sobre aquello no estaba yo tan segura. Desde luego, no tenía la sensación de ser muy sabia. Cerré la puerta de atrás de la sala de exploración y me aseguré de que la que daba a la sala de espera estuviera cerrada. Con cerrojo. Volví después a la mesa de exploración, me coloqué el fonendoscopio al cuello y estuve sopesando la campana en la palma de la mano hasta que me tranquilicé. Me gustaba tanto aquel aparato que a veces me lo ponía encima del pijama cuando estaba viendo la tele, pero aquel día no fue suficiente. No estaba segura de que nada pudiera serlo.

—¿Qué nos está pasando? —susurré, alzando la mirada hacia el tubo fluorescente que parpadeaba encima de mí.

Dos enormes lágrimas se deslizaron por las comisuras de mis ojos, descendieron por las sienes y se infiltraron en mi pelo. ¿Había pasado tanto tiempo preocupada por saber cuándo iba a pedirme matrimonio que había terminado pasando por alto las señales de una ruptura inminente? Aquella no era la primera vez: me habían dejado y yo había dejado a otros durante los treinta años que llevaba en este planeta, pero no lo había visto venir. Se suponía que Adam y yo no íbamos a romper nunca. Él estaba conmigo y yo estaba con él, ¿por qué iba a tener que haber buscado ninguna señal?

¿Por eso había estado tan nervioso el lunes? No porque fuera a proponerme matrimonio, sino porque sabía que iba a romper conmigo cuando llegáramos a casa. Brotó en mi ojo izquierdo otra lágrima cálida y cayó directa en el oído, provocándome un escalofrío. Pero después había cambiado de opinión. Había llegado a su casa y al encontrarse con una cama vacía se había dado cuenta de que era más fácil retenerme a su lado que buscar otra pareja. Probablemente no le apetecía averiguar qué DVD eran míos y devolvérmelos.

Me coloqué la campana del fonendo en el pecho y escuché los latidos de mi corazón. Todavía latía, lo cual ya era algo.

—¿Hola?

El pomo de la puerta que daba a la sala de espera giró y la puerta golpeó contra el cerrojo. Me levanté, me tambaleé un momento, y estuve a punto de tirar la camilla antes de recuperar el equilibrio, secarme la cara y soltar un alto y satisfactorio sollozo.

—¡Un momento! —grité a través de la puerta mientras me lavaba la cara con agua fría—. Ya casi estoy, señor Harries.

Solo tres citas más. Solo una hora más que superar.

Con una profunda respiración, intenté ignorar todo lo que había pasado y abrí la puerta. Un anciano caballero de pelo rubio, cargado con un gato negro de pelo largo al que llevaba en una bolsa de la compra, alzó la mano en un educado gesto de saludo al entrar. El gato llevaba un jersey tejido a mano con una imagen que yo deduje era la del Olaf de *Frozen* en la espalda.

—Señor Harries, pensaba que ya habíamos hablado de que no había que ponerle a Jeremy jerséis de lana —dije con toda la educación posible, al tiempo que me volvía para secarme la nariz con la manga—. Ellos son los causantes de las bolas de pelo.

—Pero a él le encantan —protestó el señor Harries—. ¿Qué se supone que puedo hacer?

—No lo sé —respondí, compartiendo una mirada de desesperación con el pobre Jeremy—. De verdad, no lo sé.

CAPÍTULO 5

—Y fue así como explotó el microondas —terminó de contar mi padre con orgullo—. Salió algo de fuego, pero lo apagué sin ningún problema. Y la cortina se quemó un poco, pero, si no miras, no se nota.

—De todas formas, ya era hora de que lo cambiarais —señaló Chris, ondeando la mano mientras dictaba su sentencia—. Yo os compraré uno nuevo y mejor. El mío es genial, hace cualquier cosa, salvo limpiarte el trasero. Es increíble.

—Puedes comprar un microondas de plata y oro y seguirá explotando si metes un objeto de metal —repliqué.

—Todavía no entiendo por qué intentaste calentar un yogur.

—Quería saber qué pasaba —contestó mi padre—. Ahora ya lo sé.

—Deberías denunciarlos —continuó Chris—. Deberían haber advertido que no se pueden meter yogures en el microondas.

—No puedes denunciar a una fábrica por un error humano —repuse yo—. Creo que deberías tener más cuidado, papá.

—Y yo creo que no deberías aceptar el consejo de un estudiante de Derecho que abandonó la carrera —Chris se volvió en el sillón favorito de mi madre para regalarme su expresión de suficiencia de hermano mayor—. Me aseguraré de que te envíen un microondas nuevo antes de que venga mamá. Así no se enterará.

—De todas formas ya no lo usa —mi padre nos ignoró feliz a los dos. A lo largo de los años, había hecho un excelente trabajo a la hora de desarrollar una audición selectiva—. Le diré que me he deshecho de él por las radiaciones. Seguro que estará encantada.

—Compraré uno nuevo —insistió Chris, mirando ya microondas en el teléfono—. Mamá y tú no estáis en condiciones de tener ningún tipo de incidente. Probablemente deberíamos cambiar toda la cocina.

—Todavía no estamos seniles —protestó mi padre, levantándose al oír el timbre de la puerta—. No hace falta que me pongas una barra de seguridad en la bañera para evitar que me caiga.

—Estaba haciendo tonterías con el microondas, no intentando quemar la casa —susurré cuando salió de la habitación—. Deja de tratarle con tanta condescendencia. Ellos no quieren una cocina nueva.

—Tranquilízate, Ad —Chris abrió una botella de cerveza y arrugó la nariz al ver lo que había llevado. Él solo bebía cervezas artesanas, así que yo había comprado Bud Light con lima. Uno de esos pequeños detalles con los que se consigue superar un día difícil—. No deberías sentirte inferior porque yo esté en condiciones de ayudarles.

—Si quisieran una cocina nueva se la comprarían —repliqué, dándole la vuelta al teléfono para ver la hora.

Entre la noche que había pasado en el sofá, el jet lag del viaje y lo que demonios hubiera pasado con Liv estaba hecho polvo.

—Y si yo quiero ayudar a mis padres lo haré —añadió con la calma de un asesino en serie—. Si no se hubieran pasado la mitad de sus vidas ahorrando para pagar los estudios de Derecho que dejaste un año antes de terminar, ahora podrían comprar una cocina nueva. O por lo menos tendrían un hijo abogado que podría ayudarles a comprarla.

—Vete a la mierda —me replegué en el sillón, rezando para que me tragara—. No quieren una cocina nueva, Chris.

—Esta noche estás muy susceptible —se inclinó por encima de sus rodillas cubiertas por un vaquero de diseño y me miró con una sonrisa—. ¿Tiene algo que ver con la evidente falta de un compromiso en México?

—No —respondí, bebiendo un sorbo de cerveza con gran dificultad. La verdad era que sabía a pis—. Y no quiero hablar de eso aquí.

—¿Te ha dicho que no?

—Estoy casi seguro de que acabo de decir que no quiero hablar sobre eso.

—Pues es una pena —replicó Chris con un profundo y satisfecho suspiro— Sobre todo porque Cassie estaba hablando por teléfono con Liv cuando he salido de casa. ¿Qué es eso de que habéis roto?

Cuando mi hermano había comenzado a salir con la mejor amiga de Liv yo había tenido mis recelos. Había ido a Long Harrington para celebrar mi cumpleaños. Liv había organizado una fiesta y había advertido a Cassie y a Abigail que no se le acercaran ni a diez metros de distancia. Abi le había hecho caso, Cass no. Chris siempre había sido un poco cutre con las mujeres, bueno, un poco cutre en general, pero aquello me había preocupado más de lo habitual. No quería tener problemas con Liv cuando mi hermano le rompiera el corazón a su mejor amiga, algo inevitable. No llevábamos mucho tiempo saliendo y mi hermano nunca había aguantado con una chica más de tres meses y, por mucho que lo intentara, yo no acertaba a imaginar un escenario en el que aquella relación pudiera convenirme. No fui capaz de predecir que Chris iba a enamorarse hasta las trancas de Cass, que iba a dejar Londres para comprarse una casa en el pueblo a los tres meses de estar con ella, que iba a proponerle matrimonio a los seis, iba a casarse e iba a dejarla embarazada menos de un año después. Fuera cual fuera el hechizo que Cass había ejercido sobre mi hermano, había funcionado y le había convertido en un hombre nuevo. Al menos con ella. En lo que al resto del mundo concernía, seguía siendo un auténtico cretino.

—¿Y qué le ha dicho? —pregunté, tras beber otro sorbo de aquella cerveza asquerosa.

Me había salido el tiro por la culata. Estaba encantado de que lo de la cerveza hubiera funcionado, pero era de lo más irritante que mi hermano siempre pareciera saber lo que pasaba en mi vida antes que yo. Cassie y Liv se estaban enviando mensajes continuamente, poniéndose al corriente de cualquier cosa que pasara. Yo había intentado leerle los mensajes, pero, como no sabía emoji, no podía entender la mayor parte de lo que decían.

—No me puedo creer que hayas comprado esta porquería. No sé si es pis de gato, de rata o de mosquito, pero no pienso beberlo —bebió un poco más y dejó la botella medio llena en la repisa de la chimenea—. Me ha dicho que Liv y tú habéis tenido una bronca y ahora os estáis tomando un descanso. ¿Qué ha pasado? Yo creía que lo tenías todo planeado.

—Y es así —contesté, clavando la mirada en una fotografía del molino del pueblo que había hecho mi padre cuando Chris y yo éramos niños y habíamos ido a visitar a nuestros abuelos—. Pero no lo hice y ahora nos estamos tomando un descanso.

Mi hermano me miró sin mostrarse en absoluto impresionado.

—¿Y eso es todo?

—Eso es todo —le confirmé—. Y no quiero que papá lo sepa, así que no digas nada.

—Si quieres que te sea sincero... —Chris se levantó y cruzó a grandes zancadas el salón para acercarse a la bolsa reutilizable de Waitrose que había encima de la mesa. No era tan alto como yo, pero medía más de un metro ochenta. Si a eso se le añadía el pelo rubio y los ojos azules, era evidente que éramos hermanos. Desgraciadamente— siempre he pensado que lo vuestro no podía funcionar.

—¿Qué?

—Eh… —sacó un paquete de seis botellas de Samuel Smith de la bolsa—. No estoy diciendo que no sea guapa, pero no es muy sexy, ¿no crees? Y podríais pasar por hermanos, ¿sabes? Para mi gusto, demasiada raza aria por parte de los dos.

—¡Liv es sexy! —no sabía si estaba intentando hacerme sentir bien o solo estaba siendo Chris—. Es realmente sexy. Y no parecemos hermanos.

—Tampoco te pases —respondió Chris sirviéndose una de sus cervezas especiales en un vaso de pinta y volviendo a su silla sin ofrecerme nada—. Ya sé que es guapa, que los materiales están ahí, pero ni siquiera hace el esfuerzo de arreglarse, ¿verdad? Siempre va con el pelo recogido y sin nada de maquillaje. Y creo que no la he visto sin vaqueros en más de dos ocasiones.

—Me gusta cómo se peina —concluí que estaba siendo él mismo. Había estado siendo él mismo desde que había llegado, presumiendo del magnífico contrato que habían conseguido en el trabajo y hablando de su hijo como si fuera Dios—. Y le quedan muy bien los vaqueros. Estás diciendo chorradas.

—Y siempre me ha parecido muy raro que sea veterinaria. ¿No te molesta que esté todo el día metida en la clínica?

—¿Dónde te gustaría que estuviera? ¿Encadenada al fregadero de la cocina horneando pasteles?

—En absoluto —respondió, hundiéndose en su asiento—. Ya sabes que me gustan las mujeres ambiciosas, pero imaginarla metiendo la mano en el trasero de una vaca me provoca arcadas.

—Cassie era veterinaria —le recordé—. Fue así como se conocieron Liv y ella. En la universidad. Estudiaron las dos para ser veterinarias.

Chris se encogió de hombros.

—Sí, pero Cass no tiene que meter la mano en las tripas de nadie para sobrevivir. Ahora es profesora de Ciencias.

—Pues a mí me paree genial que Liv sea veterinaria —repliqué.

Y era cierto. Había salido con un buen número de chicas antes que con ella y ninguna tenía una carrera tan chula. Salir con una profesora de yoga puede parecer divertido hasta que te saca de la cama a las cinco de la mañana para hacer el saludo al sol y se niega a comer... bueno, cualquier cosa.

—Ayuda a los animales, a la gente, tiene un fonendo. Y gana bastante dinero.

—Más le vale, puesto que se está acostando con un tipo que ha abandonado los estudios —me espetó.

Me pregunté entonces si mi padre se enfadaría mucho si le tirara un vaso de cerveza encima. Probablemente no debería. Jamás quitaríamos el olor a Bud de lima de la alfombra.

—Era broma —añadió—. Ya sé que tienes trabajo.

Las comillas que marcó en el aire al pronunciar la palabra «trabajo» acabaron por sacarme de quicio.

—No todos podemos ser unos genios de la informática —respondí, dejando la botella en la mesa con fuerza—. Me encantaría haber diseñado una aplicación que enviara preservativos y rollos de papel higiénico a estudiantes triplicando el precio de lo que valen en la tienda de la esquina.

—Sí, me lo imagino —había un filo en su voz que no había detectado antes—. Esa aplicación me ha pagado la casa. ¿Puedes recordarme cómo conseguiste la tuya? ¡Ah, sí, es verdad! Era la casa del abuelo y mamá y papá te la dieron.

—Han intentado dejarme una pizza que no era la nuestra.

Mi padre regresó andando al salón, cargado con una pila de cajas de Domino's justo en el momento en el que yo estaba a punto de cruzar la habitación y estrangular a mi hermano con una colcha tejida por nuestra bisabuela.

—Ha tenido que llamar a la pizzería para comprobarlo. Me pregunto cuánta gente no comprobará lo que les han llevado antes de que se vaya el repartidor. ¿Os imagináis que pedís una pizza pepperoni y os traen una de atún? Qué desgracia.

—Si Liv está tan buena y es tan inteligente, ¿por qué os estáis tomando un descanso y todavía no estáis comprometidos? —preguntó Chris mientras mi padre trasteaba en la cocina con los platos y el rollo más grande del mundo de papel de cocina—. No tiene ningún sentido, hermanito. Supongo que ya se ha cansado de que estés jugando a hacer de carpintero y te ha dejado para que busques un verdadero trabajo, ¿no?

—Ha sido algo de mutuo acuerdo —contesté, meciendo mi cerveza con sabor a pis—. Nadie ha dejado a nadie. Nos estamos dando un descanso, intentando solucionar algunas cosas.

Yo ni siquiera sabía si era cierto, pero como había pasado toda la tarde, literalmente, desmayado, tumbado en el taller superando el jet lag, no había tenido mucho tiempo para pensar en ello.

—Ahora déjalo. No quiero que mamá y papá se enteren hasta que lo hayamos arreglado.

—Casarse implica un compromiso serio —dijo en voz alta, incorporando una risa para dar más énfasis a sus palabras. Chris Floyd, la autoridad más grande en relaciones—. Son muchas las cosas que hay que cuidar.

—¿De qué hablabais? —preguntó mi padre cuando apareció feliz ante nosotros con dos porciones de pizza prohibida.

—Del matrimonio —le aclaró Chris. Le dirigí una mirada de advertencia, pero continuó de todas formas—. Le estaba diciendo a Adam que no es algo que haya que tomarse a la ligera.

—Es cierto —confirmó mi padre antes de morder un pedazo de pizza y cerrar los ojos arrebatado—. ¿Hay algo que quieras contarme, hijo?

—Va a proponerle matrimonio a Liv —contestó Chris antes de que pudiera hacerlo yo—. ¿No es cierto, Ad? —me sonrió a través de la habitación y moduló la palabra «¿Qué?», antes de llenarse la boca de pizza.

Mi padre abrió los ojos como platos. Yo no recordaba haberle visto nunca tan feliz. La pizza, sus hijos y una importante noticia familiar que no había oído antes mi madre. Estaba viviendo el sueño de un padre.

—Es una noticia condenadamente buena, claro que sí —dijo, dejando su plato e inclinándose hacia mí en el sofá para darme un abrazo. Con los años, se había convertido en un gran aficionado a los abrazos—. Ya sabes que tu madre y yo adoramos a Olivia. ¿Tienes idea de cuándo vas a pedírselo? ¿Le has pedido ya permiso a su padre?

—No —mastiqué y mastiqué el mismo pedazo de pizza, pero no parecía capaz de tragarlo—. Todavía no he decidido nada. Probablemente lo mejor sea no decirle nada a mamá hasta que, ya sabes, hasta que tenga cerrados todos los detalles.

—Me sorprende que no lo hayas hecho durante las vacaciones —comentó. Volvió a sentarse y mordisqueó los bordes de la pizza que le quedaban—. Habría sido muy bonito.

—Desde luego —Chris miró a mi padre como si fuera un genio—. ¿Cómo es que no se te ha ocurrido? ¿Por qué no se lo has propuesto en vacaciones?

—¿Alguien quiere más pizza? —pregunté, levantándome y cargando mi plato con otra porción de pizza cubierta de salchicha grasienta—. ¿Quieres una cerveza, papá?

—¡Pues claro que sí! Me tomaré una cerveza —dijo mi padre, alargando la mano hacia la cerveza que acababa de abrir—. Mañana ya no podré. Tu madre me ha dejado sin una gota de alcohol.

—Estoy seguro de que te dejará violar las normas para brindar por la feliz pareja —dijo Chris mientras mi padre bebía entusiasmado—. Avísame en cuanto lo hagas. Te traeré una botella de Bollinger del año que naciste. Me costará uno de los grandes, pero es perfecto para una celebración, ¿no crees, papá?

El señor Floyd sonreía radiante al fruto de sus entrañas.

—Sé que puede parecer cursi, pero me alegro de que seáis

tan buenos amigos. Es muy triste que los hermanos no se lleven bien. Me estáis haciendo muy feliz.

—No puedo imaginar el mundo sin él —respondí, alzando la botella y dirigiéndole a mi hermano la mirada más repugnante que fui capaz de mostrar—. Lo he intentado, pero no puedo.

Chris asintió con las mejillas ardiendo por el alcohol, la pizza y la adulación general mientras mi padre continuaba atiborrándose a pizza y mirando a sus hijos en tal estado de júbilo que no pude evitar pensar que mi madre había desperdiciado su dinero en aquellas dos semanas de retiro. Obligué a la pizza a descender por mi garganta con un trago de cerveza, clavé la mirada en la pared y esperé a que otro cambiara de tema. La verdad era que después de aquello estaba verdaderamente jodido. Era imposible que mi padre mantuviera la boca cerrada al respecto y mi madre no me dejaría en paz hasta que soltara lo que estaba pasando. Lo cual quería decir que me tocaba hacer un serio esfuerzo para arreglarlo antes de que volviera.

—¿Estás bien, Adam? —preguntó mi padre, con la salsa roja alrededor de la boca—. Pareces un poco pachucho.

—Estoy perfectamente —le aseguré, alzando mi porción de pizza mientras Chris ahogaba una risa—. Nunca he estado mejor. Jamás he estado mejor.

Ojalá Liv fuera tan fácil de aplacar como mi padre, pensé para mí mientras él continuaba masticando hasta dejar el plato vacío. Debería haberle llevado a Liv una pizza en vez de flores.

CAPÍTULO 6

Las copas de los jueves en el pub del pueblo habían sido una tradición para Abi y para mí desde antes de cumplir los dieciocho años, pero, en honor a la ruptura de mi relación, habíamos efectuado el heterodoxo movimiento de adelantarlas al miércoles. Era necesario. Después del abandono de Adam y de recibir a todos mis pacientes, envié a David temprano a su casa y pasé el resto de la tarde llorando histérica en un rincón de la clínica mientras todos mis internos perrunos aullaban como muestra de empatía. Fue una escena que no habrían sacado ni en *La Dama y el Vagabundo*. Sin entrar en detalles, reuní a mis chicas en el pub y preparé el hígado para lo que se avecinaba.

Cumpliendo órdenes, Abi llegó arrastrando los pies hasta nuestra esquina habitual y dejó una botella de vino blanco en la mesa. Llevaba su melena castaña cortada a la altura de la barbilla, medio suelta y medio recogida con infinitos pasadores y sus gafas casualmente modernas estaban tan sucias que cualquiera se preguntaría si podía siquiera ver.

—He tenido un día asqueroso, vamos a emborracharnos.

Me aparté para hacerle un sitio, golpeándome las rodillas contra la mesa en el intento.

Aquellos asientos eran un invento del diablo; era imposible salir o entrar en ellos sin hacerse una carrera en las medias, pero siempre nos sentábamos allí. Era difícil romper con una costumbre después de más de una década.

—¿Qué ha pasado? —pregunté, sirviendo vino a todo el mundo con la mano todavía temblorosa.

—Mi ayudante de laboratorio ha roto una pieza del equipo, se ha cargado los resultados de las pruebas de tres meses y la verdad es que no quiero hablar de ello —dijo mientras Cass agarraba la botella que yo acababa de dejar en la mesa y se llenaba la copa hasta el borde. Cass y yo ya habíamos hablado—. Liv, has vuelto, ¡qué guay! Estás muy guapa.

—No, no es verdad —contesté. Tenía los ojos secos e irritados después de aquel horrible llanto—. Me encuentro fatal. Llevo sin dormir como es debido desde el domingo y hoy un pastor alsaciano ha tenido una diarrea explosiva en la camilla de exploración cuando estaba intentando hacerle una prueba rectal y, bueno, el resto ya os lo podéis imaginar.

—Pero tienes un bonito bronceado —replicó, encogiéndose de hombros— Vamos, ¿cuál es esa gran noticia que no puede esperar hasta mañana?

Y fue entonces, mientras ella acababa con media copa de vino de un solo trago, cuando me di cuenta de que estaba esperando que anunciara mi compromiso.

—No es nada importante —contesté. Cass, que había oído la historia cerca de una docena de veces desde que yo había llegado al pub, me agarró la mano por debajo de la mesa—. Adam y yo hemos roto.

Abi se subió las gafas, vació la segunda mitad de la copa y la dejó en la mesa.

—Bueno, mi lavavajillas lleva una semana parpadeando, así que, bueno, ahora mismo todas tenemos algo que superar.

Decidida a no llorar en el Bell, oculté el rostro bajo mi pelo y emití un sonido, medio risa, medio sollozo, mientras ella me envolvía en un abrazo. Aparte de un breve flirteo con Impulse Vanilla Kisses cuando estábamos en séptimo, Abi nunca llevaba perfume, así que sus abrazos siempre olían igual. Enterrar el rostro en su pecho bastó casi para llevarme al límite.

—No habéis roto —me consoló Cass, acariciándome la espalda—. Os habéis dado un tiempo, que no es lo mismo. No te preocupes.

—Me alegro de que sepas mejor que yo como está la situación —dije, sorbiendo por la nariz mientras me desasía del abrazo de Abi. Esta me colocó los mechones que habían escapado del moño en su lugar—. A mí se me parece mucho a una ruptura, Cass. Mira, son las seis y media de un miércoles, tenemos dos botellas de vino abiertas encima de la mesa y mis amigas me están diciendo que no me preocupe. No es un escenario que transmita que las cosas van bien, ¿no te parece?

—Yo no te he dicho que no te preocupes —me corrigió Abi, volviendo a llenar su copa mientras yo me inclinaba para beber un sorbo de la mía sin levantarla de la mesa—. Desde luego, yo estaría preocupada si estuviera en tu lugar.

—Eso no la va a ayudar —le reprochó Cass con los ojos entrecerrados—. Adam le dijo a Chris que solo era un descanso. Chris cree que le ha entrado miedo, que eso es todo, nada por lo que entrar en pánico. Para cuando llegue el fin de semana, ya se habrá tranquilizado y todo volverá a la normalidad.

—Liv, ¿qué ha pasado? —el teléfono de Abi se iluminó mostrando la fotografía de un hombre medio desnudo con unos músculos grotescos. Ella frunció el ceño y canceló la llamada—. Yo pensaba que volverías comprometida. He pasado el día ensayando la cara que iba a poner cuando me pidieras que fuera tu dama de honor.

—¿Y por qué crees que te voy a pedir que seas mi dama de honor? —pregunté, deslizando la copa sobre la mesa—. Y, más importante, ¿quién te ha llamado? ¿Te estás acostando con Fabio?

—No es nadie. Estaba empezando a considerarle un posible acompañante para tu boda, pero, si no vas a casarte todavía, no necesito contestar —guardó el teléfono y dejó el bolso debajo de la mesa—. En serio, ¿qué ha pasado?

—Técnicamente, Cass tiene razón, nos hemos dado un tiempo —le expliqué, girando mi teléfono para comprobar los mensajes. Nada—. Adam se pasó todas las vacaciones hablando de un restaurante maravilloso que había en el pueblo, de cómo se había enterado de su existencia, de lo bueno que era y de que no podía hacer una reserva hasta la última noche. Obviamente, yo pensé que iba a proponerme matrimonio ese día. Pero salimos hacia allí y ni siquiera ahora sé lo que pasó. Estábamos andando por la playa, de camino hacia la gran noche, y de repente me encontré metida en un coche de camino a casa. Nada de restaurante de lujo, nada de propuesta de matrimonio, ni siquiera un polvo de último día de vacaciones. Fue todo muy raro.

—Chris dijo que Adam le dijo que quería aclarar algunas cosas —dijo Cassie, dándole la vuelta al vino para leer la etiqueta.

Yo no entendía lo que esperaba encontrar. En el Bell solo había dos clases de vino: tinto o blanco. Estábamos bebiendo el blanco. Y no era bueno.

—Desde luego, no ha dicho que habíais roto —añadió.

—¿Eso lo ha dicho Chris o lo ha dicho Adam? —Abi no se mostró en absoluto impresionada.

—Adam se lo ha dicho a Chris y Chris me lo ha dicho a mí —le aclaró, acariciándose las puntas de la cola de caballo morena.

Todo en Cassie Huang era elegante. La palabra que utilizaba con más frecuencia para describirla era «grácil», una palabra que me encantaba oír decir a mi madre, que solía referirse a su propia hija adolescente como «recia». ¡Y todavía se extrañó de que siguiera una dieta a base de Haribo y Pepsi Light durante el primer año de universidad!

—Cenaron pronto en casa de su padre, he visto a Chris durante unos diez segundos antes de salir.

—Desde luego, ese hombre sabe cómo guardar un secreto —dijo Abi.

Ella nunca había sido de medir sus palabras. Le gustaba llamar al pan pan y al vino vino. O imbécil a un imbécil si lo consideraba apropiado.

—Chris dice que es algo normal —afirmó Cass mientras continuaban hablando sobre mí. Y a mí me parecía bien. Estaba encantada de poder permanecer callada y bebiendo mi vino. Y el suyo. Y el de todo el planeta—. Que los hombres tienen muchas dudas antes de soltar la pregunta, aunque ni siquiera lo sepan. Y Steve Harvey dice básicamente lo mismo en *En qué piensan los hombres*.

Abi le dirigió una dura mirada. Abi no compartía la confianza de Cass en los manuales de autoayuda. Ella solo creía en confiar en sí misma.

—¿Puedes decirle a Chris que le diga a Adam que cuando tome una decisión haga el favor de encontrar el momento de decírselo él mismo a Liv? Lo digo para no dejarla esperando a que tu hermano y tú vayáis filtrando la información.

—Yo solo estoy diciendo lo que me ha dicho Chris —replicó ella. Su teléfono vibró en la mesa contra la botella de vino casi vacía—. Hablando del rey de Roma. Ahora mismo vuelvo.

Yo medio me levanté y me eché hacia atrás para que pudiera pasar y le sonreí a la señora Moore, la dueña del bar, mientras Cass se dirigía hacia la puerta. Ella me devolvió la sonrisa, mirándome de arriba abajo al pasar a mi lado. Aquella mujer había estado sirviéndome bebidas desde que pedí mi primer Malibu con Coca-Cola a los quince años. Si no le gustaba lo que veía, solo podía culparse a sí misma.

—Liv, lo siento mucho —Abi me arregló el cuello de la blusa cuando me senté, con sus enormes ojos verdes rebosando preocupación e insinuando una rabia asesina—. ¿Cómo estás de verdad?

—No lo sé —contesté.

Alcé la mano para saludar a Melanie Brookes, la vecina de mi madre, madre a su vez de dos hijos y propietaria de tres conejos y un gato diabético. En algún momento había tenido también un perro, pero el perro se había metido en un armario, se había comido un huevo de Pascua y nadie había podido hacer nada para salvarle.

—Me siento fatal cuando pienso en ello. Me gustaría que Cass tuviera razón, que todo esto solo sea por culpa de sus dudas, porque si no, no sé qué voy a hacer.

Abigail Levinson y yo éramos íntimas amigas desde el día que su padre había llevado su mascota a la clínica cuando las dos teníamos once años. Yo andaba por allí, buscando animales a los que incordiar, cuando una niña escuálida de pelo oscuro, gafas tan gruesas como el culo de una botella de Coca y la que a mí me había parecido una camiseta supercool de Mickey había cruzado la puerta. Se había sentado a mi lado mientras nuestros respectivos padres desaparecían en la sala de exploración, me había mirado a los ojos y me había susurrado con la más seria de las voces que su perro no iba a salir adelante. Yo le había agarrado la mano en silencio hasta que nuestros padres habían vuelto a aparecer con el perro que, a pesar del diagnóstico del que mi nueva amiga estaba tan convencida, había corrido hacia nosotras, saludable, feliz y un cien por cien vivo.

Cuando se habían ido, mi padre me había contado que Abi había estado viendo demasiados programas de *Blue Peter* y había decidido asumir la responsabilidad de lavar los dientes al perro con un cepillo eléctrico y el tubo entero de Colgate. Con intención de que el perro pudiera sobrevivir al verano, mi padre había aceptado a Abi como su segunda veterinaria júnior en prácticas (en realidad, solo nos dejaban limpiar las perreras y dar de comer a los gatos), pero nos sentíamos terriblemente importantes y habíamos sido como siamesas desde entonces. Después de la graduación, ella había continuado en la uni para hacer un doctorado y había llegado a convertirse en una superinvestigadora en Veterinaria. Ni siquiera yo llegaba a entender lo que hacía, y eso que también era veterinaria. Mientras yo me dedicaba a sacar piezas del Lego del estómago de un cachorro de labrador, ella curaba el cáncer. El cáncer de los perros, pero, aun así, era impresionante. Por lo que a mí concernía, era una Superwoman.

—Al infierno con lo que quiere Adam —Abi se colocó un mechón de su corta melena castaña detrás de la oreja y frunció el ceño tras las gafas, que continuaban teniendo un cristal muy grueso, pero eran bastante más elegantes que las que llevaba cuando éramos niñas—, ¿qué es lo que quieres tú?

La miré sin entender.

—Tú, Olivia, ¿qué quieres tú? —me preguntó—. ¿Sabes de quién te estoy hablando? Una chica bajita, con las puntas abiertas, que se gana la vida curando animales.

—No tengo las puntas abiertas —musité, agarrando un mechón de pelo y sosteniéndolo contra la luz—. Yo no quiero romper con él. Yo quiero que todo vuelva a ser como antes.

—¿Por qué?

—¿Qué?

—¿Por qué quieres que todo vuelva a ser como antes? —me preguntó—. Debería de ser una pregunta fácil.

—No lo sé —confesé, concentrándome en quitar la etiqueta de la botella—. No era esto lo que me imaginaba. Déjame en paz, estoy triste.

—Tanto si era esto lo que te imaginabas como si no, alguien necesita poner ciertos límites antes de que esto termine siendo un desastre —dijo con la voz más amable de la que fue capaz—. Y ese alguien debería ser tú. Él no tiene por qué ser el único que determine cómo tiene que ser vuestra relación, aunque vuelvas mañana con él. Tienes que pensar un poco en ti. Primero fue él el que decidió que quería comprometerse contigo y después que necesitaba un descanso. Tú también necesitas saber lo que quieres.

—Quiero saber lo que quieres tú —le dije, dándole un golpe en el hombro.

Bebí después un sorbo de vino.

—Quiero que seas feliz —replicó—. Y que vendan Mini Eggs durante todo el año.

—Yo no quiero romper con él —dije, quitando lentamente la etiqueta para que saliera de una pieza. La vida sin Adam me parecía algo imposible—. Ni siquiera soy capaz de hacerme a la idea. Él dice que necesita espacio, así que debería dejarle espacio. A mí me parece que esta es la clásica situación en la que un miembro de la pareja estira de la relación para ver si de verdad aguanta, ¿no te parece?

—Sabes que no pienso contestar a eso —respondió Abi, maldiciendo el nombre de nuestra mejor amiga mientras la etiqueta de la botella se partía en dos—. En primer lugar, *Los hombres son de Marte y las mujeres de Venus* es un regalo ridículo y está lleno de consejos de ridículos. Para empezar, a Cassie deberían haberle pegado un tiro por habértelo regalado.

—Lo siento, era Chris —Cass regresó a la mesa y agarró su vaso. Me aparté, alegrándome de la interrupción—. Gus estaba llorando, pero era solo porque tenía hambre. Tendré que volver pronto. No me gusta dejarle solo durante demasiado tiempo.

—¿A Chris o al bebé? —le pregunté a Cass.

—Liv, no seas mala —me regañó Abi—. Seguramente no esperarás que Chris, un hombre adulto, sea capaz de cuidar de un niño durante más de cuarenta y cinco minutos al día.

—No es lo mismo que pedirle que grabe *Gogglebox* —replicó Cass con aspereza—. Gus se pone muy inquieto cuando no estoy allí por las noches. A veces no es capaz de calmarse.

—¿Chris o el bebé? —le pregunté a Abi,

—Deberíamos quedar en mi casa de vez en cuando —propuso Cass, lanzando los posavasos de cartón en nuestra dirección—. Así yo no tendría que irme tan pronto. Además, el vino que tenemos en casa es mucho mejor. Tenéis que venir a casa más a menudo. Gus apenas conoce a su tía Abi.

—No conoce a nadie, Cass, tiene cinco meses —Abi hizo

girar el vino, empapando la copa, y aspiró su aroma—. Y yo tengo el síndrome de Estocolmo con este vino. Cada vez que tomo vino en cualquier otro lugar, mi cuerpo no lo reconoce como la misma sustancia.

—Eso debe de ser porque los otros vinos son buenos —le explicó Cass—, y este es muy malo.

—Ahora Cass solo bebe los mejores vinos —aclaré, ignorando la mirada que me dirigió y rellenándole la copa—. Cass se casó.

Nadie iba a decirlo, pero nuestros encuentros semanales se parecían más a encuentros mensuales desde hacía cerca de un año. Yo comprendía que quedar en un antiguo pub frío y húmedo no era lo más apetecible para una mujer embarazada, pero Cass había empezado a poner excusas mucho antes de que Gus viniera al mundo y yo no me había dado cuenta de cuánto tiempo había pasado desde que estábamos las tres juntas hasta que había necesitado estar allí. Miré a Abi y me pregunté cuántas veces habría cancelado yo la cita para salir con Adam.

—Si no querías que me casara con el hermano de tu novio, no deberías habérmelo presentado —me dijo, bebió con ganas y chasqueó la lengua—. La culpa fue tuya.

—Es verdad —se mostró Abi de acuerdo—. Deberías habérmelo presentado antes a mí. Me lo habría tirado y no habría vuelto a hablarle nunca más. Se me da mucho mejor que a Cass alejarme del sexo opuesto.

—Eso es porque todavía no has conocido al hombre indicado —respondió Cass, haciéndome escupir el vino. Tener un bebé la había convertido en una mujer valiente—. Trabajas demasiado y no estás dando una verdadera oportunidad a las relaciones personales.

—Tienes toda la razón —Abi se enmarcó el rostro entre las manos y parpadeó con aquellos ojos tan grandes que parecían de un dibujo animado—. Enséñame todo lo que sabes, ¡oh, mujer sabia y casada!, ayúdame a ser como tú.

—Me voy a casa —dijo Cass, ignorando los graznidos con los que le suplicamos que se quedara—. Sé que es muy pronto, pero estoy agotada y quiero acostar a Gus. Deberíais agradecer la suerte que tenéis de que pueda estar aquí. Si fuera por mi abuela , todavía estaría encerrada en casa. Cree que cada vez que salgo llevo a casa espíritus diabólicos.

—No creo que esa sea una forma muy amable de describirnos a Liv y a mí —dijo Abi, sacudiendo la cabeza.

—¿Tu abuela no era de Reading? —pregunté, dándole a Abi una palmada en la pierna.

—No seas ridícula —Cass asintió, abrió un mensaje de texto y sonrió antes de enseñárnoslo.

Era una fotografía de Gus y Chris en la bañera y las burbujas no tapaban todo lo que a mí me habría gustado.

—Mi madre decía que cuando yo nací las cosas no eran así, pero ahora está enloqueciendo con todas esas tradiciones chinas. Ni siquiera le gusta que Chris tenga al niño en brazos. Por lo visto, yo no debería haber salido de la cama durante el primer mes.

—¿Puedo quedarme un mes en la cama si tengo un hijo con un chino? —Abi se irguió de pronto mientras yo emitía los esperados sonidos de arrobamiento. Gus era un bebé muy mono, siempre y cuando a una le gustaran los bebés, claro—. ¿No tienes ningún primo soltero?¿O algún tío? ¿Estaría dispuesta tu madre a prestarme a tu padre durante una hora más o menos?

Ignorando a Abi, Cass me dio un abrazo antes de salir del cubículo.

—No dejes que todo lo que ha pasado te afecte demasiado, Livvy. Estoy segura de que al final todo se arreglará —me aseguró—. Deja que Adam tenga su media hora de locura y te apuesto lo que quieras a que, antes de que acabe al año, volveréis a estar juntos y tú llevarás una sortija en la mano.

—A lo mejor —dije, rascando una mancha de un verde indeterminado del dobladillo de la camisa. Um. Asqueroso—.

¿Pero puedes hacerme un favor? Cuando vuelvas a casa, no le cuentes a Chris todo lo que hemos hablado. No es que no agradezca que intentes ayudarme, es que no quiero que se lo cuente a Adam.

—No diré una sola palabra —me aseguró con expresión de sorpresa—. Sabes que no diría nada.

—¿Lo dices por lo bien que has guardado los secretos hasta ahora? —señaló Abi—. Fuiste tú la que le contó a Liv lo de la sortija, la que le dijo que Adam iba a proponerle matrimonio en México, y esta noche lo único que has hecho ha sido soltar lo que Adam le había contado a Chris sobre la situación.

—Amigas antes que esposas —Cass descartó aquella acusación irrebatible y elevó los ojos al cielo—. Yo os cuento lo que él dice, pero a él no le cuento lo que decís vosotras. Prometedme que no os vais a pasar el resto de la noche enfadadas.

—Promesa de scout —dije, alzando tres dedos.

—Te has equivocado de mano —me susurró Abi.

—Qué más da —musité, enterrando la cara en la copa de vino—. Adiós, Cass.

—Adiós, Cass —dijo Abi, alargando los brazos para darle un abrazo—. Dale recuerdos a Chris de mi parte.

Por mucho que discutieran, se adoraban.

—La verdad es que no sé qué creer —dije en cuanto la puerta se cerró tras ella y Abi sirvió el vino que quedaba en mi copa—. Chris siempre se porta fatal con Adam. ¿Por qué iba Adam a abrirse a él?

—Porque es su hermano —contestó Abi—. Tú eres hija única, y además chica, no lo comprendes. Te odias un día y al siguiente darías un riñón por tu hermano.

—¿Tú le has dado un riñón a tu hermano?

—Claro que no —respondió, palmeándome la cabeza—. Solo era un ejemplo para que lo entendieras. Lo que quiero decir es que es así como funcionan las cosas entre hermanos.

—Sí, a lo mejor —hundí el dedo en un agujero diminuto que había en el terciopelo del asiento. Aquel pub estaba comenzando a quedarse viejo—. Chris siempre ha sido un abusón. Siempre se está burlando de Adam porque dejó Derecho y presumiendo de lo bien que va su compañía.

—Probablemente sea un problema de inseguridad —reflexionó Abi—. ¿Sabes si Adam la tiene mucho más grande?

—La verdad es que no he pensado en ello —con la boca llena de vino, aparté de la cabeza cualquier pensamiento sobre el pene de Chris—. Adam es más alto, desde luego, y mucho más guapo, y cien por cien más inteligente. No sé en qué estaba pensando Cass, la verdad.

—Estaba pensando en casarse con un tipo rico y en contar con el apoyo de sus padres —contestó Abi—. Seamos sinceras, lo único que quería Cass era casarse, tener un hijo y no tener que preocuparse por nada más durante el resto de su vida. Y lo ha conseguido, así que ¡bien por ella!

Metí todo el dedo en el asiento, de manera que el agujero diminuto dejó de ser diminuto.

—Tonterías —dije. La expresión de Abi sugería que no iba a cambiar de opinión—. Cass es más anticuada que nosotras. Le adora, creo. Y, desde luego, él la adora a ella.

Abi agarró la segunda botella de vino y se llenó la copa. Abi tenía una constitución de hierro, no había nada que la tumbara, pero yo estaba borracha como una cuba. Una copa de vino bastaba para emborracharme. Tapé mi copa con la mano antes de que pudiera volver a llenármela.

—No puedo —le dije con tristeza. No había nada que me hubiera gustado más que hundirme en un coma etílico en cuanto llegara a casa—. Mañana tengo que dedicarme a esterilizar animales. Me temo que no debería tener resaca porque voy a terminar haciendo yo todas las operaciones. Mi padre no va mucho por la clínica últimamente.

—¿Está bien? —preguntó Abi—. Me cuesta creer que vaya a cumplir sesenta y cinco años. Tengo la sensación de que no han pasado ni dos minutos desde que cumplió los cincuenta.

—Creo que está bien —contesté, preguntándome si sería

o no cierto. Tenía demasiadas cosas en la cabeza como para dedicar tiempo y espacio a pensar en el compromiso de mi padre con la clínica, o con la falta del mismo—. Últimamente no pasa mucho por allí, pero me viene mejor. Yo me encargo de los pacientes y él del papeleo. Además, prefiero no verle mientras esté yo así. Ya sabes cómo son mis padres.

—Tiene que haber algún maravilloso punto medio entre la incapacidad de tu familia para compartir vuestros sentimientos y la biblioteca de Cass, llena de libros de autoayuda. Ya sabes, ¡alguien como yo!

—No sé cómo ha conseguido sobrevivir la raza humana durante tanto tiempo —dije, acercando mi copa a la suya—. Las relaciones personales son de lo más complicado. Es un milagro que mis padres y los de Adam todavía estén juntos. Eso debería bastarle para atreverse a dar el paso. Hoy en día, ¿quién conoce a dos parejas de padres que sigan juntos?

—¿Te conté que mi padre está a punto de volver a hacer un viaje? Y sin Karen —preguntó con expresión de disgusto.

—¿Este va a ser su tercer divorcio?

—El cuarto —se interrumpió cuando pasó Bill Stockton por delante de la mesa y le guiñó el ojo—. Supongo que te has olvidado de Lisa. Es lo que le ha pasado a él.

Observé a Bill mientras cruzaba la barra y se sentaba con sus amigos. Bill miró otra vez a Abi y desvió rápidamente la mirada hacia algún punto por encima de nuestras cabezas cuando se dio cuenta de que le estaba observando.

—Eh, ¿qué pasa entre Bill y tú? —pregunté al mirar a mi amiga y ver que estaba tan roja como él—. ¿Quieres contarme algo?

—No —contestó al instante—. No quiero contarte nada.

Vivíamos en un pueblo pequeño, no tan pequeño como era antes, pero, si querías salir de noche, no había muchas opciones. Teníamos un supermercado, un *fish and chips* grasiento, valga la redundancia, y dos pubs, lo que significaba que era más bien imposible mantener ninguna clase de secreto durante más de quince minutos. Entre Abi y Bill había habido algo cuando estábamos en secundaria y les había durado casi un año, pero después Bill se había enrollado con Caroline Higgins detrás del polideportivo y Abi había jurado que no volvería a dirigirle la palabra. Por lo que yo sabía, había mantenido su promesa durante los últimos trece años, pero, dada la expresión de ambos, era obvio que habían hecho algo más que hablar mientras yo estaba fuera.

—Cuando haya algo que contar, te lo contaré —me informó Abi.

Yo levanté mi copa, incapaz de disimular la sonrisa, pero no seguí presionando. Era inútil presionar a Abi. Ella me lo contaría cuando estuviera preparada.

—Y prométeme que pensarás qué es lo que quieres sacar tú de este tiempo que os habéis dado, que no vas a limitarte a esperar sentada hasta que Adam tome una decisión.

—Te lo prometo —declaré, dándole otra oportunidad al saludo de scout.

—Has vuelto a equivocarte de mano —Abi suspiró—. Me alegro de que no tengas que operar mañana a mi perro.

Dos horas después, estaba colgando las llaves al pie de las escaleras y derrumbándome en mi sofá. Un gato tricolor de tres patas se estiró en la butaca que había al lado de la ventana y maulló sonoramente.

—Hola, Daniel Craig —le dije, estirando la mano para rascarle debajo de la barbilla.

Saltó sobre mi estómago y clavó sus pequeñas garras en mis senos mientras ascendía y descendía por mi torso, intentando decidir dónde acomodarse.

—Es agradable que te echen de menos —musité, sacando el teléfono del bolsillo del abrigo.

Debería haberme quitado el abrigo antes de sentarme, comprendí, mientras Daniel se acomodaba justo encima de mi vejiga. Y también debería haber ido al baño.

Me sentía muy rara al terminar el día sin tener a Adam cerca. Si pasaba la noche en mi piso, solía ser porque me había quedado trabajando hasta tarde y estaba tan cansada que caía rendida en cuanto cruzaba la puerta. En aquel momento estaba allí porque era el único lugar en el que podía estar. Me encontraba tan mal... Me apetecía tumbarme en el sofá con la cabeza en su regazo mientras él me acariciaba el pelo y nos contábamos el uno al otro cómo nos había ido el día. Quería rechazar la copa de vino o la galleta que siempre me ofrecía, sabiendo que me la traería de todas formas y me diría que nos lo merecíamos por lo mucho que habíamos trabajado, aunque no hubiéramos trabajado tanto. Quería oírle, tocarle, hacerle reír. No saber cuándo iba a volver a verle empeoraba la situación. Estaba atrapada, y ligeramente borracha, en el limbo de una relación. ¿Podía haber un lugar peor?

—¿Crees que tu papá me echa de menos? —le pregunté al gato.

Daniel abrió un ojo brillante del color del mar y volvió a cerrarlo lentamente. Yo sostuve el teléfono frente a mi rostro mohíno con las dos manos.

—Me lo tomaré como un no.

Abi tenía razón. Necesitaba establecer unas normas básicas con Adam si no quería volverme loca. El hecho de que me hubiera dicho que hablaríamos sin poner una fecha concreta ya me había llevado a superar el límite de dos copas de vino en un día de diario y me negaba a permitir que aquella noche terminara con mi rostro embadurnado con la barrita de chocolate que guardaba en el fondo de la nevera para las emergencias.

—Le enviaré un correo —le dije a Daniel Craig, que ronroneaba feliz para ayudarse a dormir sobre mi vientre—. No diré ninguna tontería. Solo se lo enviaré para hacerle saber lo que pienso. Después apagaré el teléfono y me iré a la cama.

Daniel alzó la cabeza, maulló con fuerza y volvió a centrarse en aquel negocio tan serio que era dormir. Yo interpreté aquello como un gesto de apoyo a mis intenciones.

Hola, Adam, escribí.

—No, demasiado informal. Pondré solo «Adam», nada de «hola».

Corregí el mensaje, miré la pantalla con los ojos entrecerrados y comencé de nuevo.

Adam, espero que estés bien.

Daniel bostezó.

—¿Espero que esté bien? —pregunté.

Daniel no contestó.

Espero que estés bien. Solo quería aclarar algunas cosas sobre esta separación. Estoy de acuerdo en que es una buena idea pensar las cosas, pero agradecería alguna indicación sobre el tiempo que va a durar.

Clavé la mirada en el mensaje durante unos segundos. ¿Estaba escribiendo a mi novio o al director de mi banco?

—Es ridículo escribir un correo electrónico —decidí—. Voy a enviarle un mensaje. Al fin y al cabo, continúa siendo mi novio. Creo.

Abrí los mensajes, busqué el nombre de Adam y lo encontré al final de la carpeta de entrada. Normalmente, no parábamos de escribirnos: nos enviábamos vínculos estúpidos, mensajes románticos, y hasta habíamos llegado a enviarnos por lo menos cien veces el gif de un San Bernardo abofeteando a un hombre, pero, en aquel momento, Adam estaba al final de la lista, detrás de Abi, Cass, David, mis padres, mi peluquera y un hombre que había pasado por la clínica para intentar venderme DVD piratas. Me sentí mal.

Hola, comencé, decidida a escribir algo breve, amable, claro, directo, sin ambigüedades y constructivo.

Entonces, decidí borrarlo.

—¿Cómo es posible que no se me ocurra nada que decirle a un hombre con el que he hablado a diario durante los últimos tres años? —me pregunté, mirando la pantalla en blanco.

Había un millón de cosas de las que hablar en el mundo. El

tiempo, el precio de los plátanos, las teorías de Jon Snow, pero, en lo que a Adam se refería, no se me ocurría nada. No quería ser demasiado formal, pero no podía ser demasiado informal. Si me mostraba demasiado alegre, pensaría que no estaba afectada por lo ocurrido, pero si me mostraba demasiado seria no me sentiría bien. El lunes Adam había estado preguntándome que si los pantalones le marcaban o no los genitales y dos días después yo no era capaz de decirle algo más que un simple «hola».

Dejé el teléfono en el suelo, me incorporé despacio y dejé a Daniel Craig en un cojín que había al final del sofá. Tras soltar un aullido de disgusto, dio media vuelta, mostrándome su barriga, y echó la cabeza a un lado. Yo me quité el abrigo y estuve haciéndole cosquillas hasta que giró la cabeza y me mordió la muñeca con aquellos dientes tan afilados. Los gatos son animales muy volubles.

—Eres como tu padre —le reproché, mirando mi teléfono y deseando que Adam respondiera. Pero no ocurrió nada.

—Que se vaya al infierno —anuncié en voz alta al cuarto de estar—. Abi tiene razón. No voy a quedarme aquí sentada sintiéndome como una mierda mientras él da la callada por respuesta. A partir de ahora, voy a dejar de compadecerme e intentaré tomar el control de esta situación.

El gato me miró, aparentemente, dándome su apoyo, a pesar de que acababa de morderme con tanta fuerza que me había hecho sangre, y esperando a que yo tomara las riendas.

—Pero la verdad es que no puedo evitar compadecerme un poco —admití con voz queda.

Adam estaba por todas partes, y no me refería solo a las fotografías enmarcadas de la pared. Le veía montando la cama que había comprado para Daniel, o ahuecando los cojines del sofá antes de que nos tumbáramos para toda una velada de Netflix. Una de las sillas del comedor todavía estaba en la esquina en la que le había hecho sentarse a pensar lo que había hecho cuando había borrado el especial de Navidad de *Downton* de mi Sky+ en agosto.

Dejé caer la cabeza sobre las rodillas, arrepintiéndome ya de la última copa de vino, y vi la inoportuna esquina de una revista de novias asomando bajo el sofá. La saqué poco a poco, oyendo el susurro de los post-it que había pegado sobre mis vestidos favoritos. DC estiró la pata izquierda para intentar tocarme la rodilla. Lo consiguió.

—Y a lo mejor podría abrir la barrita de chocolate y darle un bocadito.

Daniel volvió a bostezar, se colocó la única pata trasera que le quedaba sobre la cabeza y comenzó su baño gatuno nocturno.

—Interpretaré eso como un sí —le dije, dirigiéndome directa a la nevera, decidida a no terminar una noche más entre lágrimas.

Jamás había llorado tanto en un solo día, y eso incluía la vez que Abi, Cass y yo habíamos visto *Eternamente amigas*, *El diario de Noa* y *Titanic* el mismo día, cuando se suponía que deberíamos haber estado estudiando.

—Me encantaría que dejaras de lamerte el trasero cuando te hablo. El Daniel Craig humano jamás haría algo así.

O, por lo menos, eso creía yo, pero si algo había aprendido durante aquellos últimos días, era que no había que dar nada por sentado en la vida.

CAPÍTULO 7

—¿Qué te parece esta?
Sostuve la chaqueta en el aire y la moví para llamar la atención de Tom.
—Es bonita —contestó él, hundiendo las manos en los bolsillos de su chaqueta—. Es azul.
—Sí —volví a analizar la chaqueta. Era azul. ¿Demasiado azul? La colgué de nuevo en la barra y continué considerando las alternativas—. Um.
Era sábado y había conducido hasta Londres para pasar el día, desesperado por salir del pueblo. Tres días de silencio por parte de Liv eran ensordecedores y, con cada segundo que pasaba, Long Harrington se iba haciendo más opresivo para mí. A mi modo de ver, era a mí al que se le debía una disculpa. Sí, había estado fuera de lugar cuando la había dejado en su casa, pero después le había pedido perdón, le había comprado unas flores y había hecho todo lo que se suponía que debía hacer. No sabía si aquel silencio era una forma de castigo o si de verdad estaba enfadada conmigo, pero, si algo sabía sobre las mujeres, era que, hasta que ella no descolgara el teléfono, lo único que podía hacer era mantenerme alejado.
El jueves y el viernes había conseguido concentrarme en el trabajo. Había terminado los diseños para el bar, me había forzado, literalmente, a sentarme en el taller hasta no ser capaz

de seguir con los ojos abiertos. Pero, para el sábado, ya no era capaz de soportarlo ni un segundo más. Necesitaba un descanso de mi descanso.

—¿Te estás preparando para una gran ocasión? —me preguntó Tom—. No recuerdo haberte visto nunca en traje, aparte de en alguna boda o algún entierro.

Me estremecí al oír la palabra «boda».

—No —contesté, mirando la sección de trajes con el ceño fruncido. Tom tenía razón. Casi nunca me había puesto un traje—. Solo estaba mirando. Estoy sin blanca.

Después de varios ásperos intercambios y de que Pablo, el organizador de eventos, me amenazara con denunciarme en México, era más que cierto. Estaba convencido de que su caso no prosperaría, pero había alguna posibilidad de que quisiera regresar en alguna ocasión a aquel país sin tener que preocuparme de que estuviera esperándome en el aeropuerto para partirme las piernas.

—En ese caso, ¿no podemos dejarlo para más tarde? —Tom se apoyó contra una vitrina llena de gemelos y se apartó bruscamente al comprender que quizá no soportara su peso—. Me estoy muriendo de sed —añadió.

—¿Puedo ayudarle en algo?

Una pelirroja con una placa en la que llevaba su nombre apareció a mi lado, con un forzado mohín en su bonito rostro.

—¿Está buscando algo en particular?

—No —agarré otra chaqueta y volví a dejarla en su lugar—, la verdad es que no.

—Gracias —añadió Tom por mí—. No está muy seguro de lo que quiere.

—Si quiere, puedo ayudarle —se ofreció la chica.

Intenté leer su nombre sin mirarle el pecho, pero como llevaba una camiseta con un escote ridículamente pronunciado y se había clavado la placa a la altura del escote me resultó casi imposible. Rebecca. Se llamaba Rebecca. Y tenía un bonito par.

—Si lo que está buscando es un traje, yo me inclinaría por algo ajustado y de un solo botón. Color carbón, quizá, o un azul oscuro más que negro. Tengo algunos muy bonitos para hombres altos. Le quedaría perfecto un Paul Smith o…, también tenemos un nuevo Tom Ford que se adaptaría a sus hombros.

—Ahí lo tienes, Adam —dijo Tom, dándome un codazo en las costillas—. Necesitas un Tom Ford que se adapte a tus hombros.

—No suelo llevar traje muy a menudo —le expliqué a la dependienta mientras ella me recorría lentamente con la mirada de arriba abajo antes de agarrar dos chaquetas y colocárselas en el brazo—. Solo estaba mirando.

—Pero me encantaría verle con ese Tom Ford —insistió, acariciando la solapa de una manera que sugería que lo que de verdad le gustaría sería verme sin el Tom Ford—. ¿Qué le parece?

—A mí también me gustaría verle con el Tom Ford —se sumó Tom, regocijándose—. Pero, ¿sabe? A mí nunca me hace caso.

—¡Ah! —Rebecca abrió los ojos un instante y relajó después el rostro en una enorme sonrisa—. Pues debería hacerle caso. Me encantan sus zapatos.

—Gracias —Tom bajó la mirada hacia sus zapatos de cordón de cuero oscuro y miró de nuevo a la chica con una sonrisa bobalicona en el rostro—. Son mis favoritos.

—No tengo muchas oportunidades de ponerme traje —insistí, deseando salir de la tienda y meterme en un pub. Para empezar, no sabía qué demonios me había pasado. Yo odiaba ir de compras—. Soy carpintero.

—¡Como Jesús!

—Sí —contesté, mirando a Tom, que estaba haciendo un serio esfuerzo para contener la risa—. Pero, bueno, no.

Rebecca inclinó la cabeza hacia un lado, adoptando una cómica expresión de tristeza.

—Pues es una pena —alargó la mano y me apretó el antebrazo—. Todo el mundo necesita un traje, ¿sabe? Aunque no lo lleve en el trabajo, necesita un traje para las ocasiones importantes. ¿No está de acuerdo?

—En un cien por cien —asintió Tom, moviendo la manga de una chaqueta que colgaba a su lado hacia delante y hacia atrás.

Estaba comenzando a aburrirse, lo sabía. Sentía la llamada del pub.

—Si se lo prueba, a lo mejor ve lo sexy que está y conseguimos convencerle —propuso Rebecca—. ¿Qué le parece?

Tom fue incapaz de reprimir una carcajada mientras yo movía nervioso los pies y clavaba la mirada en las largas y puntiagudas uñas pintadas de azul intenso de la dependienta.

—Creo que deberías probarte el traje. Definitivamente, quiero ver lo sexy que estás con él.

—¿Lo ve? Lo ha dicho su media naranja —me animó Rebecca, aplaudiendo feliz—. Tiene suerte de tener un amigo tan amante de la moda. Empezaremos con el Tom Ford.

—En realidad, tenemos que irnos. Llegamos tarde —Tom se enderezó y la sonrisa desapareció de su rostro—. Vamos, Ad.

—Gracias —dije, despidiéndome de Rebecca y de sus uñas azules con la mano.

—Gracias a ustedes.

—Por lo menos ha dicho que eras una media naranja —dije, alcanzando a Tom mientras salía a la calle a toda la velocidad que le permitían sus piernas—. Estoy seguro de que te han llamado cosas peores.

—¿Qué le ha hecho pensar que éramos gays? —se quejó Tom, añadiendo a su caminar un ligero contoneo—. Es tu corte de pelo. Necesitas cortarte el pelo.

—A lo mejor han sido tus «zapatos favoritos» —sugerí—. No podías haber sonado más hortera.

—Son mis zapatos favoritos —respondió él a la defensiva—. Me los compró Maddie por mi cumpleaños. Son unos Church's.

Le miré sin decir una sola palabra.

—Son bonitos —musitó—. Cierra el pico.

Minutos después estábamos en el pub con dos pintas, dos bolsas de patatas y el partido del Arsenal, sobre el que Tom emitía algún que otro sonido con el que mostraba un vago interés, en la pantalla de la televisión que había encima de la barra.

—Son bonitos —volvió a decir, estirando la pierna para admirar sus zapatos con cordones—. Los llevo siempre, no parecen gays.

—No creyó que éramos gays por tus zapatos —repliqué, abriendo la bolsa de patatas con una satisfactoria explosión—. Pero no creo que ayudara el que dijeras que estaría muy sexy.

—Brad Pitt, George Clooney y después tú —respondió, posando una mano sobre la otra encima de la mesa—. Y después David Beckham. Ese canalla es muy guapo.

—Yo estoy mejor que David Beckham —confirmé, asintiendo pensativo—. Sí, me parece bien. Pero George Clooney... ¿De verdad?

—Me encantan los hombres con canas —dijo Tom, estirando el cuello para ver el marcador.

—Pues es una suerte —fingí mirar sus sienes con los ojos entrecerrados mientras comía las patatas con vinagre de cinco en cinco—, porque ya tienes algunas en las sienes.

—No es verdad —miró hacia la televisión y se tocó el pelo cuando creyó que no le estaba mirando—. Para empezar, ni siquiera sé lo que estábamos haciendo en esa ridícula tienda. ¿Has tenido alguna entrada extra de dinero?

—Solo quería mirar —contesté, haciendo una mueca al ver en la pantalla una entrada particularmente desagradable—. Estoy aburrido de la ropa que tengo, hace siglos que no me compro nada.

—Se supone que odio ir de compras —Tom acercó la silla

a la mesa como si estuviera a punto de compartir conmigo un gran secreto—, pero la verdad es que me gusta. Maddie ya no quiere ir conmigo, en cuanto metemos un pie en Selfridges, cada uno va por su camino.

—Y te extraña que pensara que éramos gays —contesté, sacudiéndome las migas de las patatas de los vaqueros y aceptando un puñetazo en el brazo como inevitable—. ¡Que era una broma! Yo no odio ir de compras. Pero no tengo tiempo para hacerlo y, si quieres que te sea sincero, tampoco dinero.

—¿Qué tal va el trabajo? —me preguntó.

Abrió su bolsa de patatas mientras yo doblaba la mía hasta convertirla en un cuadrado perfecto y la metía bajo el recipiente de los condimentos.

—¿No tienes mucho trabajo?

—Tengo bastante —contesté—. Pero yo solo no puedo hacer gran cosa y no puedo permitirme el lujo de contratar a nadie a tiempo completo. Estoy haciendo el diseño interior para un bar que, en realidad, no está muy lejos de aquí. Podemos echarle un vistazo cuando volvamos al coche, si te apetece.

—Sí, genial. ¿Entonces vas a tener que venir a trabajar aquí?

Asentí.

—Dentro de unas cuantas semanas. Ahora mismo estoy trabajando en el taller, en casa, pero, evidentemente, tendré que venir a montarlo. Va a quedar genial. ¿Has visto los letreros de Camp Bell en Norville Street? Los propietarios son dos hermanos, un chico y una chica.

—Sí, creo que los he visto —esbozó una mueca al ver una entrada muy fuerte en la televisión—. La próxima vez que vengas deberías quedarte en casa. Me alegro mucho de que te vaya bien el trabajo, Ad. Habrías tenido una vida muy triste si hubieras continuando estudiando Derecho.

—¿Esa es una llamada de ayuda? —le pregunté, estirando mis largas piernas junto a la mesa—. Porque puedes dejarlo cuando quieras.

Tom se echó a reír y apoyó los codos en la mesa.

—A lo mejor —contestó—. La empresa de Maddie está yendo muy bien. A lo mejor me tomo un año sabático y dejo que sea ella el hombre de la casa durante una temporada.

—Como si no lo fuera ya —contesté antes de robarle un puñado de patatas.

Tom parecía feliz y yo estaba encantado de verle así. Éramos amigos desde hacía mucho tiempo, casi desde la universidad. Era a Tom a quien había acudido cuando me había dado cuenta de que aquello no era lo mío y él me había ayudado a averiguar cuáles iban a ser los siguientes pasos a dar. Mientras mi hermano estaba ocupado haciendo el idiota y yo tenía miedo de decírselo a mis padres, él me había recordado que era mi vida la que estaba desperdiciando. Me alegraba de que por fin estuviera con una mujer decente, su ex y yo nunca habíamos congeniado. No es que me hubiera alegrado cuando me había enterado de que le estaba engañando, pero me había puesto eufórico cuando la había dejado y había comenzado a salir con Maddie. Una mujer guapa, divertida y sin miedo a tomarse una pinta, era mi preferida.

—Sí, estoy bien, las cosas van bien —contestó Tom con una enorme sonrisa que me hizo pensar en Liv. Cada vez que pensaba en ella, era como si me dieran un puñetazo en las entrañas—. Mejor incluso desde que se ha venido a vivir a mi casa. Debería haberlo hecho hace meses.

—Eso es genial —le dirigí una sonrisa vaga y volví a prestar atención al partido—. Tal y como están jugando, no veo qué van a sacar de esto.

—¿Y a ti cómo te va con Liv? —preguntó, acabando con las patatas que quedaban y enrollando el envoltorio hasta dejarlo convertido en un tubo largo y estrecho. Qué tipo tan raro—. ¿Qué tal os fueron las vacaciones?

—Las vacaciones bien —contesté.

Estuve sentado detrás de Tom en el funeral de su padre. Fui con él al hospital cuando su madre tuvo un infarto, por suerte nada serio, y él vino conmigo en la ambulancia cuando la Viagra falsa que compré en nuestro viaje de amigotes a Ibiza dio lugar a una erección de seis horas y a un doloroso procedimiento de drenaje, pero, por algún motivo, me resultaba increíblemente difícil hablar de Liv.

Chasqueé la lengua contra el paladar y miré por encima de su hombro a una pareja sentada junto a la ventana que estaban probando cada uno la comida del otro.

—Estamos... dándonos... un... eh...

Me interrumpí y avancé el labio inferior. Tom bebió un sorbo de su pinta y arqueó las cejas.

—Vamos, Adam, puedes hacerlo. Utiliza las palabras.

—Nos estamos tomando un descanso... —terminé a toda velocidad.

En cuanto las palabras salieron de mi boca me di cuenta de lo ridículo que debieron de sonarle a Tom.

—No es nada serio. Solo nos estamos dando un tiempo, eso es todo.

—¿Nada serio? —Tom me miraba como si acabara de anunciarle que tenía un cáncer terminal—. ¿Has roto con ella? ¿Ha sido ella la que ha roto contigo? Adam, ¿por qué no me has dicho nada?

—No hemos roto —dije, intentando mostrarme mucho más frío de lo que estaba—. Nos hemos dado un tiempo. Lo sugerí yo y ella estuvo de acuerdo en que era una buena idea. No es nada serio.

Sencillamente, no habíamos vuelto a hablar desde entonces. No pasaba nada. Era normal, ¿no?

—No quiero parecerte un idiota —replicó él, cabía presumir que porque estaba a punto de parecerlo—, pero no hay ni una sola mujer sobre la tierra a la que le parezca una buena idea que su novio decida tomarse un tiempo de descanso en su relación. Sé lo que diría Mads si se lo propusiera.

Respondí con el mejor argumento que tenía: encogiéndome de hombros. Al fin y al cabo, había renunciado a ser abogado.

—¿Estás pensando en dejarlo? —preguntó Tom con una mirada de absoluto horror—. No estarás saliendo con otra, ¿verdad?

—¡Dios mío, no! —contesté al instante.

En el terreno de engañar a la pareja, con Tom no había términos medios. Chris se refería al hecho de estar saliendo con una mujer antes de romper con otra como «probar un coche», pero para mi mejor amigo era una cuestión de blanco o negro.

—Solo nos estamos dando un tiempo, pero no vamos a romper. Para serte sincero del todo, estaba pensando en proponerle matrimonio, pero la cosa salió mal.

Tomó dejó escapar el aire entre los dientes.

—¿Te dijo que no?

¿Por qué era eso lo primero que pensaba todo el mundo?

—En realidad no llegué a preguntárselo.

—¿Y qué te lo impidió? —preguntó con expresión de incredulidad—. ¿Piratas? ¿Serpientes? ¿Serpientes pirata?

—Estuve a punto de hacerlo —comencé a decir, distraído por un instante por la imagen de las serpientes con gorros de pirata—. Y, de pronto, bueno, surgió un problema de logística. Entonces comencé a pensármelo todo. Empecé a pensar que casarse es dar un gran paso, ¿sabes? Y que Liv es magnífica, pero que no sé lo que pasaría en el caso de que yo no sepa llevar las cosas como es debido.

—¡Dios mío! —Tom miró a su alrededor y se inclinó para apoyar el brazo en mi hombro—. ¿Hay algo que no esté funcionando bien? ¿Tiene algo que ver con esa pastilla que te tomaste en Ibiza?

—No, no es eso, idiota —contesté, empujándole hacia su lado de la mesa—. En ese aspecto todo va bien, gracias. Me refiero a las cosas en general. Como ya te he dicho, no tengo trabajo estable. Apenas puedo llevar dinero a casa y, sí, ya sé que tengo una casa y que ella siempre tendrá trabajo, la gente siempre necesita un veterinario. Pero, justo antes de proponérselo, empecé a pensar que todo iba a ser horrible.

Tom mantenía los ojos fijos en la mesa y el ceño fruncido. Tenía unas cejas magníficas. Me pregunté si se las depilaría. Pero había cosas que un hombre jamás preguntaba a su mejor amigo.

—¿Por ejemplo?

—¿Y si me quedo sin trabajo? —contesté—. Trabajar en el bar está siendo genial, pero es mi primer trabajo decente desde hace seis años. No sé cuándo voy a tener otro encargo. Podría volver al mundo del Derecho si hubiera terminado la carrera, pero no lo hice. ¿Y qué pasará si tenemos hijos? Ya sabes que Liv quiere formar una familia y, ahora que Cassie ha tenido un hijo, ella va a querer otro, ¿no crees? ¿Y si quiere dejar de trabajar cuando lo tenga y yo no gano suficiente dinero? Yo no soy Chris. No puedo permitirme el lujo de mantener a una mujer y a un niño. ¿Y si me pongo enfermo? ¿Y si...?

—¿Y si te atropella un autobús? —preguntó a su vez—. ¿O si nos atacan los zombis? ¿O si Liv se da cuenta de que es un hombre y decide someterse a una operación de reasignación de sexo? Estás siendo ridículo.

—¡Eres tú el que está siendo ridículo! —le contradije.

Liv jamás se sometería a una operación de reasignación de sexo. Debía de ser la única veterinaria sobre la faz de la tierra a la que aterrorizaba someterse a cualquier tipo de procedimiento médico. Cuando el dentista le había dicho que era conveniente sacarle una muela, habíamos vivido un auténtico drama. Pero, después, estaba muy mona con los mofletes hinchados.

—Es sensato, lo contrario es ridículo.

—Adam, Liv no es Cass y tú no eres Chris, gracias a Dios —dijo él. Me bebí la mitad de la pinta de un solo trago—. ¿Has hablado de esto con él? Porque esto parece más propio de tu hermano que de ti.

—No quiero decepcionar a nadie —contesté, moviendo la pinta delante de mí. La humedad de la condensación dejaba un rastro sobre la mesa de madera—. Sé que mis padres se portaron muy bien al permitirme cambiar de carrera, pero continúo sintiéndome como un perdedor. No puedo volver a hacerlo.

Tom sacudió la cabeza y suspiró.

—¿Y romper con la mujer a la que pensabas ofrecerle matrimonio te hace sentirte maravilloso?

—No hemos roto —repetí con voz queda—. Solo nos hemos dado un tiempo.

Se produjo un incómodo silencio roto solamente por los vítores del bar. El Arsenal había marcado en el minuto noventa.

—¿Y no se te ocurrió pensar en nada de esto antes de comprar la sortija de compromiso? —preguntó Tom, ignorando el partido.

Era un gran amigo.

—No lo compré —respondí—. Heredé la sortija de compromiso de mi abuela. Iba a regalarle esa.

Y en vez de brillando en el dedo de Liv, estaba escondida en el fondo de un jarrón en la repisa de la chimenea.

—Nadie puede predecir el futuro.

La silla de Tom crujió bajo su metro ochenta. Estaría magnífico con un traje Tom Ford y era muy probable que pudiera permitírselo. Rebecca había errado su objetivo.

—No puedo adivinar lo que va a pasar dentro de seis meses, pero sí sé que, si me sucediera algo, me gustaría que Maddie llevara el anillo en el dedo. Si no sientes eso por Liv, a lo mejor estás haciendo lo que debes.

Yo clavé la mirada en la punta de mis deportivos un instante y la desvié después hacia los elegantes zapatos con cordones de Tom. Tenía razón. Eran bonitos.

—Pero, si estás a punto de acabar con una relación buena porque estás asustado, entonces necesitas hacer algo al respecto.

—De acuerdo —contesté, sin comprometerme en absoluto.

—Una pregunta tonta —dijo, y esperó a que yo tuviera el valor de volver a hacer contacto visual—, ¿has hablado con Liv sobre todo esto?

—Eh, no mucho —admití—. O, mejor dicho, nada en absoluto.

Tom no dijo una sola palabra.

—¡No se ha puesto en contacto conmigo! —dije a la defensiva—. Y la verdad es que no sé qué decir. Por eso dije que quería un descanso, no una ruptura. No quería que pensara que estaba cortando para siempre.

—¡Qué suerte tiene! —dijo Tom, terminando su pinta—. ¡Por el amor de Dios, Adam! Termínate la pinta y ve a decirle que lo sientes. O, por lo menos, explícale lo que acabas de contarme a mí. A lo mejor hasta tienes la gran suerte de que vuelva contigo sin hacerte sufrir demasiado.

—No sé, esta noche tiene la fiesta del sesenta y cinco cumpleaños de su padre —estaba poniendo excusas cuando sabía perfectamente que él tenía razón—. No creo que quiera verme.

—Es ahora cuando necesita verte —repuso él—. Seguro que estás invitado a la fiesta y que sus padres quieren verte allí.

—Claro que estoy invitado —repliqué—. ¿Ahora quién es el que no se entera de nada? Sus padres me adoran. Todo el mundo va a ir. Mis padres, Chris, Cassie… creo.

Tom se me quedó mirando fijamente y arqueó las cejas.

—¿Qué pasa?

—¿Les has dicho a Chris, a Cassie y a tus padres que no vas a ir a la gran fiesta de cumpleaños del padre de tu novia? —preguntó.

—¡Mierda!

—Un regalo para el padre, flores para su madre y yo te recomendaría unas rodilleras por todo lo que vas a tener que humillarte —sugirió Tom—. Procura tener la sortija a mano, es posible que tengas que recurrir a la artillería pesada.

Saqué el teléfono del bolsillo para ver la hora. Eran las dos y cuarto y la fiesta no empezaba hasta las seis. Tenía dos horas largas de coche hasta Long Harrington, pero tenía tiempo de llegar a cada de Liv antes de que todo empezara.

—Tengo que irme.

Me levanté a toda velocidad, tirando la silla de forma escandalosa, y me agaché avergonzado para levantarla.

—Estoy de acuerdo —dijo él mientras se levantaba para darme un abrazo—. Tenme al tanto de cómo va todo. Llámame si quieres.

—Lo haré —le prometí, palpándome los bolsillos: el teléfono, la cartera y las llaves. Todo estaba donde debía—. Gracias, en serio.

—De nada —respondió él, siguiéndome hasta la puerta del bar.

Sacó su propio teléfono del bolsillo y vi que tenía una fotografía de Maddie como fondo de pantalla. Yo tenía una fotografía mía y de Liv en el mío, bailando en la boda de Cassie y Chris. Parecíamos felices y estúpidamente enamorados.

—Ahora lárgate.

—Tom, me gustaría hacerte una pregunta —permanecí frente a él, mirándole a los ojos.

—Por supuesto. Pregúntame lo que quieras.

Me pasé las manos por la cara y entrecerré los ojos para protegerme de la luz al salir del pub.

—Quiero que seas sincero.

—¿Cuándo no lo he sido?

—¿Crees que tengo las cejas demasiado pobladas?

—Ahora que lo pienso —respondió él, posando la mano en mi nuca mientras salíamos—, deja a Liv en paz. Es una buena chica, se merece algo mejor.

CAPÍTULO 8

Mis padres nunca habían sido de grandes celebraciones. Los acontecimientos más importantes de la familia se celebraban con algo tan poco elaborado como una Vienetta y una botella de vino espumoso de la marca blanca de Mark Spencer's. Y solo si la Vienetta estaba de oferta. La idea que tenían mis padres de una fiesta salvaje era abrir un paquete de galletas rellenas Fox's Crinkle Crunch y ver un programa de Michael McIntyre o, si se sentían muy transgresores, quince minutos de Graham Norton.

Cuando, al calor de la exagerada celebración de la Bat Mitzvah de Abi, les pedí que me organizaran una fiesta para celebrar que iba a cumplir trece años, lo hicieron lo mejor que pudieron. Cinco niñas de mi clase en nuestro salón, una tarta de cumpleaños con una imagen de Take That, mi padre haciendo de DJ con mi aparato de música y mi madre esperando en la puerta con el cubo de la basura y una aspiradora. Y no porque hubiera caído una sola amiga en la alfombra. Era mejor que una patada en el estómago, pero no podía decirse que hubiera sido lo que yo había soñado, sobre todo comparado con la música en directo de Abi, la barra libre de helado y la pista de baile. Y, aun así, mi fiesta de cumpleaños continuaba siendo la cumbre de su historial de su carrera como organizadores de fiestas, de modo que era natural que yo sospechara cuando mi padre había anunciado que estaba preparando para su sesenta y cinco aniversario una fiesta de cumpleaños como era debido en el piso de arriba de un pub y que había invitado a medio pueblo.

—¡Olivia!

Jeanette Riley, propietaria del quiosco local y entusiasta de los gatos persas, me recibió con un abrazo excesivamente familiar cuando intenté escabullirme en la fiesta. Pensé que llegaba temprano, pero daba la sensación de que la mitad del pueblo que había sido invitada se había llevado a la otra media como acompañante. No me sorprendió del todo. Mi padre había vivido en el pueblo durante toda su vida. Conocía a todo el mundo y todo el mundo le conocía a él, un hecho que a menudo se volvía en mi contra cuando era adolescente. Lo último que quería era pasar la noche hablando con todo quisqui sabiendo que preguntarían por Adam y que yo no tenía la menor idea de qué decir. Era sábado y todavía no había tenido noticias suyas. Estaba empezando a parecer cada vez más que lo nuestro había terminado y me negaba a creer que hubiera una sola mujer sobre la faz de la tierra que quisiera pasar su primer fin de semana como potencial soltera de treinta y tantos asintiendo, sonriendo delante de una brocheta de queso y piña y hablando con la mujer que se había negado a venderle la revista *Cosmo* hasta que no había cumplido veintiuno cuando podía estar hundida hasta el cuello en HäagenDazs, viendo *Dirty Dancing* y sollozando con su gato como una auténtica solterona.

—Olivia Addison, ¡pero si estás adorable! —dijo la señora Riley, mirando mi vestido como si no terminara de creerse lo que estaba diciendo.

—Hola, señora Riley —respondí, devolviéndole la mirada. No me importa lo que diga la gente, hay una edad en la que ya no es apropiado llevar pantalones cortos—. ¿Qué tal está?

—No te he visto fuera de la clínica desde hace siglos —replicó, ignorando mi pregunta y poniendo los brazos en jarras—. Debe de ser un alivio poder quitarte esos batones que llevas todo el día.

—Son pijamas quirúrgicos —le expliqué, dejando que me llevara hacia el bar sin discutir—. Le sorprendería lo cómodos que son.

Había renunciado a llevar otro tipo de ropa al trabajo cuando había descubierto que no tenía que planchar los pijamas. Era una cuestión de lógica.

—Pero la comodidad no lo es todo, ¿verdad? —me preguntó—. Mi hija mayor es igual que tú. Jamás piensa en su aspecto, se pasa la vida corriendo de un sitio a otro vestida como un hombre.

—No tiene sentido arreglarse para hacer mi trabajo —repliqué—. No soporto estar incómoda, ¿usted sí?

—Um, tu padre y tu abuelo siempre iban con traje al trabajo —respondió ella, volviendo a mirar de arriba abajo mi vestido—. ¿Y ahora te importaría echarle un vistazo a esta fotografía de mi Hermione? No para de llorarle el ojo y no sé si es solo que le llora o tiene una infección. He hecho la foto antes de venir porque sabía que iba a verte.

—Bueno, es difícil decirlo a través de una fotografía —comencé a decir. Pero ya era demasiado tarde. Su teléfono estaba contra mi nariz antes de que hubiera podido terminar la frase—. Sería preferible que la llevara a la consulta.

—Estoy segura de que no es nada —dijo la señora Riley, moviendo la pantalla de su móvil a menos de cinco centímetros de mi rostro—. Solo quiero que le eches un vistazo. ¿Qué te parece?

—Me parece que tiene que llevarla a la consulta el lunes —contesté con toda la educación de la que fui capaz—. Y entonces le echaré un vistazo.

Guardó lentamente su diminuto teléfono en un bolso gigantesco y me miró con un ceño profundo y acusador.

—Tu abuelo siempre tenía tiempo para atender a sus amigos —me miró a través de su elaborado maquillaje de ojos—.

No habría hecho arrastrase a una pobre anciana con problemas en las caderas hasta su consulta solo porque a una gata le llora un ojo.

Jeanette Riley tenía cuarenta y siete años.

—Siempre puedo ir a su casa —sugerí con una sonrisa luminosa—. Llámenos y le daremos una cita.

—¡Es una vergüenza! Lo único que quieres es que me deje un riñón, y todo por mirar un ojo que lagrimea. ¡Es un robo! Eso es lo que es.

—¿Todo bien por aquí? —Abi emergió de entre las damas mientras yo permanecía en la barra, sonriendo educadamente para aligerar la tensión—. Parece que estás a punto de matar a alguien.

—Llevo aquí menos de un minuto y ya me han acusado de dirigir una red de extorsión a través de mascotas —le expliqué—. Esa es la razón por la que dejé de salir de casa.

—Es curioso —contestó ella, arreglándome el cuello del vestido—. A mí nadie me pide un diagnóstico sobre sus mascotas.

—Eso es porque la última vez que alguien te lo pidió le dijiste que parecía que su perro tenía un herpes genital —le recordé—. Y después le mandaste al infierno.

—¿Y qué esperaba? —preguntó mientras pedía dos copas de vino a la camarera—. Estaba en un bautizo.

—Lo sé —repliqué—. Te lo preguntó el sacerdote.

—Eh... —Abi apoyó los codos en la mesa y observó a los invitados que pululaban de un lado a otro por la habitación—. Desde luego, esta es una fiesta de lo más elegante para nuestro pueblo. ¿De verdad es la fiesta de cumpleaños de tu padre o está intentando ayudarnos a ascender a una nueva realidad? ¿Crees que es seguro beber ese ponche?

—No le he oído comentar nada sobre un asesinato en masa, pero con mi padre nunca se sabe, es un hombre muy reservado —contesté, agarrando mi copa, pero sin beber. Llevaba una semana muy dura en aquel frente y ya estaba un poco saturada. La idea de beber un solo sorbo de alcohol me revolvía el estómago—. Pero tienes razón. Algo pasa. Se han gastado mucho dinero en esto. Y no me contaron absolutamente nada sobre la fiesta. Yo pensaba que todo se iba a reducir a una botella de Blue Nun y a una bolsa de cacahuetes tostados. Pero ya sabes cómo son mis padres. Nunca me cuentan nada.

Tenía que admitir que mi madre había hecho un trabajo mucho mejor en aquella fiesta de cumpleaños que con la mía. El salón estaba precioso. Había una docena de mesas vestidas con elegantes manteles blancos y unos centros florales muy elaborados ocupando media sala. En la otra media flotaban globos plateados y dorados sobre la pista de baile, meciéndose al ritmo de la canción de Sinatra que sonaba por los altavoces. Todo era muy elegante y no había una sola bolsa de basura ni ninguna aspiradora a la vista.

—Y no quiero asustarte, pero hay barra libre —susurró Abi—. Es evidente que pasa algo.

—¡Dios mío! —exclamé. Bebí un sorbo de vino y me estremecí—. ¿Crees que va a morir?

Abi se encogió de hombros y asintió.

—O quizá pensando en cambiar de sexo.

—Eso tampoco puede ser —dije, escrutando con la mirada entre la multitud para mirar a mis padres, solo por si acaso—. Se compraron un coche nuevo hace un mes y mi padre no habría malgastado el dinero en un Volvo si pensara que estaba a punto de morir. Y, cuando intenté explicarle lo de Caitlyn Jenner, me dijo que era demasiado viejo como para que le importaran ese tipo de cosas y se marchó de la habitación.

No había visto a Abi desde nuestra cumbre del miércoles y habíamos estado cruzando llamadas sin respuesta desde entonces. Para ser justa con mi amiga, la verdad era que yo no tenía ganas de hablar. Había pasado tres días con turnos ridículamente largos en la clínica seguidos por unas desagradables sesiones de papeleo y había puesto fin a la mayoría de mis jornadas con un entretenido llanto en el cuarto de baño.

Continuaba siendo un misterio para mí que Adam pudiera considerar siquiera el separarse de una joya como yo.

—Así que voy a preguntártelo antes de que lo haga otro...
—Abi jugueteó con el pronunciado escote de su precioso vestido verde oscuro. No era un vestido apropiado para el sesenta y cinco cumpleaños del padre de una amiga, a menos que pretendiera matarle de un infarto—. ¿Sabes si va a venir?

—¿Adam? —pregunté.

—No, Voldemort —contestó ella—. Claro que Adam.

—No sé —le dije, poniéndome de puntillas para mirar entre la multitud—. De verdad, no lo sé. Todavía no hemos hablado.

—Todo esto ridículo, Liv —el rostro de Abi era la viva imagen de la compasión, pero con un punto homicida en los ojos—. Es tu novio, no puedes vacilar de ese modo. Voy a llamarle.

—¡No, no le vas a llamar! —dije agarrándole el teléfono y guardándolo en su bolso—. Llevo toda la tarde intentando inventar excusas para justificar por qué no he tenido noticias suyas que no me hicieran terminar llorando y bebiendo vodka debajo de una mesa. No creo que este sea el momento de convertir esa pesadilla en realidad.

—Yo habría estado con un botella de vodka y debajo de la mesa desde el jueves por la noche —reconoció Abi, apoyando la cabeza en mi hombro y ofreciéndome una vista de su escote sin ningún tipo de restricciones—. Eres mi heroína.

—En ese caso, no te hablaré de la botella vacía de vodka que tengo debajo de la mesa del comedor —contesté—. Tú sigues pensando que todo va a salir bien, ¿verdad?

Ni siquiera toda la música, las risas y las animadas conversaciones de la habitación consiguieron llenar la pausa que se produjo antes de que volviera a hablar.

—Estoy intentando encontrar la manera de pensar qué puede tener de positivo el que no hayas sabido nada de él durante una semana —me aclaró—. Pero me está costando. ¿Esa es la parte en la que se supone que debo llevarte de compras, nos hacemos después un cambio de imagen y nos largamos a la Toscana para disfrutar de unas vacaciones que nos cambiarán la vida?

¡Oh, la Toscana!

—Bueno, pues mala suerte —vació su copa en la mía, llenándola hasta los bordes—. Porque no tengo dinero, no puedo coger vacaciones hasta abril y el pelo te queda muy bien tal y como lo tienes. No seas ridícula.

—Eres una desastre —una sonrisa consiguió mover un grupo de músculos de mi rostro que llevaba casi una semana sin ser utilizado—. Creo que necesitas repasar cuál debe de ser el papel de una mejor amiga.

—Definitivamente, todo ese tipo de cosas son más propias de Cass que de mí —contestó—. ¿Van a venir?

—No han podido conseguir una canguro —contesté, mirando a tres adolescentes apiñados en un banco de la calle pasándose una botella de algo por debajo de los abrigos. Me pregunté si necesitarían a una cuarta—. Vas a tener que cargar con todos los deberes de una mejor amiga.

—¿Se supone que eres mi mejor amiga? —Abi saludó con la mano a David, que estaba entrando en la sala con una falta total de convicción.

David odiaba aquellas «fiestas de viejos» como él las llamaba, sobre todo cuando la mayor parte de los asistentes eran los mismos que solían preguntarle cuándo pensaba encontrar una buena chica y sentar la cabeza cada vez que entraban en la clínica.

—Deberías llevarte a David a la Toscana —sugirió Abi—. Seguro que a él se le da mucho mejor que a mí.

—¿Qué es lo que se me da mejor? —preguntó él, chocando su puño contra el mío.

Siempre era preferible no iniciar ningún rumor en una fiesta; los rumores se extendían como la pólvora en Long Harrington y las dos bibliotecarias contarían que estaba embarazada de trillizos por culpa de David en menos de tres minutos si le veían darme siquiera un abrazo.

—Ayudar a llevar a cabo la mágica transformación de Olivia Addison tras su ruptura —contestó Abi, extendiendo las manos como en una presentación triunfal—. Estoy pensando en un corte de pelo, un aumento de pecho, quemar toda su ropa y un traslado a París para comenzar a vivir en un hotel de cinco estrellas. Y, después, alguna que otra travesura.

—Creía que habías dicho que tenía un bonito corte de pelo —protesté.

—O podríamos ir a Las Vegas —sugirió él, haciendo un arco con la mano enfrente de mi rostro y posando la otra en el hombro de Abi antes de que ella se la apartara—. Y yo conoceré a una stripper maravillosa y luchadora llamada Harmony que solo baila para ganar el dinero que necesita para pagarse la carrera de Medicina. Nos llevará a su mesa favorita de blackjack, Abi ganará el primer premio y después viviremos todos felices en la suite reservada a las grandes apuestas en el casino.

—¿Y qué estaré haciendo yo mientras? —pregunté. Le di otro sorbo al vino para asegurarme la resaca y dejé la copa en la barra—. ¿De qué me servirá todo eso?

—Tú podrás dedicarte a cuidar de los leones del Gran Hotel —dijo él, agarró mi copa de vino y vació más de la mitad. Genial, así todos tendríamos jaqueca—. Es evidente.

Abi alargó la mano para agarrarme la muñeca.

—Sé que esto no es fácil y que nos lo estamos tomando a broma.

—¿Ah, sí? —dijo David—. ¡Oh, mierda!

—Pero tienes que considerar las posibilidades que tienes —agarró un puñado de cacahuetes de un cuenco que había en la barra y se los metió en la boca—. En primer lugar, todavía no has roto de verdad. Y, en segundo lugar, sí, es posible que las cosas no vayan a salir como pensábamos, pero eso no significa que no puedan ser geniales. Si ahora mismo pudieras estar en alguna otra parte, ¿dónde te gustaría estar?

—En Miami, en la playa, con un cóctel en una mano y con Karlie Closs en la otra —fue David el que contestó.

—Y volviendo al mundo real —dijo Abi, fijando la mirada en mí—. ¿Qué estarías haciendo si no hubieras conocido nunca a Adam? Si pudieras estar en cualquier otra parte y haciendo cualquier otra cosa, ¿dónde estarías?

Mucho tiempo atrás, habría tenido miles de respuestas en la punta de la lengua, pero en aquel momento no se me ocurrió nada. Era demasiado fácil aferrarse a la propia vida, envolverse en capas y capas de rutina. Estaba demasiado ocupada pagando la factura de la luz, devorando series de televisión que al cabo de seis meses no era capaz de recordar y asegurándome de que siempre hubiera leche en la nevera como para preocuparme por ese tipo de fantasías. No eran solo las anteojeras de la ruptura. Había levantado tantos muros alrededor de mí misma que apenas podía ver el cielo.

—Japón —dije, devanándome los sesos en busca de cualquier cosa que hubiera quedado almacenada en la estantería del «quizá» o el «ahora mismo no puedo» —. Siempre he querido ir a Japón, pero nunca lo he sugerido porque sé que Adam está muy preocupado por el dinero y es un viaje muy caro.

—¡Tres billetes a Japón! —exclamó David, así sin más—. ¿Y algo más?

—No voy a pagar yo los tres billetes —le corregí.

—¡Un billete a Japón! —exclamó David—. ¿Algo más?

—Siempre pensé que terminaría viviendo en algún otro lugar —contesté, lanzando una mirada por aquella habitación llena de rostros que había visto casi desde que era una niña—. Lo que quiero decir, Abs, es que estamos a solo quince minutos de la carretera de la universidad.

—Lo sé —respondió Abi con un reconfortante suspiro—. Yo pensaba que después nos mudaríamos a Londres. ¿Por qué demonios estamos todavía aquí?

Desvié la mirada hacia la ventana y me permití imaginarme en un paisaje urbano con unos tacones con los que no sería capaz de dar un paso y con una indumentaria excesivamente colorida para mí. Aquella era la razón por la que Carrie Bradshaw era periodista y no veterinaria, comprendí. Tenía muchas más oportunidades para el glamur y muchas menos para volver a casa cubierta de algún tipo de vómito. Era evidente que había tomado unas decisiones pésimas en mi vida.

—No tienes hipoteca, no estás atada a nada —Abi me dirigió una tímida sonrisa, aunque yo sabía que ni a ella misma le gustaba aquella argumentación—. Nada te detiene, pequeña.

Una diminuta chispa de algo se iluminó en mi interior y casi me dio miedo contemplarla. Yo ni siquiera era capaz de elegir entre dos gustos de helado diferentes, así que la posibilidad de tener todo un mundo abriéndose ante mí me resultaba aterradora.

—Tienes el mundo a tus pies —David señaló con la mano en la distancia—. Siempre y cuando prometas que nos enviarás tarjetas de Harmony de Navidad desde allí donde termines.

—Liv, ¿tu madre invitó a los padres de Adam a la fiesta? —preguntó Abi, quitándole a David la copa doble de vino que tenía en la mano y poniéndola en la mía.

—Claro. Pero no contestaron. Creo que su madre está fuera.

—Su madre no está fuera —desmintió ella, señalando con la cabeza hacia el otro extremo de la habitación, donde había dos mujeres abrazándose.

Mis padres estaban con los padres de Adam.

—¡Dios mío, están hablando! —susurré, buscando desesperada alguna ruta de escape. No estaba preparada para una situación como aquella. No sabía qué decirles—. ¿Adam está también?

—No le veo —dijo Abi, estirando el cuello por encima de la multitud. Sus senos amenazaron con explotar cuando se puso de puntillas—. ¿Quieres que eche un vistazo?

—Iré yo —se ofreció David. Se inclinó hacia delante y

sorbió de nuestra copa de vino—. Si le encuentro, os haré una señal.

—¿Cuál será la señal? —pregunté.

Sentía el rubor subiendo por mi pecho y mi cuello mientras mis padres y los de Adam continuaban charlando.

—¡Eh, Liv, Adam está aquí! —sugirió moviendo los brazos en el aire—. ¿Esa sirve?

—Perfectamente —dijo Abi, con un grave asentimiento—. Ahora, ve a ver si está.

Sin decir una palabra más, tiró de mí hacia atrás, arrastrándome hacia el cuarto de baño y empujando a nuestra profesora de francés de sexto en el proceso.

—*Pardon* —se disculpó mientras las puertas se cerraban tras nosotras—. *Je suis déssolée*.

—¿Por qué estamos en el cuarto de baño? —pregunté.

—Estamos en el cuarto de baño —contestó, haciéndome girar y empujándome a uno de los cubículos—, porque si están aquí los padres de Adam es probable que también esté él y tú te has vestido como para ir al cumpleaños de tu padre.

—Es el cumpleaños de mi padre —repliqué.

Abi se sacó por la cabeza aquel vestido con un escote obscenamente pronunciado y lo tiró por la puerta del cubículo, quedándose después con los brazos en jarras y en bragas y sujetador. Los llevaba a juego. Me dejó impresionada.

—Abi —le dije con calma—, me parece que te has quitado el vestido.

—Desnúdate —me ordenó, señalando mi deliciosa y muy elegante chaqueta azul marino con lunares—. Ahora mismo.

—Pero, si me la quito, también tendré que quitarme el vestido —repliqué—. No estoy segura de lo que te propones, Ab.

Ella entornó los ojos y cruzó los brazos sobre su magnífica pechera.

—No has viso a Adam desde el día de la discusión en el aparcamiento, ¿no?

Asentí.

—Y, a pesar de cómo se está comportando, sigues queriendo estar con él, ¿verdad?

Asentí otra vez.

—¡Entonces quítate ese maldito vestido porque parece que te has arreglado para ir a ver a la reina! —me ordenó—. Y después rellénate el sujetador de papel higiénico. Vamos a necesitar ponerte un poco de relleno si queremos que esto te quede bien.

El corazón comenzó a palpitarme con fuerza al pensar que iba a ver a Adam otra vez, y también al imaginarme medio desnuda en los lavabos del Bell. Para mí, aquella no era la conducta habitual de un sábado por la noche.

Ya no.

Todos habíamos hecho cosas de adolescentes de las que no estábamos orgullosos.

—¿De verdad crees que si me pongo tu vestido va a mejorar nuestra relación? —pregunté, arrancando puñados de papel Kimberly-Clark del dispensador.

—No —admitió mientras me subía la cremallera—. Pero estarás maravillosa. Y Liv, si de verdad le quieres y quieres solucionar todo esto, no te hará ningún daño estar maravillosa la primera vez que le veas.

Las comisuras de mi boca comenzaron a temblar cuando sonreí. Abi tenía muy poca fe en las relaciones y yo sabía que debía de estar muriéndose de ganas de llamar a Adam de todo menos bonito. Siempre había sido muy protectora conmigo, casi desde que nos habíamos conocido.

—Supongo que él no les ha dicho nada a sus padres —teorizó Abi, siempre tan analítica—. Parecían encantados hablando con los tuyos. Si un novio mío me hubiera dejado y a sus padres se les ocurriera aparecer en una fiesta familiar, mi madre saldría persiguiéndoles con la radial.

—Sí, pero mis padres son mucho más contenidos que los tuyos —le recordé mientras se metía mi sofisticado modelo moteado por encima de la cabeza e intentaba meter pecho para que yo pudiera subirle la cremallera—. Seguro que mi madre se está disculpando por tener una hija tan decepcionante y ofreciéndose a devolverles el importe de todos los regalos que me han hecho por Navidad.

—¿Qué vas a decirle? —me preguntó, girando los hombros incómoda. Aquel era un sacrificio que no se olvidaría fácilmente. Sobre todo porque era muy poco probable que me permitiera olvidarlo—. ¿Está allí fuera?

Yo bajé la mirada hacia mi pecho y mis senos, elevados a base de papel higiénico, me devolvieron la mirada.

—No sé si necesito decirle nada —le dije, mirándola a los ojos.

Salí del cubículo del baño, palpando mis senos de papel higiénico. No eran en absoluto tan impresionantes como los de Abi, pero no estaba acostumbrada a ver tal porción de ellos fuera de mi cuarto. Adam no iba a saber a dónde mirar, aunque supuse que aquella era precisamente la cuestión.

—¡Está aquí! —gritó David, irrumpiendo en el cuarto de baño y sobresaltándonos a mí, a Abi y al secador de manos—. Está aquí, Adam está aquí.

—¿Estás seguro de que es él? —pregunté, con el corazón latiéndome de tal manera que veía moverse el relleno de papel.

David asintió.

—Sí. Creo que sí. Quiero decir, sí. Estoy bastante seguro de que es él.

—No es una pregunta difícil —dijo Abi—. Conoces a ese hombre.

—Bueno, yo estaba intentando acercarme a los volovanes antes de que tu madre acabara con todos —le explicó—. Entonces he visto a un hombre rubio y muy alto hablando con el padre de Liv, así que he abandonado el bufet con las manos vacías y he venido directo a informaros. Gracias.

—¡Eres todo un mártir! —le reconocí.

—¿Puedo irme ya? —David miró alrededor del cuarto de

baño alicatado en rosa—. La verdad es que no me gusta pasar mucho tiempo en el cuarto de baño de señoras, a no ser que haya una mamada a la vista.

—Entonces será mejor que te vayas —le advirtió Abi.

—A la larga sucumbirás a mis encantos, Levinson —replicó él arqueando las cejas varias veces antes de salir del baño.

Se equivocaba. Abi no caería. Aparte de porque tenía seis años menos que nosotras, y Abi nunca salía con hombres más jóvenes que ella, le había informado a Abi durante una borrachera de que ella era su gran ballena blanca y le había preguntado si le gustaría ver su Moby Dick. Tenía más posibilidades de acostarse con Adam que con ella.

—Nadie diría que me he pasado toda la semana pesando bazos de ratones, ¿verdad? —preguntó Abi, ahuecándome el pelo—. Muy bien. Pongámonos en acción.

—¿Para hacer qué, exactamente? —susurré, mirando todavía mi pecho.

¡Era tanto!

—Eso te toca a ti —dijo Abi, palmeándome el trasero—. Acuérdate de que puedes hacer todo lo que quieras.

—¿Puedo irme a casa? —pregunté con voz débil.

—Cualquier cosa, salvo esa —contestó mientras me empujaba fuera del cuarto de baño—. Y ahora, ¡a por todas!

—Olivia... —mi madre, lustrosa y elegante con su Jacques Vert de color azul marino abrió los brazos para darme un amago de abrazo—. ¿Pero qué te has puesto?

—Yo también me alegro de verte —respondí, subiéndome el escote cuanto pude.

En el otro extremo de la habitación, por encima de la mesa del bufet, vi al padre de Adam inclinándose sobre su bastón mientras su madre, imposible de pasar por alto con un sari fucsia, alargaba repetidamente la mano hacia la bandeja de los canapés antes de fruncir el ceño, sacudir la cabeza y dar un paso hacia la siguiente fuente. Donde fuera que Adam estuviera escondiéndose, no estaba con sus padres. Era como si hubiera una araña en la habitación, pero yo no supiera dónde acechaba.

—Acabo de estar hablando con los padres de Adam —dijo mi madre, inclinando su elegante melena bob hacia los Floyd—. Su madre acaba de regresar de la India. ¿Sabías que había estado en la India?

—¡Ah! En la India, sí —contesté.

No estaba segura de si lo sabía. La madre de Adam siempre estaba en alguna parte. En un centro de reposo en Costa Rica, recibiendo clases de acuarela en Lake District, haciendo un curso de elaboración de vino en el sur de Francia... Todo ello mientras su padre se quedaba en casa viendo partidos de fútbol. Y eran la pareja más feliz que había conocido nunca.

—¿Dónde está Adam?

Alguien tenía que preguntarlo antes o después, supuse. Debería estar agradecida de que fuera muy madre.

—De camino —mentí.

Había pasado horas inventando posibles respuestas a aquella pregunta: estaba en el trabajo, se había alistado al Ejército, se había convertido a la Cienciología y ya no creía en celebrar cumpleaños, salvo que fueran el de Tom Cruise o el de John Travolta. ¿Y en aquel momento no se me ocurría nada mejor?

—Estoy seguro de que llegará pronto —dijo mi madre. Fue alucinante, me creyó—. ¿Ese vestido es nuevo, cariño?

—¿Dónde está papá? —pregunté.

Miré hacia la barra. Abi y David alzaron sus chupitos en mi dirección, pero no pude ver a Adam.

—Por ahí andará —contestó—. Lleva todo el día de un sitio a otro.

Asentí. No había ninguna señal de ningún hombre alto y rubio. David debía de haber sufrido alucinaciones.

—Cualquiera diría que es su cumpleaños —dije.

Mi madre posó la mano en mi brazo y sonrió. Nos parecíamos tanto que, a veces, me asustaba. Teníamos los mismos ojos azules y redondos, la misma nariz pequeña y hacia arriba y, gracias a la buena gente de Nice'n Easy, el mismo color de pelo, un delicado rubio ceniza. No era difícil mirar a mi madre y ver hacia dónde se dirigiría mi vida si permitía que siguiera su curso sin tomar medidas, y aquel no era un pensamiento muy reconfortante.

—Olivia —dijo, apretándome el brazo con delicadeza—. Tú sabes que tu padre y yo te queremos mucho, ¿verdad?

Sentí que la sangre abandonaba mi rostro y que el suelo se elevaba hacia mí.

—¡Dios mío! —susurré, aferrándome a su hombro para mantenerme en pie—. Se está muriendo, ¿verdad?

—Y, por supuesto, sabes que queremos mucho a Adam.

El rostro de mi madre se iluminó al mencionar el nombre de mi novio. Ignoró mi pregunta y consiguió distraerme. ¿Adoraban a Adam? Esa sí que era una novedad. Aunque no habían expresado de manera abierta que no les gustara, mi madre nunca dejaba de recordarme lo bien que le estaba yendo a Darren McLachlan, el chico con el que había ido al baile de San Valentín cuando estaba en séptimo grado. Darren era dentista en Australia, tenía su propia consulta, además de una casa con cuatro dormitorios, y venía para visitar a sus padres dos veces al año. Por supuesto, Darren también era increíblemente gay, algo que debía de haberles pasado desapercibido al mirar el Facebook.

—Su padre me ha dicho que el negocio le va muy bien. ¿Está trabajando en un proyecto importante?

—Está diseñando un bar —volví a buscar en la habitación con la mirada y volví a descubrir que no había aparecido. ¿Por qué creería David que le había visto? Allí no había nadie que midiera más de un metro noventa—. En el centro de Londres.

—Eso es... —se enredó el colgante de oro en los dedos mientras buscaba la palabra más adecuada— estupendo.

Demasiado esfuerzo para terminar diciendo «estupendo».

—Es magnífico —la corregí—. La verdad es que es increíble.

Con independencia de lo que hubiera pasado entre nosotros, yo seguía poniéndome a la defensiva cuando hablaban de él. Conseguir un trabajo como aquel no era solo estupendo, era maravilloso. Adam había tenido que enfrentarse a muchos competidores y se había esforzado mucho para sacar adelante su propuesta. Había estado trabajando en pequeños proyectos y colaborado con otra gente durante años. Aquella era la primera vez que había diseñado algo grande, algo impresionante, y yo estaba tan orgullosa de él que habría sido capaz de subirme a una mesa y gritárselo al mundo sin importarme que se me vieran las bragas.

—Si tú lo dices —respondió mi madre con expresiones encontradas en su rostro—. Si tú eres feliz, yo también lo soy. ¡Ay, Olivia! Todo está ocurriendo al mismo tiempo, ¿verdad?

Y la oleada de orgullo se alejó, dejándome sola en aquel estado de incertidumbre sobre mi relación, en medio del cumpleaños de mi padre, con un vestido prestado y puñados de papel higiénico en el sujetador, defendiendo a un hombre que ni siquiera se había molestado en abandonarme como era debido.

—Hola a todo el mundo.

Alcé la mirada y vi a mi padre en el estrado, luciendo una sonrisa y su mejor traje e inclinado sobre un micrófono demasiado bajito. La última vez que había visto a mi padre cerca de un micrófono llevaba tres brandis más del límite al que llegaba en Navidad, Abi había estado intentando enseñarle cómo funcionaba SingStar y él estaba medio riéndose, medio sollozando con Benny and the Jets mientras mi madre se iba a la cocina con una botella cerrada de Baileys. Adam se había portado como un absoluto campeón. Había soportado sentado tres rondas ensordecedoras de Benny antes ponerse a cantar también él. Yo le había recompensado con un quiqui rápido en el dormitorio de mi infancia. Mis mejillas se encendieron ante aquel recuerdo y me obligué a volver a la realidad y a prestar atención al escenario.

—Quería dar las gracias a todo el mundo por haber venido esta noche. Es maravilloso ver a tanta gente reunida, y no con motivo de un entierro.

Todo el mundo rio incómodo mientras mi madre me agarraba con fuerza la mano y empezaba a temblar. Por suerte, nadie se dio cuenta de que no estaba bromeando.

—Estaba muy emocionado ante la llegada de mi sesenta y cinco cumpleaños —continuó. Y seguía inclinándose con torpeza sobre el micrófono—. Son casi nueve años y medio para un perro y me preocupaba mucho el no poder estar a mi nivel.

Abi y David soltaron un aullido. Mi madre y yo gemimos. El resto de la habitación permaneció en silencio.

—Era un poco de humor veterinario —añadió mi padre—. En cualquier caso, no puedo decir que estuviera deseando cumplir sesenta y cinco años y convertirme en un pensionista. No es una palabra muy sexy, ¿verdad? Me refiero a «pensionista».

—¿Acaba de decir «sexy»? —pregunté.

—Ha tenido que estar viendo el Channel Four cuando estoy fuera. No puede haber otra explicación.

—Pero justo ahora estaba hablando con unos amigos. Estoy seguro de que todos conocéis a Mary y a Clive Floyd… —se interrumpió para saludar a los padres de Adam, que saludaron a su vez a los invitados—, y ellos acaban de recordarme algo importante. Mi vida todavía no ha terminado. De hecho, acaba de empezar y Lesley y yo tenemos muchas aventuras por delante.

¿Aventuras? La idea que tenía mi padre de una aventura era conducir hasta un Tesco más grande los sábados.

—Nos esperan muchas cosas maravillosas —buscó entre la multitud, subiéndose las gafas por encima de la nariz, y fijó al final la mirada en mamá y en mí. Se le iluminó el semblante y se irguió ligeramente—. Sin lugar a dudas, le debo a Lesley unas vacaciones. Y quién sabe qué más si, con un poco de suerte, terminan llegando los nietos.

Se alzó un rumor entre los invitados y me pregunté cuantos mensajes de texto terminaría recibiendo para el final de la noche felicitándome por mi embarazo.

—Pero, antes de que me convierta en abuelo, me gustaría pedirle a mi pequeña Livvy que suba al estrado. Vamos, doctora Addison, no sea tímida.

Nadie iba a decir nunca de mí que fuera una persona a la que le gustara llamar la atención, pero, definitivamente, tampoco podrían acusarme de ser tímida. Era capaz de salir sola en el karaoke y, en una ocasión en la que Cassie y yo nos encontramos a Helen Mirren por la calle, fui yo la que le pidió que nos permitiera hacernos un selfie. Pero había algo aterrador en el hecho de ser invitada a subirte a un escenario por tu propio padre en una habitación llena de gente que me conocía de toda la vida. Habría preferido con mucho que me mandara al infierno cualquier famoso a estar en un escenario delante de mi vecino, mi antigua profesora de francés y el chico al que había entregado mi virginidad después de haber bebido demasiados Bacardi Breezers en la fiesta de los dieciocho años de Abi. Por lo menos estaba casi segura de que había sido así, el recuerdo continuaba siendo borroso.

—Vamos —me pidió mi madre, empujándome hacia allí—. Acabemos cuanto antes con todo esto.

—¿Con qué tenemos que acabar? —pregunté, obligándome a poner un pie delante de otro—. ¿Qué está pasando aquí?

Los invitados se separaron en una pobre imitación del mar rojo mientras yo me abría paso hacia el escenario.

—¿No os parece mentira que esta sea mi niñita? —preguntó mi padre en medio de una mezcla de aplausos, risitas y un inadecuado comentario sobre mis tetas que llegó desde la zona por la que andaba Abi—. Como todos sabéis, Olivia ha estado trabajando conmigo durante, ¿cuánto tiempo ya? ¿Seis años?

Asentí, manteniéndome en el borde del escenario. La gente siempre decía que la mejor manera de permanecer frente a una multitud cuando se estaba nervioso era imaginar a todo el mundo en ropa interior. Pero quienes lo decían nunca habían estado con mis vecinos.

—Seis años —mi padre dio un par de pasitos, me agarró la mano y tiró de mí hacia el micrófono. No había dónde esconderse—. Me cuesta creerlo. Yo me hice cargo de la clínica de mi padre cuando yo tenía cuarenta y dos años y él sesenta y seis. Antes que él, su tío fue el veterinario de las granjas de la zona. Siempre me he sentido orgulloso de que Olivia haya seguido mis pasos en el negocio de la familia y estoy seguro de que estaréis de acuerdo en que es una veterinaria maravillosa.

Advertí que la señora Riley arqueaba la ceja en la esquina en la que se encontraba. Ni ella ni su gata costrosa estarían de acuerdo en que yo era una veterinaria maravillosa.

—Siempre he pensado que la jubilación era como una manera de escaquearse. Nunca le he visto el atractivo, pero, como mis amigos...

Se interrumpió para guiñarle el ojo a los Floyd. La madre de Adam se tapó la boca para disimular su risa mientras su padre le daba un codazo.

—... Pero como mis amigos los Floyd me han recordado, todavía me queda mucha vida por vivir y, por mucho que aprecie mi trabajo, he decidido que ya es hora de detenerme. Ha llegado el momento de dar un paso a un lado y permitir que una Addison más joven, más inteligente, y yo diría que más atractiva que yo, tome las riendas.

¡Ay! ¡Ay, Dios mío!

Se levantó un educado aplauso en la habitación, remarcado por los golpes de David en la barra y sus aullidos de aprobación. Solo Abi tenía la misma expresión que yo sentía en mi rostro. Una expresión de completo y absoluto horror.

—Para decirlo rápidamente, no habrá más veterinario en Long Harrington que la doctora Olivia Addison.

Me envolvió en un abrazo, aplastándome a mí y a mis pechos de papel higiénico contra su almidonado traje y cubriéndome la cabeza de besos como cuando tenía cinco años.

—Por lo menos mientras continúes apellidándote Addison —me susurró al oído—. Mi adorable Livvy.

—¿Qué?

Retrocedí tambaleante mientras él me soltaba, aturdida por los flashes de las cámaras de los móviles y el canto a coro del *Happy Birthday*, que comenzó en alguna parte cerca de la madre de Adam y fue extendiéndose por la habitación hasta que todo el mundo terminó cantando.

—Estoy muy orgulloso de ti —dijo mi padre por el micrófono. El retorno chirrió a través de los altavoces—. No sabéis lo feliz que soy al poder traspasar el trabajo de mi padre a mi hija y lo mucho que espero poder ver a la siguiente generación Addison trabajando a su lado algún día.

El coro llegó a su fin y los invitados comenzaron a aplaudir y a vitorear. Mi padre iba a jubilarse y yo iba a tener que dirigir la clínica. Yo sabía trabajar como veterinaria, pero no sabía dirigir un negocio. Ni siquiera sabía dónde estaba el contador de la luz. No podía dirigir la clínica, no quería dirigir la clínica. Mierda. Mierdamierdamierda. Mierda.

—¡Por la doctora Addison! —gritó mi padre al micrófono—. La veterinaria del pueblo.

Y, mientras el pueblo entero expresaba a coro su aprobación, vi que Adam cruzaba las puertas sudoroso, con el rostro enrojecido y con una camiseta excesivamente ajustada con un pájaro de dibujos animados haciendo un gesto obsceno en la parte delantera.

—Olivia —susurró mi padre, señalando hacia mi escote—. Tienes algo... eh... es ahí, delante del vestido.

Bajé la mirada hacia los reunidos y descubrí a Abi señalándose frenética el pecho mientras David se llevaba las manos a la cabeza antes de que yo bajara la mirada y viera uno de mis senos de papel escapando del vestido que me habían prestado.

No podía haber sido de otra manera.

Nada de eso le habría ocurrido nunca a James Herriot.

CAPÍTULO 9

El trayecto desde el norte de Londres a Long Harrington debería haberme llevado dos horas y media, tres como mucho, teniendo en cuenta el tráfico del sábado. Pero aquello habría sido demasiado fácil. Habría tenido tiempo de volver a casa, meterme en la ducha, ponerme algo decente, pasarme por el piso de Liv para que tuviéramos una verdadera conversación, arreglarlo todo y, posiblemente, incluso improvisar un polvo antes de la fiesta.

Una hora después de haber dejado a Tom, eufórico después de haberme tomado un Red Bull que había encontrado en la guantera, estaba aparcado en la zona de parada de emergencia de la A1, arrodillado sobre quince centímetros de barro. Una rueda pinchada no entraba en mis cálculos, ni dislocarme el hombro intentando desatornillar una docena de tuercas oxidadas de las ruedas.

—¡Vete al infierno, pedazo de mierda! —lancé la llave inglesa hacia el campo que tenía tras de mí, y estuve a punto de golpear con ella a una vaca de aspecto particularmente crítico—. ¡Cojones!

La vaca se volvió, a mucha rapidez para ser una vaca, y continuó mascando, a pesar de que parecía escandalizada.

—Lo siento —me disculpé, frotándome el hombro y dejando en la camiseta cinco manchas de aceite—. No me refería a ti. Es evidente que tú no tienes.

La vaca mugió en señal de reconocimiento antes de dejar caer una boñiga humeante y descomunal sobre la llave inglesa. Disculpa no aceptaba.

Yo odiaba llamar al seguro… siempre me sentía como si estuviera admitiendo una derrota. El hombre que me contestó no ayudó mucho. Me hizo un montón de preguntas de obvia respuesta antes de transigir y enviar a alguien a salvarme. Tenía que esperar treinta y cinco minutos, me dijo, a un lado de la carretera. Por lo menos hacía un buen día para quedarse al lado de la autopista, respirando el humo de los tubos de escape y observando a la gente que pasaba por delante de mí. ¿Adónde iban? ¿Qué habían estado haciendo durante el día? Fijaba la mirada en los coches que pasaban lo bastante despacio como para poder distinguir los rostros de sus ocupantes.

Casi todos los que iban sentados en el asiento de pasajeros tenían la mirada fija en sus móviles, mientras que los conductores tenían un ojo en el GPS y estaban demasiado ocupados escuchando comentarios sobre el partido o sobre Taylor Swift como para hablar entre ellos. Observé a una pareja de ancianos que pasó en su Volkswagen por delante de mi Land Rover. El marido iba pegado al volante y su mujer charlaba a su lado mientras conducían a una velocidad tan moderada que Liv habría terminado desquiciada. Tanto si estaba dispuesta a admitirlo como si no, tanto los policías de Nottinghamshire como yo mismo estábamos familiarizados con la soltura que tenía con el acelerador. Yo necesitaba mi Land Rover para transportar la madera que utilizaba en el trabajo. ¿Para qué demonios necesitaba ella un Fiat Punto tan mejorado que hacía temblar los cristales de las ventanas cada vez que venía a verme? No se me ocurría ni una sola emergencia veterinaria que exigiera unos altavoces que ocupaban todo el maletero.

Cuando estábamos empezando a salir, conducíamos hasta el mar cuando ella salía del trabajo solo para comprar fish and chips para merendar. Todavía conservaba un vídeo de Liv hecho con el móvil en el que aparecía cantando a Adele a pleno pulmón mientras viajábamos por carreteras secundarias a última hora de la noche. Aunque me había lavado las manos desde entonces, todavía recordaba el olor inconfundible a vinagre y a monedas de las máquinas recreativas a las que habíamos jugado, y el olor del acondicionador que había inundado el coche en cuanto Liv se había sentado en el asiento del conductor mientras yo sostenía el teléfono cerca de mi rostro para capturar el momento. Siempre la amenazaba diciendo que algún día les enseñaría aquel vídeo a nuestros hijos y ella contraatacaba amenazándome con incapacitarme para tener hijos si no lo borraba.

—¡Imbécil!

Alcé la mirada y vi a un adolescente asomado a la ventanilla de un Vauxhall Corsa, mostrándome el puño, con una gorra de béisbol colocada hacia atrás mientras su amigo, sentado en el asiento de atrás, grababa el incidente para la posteridad. O, con mayor probabilidad, para los millones de suscriptores de su canal de YouTube.

—¡Eres un imbécil! ¡Ahhhh!

—Dios mío, ojalá tuviera diecisiete años otra vez —sonreí y les saludé con la mano, alegrándome al instante—. Qué días tan felices.

—No puedes ir así vestido —declaró Brian, el hombre del seguro, mientras nos deteníamos en la puerta del Millstone a las seis en punto.

—No tengo tiempo de volver a casa —le dije.

Era imposible mantener la calma en aquellas circunstancias. Había tenido que estar esperando durante una hora. Una hora a un lado de la carretera seguida por otra que había dedicado a observar a Brian mientras este hacía lo mismo que yo había estado intentando hacer durante una hora, seguida por la décima de segundo que le había llevado romper una de las tuercas y acabar de fastidiar el coche. Después, habíamos pasado cerca de noventa minutos cruzando la A1 a toda velocidad en una grúa. Yo era el caballero andante de Liv, envuelto en una sucia armadura, llegando al castillo en mi gigante corcel amarillo. Básicamente, todos sus sueños hechos realidad.

—Tengo una camiseta en la parte de atrás —dijo Brian, inclinando la cabeza hacia la estantería que teníamos detrás de nosotros—. Puedes ponértela, es de diseño.

—No, no puedo aceptarlo —contesté, secándome las manos sudorosas en los muslos y mirando hacia las ventanas del piso de arriba del pub.

El sol del crepúsculo iluminaba los cristales, reflejando los árboles de afuera en vez de permitirme adivinar lo que estaba pasando en el interior.

—No te preocupes —añadí.

—Vas a ir a una fiesta, ¿no?

Me quedé mirando fijamente a aquel hombre pequeño y calvo, intentando averiguar si me estaba haciendo una pregunta o no.

—Voy a ir a una fiesta —contesté vacilante.

—Entonces, tienes que cambiarte —me agarró del brazo para apoyarse, manchando todavía más el mencionado andrajo, mientras giraba en su asiento y sacaba una bolsa arrugada de Sainsbury's—. No puedes ir así.

—Ahora no puedo... —bajé la mirada hacia la nueva mancha negra que había dejado la mano del mecánico en la manga blanca y fruncí el ceño.

—Una camiseta de lo mejorcito, eso es —dijo Brian con orgullo—. Pero me queda demasiado grande. Mi primo me la compró en Milán durante unas vacaciones. Está a la última moda. Iba a dársela a un mendigo que vive en la esquina, pero tú eres un tipo grande, te quedará mejor.

—De acuerdo —me coloqué la bolsa bajo el brazo y le dirigí una tensa sonrisa en respuesta—. Te lo agradezco.

—No tienes por qué, hijo —me palmeó la espalda, marcándome por última vez—. Ahora, entra en la fiesta y date un buen revolcón con ella de mi parte.

—Haré lo que pueda —le prometí, deseando contra toda esperanza que la imagen de Brian no aflorara a mi cabeza cuando estuviera dándome un revolcón con alguien.

No había querido entrar en detalles con él, pero noventa minutos son muchos para aguantar sentado en un coche sin hablar. Habíamos agotado todos los temas de conversación posibles (fútbol, pesca con mosca, la desaparición de FHM, o por qué Brian había estado pensando en votar a UKIP en las últimas elecciones, pero al final había decidido no tomarse la molestia de hacerlo) en la primera media hora y no hay nada como ir sentado en el asiento de pasajeros para forzar una falsa intimidad con un completo desconocido.

—Yo creo que el taller te tendrá el coche para el lunes —dijo, asomándose por la cabina mientras yo saltaba al suelo con la bolsa arrugada de Sainsbury's en una mano y el teléfono en la otra—. No creo que abran mañana.

Alcé la mano en señal de despedida antes de entrar. La planta baja estaba prácticamente muerta, solo había algunas familias jóvenes dispersas por el pub, los bebedores de día se habían marchado y los de la noche aún no habían llegado. El piso de arriba vibraba con canciones populares de los sesenta y el repiqueteo de los pasos de los mejores zapatos de mis vecinos.

—¿Vienes de la guerra, muchacho?

El barman, cuyo nombre no pude recordar, me saludó con la cabeza mientras le sacaba brillo a una jarra de metal. Fui directo hacia el cuarto de baño con la bolsa en la mano. No hay nada como cambiarse en un cuarto de baño para preparar el inicio de una gran noche.

No había espejos en el servicio de caballeros de Millstone, salvo un pedazo de acero abrillantado al lado del secador de manos, pero yo era consciente del aspecto que tenía. Los padres de Liv eran, y supongo que era la definición más educada que se me podía ocurrir, muy tradicionales. No les haría ninguna gracia verme aparecer en el cumpleaños de su padre cubierto de grasa. Había muchas posibilidades de que no les gustara verme aparecer de ninguna manera y, desde luego, yo no tenía intención de empeorar las cosas. De modo que me desabotoné rápidamente la camisa, la tiré a la papelera, me lavé las manos con un jabón rosa perlado y me las sequé en la parte traerá de los vaqueros. Con la piel en carne viva, pero más limpio que antes, saqué la camiseta de diseño italiano de la bolsa de plástico y la sostuve frente a la luz amarillenta.

—¡Oh, no!

Era una camiseta de manga corta con el cuello en uve y de color rosa brillante. Y por si aquello no fuera suficiente, un tosco dibujo de un loro de dibujos animados al que no reconocí, inclinándose y enseñando al mundo su trasero de pájaro y con una ala presionando su pico. Aunque yo no tenía la carrera de veterinaria y hasta entonces jamás me había detenido a pensar en el trasero de los pájaros, estaba bastante seguro de que el dibujo de aquel pájaro no era anatómicamente correcto. Sí era, sin embargo, obsceno. Sin vacilar, saqué la camisa de la papelera. ¿Un camisa manchada de aceite o una camiseta con un loro pervertido? Aquel era uno de esos casos en los que uno está condenado haga lo que haga.

Me llevó un buen rato decidirme por la camiseta del loro, pero, al cabo de diez minutos de intentar eliminar el aceite del algodón con jabón de manos, renuncié y opté por la prenda italiana. A lo mejor Liv la encontraba graciosa. O, a lo mejor, tropezaba yo con las escaleras antes de subir y me rompía el cuello. O, como al final ocurrió cuando por fin llegué al piso de arriba, encontraba a Liv sobre el escenario, al lado de su padre, con medio rollo de papel higiénico colgando del escote de su vestido. ¡Y qué vestido! No recordaba habérselo visto nunca; tenía un escote bastante más pronunciado de lo que a Liv le resultaba cómodo y, aunque yo estaba encantado, no me gustaba que todos los que estuvieran bajo la plataforma pudieran mirar por debajo de su falda.

—¡Por Addison! —su padre alzó su copa y todo el mundo le imitó—. Por la veterinaria del pueblo.

Se separó del micrófono y se sumó a las rítmicas palmas que resonaban en la habitación, con su habitualmente plácido rostro enrojecido mientras señalaba el vestido de su hija. Liv dio media vuelta, mostrando las bragas al hacerlo y, cuando volvió a girar, el papel higiénico no se veía. Un seno izquierdo gigante traicionaba el lugar en el que lo había escondido.

—Hola… —Liv se inclinó hacia el micrófono. El micrófono chirrió a modo de protesta y ella retrocedió de un salto—. ¡Ay!

Allí estaba, el amor de mi vida, con el sujetador relleno y mostrando sus bragas a todo el pueblo. Después de la semana que habíamos pasado, no pude evitar sentirme divertido y protector a partes iguales, pero sabía que ella no le encontraría la más mínima gracia a la situación.

—Este vestido no es mío. Es el vestido de mi amiga. No es mío.

Vi entonces a Abi, su amiga más antigua, y la más difícil de complacer, alzar la mano y saludar a los presentes mientras David, el ayudante de Liv, aplaudía mostrando su aprecio.

—¿Por qué está hablando de su vestido? —le susurró una anciana cubierta de pelo de perro a otra anciana cubierta de pelo de perro—. Y a mí qué me importa su vestido.

—Si se pusiera más vestidos como ese, nuestro Paul tendría más ganas de llevar a los perros a las revisiones —replicó su amiga—. No me gusta que las jóvenes vayan tan desaliñadas hoy en día.

—No creo que sea casual el que no esté casada —se mostró de acuerdo la primera—. Haz un pequeño esfuerzo, querida. No puedes pasarte el día con aspecto de haberte levantado de la cama solo unos minutos antes y esperar que algún hombre quiera tener algo que ver contigo.

—Perdón —las interrumpí mientras me abría camino entre sus peludos hombros.

—Y eso por no hablar de cómo visten ahora los hombres —susurró una de ellas—. Mira eso.

—¡Eh! Que es de diseño —respondí, dirigiéndoles a las dos una mirada asesina—. Es de Milán.

—Deberían haberla dejado allí —cloqueó la primera—. Pareces un auténtico palurdo.

—Sí, bueno...

No se me ocurrió nada mejor.

—No se me da demasiado bien hablar en público —Liv continuaba hablando en el escenario, moviendo los pies y aferrándose con las dos manos al micrófono—, y todo esto ha sido una sorpresa. La verdad es que no sé qué decir.

—¿Gracias? —propuso un invitado molesto y sin muchas ganas de ayudar.

—Gracias, por supuesto —contestó ella al instante, con la que yo sabía era una falsa sonrisa y volviéndose hacia su padre—. Gracias, papá. Eres un veterinario brillante, has sido un padre brillante y no sé lo que habríamos hecho sin ti.

La sala irrumpió en un educado, y todavía no etílico, aplauso. Era evidente que me había perdido algo.

—¡Adam, acércate aquí! —oí que mi madre susurraba mi nombre en el otro extremo de la habitación y me dirigí hacia allí sin dejar de mirar a Liv mientras avanzaba—. Qué camiseta tan bonita, muy colorida. ¿Qué es lo que está haciendo el pájaro con la mano?

—No lo sé —le di un enorme abrazo mientras mi padre sacudía la cabeza por encima del hombro de mi madre.

Él no estaba de acuerdo con la elección de la camiseta, pero, al fin y al cabo, él llevaba traje y mi madre se había puesto un sari, de modo que siempre iba a ser el más conservador de la pareja.

—¿Qué ha pasado? —pregunté.

—El doctor Addison acaba de anunciar que se retira —

contestó mi madre con su voz dulce y un poco ronca—. Y Liv se va a hacer cargo de la clínica. Es emocionante, ¿no te parece?

No sabía si «emocionante» era la palabra que yo habría elegido. Liv odiaba las sorpresas. Una pieza de joyería resplandeciente junto a una propuesta de matrimonio era una cosa, ¿pero algo así? Seguro que lo odiaba. Tenía que rescatarla.

—Es difícil de asimilar, ¿verdad? —continuó Liv—. ¿Cómo es posible que mi padre vaya a retirarse?

Un momento, Liv no había terminado. Cuando estaba nerviosa, Liv no paraba de hablar. Comenzó a caminar por el estrado micrófono en mano y con el papel higiénico abriéndose camino hacia el exterior una vez más.

—¿O que me vaya a ceder la clínica? —sacudió la cabeza, compartiendo cada uno de los pensamientos que se le pasaban por la cabeza y salían de su boca con el pueblo entero—. Son muchas las cosas que eso implica. Son demasiadas las cosas en las que tengo que pensar. Y justo cuando acababa de decidir que quería ir a Japón.

—¿Pero de qué está hablando? —preguntó mi padre mientras los nativos comenzaban a inquietarse—. ¿Japón?

—Siempre ha querido ir a Japón —recordó mi madre, ajustándose el sari—. A lo mejor podemos ir todos juntos. ¡Podemos celebrar una luna de miel en familia!

¿Una luna de miel en familia? ¡Qué locura! Me pregunté cuánto tardaría mi padre en contarle todo lo que había jurado no contar.

—Vuelvo en un minuto —le dije, lanzándome entre la multitud y colocándome al lado del escenario de un salto. Bueno, de dos. De dos y medio, puesto que tuve que rodear la esquina y subir los escalones—. Liv —siseé—, todo va a salir bien, estoy aquí.

—¿Qué estás haciendo aquí?

Tenía el pelo recogido en lo alto de la cabeza con algunas hebras sueltas enmarcando su rostro. Estaba perfecta. Dejando de lado el papel higiénico que colgaba del vestido, por supuesto.

Un murmullo recorrió la habitación y me descubrí haciéndome a mí mismo la misma pregunta.

—Bonita camiseta, Justin Bieber.

No me hizo falta mirar para comprender que aquel ingenioso comentario procedía de Abigail.

Tiré el dobladillo de la camiseta. Cada vez que levantaba el brazo, se levantaba sobre mi barriga.

—Por si os lo estabais preguntando, en realidad, este vestido no es mío —Liv se alejó caminando, ignorándome—. Y, sí, voy a ir a Japón. Pero todavía no sé cuándo.

Yo clavaba en ella la mirada mientras continuaba su discurso, sin tener la menor idea de cómo iba a acabar aquello. Era como el final de *Dirty Dancing*, pero mil veces peor. Alguien tenía que llevar a Baby a un rincón.

—Pero el caso es que no importa lo que yo tuviera planeado, ¡mi padre se jubila! —se oyeron los pitidos del retorno del micro—. Lo que quiero decir es, ¿a quién no le gusta recibir una sorpresa de esas que te cambian la vida en medio de una fiesta familiar? Y...

Los altavoces colocados a ambos lados del escenario cobraron vida y el *Congratulations* de Cliff Richard palpitó en mis huesos mientras una nube de globos rojos y brillantes serpentinas caía del techo para deleite de, bueno, en realidad, de nadie.

Liv miró a su padre con una expresión que yo no recordaba haber visto en su rostro hasta entonces, dejó caer el micrófono y bajó las escaleras a toda velocidad, apartándome de su camino.

David subió al escenario y colocó el chirriante micrófono en su sitio, salvando los oídos de todos los presentes.

—¡Aplausos para el doctor Addison!

—¿Qué estás haciendo aquí? —me preguntó Liv con los ojos abiertos como platos—. Me has distraído por completo.

—¿Te he distraído yo o mi camiseta? —pregunté, bajando la mirada para ver al loro—. Porque hay una buena razón por la que llevo esta camiseta, te lo aseguro...

—Creo que quiero marcharme —me interrumpió, me miró a los ojos y asintió—. Lo siento, Adam. Ahora no.

—¿Entonces cuándo? —estaba empezando a sentirme ligeramente muy enfadado. Había tenido que enfrentarme a todo tipo de dificultades para llegar a tiempo a la fiesta. Había intentado apoyarla, ¿y aun así se enfadaba conmigo?—. Tendrás que hablar conmigo antes o después.

—No, no tiene por qué —repuso Abi, pasándole a Liv el brazo por los hombros y apartándola de mí—. Ya te avisará cuando esté preparada.

Yo estaba encantado de que Liv tuviera buenas amigas que la quisieran, pero en aquel momento habría sido feliz si Abigail Levinson hubiera estado en cualquier otra parte. Y eso por decirlo de manera educada.

—Bonita camiseta, colega —me felicitó David. Me miró alzando los pulgares y blandió después el móvil delante de mi rostro—. No te importa que la enseñe por Snapchat ¿verdad? Gracias.

Y, antes de que yo pudiera decir una sola palabra, los tres habían desaparecido.

CAPÍTULO 10

No me tomé la molestia de encender las luces del cuarto de estar. Fui directa a la cocina, abrí la nevera, saqué la botella de vino blanco medio vacía y me llené una copa hasta arriba en la penumbra. Daniel Craig, hecho un ovillo, alzó la mirada desde el sofá y maulló con ganas, molesto al haber sido despertado de su siesta del sábado por la noche.

—Lo siento, DC —le dije mientras cerraba la puerta y bebía el vino en mi consoladora oscuridad—. No te molestes.

El gato soltó un gritito acusador y volvió a tumbarse en el sofá al tiempo que recorría la habitación con la mirada. Había sido una semana muy confusa para él y yo estaba casi segura de que no aprobaba mi presencia. Yo nunca pasaba tanto tiempo en casa y él no parecía saber muy bien qué hacer. Habitualmente, estaba con Daniel Craig durante el día, mientras él se paseaba por la clínica provocando a los gatos enfermos que estaban en sus jaulas, pero aquella semana había tenido que soportarme durante casi cinco noches de la semana, acurrucada bajo una manta a las dos de la madrugada, incapaz de dormir, atracándome de programas de telerrealidad mientras sollozaba de forma intermitente. Más Amazone Prime y Kill Yourself que Netflix.

Me acerqué al sofá y me senté al lado del gato mientras mis ojos se acostumbraban a la oscuridad. Apoyé la cabeza en el respaldo, alcé la mirada hacia el techo y la fijé en la enorme grieta que iba desde la pared exterior hasta la lámpara del salón. ¿Cuánto tiempo llevaba allí? La verdad era que tenía la casa abandonaba. No podía recordar la última vez que la había decorado. Si es que lo había hecho alguna vez. Durante los últimos doce meses, había pintado tres habitaciones de casa de Adam y, sin embargo, no podía recordar la última vez que había comprado papel higiénico para mi propia casa. Afortunadamente, tenía el sujetador lleno.

La cuestión era, comprendí, que cuando pasaba los días decorando la casa de Adam pensaba que estaba trabajando en nuestra casa. Estaba decorando nuestra casa, la casa de nuestra familia. Y en aquel momento estaba sentada en el sofá con un rollo de papel higiénico saliendo de mi vestido y mirando una grieta en mi deteriorado techo. ¿Cómo podían estar las cosas tan mal?

En la mesita del café comenzó a sonar mi teléfono.

Clavé la mirada en el nombre de Adam y en la fotografía del panda sosteniendo una metralleta que lo acompañaba. Sin moverme, bebí un sorbo de vino y esperé a que la llamada terminara. Pero, en cuanto la pantalla se oscureció, volvió a iluminarse. No iba a renunciar.

Tras beber un largo sorbo, dejé el vino y agarré el teléfono.

—¿Diga?

—¿Liv?

—¿Adam?

¿Quién se creía que podía ser?

—¿Estás en casa? —me preguntó.

—Sí —contesté. Me quité los zapatos y comencé a caminar por el cuarto de estar—. Estoy en casa.

—Tienes las luces apagadas —contestó—. Pero no me tomes por un acosador ni nada parecido.

Estaba fuera. Entré en el baño y miré por la ventana.

—¿Puedo subir? —me preguntó.

Fijé la mirada en el patio. Estaba a oscuras, pero no tanto

como para que se hubieran encendido las luces de seguridad. En cualquier caso, con aquella camiseta neón era fácil distinguir a Adam. Movió la mano en un prudente y contenido saludo.

Pasó un coche y sus faros iluminaron con más claridad su perfil.

—Liv, ¿estás ahí?

—Sí —asentí, a pesar de que no podía verme.

—¿Puedo subir? ¿O puedes bajar? Necesito verte.

Presioné los dedos contra el cristal de la ventana y sacudí la cabeza. Si bajaba, me diría que lo sentía, yo le perdonaría, me besaría y fingiríamos que no había pasado nada. Eso era lo que él esperaba que hiciera. Era lo que todo el mundo esperaba que hiciera. Y, si lo dejaba pasar, lo que había ocurrido continuaría carcomiéndome durante toda mi vida. Abi tenía razón. Había estado dejándome arrastrar, esperando a que Adam me propusiera matrimonio, aceptando trabajar en la clínica sin pensar en mi futuro, y solo bastaba ver adónde me había conducido. Las cosas tenían que cambiar y tenían que comenzar a cambiar en aquel momento.

—No —contesté con claridad, sorprendida por la fuerza de mi propia voz—. Has tenido toda la semana para venir a hablar conmigo y, de pronto, te presentas en la fiesta de cumpleaños de mi padre, llevando solo Dios sabe qué, ¿y esperas que caiga rendida en tus brazos? ¿Desapareces por completo de mi vida y de repente ya está todo arreglado? ¿No querías romper conmigo hace unos días?

—Intenté explicártelo —respondió él con un deje de lamento en sus palabras—. Eso fue una equivocación.

—Fuera o no una equivocación, ocurrió —respondí, apartándome de la ventana y sentándome en el borde de la bañera—. No sé qué te pasó por la cabeza cuando dijiste que necesitabas un descanso, pero no pienso fingir que no estoy pensando en ello.

La ventana del cuarto de baño todavía estaba abierta y el

vestido de Abi había dejado de servirme de protección contra el frío. Se me puso la piel de los brazos y las piernas de gallina mientras oía los pasos inquietos de Adam debajo de mí.

—Sé que la cagué —cada vez hablaba más rápido, trastabillándose con las palabras—. Lo sé. Fue una estupidez, me agobié por nada y lo siento. Ahora ya sé lo que quiero, no necesito un descanso, Liv, no quiero que nos demos un tiempo.

—Me parece genial. Pero, a lo mejor, yo sí.

Sostuve el teléfono entre el cuello y la oreja y apoyé dos dedos en la muñeca, tomándome el pulso mientras Adam respiraba con fuerza al otro lado de la línea. Me latía más rápido de lo que necesitaba, pero continuaba firme. Eso ya era algo.

—Tengo la sensación de que he olvidado lo que quiero —le dije, intentando explicárselo y explicármelo a mí al mismo tiempo—. De hecho, no estoy segura de haberlo sabido nunca.

—En eso puedo ayudarte —me aseguró—. Te encantan las chocolatinas con naranja de Terry's, acostarte pronto y ponerte dos cucharadas de azúcar en el té. De vez en cuando quieres comer una pizza entera de piña y atún, aunque todo el mundo sepa que está asquerosa.

—No está asquerosa, es deliciosa —respondí con una risa que se convirtió en un sollozo.

En aquel momento quería una pizza y también a alguien que tomara las decisiones importantes por mí. Eso era lo que echaba de menos, el hecho de que supiera mis repugnantes secretos gastronómicos y que le parecieran bien. Bueno, quizá no bien, pero, por lo menos, perdonables. ¿Y si rompíamos y el siguiente hombre con el que salía se negaba a dejarme tener pizza de piña y atún en casa? Era algo impensable.

—Solo necesito algún tiempo. Quiero averiguar lo que quiero por mí misma y si estás tú cerca no soy capaz de hacerlo.

—No lo comprendo —respondió Adam. Yo sabía que estaba frustrado y, en parte, le odiaba por ello. Al fin y al cabo, él había empezado todo eso—. ¿Es por lo de tu padre? ¿De pronto has decidido que no quieres ser veterinaria?

—Eso sería una locura —repliqué al instante—. ¿Qué clase de persona se despierta un buen día y decide que quiere cambiar de profesión?

—Comprendido, no hace falta que sigas —respondió él cortante—. ¿Qué quieres entonces? ¿Y qué puedo hacer yo?

—No estoy enfadada contigo —respondí, aunque era evidente que sí lo estaba, por lo menos un poco—. Sí, el hecho de que mi padre haya dicho que se retira me ha desconcertado un poco, pero no es solo eso. Necesito tiempo y tú puedes dármelo.

Podía oír todas las respuestas que se le estaban pasando por la cabeza. Adam era un hombre práctico, lógico, que odiaba perder una discusión. Aunque había decidido no ser abogado, yo no tenía la menor duda de que habría sido un letrado magnífico. Comprendía lo difícil que tenía que ser para él renunciar a una discusión que no podía comprender y que ni siquiera tenía alguna esperanza de ganar.

—¿Entonces eso es todo? —su voz sonaba mucho más lejos de lo que él estaba—. ¿Hemos terminado hasta que digas lo contrario?

—No estoy rompiendo contigo —repliqué con los ojos cerrados, mordiéndome el labio con tanta fuerza que estaba segura de que pronto notaría el sabor de la sangre—. Estoy intentando explicarte que yo también necesito aclarar algunas cosas. No necesariamente sobre nosotros. Cosas de la vida, y sobre muchas otras cosas.

Deseaba que se fuera y me dejara reposar todo lo que me estaba pasando por la cabeza. Eran demasiadas cosas para enfrentarlas a tiempo real. Ni siquiera yo entendía de verdad lo que estaba diciendo, de modo que, ¿cómo podía esperar que me siguiera?

—Liv, si quieres castigarme por lo del otro día —sus palabras llegaron precipitadamente y sus pasos se detuvieron justo debajo de la ventana—, déjame decirte que toda esta semana y esta condenada camiseta ya han hecho el trabajo por ti.

—No es eso —dije, insegura, pero decidida. No iba a vacilar. No quería que la victoria le resultara tan fácil—. No te estoy castigando, el problema soy yo.

—Sí, la vieja canción —casi rio—. El problema no eres tú, soy yo.

Sonreí levemente en el teléfono. ¿Por qué me estaba resultando tan difícil? Sabía que estaba haciendo lo que debía. Estaba segura.

—Siento que te suene a tópico —contesté—. Pero, si no consigo aclararme ahora, jamás lo haré y las cosas irán sucediendo, y vendrá la Navidad, y después el verano, y luego...

—Liv —me interrumpió Adam—, ¿hay otro?

—No —contesté al instante.

¿Por qué se le ocurriría una cosa así? ¿Por qué iba a pensar algo así? A no ser que él hubiera conocido a alguien.

—¿Has conocido a otra?

—No, claro que no —contestó Adam, tan rápido como yo—. De acuerdo, quieres tiempo. ¿Cuánto?

—Todo el que necesite —dije. Mi pulso todavía era firme. Estaba haciendo lo que debía, mi cuerpo lo sabía, a pesar de que a mi cerebro le estaba costando entenderlo—. Pero te prometo que para cuando esto termine tendré claro a dónde quería llegar.

—Lo que tú digas —respondió él con suavidad—. ¿Y ahora qué? ¿Puedo llamarte? ¿Sigues siendo mi novia?

—Claro que sigo siendo tu novia —me dirigí a mí misma una mirada interrogante en la puerta del armario del baño—. Y puedes llamarme. No voy a desaparecer de la faz de la tierra ni a eliminarte de mi lista de amigos de Facebook. Es solo que me he dado cuenta de que en este momento tú y la clínica sois toda mi vida y ha pasado mucho tiempo desde la última vez que pensé en serio en mi vida. En lo que quiero hacer con ella, en hacia dónde quiero ir.

—No estoy seguro de que me guste cómo suena eso —respondió él al cabo de un momento de consideración—. Pero te apoyo en todo aquello que necesites. Y estoy seguro de que saldremos adelante.

—Y, para que quede claro —dije, clavándome las uñas en la palma de la mano—, estoy pensando que es mejor que no salgamos con nadie mientras dure este descanso. ¿Te parece bien?

—Claro que no vamos a salir con nadie —se mostró de acuerdo—. Eso no hay ni que plantearlo.

—Genial.

Me levanté notando la fría cerámica de la bañera en la parte de atrás de las piernas y me asomé a la ventana justo en el momento en el que las luces de seguridad decidieron que había oscurecido lo suficiente como para que los ladrones y Adam fueran iluminados.

—No pasa nada, ¿sabes? Todo está bien.

—Eso no es del todo cierto, ¿verdad? —respondió, buscando mis ojos—. Te quiero, Liv.

—Yo también te quiero, Yeti —dije, acariciando la ventana con los dedos antes de cerrar—. Te llamaré.

Adam alzó la mano a modo de despedida, con el teléfono todavía muy cerca de la cara mientras iba saliendo del patio y desaparecía del círculo de la luz de seguridad. Pero todavía podía distinguir aquella camiseta tan horrible. Asintiendo para mí, regresé al cuarto de estar y me acurruqué en el sofá mientras Daniel Craig trepaba por mi cuerpo y se presionaba contra mi estómago. Tiré de la manta de mi abuela para taparnos a los dos y cerré mis ojos cansados, esperando contra toda esperanza levantarme al día siguiente pensando que había hecho lo que debía.

Liv solía hablarme de lo mucho que había crecido el pueblo desde que ella era pequeña, me contaba que nunca habían tenido un verdadero supermercado, que los miércoles la oficina de correos solo abría por las mañanas y que los lunes todo estaba cerrado, pero, por muchas veces que intentara hacerme comprender lo importante que era que tuviéramos una auténtica cafetería dentro de un auténtico supermercado, a mí me resultaba difícil acostumbrarme después de haber vivido en Londres.

Tomé el camino más largo, sin prisas por volver a una casa vacía y a una cama fría, pasando la mano por las verjas de las casas y dando pataditas a las tapias de piedra mientras caminaba. Crucé de acera para evitar a una pandilla de chicas adolescentes que merodeaba por la calle con malas intenciones y acababa de doblar la tiendecita de la esquina. En realidad, la tiendecita tenía un auténtico nombre, pero era así como la llamaba todo el mundo y, referirse a ella de cualquier otra forma, solo generaba miradas de confusión y aseguraba a cualquiera que lo oyera de que no se era del pueblo.

Había sido un día miserable. Si continuara viviendo en Londres, habría llamado a Tom o a cualquier otro de mis compañeros de la universidad, me habría reunido con ellos en un bar y habría bebido hasta sumirme en el estupor o, al menos, hasta que empezara *Match of the Day*, dependiendo de lo que llegara primero. Pero aquello ya no era una opción. Había pasado mi primer año en el pueblo trabajando como un animal, intentando convencer a mis padres de que había hecho bien dejando la carrera de Derecho. Después, cuando había comenzado a salir con Liv, ni siquiera me había molestado en intentar hacer nuevos amigos. Habíamos sido como siameses desde el primer momento y yo estaba encantado de que las cosas fueran así.

—Qué tonto has sido —musité, fingiendo ignorar los piropos de las adolescentes cuando, en realidad, estaba almacenándolos en la carpeta mental del «todavía me los lanzan».

Miré por encima del hombro y las descubrí haciendo gestos obscenos y chocando las manos entre sí. Aceleré el paso.

Lo último que necesitaba era ganarme la reputación de pervertido.

Aquella tregua en nuestra relación podría ser algo bueno, me dije a sí mismo mientras desenrollaba el cable de los auriculares del teléfono y buscaba en la pantalla el iTunes, intentando ahogar con ello los domésticos sonidos de la noche del sábado en Long Harrington. Liv había dejado muy claro que no era una ruptura y que no estaba saliendo con nadie. Era algo que pasaba con frecuencia, ¿no? Las parejas necesitaban un descanso de vez en cuando. Lo único que había dicho era que no íbamos a vernos tanto durante las siguientes semanas. Eso era todo. No era para tanto.

Además, yo ya tenía bastantes cosas de las que ocuparme. Los dos teníamos suficientes asuntos que atender sin necesidad de tener que preocuparnos el uno del otro. Si su padre iba a retirarse de verdad y ella iba tener que hacerse cargo de la clínica, estaría más ocupada que nunca, y yo tenía que concentrarme en el bar. Me había entusiasmado de tal manera cuando había conseguido el encargo que no me había parado a pensar en la cantidad de trabajo que implicaría el tener que montar yo solo un local como aquel. Si le hubiera propuesto matrimonio a Liv y ella hubiera aceptado, habría terminado volviéndome loco. Lo último que necesitaba era tener que ponerme a elegir centros de mesa cuando debería estar concentrado en mi primer proyecto serio y, conociendo a mi novia, habría terminado encargándome de todos los detalles. Por mucho que quisiera a esa mujer, tenía que reconocer que aquel tipo de cuestiones menudas no se le daban bien, aquello siempre había sido cosa mía.

El único problema era que yo no quería que nos tomáramos un descanso. Quería que las cosas fueran como antes de ir a México: Liv en mi cama cuando me despertaba, Liv maldiciendo en voz baja a la cafetera Keurig porque había vuelto a estropearla, Liv frotándome los hombros después de un largo día en el taller, Liv acurrucada en mis brazos por las noches.

—En realidad es algo bueno —intenté convencerme en voz alta—. La gente lo hace constantemente.

Solo para asegurarme, abrí una ventana de búsqueda en el teléfono, tecleé novia pide tomarse un descanso, y contuve la respiración. 46.700.000 entradas. Por lo menos no estaba solo. Me salté los comentarios de Reddit y seguí bajando hasta encontrar un verdadero consejo de una verdadera mujer en la que me pareció una revista australiana respetable.

Si tu novia te dice que quiere tomarse un descanso en vuestra relación, la reacción más inmediata será asumir lo peor. ¡Pero no lo hagas! Las mujeres se comunican de una manera distinta a la de los hombres y, aunque su petición te parezca surgida de la nada, es posible que ya te haya dado algunas señales sutiles que han escapado a tu radar. Antes de entrar en pánico, intenta recordar las últimas semanas y, sobre todo, recuerda las tres ces que garantizan el éxito de una relación: cuidado, comunicación. y compromiso.

Parecía sensato, pensé mientras continuaba leyendo. A lo mejor había habido señales. Pero yo había estado tan pendiente de la propuesta de matrimonio que a lo mejor las había pasado por alto.

¿Has estado menos disponible para tu novia últimamente? ¡Y no me estoy refiriendo necesariamente a cuestiones físicas! A lo mejor has estado muy ocupado con algún asunto familiar y ella ha sentido que ha bajado puestos en tu lista de prioridades. A los hombres a veces les cuesta expresar sus preocupaciones delante de sus parejas porque quieren resolver solos sus problemas o no quieren que otros les vean sufrir. Si ese es el caso, es posible que tu novia te esté pidiendo más atención. La sociedad contemporánea ha generado en las mujeres el miedo a pedir lo que quieren por temor a ser consideradas excesivamente demandantes. Es posible que de esta forma te esté haciendo saber que necesita que compartas más tiempo con ella sin tener que parecer demasiado dependiente.

Alcé la mirada de la pantalla para cruzar por delante del colegio. ¡Había estado menos disponible! Emocional y físicamente. Pero solo durante la última semana. Hasta entonces, Liv era mi mañana, mi tarde y mi noche. Si alguien tenía derecho a sentirse relegado, ese era yo. Si me dieran una libra por cada vez que había tenido que volver a calentarme la cena en el microondas porque Liv había recibido una llamada de emergencia, tendría por lo menos treinta. Podía no parecer mucho, pero lo era. Y no lo decía porque me importara. Sabía lo mucho que amaba su trabajo, pero estaba seguro de que aquello no explicaba nuestra situación.

¿Ha dicho que quiere o que necesita un descanso? La elección del lenguaje utilizado podría darte una pista. Al decir que quiere algo, está sugiriendo que está abierta a un compromiso y solo está buscando tu comprensión. Si te ha dicho que lo necesita, podría ser que se sintiera abrumada o agobiada y esté intentando hacerte cambiar de conducta. En ese caso, asegúrale que la amas y demuéstrale que puede contar contigo, después, veremos lo que sucede.

¿Había dicho que quería o que necesitaba un descanso? Me resultaba muy difícil recordarlo. A lo mejor el siguiente punto me servía de más ayuda.

Una mujer que se conoce a sí misma y sabe lo que necesita es un verdadero tesoro y deberías sentirse orgulloso de tener una mujer con un grado tan alto de conocimiento de sí misma y de su valor. En general, si una mujer quiere poner fin a una relación, lo hará. Si de verdad te está pidiendo un tiempo de descanso, lo mejor que puedes hacer es establecer algunas normas. ¿Cuánto durará? ¿Podéis tener citas con otros hombres y mujeres? Después, dale el tiempo que te ha pedido. Y no la llames, ¡deja que te eche de menos! Mantener una comunicación constante e incluso agobiante cuanto te ha pedido un descanso no os ayudará.

De modo que, según aquel artículo, necesitaba respetar la petición de descanso, estar disponible para ella, comunicarme con Liv, pero dejarla en paz y prestarle más atención y más espacio al mismo tiempo. Menuda idiotez. Volví a la página de búsqueda y abrí el primer comentario de Reddit con la esperanza de encontrar algo más tranquilizador.

—«Te está dejando, idiota, se está acostando con otro. No seas tan estúpido» —leí en voz alta mientras doblaba la esquina de mi casa—. «No me extraña que se haya hartado de ti. ¿Cómo es posible que un hombre pueda llegar a ser tan idiota?».

—¿Perdón?

La señora Johnson, mi vecina, me miró parpadeando mientras su Boston terrier orinaba contra una farola.

—Buenas noches, Carol —dije, mirando al perro con un asentimiento de cabeza—. Qué noche tan agradable para estar en la calle, ¿verdad?

—¿Qué es eso que llevas en la camiseta? —me preguntó, clavando la mirada en aquel loro enseñando el dedo del que había conseguido olvidarme.

—No deberías preocuparte por eso, Carol —le aseguré, dirigiéndome hacia el camino de mi casa—. Buenas noches.

Quién se creía que era ella para juzgarme, pensé al ver su expresión de desaprobación. Tenía la certeza de que los excrementos de perro que salpicaban regularmente la calle eran de aquel terrier y, si uno no se tomaba la molestia de recoger lo que dejaba su propia mascota en la calle, no tenía ningún derecho a hacer comentario alguno sobre la última moda para hombres de las pasarelas de Milán.

CAPÍTULO 11

—Ya está casi preparada.

No estaba del todo segura de por qué una noche en la que había decidido no beber había terminado con el parto de una vaca y una resaca de vino blanco, pero allí estaba, a las siete y media de la mañana del sábado, con unos guantes hasta el codo, arrodillada en una cuadra llena de paja sucia mientras mi padre silbaba la melodía de *Hollyoaks*. Mi madre tenía razón: era evidente que había estado viendo el Channel Four.

—¿Puedes ver ya el saco amniótico? —preguntó, con las mejillas rubicundas y un cien por cien libre de resaca.

Sacudí la cabeza conteniendo una arcada. Me había despertado en medio de la noche y había intentado volver a conciliar el sueño con un cóctel de mi propia creación, medio vaso de chardonnay y otro medio de un rosado espumoso, regado todo ello con los restos de una botella de cabernet y tres Pop-tarts de fresa. Cada vez que cerraba los ojos, recordaba mi conversación con Adam y cada vez que los abría me arrepentía de lo que había hecho. ¿Sería una buena idea lo de darnos un tiempo? ¿Habría cometido un gran error?

—Tienes el mismo aspecto que como me siento yo —le susurré a la vaca—. Yo llevo litros de alcohol en el estómago en vez de una vaca en miniatura. Pero básicamente es lo mismo.

—No estoy seguro de que tengamos que intervenir, Peter —mi padre se sacudió el polvo de las rodillas y se levantó al lado de otro jubilado de mejillas sonrosadas mientras yo soltaba arcadas en silencio a los pies de la vaca—. A mí me parece que lo está haciendo muy bien.

—Antes de que llegarais estaba montando un buen número —replicó Peter.

A mí todavía me costaba tomarme en serio al «granjero Jones». Jonathan Roberts, el primo de Abi, decía que le había pegado un tiro en el trasero con una carabina de aire cuando eran pequeños, pero nunca había sido capaz de demostrarlo y a mí todavía me daba miedo preguntarlo.

—Os agradecería que os quedarais por aquí hasta que nazca el ternero. Karen es una de mis favoritas.

Alcé la mirada al instante. ¿Karen? ¿Se refería a la vaca?

—Por supuesto —contestó mi padre, metiendo los pulgares en las trabillas del pantalón, todavía sonriendo—. Estamos encantados de quedarnos durante todo el tiempo que necesites, ¿verdad, Livvy?

Asentí muy despacio y con los labios sellados para no vomitar.

—Siento haberos llamado tan temprano.

Me dirigió la misma mirada con la que me había mirado el día que me había descubierto subida a la valla de su patio trasero con una mochila llena de botellitas de licor de kiwi.

—Jack está de vacaciones —continuó—. Si no, no os habría molestado.

Jack Townsend era lo más parecido que tenía mi padre a un enemigo acérrimo. Y con ello quiero decir que también era veterinario. Pertenecían al mismo club de golf y mi padre insistía en que, de vez en cuando, Jack Townsend le llamaba «capullo» en la cena de Navidad del Club Rotario. A mí me parecía poco probable, ¿pero quién sabía lo que podían llegar a hacer esos niños malcriados cuando estaban en el Club? Técnicamente, Jack ni siquiera era un rival para mi padre a nivel profesional. Townsend & Townsend estaba especializada en ganado y animales de gran tamaño, no atendía a mascotas, como nosotros, y esa era la razón por la que yo no estaba acostumbrada a pasar la mañana del domingo con resaca, con el brazo cubierto de lubricante íntimo apto para bovinos y preparándome para hundirlo en el canal del parto de una vaca.

—Siempre nos viene bien poder echar una mano para no perder la práctica —dijo mi padre, mirándonos de reojo a mí y a mi mano lubricada—. Es una manera de hablar.

—Voy a buscar té —dijo Peter, hundiendo las manos en los bolsillos de su chaqueta. Hacía un frío terrible para ser septiembre—. Parece que vamos a tener para rato. ¿Con leche y azúcar?

Alcé los pulgares desde el trasero de la vaca mientras mi padre se sentaba en un viejo taburete de ordeño junto a la cabeza del animal. Yo había colocado un cubo de basura a nuestro lado, aparentemente, para ser utilizado para el parto, pero, en realidad, lo había puesto por si necesitaba vomitar.

—Cuéntame, Liv —mi padre alzó la botella de lubricante veterinario y entrecerró los ojos para leer la letra diminuta de la etiqueta—, ¿qué pasó anoche?

Intenté tragar saliva sin vomitar.

—No pretendía que te llevaras una impresión tan fuerte —me dijo—. Tu madre y yo habíamos hablado de ello y a los dos nos pareció que sería emocionante. Estás más que preparada para asumir la dirección de la clínica, supongo que no hace falta que te lo diga.

Apreté los labios y me encogí de hombros. No me encontraba muy bien.

—Y ya tienes edad suficiente como para asumir una responsabilidad extra —hablaba como si estuviera tranquilizándose a sí mismo más que a mí—. No voy a estar siempre aquí, Livvy, y no quiero seguir trabajando hasta que me muera.

Respiré por la nariz e intenté abrir la boca. No, todavía no estaba preparada. En realidad, no quería mantener aquella conversación con él hasta que no estuviera sobria y hubiera pensado en la respuesta. Todo lo que se me había ocurrido hasta aquel momento era gritar «¡No quiero, no tienes derecho a hacerme una cosa así!» antes de salir furiosa de la habitación, y tenía el presentimiento de que aquello no iba a funcionar mejor a los treinta de lo que lo había hecho a los trece.

—Para mí significa mucho que estés haciendo esto —continuó—. Tu madre siempre tuvo la preocupación de que te estuviera presionando para que te hicieras cargo de la clínica, pero tú entraste en esto de forma natural. Y, gracias a Dios, tienes una cabeza bien amueblada sobre los hombros. Tu abuelo jamás habría imaginado que una mujer pudiera trabajar como veterinaria, pero tú le has demostrado que se equivocaba, cariño.

Por suerte, no necesité decir una sola palabra para que él supiera lo que pensaba al respecto.

—Lo sé, lo sé —dijo mi padre, riendo al ver mi expresión—. Pero entonces las cosas eran diferentes. Él te habría mantenido en la recepción, anotando citas. Habría sido un desperdicio. Tú eres el doble de mejor veterinaria de lo que he sido yo.

Y también le multiplicaba en resacas, añadí en silencio. Mi padre era una excelente propaganda de la sobriedad. Una brillante propaganda que yo habría sacrificado encantada al primer dios que me ofreciera sacarme de aquel establo y devolverme a mi cama con un sándwich de beicon, una taza de café y las primeras dos temporadas de *The O.C.*

—Por supuesto, seguiré por aquí si me necesitas —me aseguró, levantándose de su taburete para poder hundir de nuevo la muñeca en el interior de Karen.

Yo no era capaz de averiguar si no se había dado cuenta de que su hija todavía no era capaz de pronunciar una sola palabra o, sencillamente, agradecía la oportunidad de lanzar su discurso sin objeciones de ningún tipo. Intentaba parecer sumisa, agradecida y concentrada en lo que decía mientras dedicaba cada átomo de mi ser a no vomitar. Estar de cuclillas junto al cérvix dilatado de una vaca no ayudaba mucho.

—Y deberíamos comenzar a entrevistar a otros veterinarios en cuanto sea posible, así reduciremos tu carga de trabajo y tendrás más tiempo para tomarle el pulso al negocio.

No se me había ocurrido pensar que tendría que meter a alguien en la clínica. Y lo de las entrevistas no era algo que se me diera particularmente bien. La última persona a la que había contratado para trabajar en la clínica era el ayudante que trabajaba con nosotros antes de David y había surgido una terrible tensión después de que una mañana, al llegar a la clínica a primera hora, le encontrara encerrado en una de las jaulas de los perros, con un traje de cuero de sumiso y cubierto de, en fin, de la misma porquería de la que estaba cubierta yo en aquel momento. Habíamos tenido que dejarle marchar. Y también su esposa.

—Un negocio familiar es algo maravilloso —dijo el medio hombre medio vaca que antes había sido mi padre—. La idea de que seas tú la directora de la clínica me hace muy feliz, Livvy. Y quién sabe, quizá algún día tus hijos se hagan cargo de ella.

Yo no pensaba tener hijos, contesté en silencio. Solo gatos. Y los gatos tenían menos probabilidades de ser aceptados por el patriarcado que cualquier mujer. Probablemente. Karen, la vaca, dejó escapar un recio mugido, distrayendo a mi padre solo lo suficiente como para que me diera tiempo a soltar una náusea por encima del hombro. ¡Ay, Dios mío!

—Vaya, no está muy contenta —mi padre sacó el brazo y palmeó las manos—. Hay que ponerse manos a la obra, Livvy. ¿Has traído las cadenas?

Alcé las cadenas y los fórceps mientras la vaca aullaba.

—Muy bien, vamos a empezar —dijo, agachándose para inspeccionar la zona—. Observa cómo le sujeto las patas. Al fin y al cabo, la próxima vez tendrás que hacerlo sola.

Casi al instante, la vaca comenzó a retorcerse y a girar y

una bolsa llena de fluido amarillo salió de su interior y cayó a mis pies. Sin perder un segundo, volví la cabeza y vomité en el cubo de basura.

—¡Ah! —mi padre frunció el ceño mientras yo me levantaba intentando averiguar cómo podía limpiarme la cara cuando tenía los brazos cubiertos de espeso lubricante—. ¿No te encuentras bien?

No podía disimular su desilusión, pero yo sabía que si le decía que tenía resaca se enfadaría todavía más.

—Ayer por la noche me comí un kebab de camino a casa —le dije, sacrificando mi jersey al deslizar la mano en el interior de la manga para poder secarme la cara—. Debía de estar malo.

—Sí, será eso —se mostró de acuerdo mi padre al instante.

Cuando anuncié orgullosa mi primera regla en la mesa del comedor, tuvo que excusarse y le oí llorar en el cuarto de baño del piso de abajo. Era posible que me considerara lo bastante madura como para dirigir un negocio, pero no creo que le sentara bien pensar en mí agarrándome una cogorza y vomitando después toda una botella de vino mientras estábamos trabajando.

—Bueno, no te preocupes por eso. En cualquier caso, atender el parto de un ternero no va a formar parte de tu trabajo diario. A lo mejor puedes enviar al otro veterinario cuando te llamen de alguna granja.

Asentí y vi cómo aparecían dos patitas desde un lugar que no tenía aspecto de tener patas. Mi padre las agarró con delicadeza y fue tirando de ellas respetando el ritmo de las contracciones de Karen.

—Tranquila, muchacha. Así, poco a poco.

—Ni epidural, ni gas de la risa ni nada de nada —me quité uno de los guantes al ver que el ternero ya estaba prácticamente fuera y le palmeé a Karen la cabeza—. Eres toda una campeona.

Estaba deseando contárselo a Cassie. Karen estaba mostrándose mucho más serena que ella en su parto. Chris lo había colgado todo en Snapchat y Cass no se había tomado aquel milagro de la naturaleza con la elegancia que le era atribuida normalmente.

—Y aquí está ella —el animalito rodó en el suelo entre las rodillas de mi padre, todo patas, baba y ojos—. ¡Oh, perdón! Él.

—Buen trabajo —felicité a Karen mientras me quitaba el otro guante y me sentaba en el suelo, cerca de mi depósito de vómito.

Habíamos terminado. Todo había salido bien y llevaba menos de una hora fuera de la cama. ¡Aleluya! Bendita fuera Karen.

—Espero que Peter te tenga preparado un regalo.

Karen giró la cabeza y gimió mientras mi padre le daba un buen masaje al ternero, hablándole en el proceso.

—Chris le regaló un bolso muy elegante a Cassie, pero no creo que a ti vaya a tocarte ninguno —le palmeé la cabeza—. En cualquier caso, por pedir que no quede.

Tras haber pasado media mañana contemplando el parto de una vaca, pasar media tarde asegurándome de que mi ahijado no muriera no debería haberme parecido una perspectiva tan sobrecogedora, pero la verdad era que nunca se me habían dado bien los niños. Los animales eran mucho más resistentes. ¿A quién se le había ocurrido la tontería de que nacieran tan débiles? ¿Por qué no los dejaban dentro una semana más hasta que estuvieran del todo hechos? No lo comprendía.

—¿Estás segura de que eso de daros un tiempo es una buena idea? —me preguntó Cass—. Sé lo estresada que estás, ¿no estarás tirando al niño junto al agua sucia de la bañera?

—¿A quién se le habrá ocurrido esa expresión? —contesté, presionando con delicadeza la barriga rechoncha de Gus—. ¿A quién se le va a ocurrir tirar a un niño junto al agua de la bañera? Hace falta estar muy borracho para llegar a hacer algo así.

—Sé que Adam es un buen tipo, pero sigue siendo un hombre —continuó, aplicándose el lápiz de labios rojo a la perfección sin necesidad de espejo—. ¿Y si conoce a alguien?

—No vamos a salir con nadie —le recordé, tras haberle explicado los términos de nuestro acuerdo por lo menos tres veces desde que había llegado—. Lo ha entendido, sabe que necesito tiempo para averiguar lo que quiero.

Cass frunció el ceño, en absoluto convencida.

—Pues yo no. Cuando fue Adam el que te propuso un descanso, estabas aterrorizada, ¿y ahora que lo quieres tú esperas que se muestre totalmente frío y que no se le ocurra mirar a otra mujer?

Yo saqué hacia delante el labio inferior y observé mis ya rotas uñas. Qué lástima después de haber dedicado toda una tarde a cuidarme.

—¿Sí?

Suspiró, arqueó las cejas y volvió a desviar la atención para asegurarse de que llevaba en el bolso, bueno, por lo que yo estaba viendo, todo cuanto había sobre la superficie de la tierra.

—No hemos roto, nos estamos tomando un tiempo de descanso para estar seguros de lo que queremos. No solo en nuestra relación, sino en la vida en general.

—Me parece que ves demasiada televisión —dijo Cassie, sacudiendo la cabeza—. Deberías tener un hijo, así tendrías bien claras tus prioridades.

—Y hablando de hijos, ¿qué tengo que hacer si vomita? —le pregunté mientras Gus abría uno de sus ojos castaños y se me quedaba mirando, arrugando la carita como si fuera un Popeye en miniatura.

—Si solo regurgita, lo único que tienes que hacer es limpiarle.

—¿Y si es un vómito de 360 grados tipo *El exorcista*?

—Entonces llama a un sacerdote.

—¿Y si se hace caca?

—Se hará caca, Liv, es un bebé. Y tú sabes cambiarle el pañal.

Bajé la mirada hacia aquella cosita que descansaba en el moisés y por primera vez en el día agradecí tener el estómago vacío. Saber cambiar un pañal y tener que cambiar un pañal no era lo mismo.

—¿El excremento de bebé es perjudicial para el esmalte de uñas? —pregunté, contemplando mis garras recién pintadas.

Había planeado pasar la tarde aprendiendo a conocerme a mí misma, intentando averiguar qué esperaba de la vida y trazando un plan para convertir mis sueños en realidad. Pero lo que había hecho había sido comerme dos paquetes de Wotsits de queso, pintarme las uñas y ver catorce tutoriales de YouTube sobre maquillaje. Cuando se tenía resaca, resultaba difícil ser profunda.

—Estaréis perfectamente —me aseguró Cass, hundiendo los dedos en las raíces de su lisa melena negra para darle el toque perfecto—. Te estás preocupando demasiado.

—¿Y si empieza a llorar y no para?

—Entonces, déjale en el moisés, enciérrate en el cuarto de baño, abre los grifos de la ducha y del lavabo y grita con todas tus fuerzas hasta que deje de llorar —se quitó una mancha de máscara de ojos de la mejilla—. ¿Algo más?

Estaba de broma. Sí, probablemente estaba de broma.

—Tengo otra pregunta, pero tiene que ver contigo —me senté en la enorme mesa que Adam les había regalado por su boda y agarré con las dos manos la taza de rayas azules y blancas. Durante toda la tarde solo se me había ocurrido una buena idea. Me había llegado justo cuando estaba en medio de un vídeo sobre cómo destacar de manera adecuada el lóbulo de las orejas. ¿Qué te parecería formar parte de la clínica?

Cassie dejó de guardar cosas en su bolso de Channel y soltó una sonora carcajada.

—¡Qué graciosa! —le dijo—. Eres muy graciosa.

—Estoy hablando en serio —repliqué—. Si mi padre se retira de verdad y yo me hago cargo de la clínica, tendré que contratar a alguien más. Así que, ¿por qué no tú? Piensa en ello, Cass. Sería muy divertido.

Al otro lado de la mesa, con su melena oscura, su maquillaje perfecto y vestida con unos elegantes pantalones negros y una blusa de chifón, Cassie se me quedó mirando de hito en hito. Yo, envuelta en un enorme jersey de cuello vuelto, con unos pantalones anchos, un moño en lo alto de la cabeza y el rímel corrido, le devolví la sonrisa.

—¿Quieres que trabaje en la clínica? —guardó un lápiz de labios plateado en el bolso, cambió de pronto de opinión y me lo tendió—. ¿Haciendo qué?

—Imitaciones profesionales de Marilyn Monroe —repliqué, sacando la barra de labios y oliéndola—. El sueldo no es muy bueno y tendrías que llevar peluca, pero creo que te gustaría. ¿Qué demonios crees que quiero que hagas? Quiero que trabajes como una condenada veterinaria.

Cass esbozó una mueca y se sentó en uno de los taburetes de la barra del desayuno. Porque Cass tenía una mesa de cocina y una barra de desayuno. Y un comedor, y un cuarto de estar y un salón, y muchas otras cosas que no necesitaba. Pero, si estuviera casada con Chris, yo también querría montones de habitaciones en las que esconderme. Me parecía bien.

—Liv, hace siglos que no trabajo en una clínica —respondió con aire ausente, apoyando la mano en el moisés de Mingus—. Y ahora tengo a Gus. No puedo volver a trabajar todavía.

—No, todavía no —me mostré de acuerdo al instante—, cuando estés preparada. Dos, tres días a la semana para empezar si lo prefieres. Podemos organizar el trabajo en función de los horarios que tenga Gus en la guardería y tú yo trabajaríamos juntas. Sería como *Animal Hospital*, pero sin Rolf.

—Siempre he dicho que era repulsivo —e insistió, señalándome desde el otro lado de la mesa—. Siempre lo he dicho.

—Es verdad —admití, probando el lápiz de labios en el dorso de la mano—. Siempre lo has dicho.

Cass bajó la mirada hacia el bebé, que estaba profundamente dormido, y frunció el ceño.

—No tienes que comprometerte a nada todavía —le aclaré—. Habla con Chris. Estoy segura de que él preferirá que trabajes un par de días en el pueblo a que trabajes cinco días en tu colegio. Ese lugar me aterra, ¿desde cuándo son tan grandes los adolescentes? Todos ellos se parecen a ese niño tan aterrador de *Grange Hill*. No creo que tengas ninguna prisa por volver.

—Son todos gigantes. Por lo visto, tiene que ver con las hormonas de la leche —contestó—. Y no, no tengo ninguna prisa por volver. A Chris tampoco le hace mucha gracia.

—¡Entonces esto es perfecto! —dije, con voz demasiado alta y con una emoción excesiva.

Gus se movió en el moisés, protestando por mi entusiasmo, y apretó los labios en un puchero antes de volver a dormirse.

—Será increíble, Cass.

Si tuviera que elegir a una persona con la que trabajar, siempre sería Cass. Abi era una amiga maravillosa. Era inteligente y divertida, jamás me juzgaba y yo sabía que, si las cosas se ponían difíciles, encontraría la mejor manera de deshacerse del cadáver. Pero Cassie era un encanto, todo el mundo la adoraba y, aunque se había reciclado como profesora de ciencias, sabía que podía ser una veterinaria fantástica. Había tenido una racha de mala suerte en su primer trabajo en un centro de la Sociedad Protectora de Animales en Reading, pero estaba segura de que podría hacerla cambiar de opinión. Seguramente, las ganas de trabajar con su mejor amiga serían más fuertes que el trauma de haber tenido que romper las planchas de polietileno del techo para escapar de un pastor alsaciano rabioso.

—Si alguna vez tengo que volver a ser veterinaria, solo lo haría contigo —dijo, cambiando de postura en su asiento y tamborileando el tacón del zapato negro contra el travesaño del taburete—. Pero la verdad es que no estoy pensando en volver al colegio cuando se me termine el permiso de maternidad.

—Y no te culpo. En esta época los colegios no son lugares muy seguros —asentí y mi pelo se movió hacia delante y hacia atrás en lo alto de mi cabeza—. Ven a trabajar con David y conmigo. Prepara un té excelente y él se ocupará de todas las cosas asquerosas de las que tú no quieras encargarte. Con los animales, claro.

—No es eso lo que... —Cass alzó la mirada hacia el reloj de la pared. Chris se estaba retrasando, como siempre. Podía oírle desafinar en el dormitorio, como su hermano—. La verdad es que estoy disfrutando de la maternidad. Y estamos pensando en volver a intentarlo. No quiero que pase demasiado tiempo entre un hijo y otro.

—Tenemos una política de maternidad excelente —dije al instante. O, por lo menos, eso pensaba. Por lo que yo sabía, nunca había habido una mujer embarazada trabajando en la clínica, pero, si me hacía cargo de la clínica, el permiso de maternidad duraría por lo menos doce meses con la paga completa y todas las Haribo que se pudieran comer—. Nos adaptaremos a ti —le prometí—. Podríamos hacerte una oferta mucho mejor que la de cualquier colegio.

—No voy a volver a ningún colegio, Liv —contestó—. De hecho, no creo que vaya a volver a trabajar. Voy a quedarme en casa con mi hijo.

Me mordí el labio inferior y giré la taza entre las manos.
—¡Ah!

—Ya sé lo que estás pensando —añadió Cassie con expresión de incomodidad—. Jamás había pensado que querría ser un ama de casa, pero la idea de perderme algo de esto...

Se interrumpió y señaló al bebé. Gus me miró con la boca abierta, tan sorprendido como yo por el giro que habían tomado los acontecimientos.

—Me duele hasta físicamente alejarme de él. ¿No te parece una locura? Chris gana mucho dinero y esta es una oportunidad de la que no muchas mujeres pueden disfrutar. No voy a obligarme a volver al trabajo solo por una cuestión de principios. ¿Qué sentido tendría?

—Creo que en eso consisten los principios —contesté con voz queda—. Haces algo porque crees en ello, incluso cuando tienes una opción más fácil. Lo haces por principios, ese es el sentido que tiene.

—En ese caso, a lo mejor son tus principios, no los míos —se levantó de un salto y se acercó al espejo vintage que tenía al lado de la puerta para volver a revisar el maquillaje, sin que le hiciera ninguna falta—. Quiero cuidar a mi familia, Liv. No creo que eso tenga nada de malo.

Tenía razón. Para mí, trabajar era una cuestión de principios. Cuando era pequeña, cada vez que salíamos, la gente se acercaba a mi padre para darle las gracias por haber ayudado a sus mascotas. Después, se acercaban a mi madre y la felicitaban por haberse casado con un hombre tan bueno, le decían lo orgullosa que debía de estar por haber conseguido un marido tan maravilloso, como si ella no tuviera nada propio por lo que alegrarse. Solo era su esposa, mi madre, nada más, y yo me odiaba a mí misma tanto como a los demás por tratarla de aquella manera.

—No tiene nada de malo quedarse en casa haciendo de mamá —dijo Cassie con una voz más dura de lo que acostumbraba—. Aunque sé que Abi y tú tendríais muchas cosas que decir al respecto.

—No, Cass, en absoluto —me obligué a mostrarme en desacuerdo con ella. Tenía razón. Si eso era lo que ella quería, debería apoyar su elección. Para eso estábamos luchando, ¿no? Para tener capacidad de elegir—. Estoy sorprendida, eso es todo. Y, ¿sabes?, también un poco desilusionada, porque quería que trabajáramos juntas. Si lo que quieres es quedarte en casa, me parece maravilloso y me alegro de que para ti sea una opción. Si tú estás contenta, también lo estoy yo.

Cassie giró sobre sus talones y me fulminó con tal dureza con la mirada que estuve a punto de caerme del taburete.

—¿Qué quieres decir con eso de que te alegras de que sea una opción?

¡Ay, Dios mío, había despertado a la bestia! Cassie no perdía los estribos casi nunca, pero cuando lo hacía la única opción era ponerse a cubierto hasta que se tranquilizaba. Me pregunté si el que utilizara a su bebé como escudo humano la tranquilizaría o la enfurecería todavía más.

—¡Nada! —contesté al instante, intentando sofocar el fuego antes de que arrasara con todo—. Me alegro por Gus y por ti, de verdad.

—Si tuvieras hijos lo comprenderías —me dijo, sacando una polvera de oro rosado del bolso y empolvándose la cara con la esponjita—. O si tuvieras una pareja capaz de ganarse la vida.

Demasiado tarde. Estaba oficialmente cabreada.

—Buenas noches, señoras.

La loción de Chris entró en la cocina diez segundos antes que él y yo enterré la nariz en mi taza como si fuera una enorme máscara de gas. Él enterró la cabeza en el pelo de Cassie y ella se relajó al instante. No lo entendía. De verdad, pero, en aquella situación, acepté la ayuda sin protestar.

—Buenas noches —contesté, conteniendo la respiración—. Bonita corbata.

No era una corbata bonita.

—Gracias.

Movió la corbata delante del rostro de Gus y el niño sacó la lengua ante el poco sentido estético de su padre.

—Tú estás… Bueno, supongo que solo vas a hacer de canguro.

Bajé la mirada hacia las mallas negras y el jersey gris y me coloqué un mechón de pelo tras la oreja.

—¿Qué os ha pasado a ti y a Adam? —preguntó Chris, ganándose un codazo en las costillas de su esposa—. ¿Qué pasa? ¿No puedo preguntar? Siempre puede mandarme a la porra.

—Vete a la porra —repetí, tirando de las mangas del jersey por encima de las uñas—. Salid a disfrutar de la cena.

—No, de verdad, ¿qué os ha pasado? —Chris alargó las manos hacia el moisés y levantó a Mingus, lo sostuvo contra su pecho y sonrió al ver sus muecas. A pesar de todos sus defectos, nadie podía negar lo mucho que quería a ese bebé. Era como estar viendo el vídeo de YouTube del gorila que cuidaba a un gatito—. ¿Ya te has cansado de ese vago o qué?

—¿Dónde vais a cenar? —pregunté, declinando contestar a su pregunta con educación—. ¿A algún lugar bonito?

—Es una restaurante especializado en productos locales situado en Nottingham. Se llama Fetch —contestó Chris, alzando y bajando al bebé sobre su barriga.

Yo solía meterme con Adam por la cantidad de tiempo que pasaba corriendo, pero decidí apoyarle más en el futuro. Si todavía seguíamos juntos, por supuesto. Si no, le robaría las playeras y cavaría agujeros en sus rutas favoritas para asegurarme de que engordara todo lo posible.

—¿Has oído hablar de él? Si quieres ir, puedo hacer alguna llamada. Conozco al propietario.

—Yo también —contesté. Continuaba intentando hacer contacto visual con Cassie, pero ella estaba demasiado ocupada mirando a cualquier otra parte—. Tuve que sacar cinta dental del trasero de su perro dos veces el año pasado.

Chris le tendió el bebé a Cass y me hizo un gesto, alzando los pulgares.

—Suena divertido —contestó mientras se alisaba el pelo y las cejas en el espejo. Le dio un beso en la mejilla a Cass y abrió la puerta de la cocina—. Voy a sacar el coche.

—Ya ha mamado —Cassie dejó a un malhumorado Gus de nuevo en el moisés, ignorando nuestra discusión. Se le daba tan bien meter la basura bajo la alfombra que me extrañaba que no terminara tropezándose y rompiéndose el cuello—, así que se dormirá pronto. Volveré antes de las doce. Si pasa cualquier cosa, envíame un mensaje.

—Me parece maravilloso que quieras quedarte en casa con tus hijos —le dije, levantándome mientras ella se colgaba el bolso en el hombro con expresión totalmente plácida—. Lo siento, de verdad pensaba que sería divertido que trabajáramos juntas. Pero es evidente que no he tenido en cuenta nada de esto.

—Sí, es evidente —replicó, cruzándose de brazos. Todavía no me había perdonado—. Esa es parte del problema entre Adam y tú. Pensáis demasiado en vosotros mismos en vez de pensar en el otro. Si de verdad quisierais estar juntos, no estaría pasando nada de esto. Estaríais juntos y ya está. Estás arruinando tu vida por miedo a perderte algo, Liv.

Siguió a Chris a la puerta, dejándonos a Gus y a mí a solas y mirándonos fijamente, ojos azules contra ojos castaños.

—Odio a tu madre —susurré.

El bebé apretó los labios en respuesta antes de golpearse él mismo en la cara.

—Solo era una broma —le dije—. Pero tu padre puede llegar a ser un verdadero estúpido.

Y habría jurado que le vi asentir.

CAPÍTULO 12

—Buenas noches, idiota.

—No te molestes en llamar —dije mientras mi hermano cruzaba la puerta el lunes por la tarde—. Podría haber estado haciendo cualquier cosa.

—¿Como qué? —preguntó.

Se acercó a la nevera y se sacó el mismo una lata de Coca-Cola. Cuando cerró la puerta de la nevera, vi a Gus colgando de su pecho en un complejo artilugio tipo cabestrillo.

—No sé —musité mientras extendía las alubias sobre una rebanada de pan—, cualquier cosa.

—Dios mío, te ha dejado hecho polvo, ¿verdad? —se sentó frente a mí en la mesa de la cocina y abrió una lata—. Sentado en calzoncillos y comiendo alubias encima de una tostada a las seis de la tarde. Das pena, Adam Floyd.

—No voy solo en calzoncillos —respondí, bajando la mirada hacia mi camiseta gris—. Y me gusta comer las alubias encima de una tostada.

—¿Entonces no estás de mal humor? —me preguntó mientras hojeaba los diseños que tenía para el bar.

Sin responder, agarré el plato y lo dejé en el fregadero antes de lavarme la mantequilla que me había quedado en las manos.

—Ayer por la noche tuve la sensación de que Liv estaba nerviosa.

—¿Viste a Liv? —giré y vi su sonrisa. Ya era demasiado tarde para fingir que no me importaba—. ¿Cuándo la viste?

—Ayer por la noche —sacó a Gus del portabebés y se lo colocó en la rodilla. Mi sobrino me miró con sus enormes ojos castaños. Unos mechones de pelo salían disparados hacia arriba en una accidental cresta en la parte superior de la cabeza—. Estuvo haciendo de canguro.

Me tendió al bebé y yo le agarré. Le hice rebotar en mis brazos hasta que sonrió. Ojalá el resto del mundo fuera tan fácil de complacer.

—¿Y?

—Parecía agotada —volvió a decir—. Como si no hubiera pegado ojo.

—Ah.

Le di la espalda a mi hermano y mecí a Gus hacia delante y hacia atrás, intentando no parecer tan complacido como me sentía.

—O como si tuviera resaca —sugirió.

Gus sacó la lengua mientras la sonrisa desaparecía de mi rostro.

—Si solo has venido a decirme eso, estoy ocupado —le advertí, colocándome al bebé bajo el brazo—. Mañana tengo una reunión con los dueños del bar que estoy diseñando.

—¿Cómo va eso? —preguntó sin mostrar ninguna intención de irse—. ¿Ya has acabado?

—Apenas estoy empezando —contesté, mirando a mi sobrino y sacudiendo la cabeza. Su padre nunca me hacía ningún caso, pero agradecía poder abandonar el tema de mi problemática relación—. Ya han aprobado el diseño. Ahora tengo que comprar los materiales y comenzar a construir el maldito bar.

Chris miró los planos que tenía sobre la mesa con los ojos entrecerrados y asintió lentamente, como si les encontrara algún sentido.

—¿Te pagan por adelantado o todo tiene que salir de tu bolsillo?

—Pagan una parte por adelantado —contesté mientras Gus me mordía el dedo. Era una suerte que acabara de lavarme las manos—. Pero casi todo sale de mi bolsillo. He pedido un crédito.

Chris dejó escapar una bocanada de aire entre los dientes y chasqueó la lengua.

—Deberías habérmelo pedido a mí —dijo en tono de desaprobación—. Los tipos de interés están por las nubes, te pasarás la vida devolviendo ese crédito.

—Sí, pedirle dinero a mi hermano habría sido una buena idea —repliqué.

A mi hermano, el mismo que no dejaba de recordarme nunca la cantidad de dinero que se habían gastado mis padres en mi carrera. El que no paraba de recordarme la suerte que tenía de vivir en casa de mis abuelos. No podía decir que vivir en aquella casa hubiera sido nunca una de mis prioridades, pero, cuando mi padre me lo había sugerido después de que dejara la universidad antes de terminar los exámenes, no tenía demasiadas alternativas.

Además, todo había salido bien, más o menos. No estaba desesperado por abandonar Londres, pero, si no me hubiera mudado a Long Harrington, quizá nunca hubiera podido montar la carpintería y no habría conocido a Liv, y ambas se habían convertido en las dos cosas más importantes de mi vida. Contando siempre con que Liv continuara en mi vida al final de todo aquello.

—Espero que no la fastidies —Chris estuvo moviendo la argolla de la lata hacia delante y hacia atrás hasta desengancharla—. Lo último que necesitas ahora mismo es tener al banco detrás.

—Gracias por el voto de confianza —dije, elevando mi propia lata para hacer un brindis—. Pero puedo con esto.

Era curioso, pero sonaba mucho más seguro de lo que me sentía.

—Estoy seguro de que para ti no significará nada, pero

Cass dice que Liv le ha ofrecido trabajo —comentó, rascándose el cuello—. En la clínica.

Cada vez que mi hermano quería hablar de algo importante, tenía que fingir que, en realidad, no le importaba mi opinión, por si acaso no estaba de acuerdo con la decisión que había tomado.

—¿Ah, sí?

Me resultaba extraño no saber nada al respecto. Si no hubiéramos estado «dándonos un tiempo», Liv habría hablado conmigo sobre algo tan importante antes de decirle nada a Cass y odiaba que no lo hubiera hecho. Me sentía como si me hubiera apartado de su vida.

—Porque ya sabes que su padre se jubila.

Asentí. Eso lo sabía.

—Y necesita contratar a otro veterinario para la clínica. Le ha pedido a Cass que sea ella.

—Pero Cass ahora trabaja como profesora —contesté, intentando recordar los motivos por los que Cass había renunciado a trabajar como veterinaria. Sabía que Liv me lo había contado, pero no habría sido capaz de recordarlo aunque me hubiera ido en ello la vida—. ¿No tiene que reincorporarse pronto al colegio?

—Hemos estado hablando y a lo mejor no se reincorpora —dijo Chris, deslizando la argolla de metal por el diseño de la barra—. A lo mejor no vuelve a trabajar.

Asomó la punta de la lengua y fijó la mirada en una de las hojas, como si estuviera concentrándose en no parecer en absoluto preocupado.

—Y a ti te parece bien, ¿verdad? —le pregunté, reclinándome en la silla con Gus en mi regazo.

—No necesitamos el dinero —contestó al instante—. No necesita trabajar.

—Eso no significa que no deba trabajar —le dije. Miré a Gus, que me devolvió la mirada con una divertida sonrisa—. Aunque me imagino que tiene muchas ganas de quedarse en casa con este.

—Sí —se mostró de acuerdo Chris, jugueteando con la argolla. Esperé con paciencia, dándole a Gus golpecitos en la nariz mientras aguardaba a que mi hermano terminara de formular su pensamiento—. Pero jamás pensé que dejaría de trabajar.

A pesar de sus fanfarronerías, una cosa que jamás podía negarle a mi hermano era su ética del trabajo. Siempre había trabajado. Había repartido periódicos cuando éramos niños, había trabajado en el McDonalds cuando éramos adolescentes, de camarero en la universidad y, al día siguiente de su graduación, ya estaba trabajando. Mientras yo estaba de viaje, agarrando una infección de riñón en Chile, él estaba trabajando en una empresa relacionada con la tecnología de la información en Kettering, recibiendo por la noche clases y cursos online sobre programación y buscando sin descanso el siguiente paso a dar. Pero jamás se me había ocurrido pensar que esperaba el mismo nivel de ambición por parte de su mujer.

—Entiendo que no quiera volver al colegio… —tamborileó en la lata con los dedos para deleite de Gus—. Es un sitio horrible, pero no pensaba que quisiera renunciar al trabajo. Ahora está hablando de tener otro hijo, pero no sé si yo estoy preparado.

—¿Se lo has dicho a ella? —le pregunté.

Alzó la mirada, completamente desconcertado.

—Claro que no —contestó, como si le hubiera sugerido que le diera una patada en la entrepierna—. No quiero que piense que no quiero tener otro hijo.

—¿Pero no quieres?

—Ahora mismo no —contestó—. Pero quizá quiera tenerlo más adelante.

—Entonces quieres tener otro hijo, pero no ahora —dije, intentando llegar al fondo de aquel enigma que era Chris Floyd—. Y te parece bien que renuncie al trabajo, pero preferirías que no lo hiciera.

—Yo no he dicho eso —replicó—. No necesitamos el dinero, Adam.

Cerré los ojos e intenté respirar con calma.

—Eso ya lo sé —respondí lentamente—. Pero eso no significa que no prefieras que trabaje. A mí se me haría muy raro que Liv dejara de trabajar y toda la responsabilidad recayera en mí.

—Eso es porque no sabrías lo que es asumir la responsabilidad aunque la tuvieras pateándote el trasero —replicó con un gruñido.

—Muy bien —contesté, pasándole al bebé por encima de la mesa. Gus sacudió sus piernecitas a modo de protesta cuando se lo tendí—. Solo estaba intentando ayudar. La próxima vez no me molestaré.

Chris sentó a mi sobrino en el carrito, colocándole sus regordetas piernas a través de los huecos acolchados de las correas.

—Lo siento —dijo muy tenso—. El problema es que siento mucha presión sobre mí, eso es todo. Una sola fuente de ingresos, dos hijos y una mujer que no trabaja. Demasiada presión.

—Lo comprendo. A mí me pasa lo mismo con el crédito que he pedido para el bar —contesté, intentando identificarme con él—. Lo entiendo.

—No es lo mismo —musitó, bebiendo de la lata por encima de la cabeza de su hijo—, pero, gracias.

—Habla con tu esposa —le ordené, comenzando a perder la paciencia—. Tampoco puedes decir que se esté dedicando a tirar el dinero por la ventana. Solo quiere ser un ama de casa. Seguro que puedes hablar con ella.

—Supongo —apretó la lata vacía y se agachó y se levantó para asegurarse de que el carrito de Gus estaba bien asegurado—. Si quieres venir conmigo, voy a ir a ver a papá y a mamá. Mamá ya tiene las fotografías de la India.

—Paso —contesté rápidamente—. Ya te he dicho que mañana tengo una reunión con los propietarios del bar y quiero asegurarme de tenerlo todo listo antes de empezar.

—¡Ah, sí! —agarró el llavero que tenía encima de la mesa. No eran unas verdaderas llaves, por supuesto. Tenía un dispositivo electrónico—. Una vez fijados los términos del contrato, no puedes andar mareando a tus clientes.

—A lo mejor puedes ayudarme a diseñar una aplicación cuando el proyecto esté en marcha —sugerí mientras les acompañaba hacia la puerta—. Como un catálogo de mi trabajo o algo así.

—Sí, en realidad no es a eso a lo que me dedico —respondió con una irritante sonrisa—, pero podría ponerte en contacto con alguien que se dedica a ese tipo de cosas. Mi interfaz es mucho más compleja.

—Por supuesto —contesté, palmeándole a Gus la cabeza y empujándoles hacia la puerta—. Buenas noches, Chris.

—Buenas noches, idiota —me dijo a través de la puerta—. ¡Perdón! Buenas noches, Adam.

Tras echar el cerrojo por si acaso se le ocurría volver a entrar, volví a la cocina, fijé la mirada en mis diseños y revisé de nuevo el presupuesto.

—Solo una vez más —me dije a mí mismo.

Me senté a la mesa de la cocina y clavé la mirada en la hoja azul que tenía delante de mí. Abrí la calculadora del teléfono para repasar las cantidades, pero descubrí a mis dedos cerniéndose sobre el nombre de Liv. ¿Qué pensaría Liv de que Cassie quisiera dejar de trabajar? Si Liv quisiera dejarlo todo y comenzar una segunda carrera profesional como fabricante de niños, estaba seguro de que tendríamos al menos una conversación antes de que anunciara su decisión.

—Puedo llamarla —le dije a mi reflejo en la ventana—. Me dijo que podía llamarla.

«Pero el artículo que leíste en Internet decía que no llamaras», me recordó mi reflejo. «Déjala respirar».

Bajé la mirada hacia su nombre y hacia la fotografía diminuta en la que Daniel Craig aparecía a su lado antes de regresar a la calculadora. A lo mejor la llamaba al día siguiente. Al fin y al cabo, una buena noticia sobre el bar además del cotilleo sobre Chris y Cass era una combinación infalible para una llamada de éxito. Si llamaba para contarle todo eso no podría enfadarse conmigo.

Sí, estaba convencido, la llamaría al día siguiente.

—Toc-toc.

—Si eres un ladrón, ¿te importa llevarte la basura cuando salgas? —grité desde el desorden del cuarto de estar.

Daniel Craig, que llevaba horas profundamente dormido, estiró sus tres patas en cuanto se dio cuenta de que la puerta de la calle estaba abierta. Sin mirar dos veces a su adorable madre humana, corrió escaleras abajo, asustando a mi visitante, y salió maullando a la noche.

—El gato ha salido —dijo Cass mientras subía al trote las escaleras. Cass no era una persona amante de los gatos—. ¿Eso es malo?

—No, hasta que decida que quiere entrar a las dos de la madrugada —contesté, saludándola bajo una pila de revistas—. La gatera está rota, solo funciona en una dirección.

—¿Y te haces llamar veterinaria? —preguntó mientras dejaba una enorme bolsa de lona sobre la mesa del comedor.

—¿Estudiamos diferentes asignaturas en la universidad? —aparté la cartulina y la barra del pegamento y me levanté para darle un abrazo con un punto de incomodidad—. No recuerdo las clases en las que nos enseñaban a arreglar gateras.

—Tenías razón en lo de ayer —me apretó con fuerza y yo grazné mientras la respiración abandonaba mi cuerpo.

—Te lo juro, todos los canales estaban en español cuando llegué —le dije, liberándome de su opresivo abrazo—. Y creía que teníais más leche, de verdad.

—No, me refiero a todo lo que hablamos sobre lo del

trabajo —agarró la bolsa que había dejado en la mesa y fue abriéndose camino hacia el sofá—. Estuve fuera de lugar. Es posible que me pusiera un poco a la defensiva.

—Y también que tuvieras parte de razón —contesté, siguiendo su estela—. ¿Por qué vas a tener que volver a trabajar si no te apetece y no tienes por qué hacerlo? Fui yo la que estuvo fuera de lugar.

—A lo mejor, pero no debería haber discutido contigo y, desde luego, no tenía que haber sacado a relucir a Adam en la conversación. Estaba cansada y nerviosa y no me apetecía salir a cenar, pero no debería haberlo pagado contigo.

Inspiré con fuerza, en una respuesta poco comprometida, y me concentré en llenar de agua el hervidor. Yo era terrible en las discusiones, y peor aún a la hora de aceptar unas disculpas, pero fue un alivio que se aclararan las cosas y que, al menos, parte de mi mundo volviera a la normalidad.

—¿Dónde está Gus? —pregunté mientras buscaba unas tazas limpias.

—Chris se lo ha llevado a casa de su madre —Cass sacudió los tres cojines del sofá, uno tras otro—. Le dije que iba a traerte el cargador y que nos encontraríamos allí más tarde.

—No me dejé el cargador —respondí, mirando el pequeño cable blanco enchufado todavía a la pared.

—Por si acaso Chris te lo pregunta, te lo dejaste —respondió con una sonrisa radiante—. ¿Cómo te encuentras hoy?

—Todavía me dura la resaca del sábado —admití mientras metía dos bolsitas de té en la tetera—. Y, en general, hecha un asco. He estado pensando en lo que me dijiste, en que, a lo mejor, lo de separarme durante un tiempo de Adam ha sido una reacción impulsiva. ¿De verdad crees que ha sido un error?

—La verdad es que no lo sé —respondió—. ¿Tú sientes que ha sido un error?

Di media vuelta y continué con las bolsitas del té. Cass se sentó en silencio mientras echaba el agua y servía leche en sendas tazas. El silencio era una de sus virtudes, algo de lo que Abi y David eran incapaces. Cass nunca sentía la necesidad de llenar el silencio con conversaciones innecesarias cuando alguien no sabía qué decir, una cualidad rara y maravillosa. No temía dejar reposar el momento, a diferencia de Abi, que tenía que machacarte con la lógica y el debate hasta el final.

—Todavía estoy afectada por la inexistente propuesta de matrimonio —comencé a decir lentamente mientras regresaba al sofá con el té en la mano—, y con esa ruptura que no es una ruptura.

—Es razonable —contestó antes de beber un rápido sorbo de té en vez de dar su opinión, que era lo que habría hecho la mayoría de la gente, incluida yo.

Soplé el té y sentí que se me tensaban los hombros cuando comenzaron a filtrarse en mi cabeza pensamientos sobre Adam y mi padre. No era capaz de pensar en ellos sin enfadarme.

—Y me enfada que pensara que bastaba con decir lo siento y que esperara que yo superara algo tan fuerte. Ha sido algo serio, ¿no te parece? Decir que necesitas un descanso cuando se suponía que estas a punto de hacer una propuesta de matrimonio.

—Sí —afirmó vacilante—. Pero tienes que recordar que se suponía que tú no sabías nada de la proposición.

—Y él no sabe que lo sé. ¿Sabe que tú lo sabes?

—No —sacudió la cabeza—. Aunque se lo contó a Chris, lo cual significa que es probable que lo sepa hasta el cartero de la prima de la esposa del dentista. Me cuesta creer que no diera por sentado que Chris iba a decírmelo.

—Bueno, de todas maneras, y aunque solo hubiera querido abandonarme a las tres de la mañana, continuaría teniendo derecho a estar enfadada —dije, lanzando sin querer de una patada un ejemplar de *Condé Nast Traveller* al otro extremo de la habitación—. Y, para colmo, está toda esa tontería de la clínica.

—¿Estás enfadada porque tu padre quiere que te hagas cargo de la clínica? —me preguntó, intentando mirar el teléfono sin que yo me diera cuenta de que estaba intentando mirar el teléfono. Gracias a Dios, Chris parecía estar sobreviviendo sin ella por una vez en su vida—. Explícame qué tiene de malo.

—No es algo malo en sí mismo —dejé escapar un largo y pensativo suspiro—. Evidentemente, me encanta ser veterinaria, me encanta trabajar con animales y con la mayoría de sus dueños. Es solo que no me lo esperaba, y, desde luego, no esperaba que lo soltara en medio de su fiesta de cumpleaños, delante de un millón de personas y sin haberlo hablado antes conmigo.

—¿Cuántas personas has dicho?

—Un millón —insistí—. Sesenta y cinco por lo menos.

Cass me miró de reojo.

—Setenta —me corregí.

Arqueó una ceja.

—Unas cuarenta y cinco.

—Habla con tu padre —me pidió—. Es un hombre muy sensato, Liv. Si sabe que necesitas ayuda, no va a dejarte el negocio y desaparecer para siempre. Para él, la clínica es tan hija suya como tú.

—Eso lo sé —contesté, sentándome sobre mi pierna. Todavía llevaba puesto el pijama de la clínica y todo olía demasiado a antiséptico para mi gusto—. No es lo que está haciendo, sino cómo lo está haciendo. ¿No debería haber habido una conversación o algo parecido? ¿Y si hubiera querido marcharme y meterme en un circo? ¿O tener quince hijos? Por lo que él sabe, podría estar embarazada y este habría sido el peor de los momentos.

—Pero no lo estás, ¿verdad? —Cass parecía alarmada—. Porque eso lo cambiaría todo.

—No —hundí un dedo en mi vientre—. Aunque pueda parecerlo. ¿Por qué como tanto cuando estoy estresada? ¿Por qué no puedo ser una de esas mujeres que se devoran a sí mismas cuando están tristes?

—Tienes que intentar ver la parte positiva de todo esto —me dijo, mostrando su marca patentada de optimismo Cassie Huang y pasando por alto el festín autocompasivo de mi protuberante barriga—. Tienes que admitir que últimamente te desesperaba trabajar con tu padre, ¿verdad? Ahora tienes la oportunidad de llevar tú sola el negocio.

—Si es que me lo permite —recordé nuestra conversación durante el parto de Karen—. Parece tener muy claras algunas ideas sobre cómo deberían hacerse las cosas.

—Deja que las tenga —se limitó a decir—. En cuanto tú te pongas a llevar la batuta, eso será lo de menos.

—A lo mejor tienes razón —miré el desorden del cuarto de estar y me aparté el pelo de la cara—. A lo mejor estoy exagerando con todo esto.

—Yo no diría eso —Cass me apretó la rodilla con delicadeza y me dirigió una leve sonrisa—. Lo de Adam es complicado. No sé qué haría yo en tu situación. Creo que has sido muy valiente al pedirle un tiempo de descanso. Habría sido mucho más fácil aceptar sus disculpas y continuar como siempre.

—¿Y después ir enloqueciendo poco a poco, esperando el momento en el que quiera volver a romper conmigo? —pregunté—. Creo que es lo mejor que podía hacer. El único problema es que no tengo la menor idea de cómo voy a saber cuándo tiene que terminar este período. Me siento como si estuviera poniéndonos una prueba para la que ninguno tiene la respuesta. Me da miedo ser yo la que haga el primer movimiento por si al final él decide que, en realidad, no quiere estar conmigo. Ya sé que no pretendía que nos casáramos ni nada parecido, pero no se me había ocurrido pensar que podríamos no estar juntos. Y ahora no sé qué hacer con esa posibilidad.

—¿En tres días? —Cass me miró dubitativa—. Ya te conté que le había dicho a Chris que le había entrado miedo. A eso añádele el jet lag, la falta de sueño y el ego masculino y tienes ya la receta para el desastre.

—¿Y Adam sabe que tú y yo sabemos lo que le dijo a Chris?

Cass alzó la mirada hacia el techo como si estuviera intentando pensar la respuesta a mi pregunta.

—No, creo que no.

Bebí un sorbo de té y fijé la mirada en las revistas y en la cartulina que tenía en el suelo.

—¿Qué es todo esto? —preguntó Cass, señalando aquel desorden con la puntera negra y sin mácula de su bota Chelsea—. Parece todo un poco *Blue Peter*.

—Estaba intentando hacer un mural con lo que quiero que sea mi vida —le expliqué, sacudiendo la cabeza con tristeza—. Pero me distraje con un artículo sobre lo que gasta Gwyneth Paltrow al mes en cremas faciales. ¿Sabes que yo nunca he usado una?

Cass alzó el dedo índice para remarcar algo en silencio, dejó la taza del té y vació todo lo que llevaba en la bolsa en el sofá, entre nosotras. Todos los libros de autoayuda de los que había oído hablar, más algunos de los que no había tenido noticia, estaban delante de mí: *Conservar el amor cuando lo encuentras*, *Actúa como una mujer*, *Piensa como un hombre*, *Los cinco idiomas del amor* y un libro llamado *Por qué los hombres aman a las cabronas*, una teoría que nunca había sido capaz de hacer funcionar.

—Son para ti —señaló con ambas manos su botín.

—Ya imaginaba que no eran para ti —dije mientras levantaba *Por qué los hombres aman a las cabronas*—, a no ser que quieras contarme algo sobre tu relación.

—No todos son sobre relaciones sentimentales —contestó, rebuscando entre la pila de libros hasta sacar el que estaba buscando—. Este es genial. *Conviértete en quien realmente eres*.

—«¿Sientes que eres demasiado buena?» —leí en voz alta la contraportada del libro que tenía entre las manos—. «Esta realista guía revela por qué una mujer fuerte es mucho más deseable que una mujer sumisa que se sacrifica siempre a sí misma».

Cassie asintió mostrando su conformidad con cada palabra.

—No creo que sea para mí —le dije, metiéndolo de nuevo en la bolsa—. Deja que eche un vistazo a ese de *Piensa como un hombre*. Me gusta el tipo de la portada, parece que se está riendo.

—A mí me han ayudado mucho —dijo Cassie, poniéndose a la defensiva. Colocó los libros en su regazo, como si quisiera proteger a sus inexistentes orejas de mi escepticismo—. Puedes tomártelo a broma, pero no sabes si pueden ayudarte. Y, al fin y al cabo, eres tú la que estás haciendo un mural sobre tu vida.

—Estaba intentando hacerlo —la corregí—. Intentando averiguar qué hacer con mi relación, intentando averiguar qué hacer con mi trabajo e intentando no tirarme por la ventana.

—Por lo menos lo estás haciendo —me animó—. Intentándolo, quiero decir.

—¿Te refieres a que estoy haciendo un esfuerzo o a que estoy poniendo a prueba tu paciencia? —pregunté, rascándome la cabeza—. Porque yo no estoy segura.

—Si mañana al despertarte tienes todas las respuestas, ¿te importaría llamarme? —dijo, terminándose el té—. Porque estoy casada, tengo un bebé, no tengo trabajo y, aun así, no tengo la menor idea.

—Entonces quedan muy pocas esperanzas para el resto de nosotras —dije, sonriendo a mi amiga preferida del momento.

No era que hubiera una competición. Excepto cuando la había. En el piso de abajo, Daniel Craig se restregó contra la gatera rota y maulló con impaciencia para volver a entrar.

—Este es el momento de marcharse —dijo Cass, doblando la bolsa de lona y deslizándola en su bolso de mano—. Prométeme que por lo menos les echarás un vistazo.

—Te lo prometo —dije con el saludo scout.

—Es con la otra mano —respondió ella, pasando de puntillas por mi sección de manualidades—. Y recuérdame que te mande el número de mi limpiadora.

—¿Y un cheque para poder pagarle? —grité mientras ella desaparecía escaleras abajo.

Fue curioso comprobar cómo todo el mundo parecía tener un oído selectivo últimamente.

CAPÍTULO 13

—¡Vaya! Me encanta lo que no te has hecho en el pelo —David abrió la puerta con el pie. Llevaba un café en cada mano y una bolsa de Waitrose colgando de la muñeca—. Me siento muy especial cuando te tomas tantas molestias por mí.

—Gracias, sabía que te gustaría —contesté, llevándome la mano a mi desgreñado moño antes de agarrar uno de los cafés desde detrás del mostrador de recepción.

Había estado despierta hasta las tres de la mañana leyendo *Por qué los hombres prefieren a las cabronas* y no había oído el despertador. Si no hubiera sido porque un despertador peludo de tres patas me saltaba a la cara exigiendo su comida a las siete y media de la mañana cuando dormía en casa, habría llegado tarde.

—Estamos teniendo una tarde muy tranquila así que, si no surge ninguna emergencia, creo que voy a salir un poco antes, ¿no te importa?

—En absoluto —respondió, hojeando la agenda en el ordenador para comprobarlo—. ¿Adónde vas?

—Tengo que hacer… algún papeleo —contesté.

Los ojos de David se iluminaron como una ciudad turística y comprendí que debería haber inventado una mentira más convincente.

—El único papeleo que eres capaz de hacer es el concurso de BuzzFeed. ¿Qué pasa?

—Nada —insistí—. Tengo que hacer papeles. Si voy a hacerme cargo de la clínica, será mejor que aprenda, ¿no?

No iba a hacer ningún papeleo. Mi sesión de autoayuda de última hora de la noche podría no haberme enseñado mucho sobre relaciones, pero me había convencido de una cosa. Quedarme sentada recortando fotografías de orquídeas y geishas y pegarlas después en una cartulina no iba a ayudarme a llegar a nada con Adam. Y lo único que había conseguido al sacarle de mi vida había sido sacarle de mi vida. Todos los libros estaban de acuerdo en una y única cosa: comunicación. Necesitábamos hablar. Cuando comenzamos a salir, hablábamos durante horas. Los libros tenían razón. Teníamos que hablar. Teníamos que resolverlo todo antes de que Adam olvidara lo maravilloso que era formar parte de nuestra relación.

Así que, evidentemente, en cuanto di de comer a Daniel Craig, le puse un mensaje a mi peluquera para ver si podía lavarme y peinarme antes de autoinvitarme a casa de Adam para un improvisado encuentro. El elemento sorpresa era importante: cuanto menos tiempo tuviera Adam para prepararse, mejor. Una tiene que pensar en esas cosas cuando tiene que quedar con un medio abogado. Alargué la mano hacia mi pelo grasiento, añorando aquellos tiempos más sencillos, aquellos días en los que no necesitaba pagar a alguien veinticinco libras para que me lavara el pelo antes de acudir a algún acontecimiento de mi vida vagamente importante, pero ya no podía hacer nada al respecto.

David se me quedó mirando durante otro minuto sin decir una palabra.

—Tengo que ocuparme del papeleo —repetí. Hasta que no supiera lo que iba a pasar con Adam, no quería hablar con nadie—. ¿Querías algo?

—El señor Beavis está aquí —dijo David, arqueando los labios hacia abajo—. El muy repugnante canalla.

—Bueno, en teoría estamos más interesados en su repugnante gato canalla —le expliqué, dejando la taza de café en la estantería y secándome las manos en la parte delantera de mi pijama quirúrgico—. Y, ¿sabes?, también en su dinero.

—Pues a sacarle la pasta —asintió, frotando el pulgar y el índice—. ¿Me necesitas o puedo ir a rayarle el coche?

—Ve a arañarle el coche, pero no sé cuánto tiempo va a estar aquí y no pienso pagarte la fianza.

—No me pillará —contestó mientras caminaba de espaldas hacia la puerta—. Soy un ninja rayador de coches.

Consideré durante unos segundos si estaba o no bromeando, pero, en realidad, no quería saberlo. Con David podía pasar cualquier cosa.

—Buenos días, señor Beavis —saludé mientras David abría la puerta a un hombre achaparrado fingiendo con gestos no muy sutiles que le vomitaba en la cabeza—. ¿En qué puedo ayudarles a Valerie y a usted?

—¡Ah!

Se detuvo con una exclamación delante de la camilla, abrazó el transportín del gato y me recorrió de arriba abajo con la mirada de una manera que no parecía del todo apropiada dada la situación. Yo bajé la mirada para asegurarme de que no llevaba nada fuera de lugar. No, todo correcto, no había nada en mi persona merecedor de la expresión de su rostro.

—¿Señor Beavis? —le pregunté al ver que no se movía—. ¿Está usted bien?

—Se suponía que debía ver a Addison —dijo con una expresión lúgubre como un entierro—. Tengo una cita con Addison.

—Esa soy yo —contesté con el rostro iluminado por una sonrisa radiante—. ¿Quiere que pongamos a Valerie en la camilla para que pueda echarle un vistazo?

—No —replicó—. Quiero ver al doctor Addison.

No era la primera vez que me ocurría. Había gente en el pueblo, gente mayor, para ser sincera, a la que no le entraba en la cabeza que yo fuera veterinaria. La mitad de ellos porque todavía me recordaban como una niña con coletas correteando por la clínica con una bolsa de chuches, y la otra mitad porque creían que tener una vagina me incapacitaba a la hora de introducir un termómetro en el trasero de sus mascotas y decirles su temperatura. Incluso después de todos aquellos años, continuaba siendo un problema. Era como si las Spice Girls, Margaret Thatcher y *El vicario de Diblay* nunca hubieran existido. Y aunque yo rara vez dejaba caer el nombre de Margaret Thatcher como un referente del feminismo, no podía evitar pensar que si ella hubiera querido meter un termómetro en el trasero de un perro, Nigel Beavis no habría intentado detenerla.

—Soy veterinaria, señor Beavis —le dije, intentando no suspirar—. Estoy plenamente capacitada y todo lo demás. No sé si está enterado, pero mi padre se ha jubilado.

—¡Santo Dios! —colocó el brazo bajo la parte delantera del transportín para proteger los ojos de Valerie y retrocedió un paso—. ¿Vais a cerrar?

—No —dije, apoyando la barbilla entre las manos y los codos en la mesa—. Pero será mejor que busque a un hombre para cuando yo tenga la regla.

No estaba llorando, pero estaba a punto.

La vida en un pueblo tenía algo que sacaba lo mejor y lo peor de la gente. A mí me encantaba la sensación de comunidad, el que hubiera conocidos en cada esquina, pero había ocasiones en las que habría tirado felizmente a todos los habitantes del pueblo por un acantilado, sin compasión. Cuando has hecho las mismas cosas y has ido a los mismos lugares que tus padres y que tus abuelos antes que ellos, resulta difícil cambiar de punto de vista.

Y resultaba mucho más difícil si ni siquiera te tomabas la molestia de intentarlo.

—Por favor, ¿puede poner a Valerie en la camilla? —le pedí sacando un par de guantes limpios de la caja que tenía al lado—. Déjeme echarle un vistazo.

—Volveremos cuando esté el doctor Addison —respondió

el señor Beavis, alzando la barbilla—. No quiero faltarle al respeto, pero Valerie sabe las personas que le gustan y las que no y no quiero que ningún desconocido la toquetee.

—Señor Beavis, le conozco de toda la vida —le recordé, golpeando los guantes contra la muñeca—, y mi padre está jubilado. Me temo que Valerie va a tener que acostumbrarse antes o después a que la toquetee un desconocido.

Valerie gritó en el transportín y me resultó imposible distinguir si era un grito a mi favor o contra mí.

—Pero todavía no se ha retirado del todo, ¿verdad?

¡Ah! Un oído selectivo de la mejor calidad.

—No —admití lentamente—. Todavía vendrá durante un par de días a la semana hasta que terminemos de hacer el traspaso.

—En ese caso, vendré un día que podamos ver al doctor Addison —repitió, ajeno del todo o sin preocuparse lo más mínimo por lo ofensivo que resultaba—. Sin pretender faltarte al respeto.

Le miré con incredulidad mientras salía de la sala de reconocimiento con Valerie aferrada a la parte trasera del transportín maullando salvajemente. Era evidente que no era tan quisquillosa respecto a quien la toqueteaba como al señor Beavis le gustaba pensar. Me quité los guantes de un tirón y los lancé contra la pared, fracasando estrepitosamente en el intento de encestarlos en la papelera. Tipo estúpido. Pueblo estúpido. Y estúpida yo por seguir ahí. ¿Y se suponía que era a eso a lo que iba a comprometerme durante el resto de mi vida?

—Mierda —musité para mí, extendiendo los dedos sobre el frío metal de la camilla e intentando respirar hondo para tranquilizarme—. Mierda, mierda, mierda.

—¿Estás bien? —David asomó la cabeza por la puerta—. ¿Le has dado el veneno de liberación lenta?

—Se me había olvidado que lo tenía —contesté, golpeando el tubo del fonendo—. Beavis no ha dejado que mi vagina y yo miremos a su gata, que se supone está enferma.

—¿Utilizas la vagina para averiguar el diagnóstico de los animales? —me preguntó—. ¡Vaya! No tenía ni idea.

—No tenemos por qué contárnoslo todo —respondí, volviendo a colocarme el moño—. ¿Le has rayado el coche?

—Ha venido andando —contestó, parecía tan decepcionado como yo—. Pero si te sirve de consuelo, tienes toda una hora libre. ¿Quieres sentarte en la tapia de atrás y mirarme mientras me echo un cigarrito?

—Vale.

—Vamos entonces.

Me tendió el brazo y yo lo agarré. A lo mejor debería dejar de animarle a salir y conocer gente y casarme con él. Podríamos sentarnos en nuestro jardín y envejecer juntos, gritando a la gente y criticando las modas de estos tiempos. David ya hacía las dos cosas, así que aprendería de un maestro. Por supuesto, estaba el problema de que él tenía veinticuatro años, no buscaba una relación permanente y le ponía mi mejor amiga, pero, si yo era capaz de insistir, seguro que cualquiera podía descender a mi nivel.

—Es un viejo decrépito —dijo David mientras yo le seguía al patio de atrás. Hacía un día precioso, de aire limpio y fresco, con el sol justo de los últimos días del verano para quitarle rigor.

—No le hagas caso —sacó un paquete de tabaco del bolsillo central de su ridícula bata y lo encendió—. Es un viejo estúpido e insignificante. Tu padre le mandará a paseo.

El olor a tabaco no casaba bien con el idílico jardín que había intentado crear cuando había comprado el manzano que tenía plantado en un barril, pero los mendigos no podían elegir y, si pensaba pasar mis últimos años convertida en una vieja arpía, necesitaba empezar a invertir tiempo y esfuerzo en ello.

—No es un abusón del último año de colegio. No debería tener que decirle a mi padre que le regañe —dije, inclinando el rostro hacia el sol—. Quiero que vuelva y me diga «por favor, ¿podría examinar a mi gato, usted que es una veterinaria maravillosa, ha estudiado como un animal y se levanta todos los días a las seis de la mañana para tener bajo control la diabetes de Mittens, rara vez tiene un día libre y huele siempre a pis de gato?».

—¿Mittens? —preguntó David después de dar una calada—. ¡Mierda! ¿Me he perdido a algún paciente?

—Mittens es un ejemplo inexistente. Es por cosas como esta por las que no quiero pasar aquí el resto de mi vida. Seguro que esto no pasa en una gran ciudad —le expliqué—. Sería agradable sentirme valorada de vez en cuando.

—Yo te valoro.

—No por ti.

—Tu padre te valora.

—Mi padre es mi padre, no sirve.

David pegó otra calada y exhaló el humo lentamente.

—¿Qué quieres? ¿Una medalla?

—Un millón de libras, una isla privada y no pasar de la talla treinta y ocho coma lo que coma —contesté—. Y cuarenta y ocho horas con Roger Federer.

—Está casado —me advirtió Davis—. Y no querrías que le engañara a su señora porque esa es parte de la razón por la que te gusta.

—Es verdad —admití—. Esa y que tiene su propia vaca. A lo mejor podría ser su veterinaria personal.

—¿Sabes lo que hago cuando estoy tan hundido como tú? —me preguntó, aplastando el cigarrillo en la pared y tirándole al aparcamiento. Le dirigí una mirada de incredulidad que pasó por alto—. Ahora mismo la recojo. ¿Sabes lo que hago cuando estoy tan hecho polvo como tú en este momento?

Pensé en ello durante varios segundos.

—¿Escuchar a Justin Bieber?

—Ahora es un hombre importante y lo sabes —contestó antes de aclararse la garganta para recuperarse—. No, cuando me siento hecho una mierda, voy a Tinder, marco unas cuantas opciones y después veo cómo van llegando las parejas.

—Con el debido respeto —le dije, soltándome el pelo y dejando que mi mugrienta melena cayera por mis hombros—, no creo que una aventura de una noche sea la respuesta a los problemas de nadie en este momento. Excepto quizá a los del señor Beavis. O a los de la gata Valerie.

—No lo hago para acostarme con nadie —extendió las manos, ofendido—. Es solo una caricia para el ego. Entras en Tinder, seleccionas unas cuantas parejas, al cabo de un par de minutos alguien te selecciona a ti y, ¡tachán!, el mundo vuelve a ser un lugar feliz.

Saqué el teléfono del bolsillo y fijé la mirada en la pantalla.

—Así que estoy por los suelos, me estoy cuestionando las decisiones profesionales que he tomado durante los últimos diez años, me siento insegura con el hombre con el que pensaba que iba a casarme y tú crees que me sentiré mejor si permito que un montón de desconocidos me consideren un objeto apto para una cita a través de una aplicación.

—Más o menos —contestó—, pero ten en cuenta que la consideración de objeto es mutua, así que no pasa nada.

Tenía que admitir que era una sugerencia mucho más rápida que la de Cass, que me había propuesto leer todos los libros de autoayuda que había sobre la faz de la tierra. La gratificación inmediata online versus cuatrocientas páginas hablando de por qué debería empezar a convertirme en una completa cretina y exigirle a Adam que me pagara las cenas cada vez que saliéramos de casa.

—Nunca he sido de citas por Internet —admití mientras David sacaba su teléfono, pulsaba la pantalla y la miraba con los ojos entrecerrados, combatiendo el último sol de la tarde—. Creo que hace un año me inscribí en una web, pero ni siquiera recuerdo mi número de usuaria. ¡Dios mío! Tengo que arreglar las cosas con Adam, ¿verdad? No puedo hacer esto, David. No puedo empezar a salir con nadie ahora, ¡ni siquiera sé cómo abrir una cuenta de Tinder!

—No tienes por qué hacerlo —respondió, moviendo el teléfono bajo mi nariz—. Ya lo he hecho yo por ti.

Y allí estaba. Mi rostro en un palpitante círculo rojo. Estaba buscando parejas. No, un momento, ya las había encontrado. Bruce, 39, Mark, 45, Jonathan, 45, Joey, 44, Roger, 52.

—¿Cómo lo has hecho? —exigí saber mientras David iba pasando los rostros a toda velocidad—. ¿Cómo has hecho una cosa así?

—Cuando estuviste cambiando las contraseñas de Netflix y Just East, te cambié también la de Facebook —me explicó—. ¿Joey4Pacey4eva? Deberías sentirte avergonzada. Tienes dos carreras.

—Cierra el pico —observé a los hombres que iban apareciendo en la pantalla—. Josh, 45, Amin 38, Will, 37—. Espera, ¿por qué son todos tan viejos?

—Eh, ¿puedes recordarme cuántos años tienes? —me preguntó, agarrando el teléfono y jugueteando con él mientras yo le dirigía una mirada asesina—. Dime la edad máxima y la mínima.

—Cuarenta y treinta —dije confiadamente—. Que nunca haya estado casado, que no tenga niños, tenga un buen pelo y los dientes bonitos.

—¿Y nada de gordos? —sugirió David—. Podrías bajar un poco el nivel, Liv. Estamos intentando alimentar tu ego, no buscando tu alma gemela. Aunque hasta yo le dejaría comer a este galletas en la cama.

Me tendió el teléfono y solté una exclamación. Allí, en la pantalla, había un auténtico dios. Alto, con barba, pelo tupido y unos resplandecientes ojos verdes que parecían salirse de la pantalla y clavarse en mis entrañas. Henry, 36, de un atractivo obsceno y, al parecer, soltero. O, por lo menos, disponible, por lo que decía Internet.

—¿Le gusto? —pregunté—. ¿Me ha marcado?

—Tranquila, Glenn Close —contestó mientras mi mano se cernía sobre la pantalla—. Ni siquiera sabemos si te ha visto. Tienes que marcarle a él para averiguarlo.

—¿Derecha o izquierda? —pregunté—. ¿Derecha o izquierda?

—Por el amor de Dios —David volvió a arrebatarme el teléfono y pasó los dedos a toda velocidad por la pantalla, presionando hacia la derecha—. Todo esto es un juego para llamar la atención de alguien, no para encontrar a tu Príncipe Azul. Tienes novio, ¿recuerdas?

—Sí, me acuerdo —contesté mirando la pantalla—. Pero tienes razón, mi ego se sentiría mucho mejor si un hombre muy atractivo pinchara mi foto.

—¿Así es como se dice ahora? —me preguntó—. No puedes centrarte en una sola persona. Tinder es un juego de probabilidades, marcamos una docena de nombres a los que te quieras tirar, y a algún tipo horrible solo por diversión, y después nos sentamos a esperar a que vayan surgiendo las posibles parejas. ¿Lo ves? Es como las compras online. No tienes que meterlo todo en la cesta, pero sí echarle un vistazo.

La pantalla se puso gris y el teléfono declaró después con orgullo que Bob, un tipo delgado y larguirucho de pelo oscuro que David debía de haber señalado, y yo, habíamos conectado.

—¿No tengo que poner un mensaje ni nada? —pregunté, devolviéndole el teléfono y sintiéndome orgullosa y horrorizada en igual medida.

¡A Bob le gustaba! Aunque, en realidad, él no me gustara a mí y aquello fuera algo así como una victoria pírrica, podía entender el atractivo de la aplicación. También podía ver una botella de vino y a Abi y a Cass consiguiendo que este juego fuera mucho más divertido de lo que me parecía en aquel momento.

—No tienes que hacer nada —me confirmó David—. Aunque ellos te envíen un mensaje, puedes eliminarles de tus «me gusta» y así no podrán ponerse en contacto contigo. Algo que probablemente deberías hacer, por si acaso resultan ser unos estúpidos.

—¿Qué quieres decir? —le pregunté, bajando la mirada hacia el amable rostro de Bob.

—Algunas personas se toman una falta de respuesta de manera demasiado personal —respondió David—. He oído decir que pueden llegar a mostrarse un tanto irascibles y, por ejemplo, enviarte una fotografía de su pene.

—¿Lo has oído decir?

David se encogió de hombros y desvió la mirada.

—No quiero ver penes que no haya pedido —me quejé—. ¿No hay una aplicación para eso? ¿No hay ninguna forma de bloquearlos?

—Invéntatela y te harás millonaria —saltó de la tapia y me dirigió un pequeño saludo—. Por mucho que me guste estar aquí sentado y dedicar toda la tarde a fantasear sobre posibles novios, tengo trabajo que hacer. A diferencia de otras.

Me despedí de David con la mano, sin ninguna prisa por abandonar mi soleado rincón en el jardín.

Presioné uno de los botones del teléfono para ver la hora, pero, en vez de encontrarme con la hora y una fotografía de Daniel Craig acurrucado a los pies de mi cama, vi una notificación de Tinder.

Henry y tú os gustáis. ¿Por qué no le saludas?

Me quedé mirando fijamente la pantalla hasta que se oscureció. David tenía razón, aquello solo era una caricia para el ego. No significaba nada. Aquello era lo divertido de Internet: nada era real. Solo que, en alguna parte, dentro de un radio de cuarenta kilómetros a la redonda, había un hombre alto, con barba, llamado Henry, que había visto mi fotografía y al que no le disgustaba mi aspecto. Pero yo no tenía la menor idea de si aquello también había sido un intento de reforzar su ego en el patio trasero de su oficina o de si se trataba de algo serio, del intento de una persona por buscar el amor en donde no debía, de la búsqueda de un alma gemela a través de un toque de pantalla en una cafetería bohemia mientras se tomaba su tercer expreso del día y escribía poesía en su libreta Moleskine con una pluma heredada de su abuelo. O, en fin, de cualquier otra cosa.

Y la verdad era que no me importaba.

Adam y yo nos habíamos conocido en el supermercado. Él estaba allí con su padre y yo había ido a comprar tampones y papel higiénico, pero había terminado llevándome a casa dos botellas de vino y una bolsa de manzanas. Sabía quién era él, por su puesto. Prácticamente, desde que se había mudado a la casa de sus abuelos había estado vigilando como un halcón en la distancia a aquel hombre alto y atractivo al que Abi había apodado como «Yeti», y al que siempre habíamos creído casado. Pero al final había resultado que no estaba casado, era un hombre soltero. Un hombre dulce, encantador y muy divertido. No era una historia digna de ser contada a los nietos: el abuelo había conocido a la abuela en el pasillo de la pasta del Tesco local, pero, siendo realistas, ¿cuánta gente disfrutaba de grandes momentos románticos en su vida? Y, de aquellos que lo hacían, ¿cuántos terminaban con aquella persona? Mis abuelos se habían conocido en el colegio, mi madre y mi padre en un baile en el pueblo. De modo que, aunque no podía decir que hubiera imaginado nunca que encontraría al hombre de mis sueños hablando de una caja de pasta, en estos tiempos, la cosa podía haber sido mucho peor.

CAPÍTULO 14

Me senté en mi banco de carpintero y clavé la mirada en el teléfono, deseando que sonara. Liv había dicho que podía llamarla, pero ni yo la había llamado ni ella me había llamado a mí. No porque no quisiera hacerlo, sino porque no sabía qué demonios le iba a decir.

«¡Hola, amor! Me estaba preguntando si has decidido ya si quieres seguir conmigo? ¿No? Vale, no importa, como tú digas». Era martes, solo habían pasado tres días desde la última vez que la había visto, pero tenía la sensación de que había pasado una eternidad. Era la vez que más tiempo habíamos pasado separados desde la despedida de soltero de Chris. Y en aquella ocasión estaba tan borracho que ni siquiera me acordaba de que la había llamado a las cuatro de la mañana y le había cantado el *Fix You* de Coldplay a su contestador. Había tenido que llamar varias veces para completar toda la canción. Si no me resultara tan vergonzoso, habría sido impresionante.

Había estado más ocupado de lo habitual. Todo en mi vida parecía haberse extendido para llenar los huecos dejados por mi relación en espera, pero cada vez que miraba el teléfono, me entraban ganas de pegar un puñetazo a algo y de ponerme después a llorar.

Dicen que la paciencia es una virtud, pero tener que estar esperando a que tu novia decida si todavía quiere seguir siendo tu novia o no era una prueba para la que no estaba preparado.

—A estas alturas podrías estar comprometido —me recordé a mí mismo, mientras almacenaba diferentes muestras de madera sobre mi banco en una triste y solitaria partida de Jenga. Se suponía que Jim Campbell, el propietario de Camp Bell y mi jefe a todos los efectos, tenía que venir a elegir la madera para el bar—. Y entonces no tendrías estos problemas. Pero no, tenías que fastidiarlo, ¿verdad? Tú eres el único responsable de todo esto, imbécil.

—Dicen que empezar a hablar con uno mismo es la primera muestra de locura.

Me volví y me encontré con una mujer alta, de pelo oscuro, que se dirigía por el camino de la entrada hacia el taller. El sol brillaba con fuerza tras ella, cegándome y ocultando sus rasgos, pero no necesitaba verle la cara para saber que no nos conocíamos. Era una mujer a la que uno no olvidaría.

—En realidad estaba hablando con las voces que suenan en mi cabeza —contesté, limpiándome las manos en los vaqueros y entrecerrando los ojos para verla mejor. ¡Santo Dios!—, así que no tienes por qué preocuparte.

—¿Ah, no? —la iluminación cambió cuando entró en el taller. Ella se puso un par de enormes gafas de sol en la cabeza y me dirigió una sonrisa cegadora—. ¿Y qué dicen esas voces?

Era maravillosa. No podía decirse que fuera mona, o guapa. Aquella mujer era una auténtica belleza. Podría habérmela imaginado en las páginas de la revista que escondía debajo de la cama, pero no estaba preparado para encontrármela delante de mí, en mi taller. Tenía un pelo larguísimo que descendía liso por su espalda, unos ojos enormes y unos labios provocativos como los de Angelina Jolie que incitaban a pensar todo tipo de cosas terribles. Incluso con playeras, era casi tan alta como yo y ni siquiera la camisa a cuadros, que parecía salida del suelo de mi dormitorio, podía disimular las curvas de su cuerpo. Era una chica diez. Una mujer imposible de olvidar.

—Uhhh —me levanté a toda velocidad, tirando la torre de piezas de madera y observándolas desparramarse por el suelo. Genial—. Suelen decir cosas relacionadas con aperitivos. Pringles, Kettle Chips y Hula Hoops casi siempre.

—Las mías también —confesó, inclinando la barbilla hacia delante y mirando hacia el suelo antes de alzar sus enormes ojos hacia mí—. Cuando no me están diciendo que envenene al reparto de *Coronation Street*.

—¿Ah, sí? —contesté, añadiendo una risa forzada que pareció hacerla sonreír—. No puedes matar a Ken Barlow. Mi padre se llevaría un disgusto muy serio. ¿No puedes empezar con el reparto de *Emmerdale* y ver cómo van las cosas a partir de ahí?

—Supongo.

La chica me tendió la mano y yo la tomé, intentando estrechársela de una forma perfecta. Ni demasiado fuerte, ni demasiado flojo ni demasiado tiempo. No podía hacer nada para evitar el sudor de las manos, pero la culpa era solo suya. Era imposible hacer nada al respecto.

—Eres Adam, ¿verdad? Yo soy Jane.

Jane. ¿Conocía a Jane? Desde luego, ella me miraba como si conociera a Jane. ¡Ay, mierda! La mano me seguía temblando.

—¿Adam Floyd? Soy Jane Campbell, de Camp Bell, el bar —arqueó una ceja y miró alrededor del taller—. Se suponía que tenía que venir hoy.

—¡Ah, sí, por supuesto, Jane, la del bar! —me obligué a salir del trance provocado por aquel bellezón, ignorando el coro de voces celestiales que resonaba en mi cabeza y asentí repetidas veces.

—Jane, había perdido por completo la noción del tiempo. Pero estaba esperando a Jim.

—Sí, mi hermano no ha podido venir —contestó ella mientras se quitaba una cazadora de cuero y se sentaba a horcajadas en mi banco—. Lo siento, se supone que mi hermano debería haberte llamado para avisarte de que venía yo en su lugar.

—No hace falta que te disculpes —dije yo, aclarándome la garganta—. Me parece perfecto. Tengo aquí las muestras de madera. Vamos a elegir.

—¿Son esas las muestras? —señaló los bloques de madera esparcidos por el suelo del taller.

—Sí, son esas.

Sin necesidad de añadir mi inventario de muestras, que no podía ser más profesional, tirado por el suelo del taller, aquel lugar estaba hecho un desastre. No para mí, por supuesto. Para mí era perfecto. Pero en cuanto Jane puso un pie en el taller lo vi a través de los ojos de una mujer y, a través de los ojos de una mujer, era una pocilga. Mi sistema de clasificación consistía básicamente en colocar las cosas en un lugar «en el que estuvieran a salvo», lo cual significaba que tenía documentos por todas partes, sujetos por herramientas que, por supuesto, no estaban en sus respectivos receptáculos, y había latas de Coca-Cola vacías por todas las superficies. Era un caos creativo que yo consideraba inspirador. O, por lo menos, eso era lo que le decía a cualquiera que se quejara de aquel desorden. Pero no era lo más adecuado para una visitante que me había contratado para construir un gran, bonito y caro mobiliario para su bar.

—Ese me gusta —dijo, tocando un taco de madera de cerezo pulida con la punta de su Converse azul marino. Llevaba unas Converse a juego con las mías—. Ya está.

—¿Así de fácil? —me agaché para recogerlo, recorriendo accidentalmente con la mirada su larga y esbelta pierna. Me encantaban unas buenas piernas. La culpa la tenía mi madre por haberme hecho ver concursos de baile de salón cuando era pequeño—. ¿No quieres que te presupueste también otras opciones?

—¿Por qué? —Jane sostuvo en la mano el taco y lo giró entre sus dedos, inspeccionando cada centímetro.

—¿Por si a Jim no le gusta, por ejemplo? —sugerí—. ¿O por si se sale del presupuesto?

—Estoy segura de que no me lo habrías enseñado si se saliera del presupuesto —se limitó a contestar—. Y si a Jim no le gusta, debería haber venido él a elegir la madera.

Aquella mujer era una diosa. Yo no solía ser tan inútil cuando me encontraba delante de una mujer atractiva, pero aquella mujer había dejado mis habilidades sociales a la altura de las de una chuleta de cerdo.

—No quiero ser grosera, pero la verdad es que me gustaría utilizar el cuarto de baño —dijo Jane, quitándose las gafas del pelo y guardándolas en el bolsillo de su cazadora—. ¿Puedo utilizar tu cuarto de baño?

—Aquí no tengo cuarto de baño, pero hay tres en la casa —contesté, sin preguntarme en ningún momento qué aspecto tendría Jane estando desnuda—. Por supuesto, no lo digo por presumir ni nada parecido.

—Tres cuartos de baño —silbó y se levantó, con cada una de sus largas piernas en sendos lados del banco—. Indíqueme el camino, lord Floyd.

—Si tienes suerte, a lo mejor hasta conecto el hervidor de agua —le dije.

Apreté con fuerza el taco de madera y aparté cualquier pensamiento inapropiado de mi cabeza.

Durante cuatro segundos apenas.

—Soy la chica más suertuda del mundo —respondió Jane, siguiéndome de cerca—. ¡Qué caballeroso!

Sí, me dije a mi mismo mientras ponía un pie delante del otro, sin dedicar un solo pensamiento a lo que se escondía bajo aquella camisa ancha de cuadros. Qué caballeroso.

—Tengo esto hecho un desastre —abrí la puerta de la cocina y deseé que les salieran piernas a los platos y las tazas sucias para que pudieran esconderse ellos mismos en el armario. Si les abandonaba durante un día más, había muchas probabilidades de que llegaran a desarrollar su propia civilización—. No soy muy buen amo de casa.

—¿Y tu señora no lava los platos?

Jane curvó los labios mientras agarraba el libro que tenía en la mesa del desayuno y leía la cubierta. Yo no podía haber elegido un día peor para estar leyendo *El secreto*.

—El libro no es mío y no hay ninguna señora —respondí sin pensar—. Quiero decir que no estoy casado.

No era mentira. No estaba mintiendo.

—Yo diría que esta casa necesita un toque femenino, pero mi piso está mucho peor —contestó ella, mirando a su alrededor sin dejarse impresionar—. ¿Por dónde?

—En el segundo piso a la izquierda —le dije, señalando el pasillo. Apenas utilizaba aquel cuarto de baño, así que estaba bastante seguro de que Jane estaría a salvo—. Debería de haber papel higiénico, pero, si no lo encuentras, grita.

—Sí, señor —hizo un breve saludo y se alejó por el pasillo—. Puedes ir preparando el hervidor. Estoy seca.

—Solo es una taza de té —musité mientras llenaba el hervidor con agua del grifo. La Brita llevaba días vacía—. Estoy preparando una taza de té para una cliente que ha hecho un largo viaje para venir a elegir la madera para el bar por el que me van a pagar. Es lo menos que puedo hacer, es una cuestión de educación.

Y no podía decirse que yo no fuera educado. Alcé la mirada para ver mi reflejo en el espejo de la cocina y me alisé el pelo mientras el agua desbordaba el hervidor. Qué pintas. Necesitaba un corte de pelo. Un corte de pelo y, tras un rápido olfateo a mis axilas, por lo menos tres duchas. Aquel era uno de los problemas de trabajar solo en casa. Había conseguido vestirme con ropa de calle aquella mañana, pero no me había molestado en ducharme. ¿Qué sentido tenía cuando iba a terminar hecho un asco después de pasar el día trabajando en el taller? A falta de una mejor alternativa, saqué una lata de Febreze de debajo del fregadero y me rocié el ambientador absorbe—olores bajo los brazos.

—Tienes un bonito material de lectura en el baño —comentó Jane mientras entraba en la cocina frotándose las manos en la parte trasera de los vaqueros—. ¿Estás pluriempleado como veterinario?

—¿Qué? —me volví, tirando una taza limpia al no tan limpio suelo.

—Hay siete ejemplares de *Veterinary Times* en el cuarto de baño —se sentó a la mesa de la cocina y recorrió la habitación con la mirada antes de posarla en mí—. Una afición interesante.

—Mi novia es veterinaria —dije en un tono inexpresivo.

Ya estaba. Acababa de decirle a una mujer espectacular que tenía novia. Era obvio que me merecía alguna clase de recompensa kármica.

—¡Genial! —contestó. Pero el brillo de sus ojos se suavizó de forma muy ligera—. Debe de ser difícil vivir con una veterinaria, con todas esas llamadas a media noche.

—No vivimos juntos —le expliqué—. Y ahora nos hemos dado una especie de descanso.

Había alguna posibilidad de que con aquella respuesta hubiera perdido algunos puntos del karma.

—Parece una situación complicada —contestó Jane, apoyando los codos en la mesa y dirigiéndome una compasiva sonrisa.

Podría haberme engañado a mí mismo, pero estaba convencido de haber visto un brillo en sus ojos.

Me apoyé contra el fregadero, tamborileando los dedos contra la fría cerámica, y la imaginé sentada en esa misma mesa al día siguiente, vestida con uno de mis jerséis y un tanga. Era una terrible desgracia ser hombre.

—Son cosas que pasan —me volví mientras mi rápido hervidor borboteaba y consideré la posibilidad de hundir la mano en el agua—, no te preocupes.

—¡Oh, no estoy preocupada!

Sin verle la cara, aquella era una respuesta que podía ser interpretada de un millón de formas diferentes.

—¿Cuánto tiempo llevas diseñando bares? —me preguntó

mientras yo vertía el agua hirviendo sobre dos bolsas de té y hacía tiempo buscando una jarrita para la leche en el armario.

Técnicamente, la leche había caducado, pero un disimulado olfateo me indicó que todavía estaba buena y, además, al servirla en una jarrita nadie podría ver la fecha de consumo preferente.

—Casi seis años —contesté.

La jarra de leche y el azucarero encima de la mesa. Facturas, periódicos gratuitos y la maldita e inútil lectura veraniega de Liv extendida sobre una silla vacía.

—Hice un curso de iniciación a la carpintería de un año y estuve de aprendiz durante otros tres. En noviembre hará dos años que monté mi propio taller.

Sostuve una taza de té, envolviendo la loza al rojo vivo con mi mano, y se la ofrecí a Jane por el asa. La caballerosidad no había muerto: había hombres vivos y coleando, y desfigurados, con buenos modales a lo largo y a lo ancho de las Midlands del Este.

—¿Siempre has sabido que querías dedicarte a ello? —añadió leche a su taza mientras yo apretaba los dientes y rezaba para que me quedara al menos un poco de piel en la palma—. ¿Eras el mejor de tu clase en carpintería? ¿Te dedicabas a montar cabañas en los árboles en tus ratos libres?

—En realidad no dábamos carpintería en el colegio —me senté en el otro extremo de la mesa, manteniendo una distancia respetable—. Pero de pequeño me encantaba construir cosas. Solía venir aquí en verano y trabajaba con mi abuelo en el taller. Él también hizo sus pinitos... De hecho, fue él el que construyó esta mesa.

Jane inclinó la cabeza y sonrió mientras deslizaba los dedos a lo largo de la vieja madera.

—¿No tienes un posavasos? —me preguntó mientras levantaba la taza de té antes de darle un sorbo—. Me siento fatal. Esta mesa forma parte de la herencia familiar.

—No. Mi abuelo construía objetos para que fueran utilizadas, objetos que mejoran su aspecto cuando se usan para vivir

—metí la mano bajo la mesa y la hundí en la A que había grabado en ella con el compás de Chris veinticinco años atrás—. Esta mesa ya tiene más manchas de té que vetas de madera.

—¿Entonces esta era la casa de tus padres? —preguntó Jane—. Qué guay.

—Sí —contesté con una sonrisa sincera—. Se la dejaron en herencia a mis padres y ellos me la dieron a mí. El taller ya estaba, así que era perfecta para empezar.

—Tienes suerte de tener una familia que te apoye —se recogió toda su larga y oscura melena y la dejó caer sobre su hombro—. Nuestros padres no se pusieron muy contentos cuando les dijimos que queríamos abrir un bar.

—En mi caso tampoco fue fácil —le aseguré. No hacía falta entrar en detalles. Estaba disfrutando de verme a mí mismo como Adam, el maestro artesano, y no como Adam, el estudiante de Derecho fracasado—. ¿Y cómo se os ocurrió abrir un bar?

Se encogió de hombros y arrugó la nariz al mismo tiempo mientras tamborileaba con sus uñas cortas y brillantes contra la taza.

—Jim y yo estudiamos Empresariales —contestó—. Y en la asociación de estudiantes yo siempre estaba detrás de la barra. La mayor parte de la gente no me cree, pero era mi actividad favorita, y cuando me gradué, comencé a trabajar en una gran compañía de *marketing* como parte de un programa para recién licenciados y lo odié. Jim se fue y estuvo trabajando en los Estados Unidos durante un par de años. Fue él el que regresó con la idea de montar un bar temático, como si fuera un campamento de verano. En cuanto empezamos a perfilarla, ya no fuimos capaces de pensar en otra cosa.

—Lo comprendo totalmente —le dije.

Resultaba casi excesivo. ¿Cómo era posible que una mujer fuera tan maravillosa y tan genial al mismo tiempo?

—Yo pasé por algo parecido. Lo más difícil fue tomar la decisión —le expliqué.

—¡Ja! ¡Ojalá eso hubiera sido lo más difícil! Para nosotros la parte más difícil ha sido encontrar el dinero —soltó una carcajada.

Tenía una mella diminuta en una de las palas y, aunque tenía la piel mucho más morena que la de Liv, se distinguía una peca diminuta con la forma de una moneda de cincuenta peniques en la mejilla. Deseé lamerla.

—Pero Jim y yo siempre hemos sido muy ahorradores y Jim consiguió encontrar un par de inversores en la empresa en la que trabajaba.

Cuando cambió de postura en el asiento, vislumbré la mera insinuación del encaje negro bajo la camisa de cuadros y al instante sentí la mera sugerencia de una erección bajo mis pantalones mugrientos.

—¿Y tú no encontraste a ningún inversor en tu antiguo trabajo? —pregunté, terminando la pregunta en un tono más agudo—. ¿No había ningún ricachón en la oficina?

—Me sorprende haber sido capaz de aguantar en mi trabajo tanto tiempo como lo hice —Jane se llevó las manos a la cara, escondiendo una sonrisa de vergüenza—. Era pésima, y trabajaba de camarera un par de noches a la semana para poder pagar cuanto antes el crédito de estudios. Y considero justo reconocer que estaba más comprometida con un trabajo que con el otro.

Estaba intentando no mirarla fijamente, pero no me resultaba fácil. La erección iba y venía, pero estaba ocurriendo algo más. Comprendía todo lo que Jane me estaba diciendo; así era, exactamente, como yo me había sentido con la carrera de Derecho. Aquello no era lo mismo que estar sentado enfrente de una mujer en el autobús preguntándote por su ropa interior. Era algo más profundo. No estaba pensando solamente con el pene y no estaba seguro de cómo sentirme.

—Sí, debería haber dejado el trabajo y haberme dedicado al bar a tiempo completo —dijo—. Pero todo el mundo tenía algo que decir, ¿sabes? Como si no fuera digno de mí trabajar en un bar después de haber hecho una carrera. Pero es una estupidez. A uno le gusta lo que le gusta.

Agarré una cucharilla y la giré en mis manos intentando distraerme. «Cucharilla, cucharilla, cucharilla, cucharilla». Si la repetía suficientes veces, la palabra perdía todo su significado.

—¿Te han dicho alguna vez que eres muy sabia? —le pregunté.

—No —contestó—. Cuando dejé el trabajo, mis padres me acusaron de ser una vaga y mi novio rompió conmigo. Así que no, nadie me lo ha dicho nunca.

—Pues eres una mujer muy sabia —le aseguré.

«Cucharilla, cucharilla, cucharilla».

Por un momento, nos sonreímos a través de la mesa la cocina y el aire pareció espesarse, y al mirarla pude ver los rayos del sol y el arcoíris, y a nosotros dos retozando por una pradera de hierba fresca. ¡Un momento! Aquello podía ser resultado del ambientador.

—Me alegro de haberte encontrado.

Jane se estiró los puños de la camisa sobre las manos, mostrando accidentalmente unos centímetros de sujetador y ya no hubo suficientes cucharillas en la tierra como para ayudarme. Aquella era una injusticia total. Yo trataba bien a los animales, ayudaba a las ancianas a llevar las bolsas de la compra y nunca había robado nada más importante que una bolsa de Monster Munch. ¿Por qué me estaba poniendo a prueba el universo?

—Por el bar, quiero decir —añadió—. Me alegro de haberte encontrado para montar el bar. Y de que nos enviaras tu propuesta. El diseño era genial.

—Yo también me alegro —contesté, agarrando la cucharilla y golpeando con ella el lateral de la taza—. Últimamente he tenido unos trabajos horribles. Es agradable contar con algo en donde pueda ejercitar un poco el músculo de la creatividad.

—¿Ah, sí? —volvió a curvar los labios en una sonrisa—. Supongo que el proceso de construcción de un bar requiere algo más que el músculo de la creatividad.

—¡Oh, sí! —repetí, doblando el bíceps—. Si quieres verlas, estas son mis herramientas.

—Impresionante —contestó ella, riendo otra vez.

Me gustaba ser capaz de hacer reír a alguien. Teniendo delante a aquella belleza de mujer que me consideraba divertido, no era capaz de recordar la última vez que había hecho reír tanto a Liv. Tenía la mente en blanco.

—Me quedaría a seguir contemplándolas, pero la verdad es que debería irme.

—De acuerdo.

Me levanté en cuanto se incorporó ella y me ajusté la parte delantera de los pantalones mientras Jane se ponía la cazadora de cuero y jugueteaba con su melena. Me pregunté a qué olería su pelo. Me pregunté a qué olería ella. Cerré los ojos e imaginé cómo olería su nuca a primera hora de la mañana, antes de que se hubiera metido en la ducha.

«Cucharilla, cucharilla, cucharilla, cucharilla».

—Te acompaño —le ofrecí, dejando las tazas en el fregadero y metiendo las manos bajo el agua fría—. Supongo que quieres salir antes de la hora punta.

—Sí —asintió—. Si los dioses del tráfico me son favorables, estaré en casa alrededor de las cuatro.

—Rezaré por ti —abrí la puerta, la sostuve abierta y bajé la mirada hacia su trasero cuando pasó por delante de mí.

Algo absolutamente innecesario.

—Qué considerado —respondió, buscando en el bolsillo las llaves del Mini Cooper que había aparcado delante de mi casa—. Mañana tengo que volver por esta carretera. Si vas a estar por aquí, me encantaría parar para conocer la zona.

—No es probable que ande muy lejos —dije, anticipando mentalmente mis progresos—, Tengo que ir a la serrería por la mañana a encargar madera. Si la tienen, podré ponerme a trabajar, pero no creo que haya mucho que ver.

—¡Ah! —se quedó mirándome un momento antes de ponerse las enormes gafas de sol que había vuelto a colocarse en la cabeza. Su coche pitó dos veces cuando desbloqueó la puerta del asiento del conductor—. De acuerdo.

—Lo que quiero decir es que si quieres pasar a tomar una taza de té estaré encantado —dije mientras se alejaba—. Pásate por aquí de todas formas.

Jane se detuvo al lado del coche, volvió a colocarse las gafas de sol en la cabeza y me dirigió la más grande y radiante de las sonrisas. Yo le devolví una reducida e incómoda versión mientras mi cerebro y mi erección discutían sobre cuál de los dos estaba guiando mis decisiones.

—Entonces te veré mañana —se acercó de nuevo a mí y me plantó un beso con aquellos labios llenos en la mejilla, posándolos durante el tiempo suficiente como para que comenzara a cosquillearme la oreja—. Vendré a por esa taza de té.

Mierda. Su pelo tenía un olor increíble.

—Tendré conectado el hervidor —retrocedí dos pasos y alcé la mano con un gesto que se pareció más a una amenaza con la mano mortal de los vulcanos que a un adiós.

La observé mientras se alejaba por el camino de la entrada, memorizando el número de su matrícula y archivándolo junto al sujetador de encaje negro, la pala mellada y la imagen de sus largas piernas alrededor de mi cintura. Mi mano había bajado sobre mi entrepierna para disimular cualquier actividad por parte del pequeño Adam mientras fijaba la mirada en el espacio en el que había estado su coche. No había la menor duda, mi cerebro ya no tenía el control sobre las SS Adam Floyd.

CAPÍTULO 15

Estaba sentada en el coche, delante de casa de Adam, toqueteándome el pelo y mirándome por el espejo retrovisor. Estaba demasiado ahuecado, demasiado rizado. Les había pedido que me lo alisaran, pero no podían evitarlo, siempre tenían que terminar rizándolo de una forma ridícula por las puntas. Parecía la Barbie veterinaria; lo único que me faltaba era el fonendoscopio. En realidad, me habría encantado llevarlo. El corazón me palpitaba y me gustará poder escucharme el pulso.

—Todo va a salir bien —me aseguré a mí misma a través del espejo retrovisor—. Solo vamos a tener una conversación agradable.

Una conversación agradable en la que le contaría todo: que Cassie había desvelado antes de tiempo lo del compromiso, lo estresada que había estado yo esperando su propuesta, el miedo que me daba hacerme cargo de la clínica, la sensación de haber perdido por completo el control de mi propia vida y el terror a despertarme de pronto y descubrirme con ochenta años, sola e incontinente sin tener la menor idea de cómo utilizar el último Smartphone. Y cómo le echaba de menos cada día desde que habíamos vuelto de vacaciones, cómo necesitaba su apoyo más que ninguna otra cosa en el mundo. Un buen polvo también, pero, sobre todo, que volviera conmigo y que todo lo demás se fuera al infierno. Quizá después pudiéramos comenzar de nuevo y yo pudiera dar respuesta a la mitad de las tonterías que se cruzaban por mi minúsculo cerebro.

Abrí la puerta del coche y salí. Las piernas me temblaban más de lo que me habría gustado. Había un coche en el camino de entrada a la casa de Adam, un Mini Cooper verde oscuro que no reconocí. Antes de que pudiera espiar por las ventanas, vi a Adam y a una mujer morena y alta saliendo de su casa y dirigiéndose hacia el coche. Me pegué entonces contra la puerta de la casa de al lado. Si era una de sus clientes, no quería molestarle. Teníamos cosas serias de las que hablar, y después una seria sesión de sexo de la que disfrutar, y para hacer ambas cosas hacía falta tener la cabeza clara y un poco de concentración.

Um. Adam parecía estar muy contento para ser un hombre que estuviera recibiendo a una cliente. Miré con los ojos entrecerrados, intentando enfocar mis lentes de contacto, que tenían ya tres días. Era curioso que Adam no me hubiera comentado que había conseguido un encargo de una modelo de Victoria's Secret. Volví a mirar a Adam y fruncí al ceño al ver su estúpida sonrisa.

—Solo es una reunión —me aseguré a mí misma—. Tiene reuniones continuamente.

Siguieron charlando delante del Mini verde mientras yo examinaba las puntas repeinadas de mi pelo. Por muchos tutoriales que viera, jamás sería capaz de conseguir un pelo tan sexy y natural como aquel. Si intentaba rizármelo con la plancha, parecía como si Sweeney Todd, el barbero diabólico, hubiera estado conmigo utilizando un rizador. Cuando intentaba hacerme algún bucle, terminaba con un aspecto ridículo. Pero su pelo era perfecto. Su trasero era perfecto. Sus piernas eran perfectas. No podía verle bien ni los senos ni la cara, pero, incluso en el caso de que estuvieran por debajo de su media, continuaba siendo la mujer más atractiva que había visto con mis propios ojos. Yo me había embutido en mis vaqueros más ceñidos porque sabía que a Adam le gustaban, pero los de aquella mujer eran tan estrechos que parecían una segunda piel. Debían de estar clavándosele en la vagina y, cuando levantó los brazos para despedirse, vi que asomaba la tira de un tanga por la cintura.

La muy zorra.

Respiré despacio mientras ella caminaba hacia el coche y desbloqueaba la puerta.

—Sí, ya va siendo hora de que te vayas —musité.

Conseguir una mejor vista de su parte delantera no me ayudó a sentirme mucho mejor. Me coloqué el pelo detrás de las orejas y sacudí el bolso intentando hacer el menor ruido posible para buscar el lápiz de labios. Estaba acercando la barra a mis labios cuando aquella mujer se detuvo, volvió junto a Adam, le rodeó el cuello con los brazos y le besó.

—Mierda —susurré mientras se me pegaba el pelo al brillo de labios—. Mierda, mierda.

Y, durante lo que me pareció una eternidad, la misteriosa mujer de Adam se apartó y regresó a su coche mientras él permanecía donde estaba, arqueando las cejas y diciéndole adiós. Y entonces ella desapareció. Durante unos segundos, Adam continuó clavado donde ella le había dejado. Clavado en su sitio y agarrándose la parte delantera de los pantalones como si estuviera a punto de tener un accidente. O quizá como si lo hubiera tenido.

La cosa no fue como la contaban en las películas. Las rodillas no me flaquearon ni las piernas se me convirtieron en gelatina. Sencillamente, dejaron de funcionar. Estaba de pie y, de pronto, me descubrí doblándome sobre mí misma y sentada en el frío y sucio suelo. El seto perfectamente podado que circundaba la casa de su vecino se clavó en mi rizada cabeza mientras sacaba el teléfono del bolso.

¿Qué era eso? ¿Qué significaba? Solo habían pasado dos días desde que Adam se había presentado en mi casa para suplicarme que acabáramos con aquella separación. ¡Dos días!

—Hola, ¿qué pasa?

Abi contestó al primer timbrazo.

—Acabo de ver a Adam besando a otra mujer y ahora estoy escondida detrás de un seto y no sé qué hacer.

—¡No me digas! —exclamó—. ¿Qué ha pasado exactamente?

—Estoy en casa de Adam —le expliqué, reviviendo la escena una y otra vez en mi cabeza—. Y acabo de ver salir de su coche a una Angelina Jolie de dos metros y medio de altura con pinta de modelo de ropa interior. Y le ha besado antes de irse.

—Muy bien, antes de empezar, ¿qué es lo que estás buscando? —me preguntó Abi—. ¿Quieres que me indigne, que amenace con arrancarle la polla y cosérsela a la frente como si fuera un unipollo o prefieres que cuestione la exactitud de lo que has visto?

—¡Lo he visto! —me mecí hacia delante y hacia atrás, enredando mi pelo en las rasposas ramas—. ¡Lo he visto con mis propios ojos! Y, por cierto, diez puntos por lo del unipollo.

—Liv, para empezar, quienquiera que sea no puede medir dos metros y medio y dudo mucho que Adam esté paseándose por su casa a las tres de la tarde con una modelo de ropa interior —contestó—. Teniendo todo eso en cuenta, ¿quieres hacer el favor de tranquilizarte y contarme exactamente lo que has visto?

—A veces te odio —repliqué, moviendo los dedos de los pies y frotando los nudillos contra mis inútiles rodillas.

—No te enfades conmigo por intentar ser lógica —me pidió Abi—. Si prefieres una reacción histriónica, deberías haber llamado a Cass.

—Me estás sirviendo de mucha ayuda —arranqué unas ramitas del seto y las rompí en una docena de trocitos diminutos—. Pero es verdad que era una mujer maravillosa y le ha besado. A lo mejor no le ha metido la lengua en la garganta, pero, ¡Dios mío, Ab!, deberías haber visto la cara que se le ha quedado a Adam cuando ella se ha ido

Y aquello era lo que más me dolía. No el que estuviera tan buena, ni que le besara, ni la naturaleza sobona de su despedida. Era la expresión de Adam, que se había quedado como si le hubiera tocado la lotería el día de su cumpleaños y James Bond hubiera ido a entregarle el dinero en el Coche Fantástico.

—Liv, voy a sugerir algo que puede resultar controvertido en este momento —me avisó Abi—. Ve a hablar con él.

—Sí, claro —me burlé—. Iré a hablar con él, tendremos una conversación entre adultos y todo se arreglará.

—¿Por qué tengo la sensación de que no te lo estás tomando en serio? —me preguntó, chasqueando la lengua—. Ve y habla con él de una maldita vez.

—«Perdona, Adam, sé que dije que necesitaba un par de semanas para aclararme, pero tú fuiste el primero que lo propuso, así que no puedes estar enfadado conmigo y, solo por curiosidad, ¿quién era esa mujer despampanante que te estaba besando al final del camino de tu casa hace un minuto? Me encantaría preguntarle dónde le han hecho ese peinado».

—¿Tenía el pelo bonito? —preguntó Abi—. ¿Y qué ropa llevaba?

—¡Claro que tenía el pelo bonito! —grité—. Era perfecta. ¡Hasta a mí me gustaba! Y llevaba vaqueros. Unos vaqueros muy, muy ceñidos.

Abi suspiró en el teléfono y llegó hasta mí el delicado sonido de su suspiro.

—Liv, ve a hablar con él —volvió a repetir—. Todavía estás ahí, ¿verdad?

—Sí —contesté, mirando hacia los dos lados de la calle—. Pero no sé si puedo. Estoy asustada.

—Pues no lo estés. Ve a hablar con él y después llámame. Estoy en el laboratorio, pero tengo al lado el teléfono y, si no te contesto, te devolveré la llamada en cuanto pueda.

Carrie Bradshaw nunca tenía ese problema, pensé para mí. Sus amigas siempre contestaban al primer timbrazo. Era un poco raro si pensabas en ello; todas tenían trabajos importantes, así que, ¿cómo era posible que contestaran siempre al teléfono? Sí, aquel podía ser otro motivo a añadir a la columna de motivos para abandonar Long Harrington y comenzar una nueva vida como columnista del sexo en Nueva York.

—De acuerdo —dije, palmeando el pavimento con la palma de la mano.

Era capaz de hacerlo. Todo iba a salir bien. Se trataba de Adam, por el amor de Dios. Seguro que había una explicación.

—Ahora mismo voy. Te llamaré dentro de un momento. ¿En qué estás trabajando ahora?

—En los efectos de la melanina en la inmunidad humoral con y sin ácido cianúrico —contestó—. Vamos, Liv, a por él.

Lo único que tenía que hacer era levantarme, caminar hasta la puerta de Adam y mantener una conversación. Habíamos tenido conversaciones casi a diario durante tres años, ¿por qué aquella me resultaba mucho más difícil que todas las demás? Dos semanas atrás, me habría plantado en su puerta, habría lanzado algunas amenazas sin especificar sobre la vida de aquella mujer y ya me habría hecho una taza de té.

Tras revisarme en busca de algún rastro de excremento perruno, cuadré los hombros y me dirigí hacia el camino de entrada a la casa de Adam. Quedaban huellas de los neumáticos del Mini en la hierba y el barro. Siempre me habían gustado los Minis. Mierda. A mí me gustaban los Minies y a ella le gustaba mi novio, así que teníamos muchas cosas en común, dejando de lado que ella era morena y yo rubia, ella medía cerca de un metro ochenta y yo poco más de un metro sesenta y, normalmente, no llevaba tanga en un martes como cualquier otro. Bueno, quizá ella tampoco. A lo mejor ella solo se ponía el tanga cuando sabía que iba a tener suerte.

Me planté ante su puerta con una mano preparada para llamar y las llaves en la otra. ¿Llamaba o entraba sin llamar?

¿Le preguntaba por ella o fingía que no había visto nada? Parpadeé. Las lentillas se estaban secando otra vez. Tenía lentillas en el piso de arriba. Podría ir a buscarlas cuando acabáramos de hablar. Me pregunté por los ojos de la desconocida. Seguro que tenía una visión perfecta y había tirado todas mis lentillas al váter riendo como una histérica mientras se untaba mi Crema Reparadora Avanzada de Noche en todo el cuerpo.

¿Qué era peor? ¿Estar loca o celosa? No podía sentarme a hablar con él hasta que me calmara. Como ya había dejado claro desde el principio de aquel desastre, yo no era Beyoncé. No podía perder los estribos y escribir después un disco increíble sobre lo ocurrido. De manera que di media vuelta, regresé a mi coche y me senté allí, temblando. Respiré con calma, apoyé la cabeza en el volante y cerré los ojos, pero lo único que podía ver era aquel beso. Adam besando a otra mujer. Se suponía que no tenía que besar a nadie, salvo a mí. Él había dicho que no íbamos a salir con nadie, y besar a otra mujer era mucho peor que salir con otra mujer.

«Ve a dar una vuelta», me aconsejó una vocecita interior, apartando la imagen de ellos dos de mi cabeza y reemplazándola con una imagen de las carreteras en el campo abierto, bajo un cielo azul y sin nubes. Conducir me tranquilizaba, siempre lo hacía. Asentí para mí, giré la llave en el encendido y conecté el estéreo. Un Ford Fiesta hizo sonar la bocina tras de mí cuando salí, esquivando a un Mondeo que estaba aparcando y estando a punto de llevarme su espejo retrovisor, pero no podía haberme importado menos. Adele vociferaba en mis altavoces mientras yo salía a la carretera principal, pasando a toda velocidad delante de la oficina de correos, asegurándome que ella era la única del universo que comprendía por lo que estaba pasando.

Y entonces recordé que Adele era una millonaria que tenía un hijo y un hombre que la amaba y que todo lo que estaba cantando era una absoluta y completa estupidez. Arranqué el

cable del iPod y lo tiré todo por la ventanilla abierta, contemplando después cómo desaparecía en una ladera de hierba.
—Maldita Adele —musité, conduciendo a toda velocidad en medio de la nada.

CAPÍTULO 16

—La próxima vez que tomes aire, sube los brazos por encima de la cabeza y después, mientras sueltas la respiración, bájalos y ve flexionándote hasta posar las manos en el suelo, delante de ti.

Sentí un fuerte tirón en alguna parte del omoplato, pero no me atreví a incorporarme para estirarlo.

—Toma aire, estira la pierna izquierda y después, cuando vuelvas a soltar el aire, estira la pierna derecha hasta que se junten.

—¿Mamá?

—¿Adam?

—Creo que me he roto.

—Aspira, estira las caderas hacia arriba y hacia atrás y planta las manos en el suelo, haciendo la postura del perro —contestó.

Yo alcé la mirada entre los codos y la vi paseando alrededor del cuarto de estar, descalza, concentrada en lo que estaba leyendo.

—No te preocupes si no consigues posar las manos en el suelo, concéntrate en el intercambio de energía entre el suelo y tú. Siente cómo entra por tus manos y tus pies mientras los vas separando, cómo se desliza a lo largo de tu espalda y entre tus caderas.

—En realidad no siento nada —me dejé caer en el suelo, abrazándome a mí mismo e intentando estirar lo que quiera que me hubiera roto—. Estoy destrozado.

—¡Ay, cariño! —dejó el papel en el sofá y se arrodilló al lado de mi colchoneta—. ¿Qué te duele?

—Estoy bien —dije, tumbándome boca arriba—. Pero eres muy buena, he llegado a sentirlo antes de caerme.

—Adam, cinco aspiraciones en tu primer saludo al sol y ya estás tumbado y paralizado en el suelo —presionó los pulgares en mi espalda y los hundió en ella—. ¿Esto te ayuda?

—Me duele... ¿eso sirve de algo? —pregunté mientras me apartaba.

Antes de comenzar a prepararse como monitora de yoga, se había sacado un título de masajista, pero, como el triste uno que había sacado en el examen sugería, no se le daba muy bien lo de los masajes. Le había ido mucho mejor como estudiante de ruso. Y aprendiendo a desmontar el motor de un coche. Y tocando la flauta. Como artista del tatuaje no había llegado muy lejos, pero eso podía ser por culpa mía. En algún momento tenía que poner un límite a mi papel como conejillo de indias humano. No quedaban muchas cosas sobre la faz de la tierra que mi madre no hubiera probado y yo siempre la había admirado por ello. Liv le había preguntado en una ocasión los motivos por los que había probado tantos hobbies diferentes y ella la había mirado sorprendida, como si todo el mundo combinara las clases de motocicleta con la elaboración de quesos y el patinaje artístico.

—Durante todo este tiempo he estado haciendo un gran esfuerzo para llegar a ser monitora de yoga, pero estoy empezando a pensar que esto no es para mí —se levantó de un salto, apagó el CD supuestamente relajante y abrió las cortina, bañando la habitación con la luz del sol de media mañana—. No estoy segura de que vaya a conseguir nada.

—¿Tienes alguna otra cosa en mente? —le pregunté mientras la seguía a la cocina.

Me acerqué al bote de las galletas para sacar una.

—He estado informándome sobre ese centro de CrossFit que han abierto en Newark —contestó—. Me gusta la pinta que tiene. Me parece más dinámico que el yoga, más activo. La comunidad de yoga de la zona no es demasiado inspiradora, si quieres que te diga la vedad. No es como cuando estaba en la India.

Le di un mordisco a la galleta y al momento me arrepentí. No sabía de qué era, pero sí de lo que no era. No tenía sabor de ninguna clase. En aquel momento habría dado mi riñón derecho por un Twix.

—Estoy seguro —contesté. Levanté la tapa del cubo de la basura y dejé que las migas de la galleta más decepcionante del mundo cayeran de mi boca—. Pero el CrossFit es muy intenso, mamá. Hay que cargar mucho peso y exige un gran esfuerzo al corazón. ¿De verdad crees que es una buena idea?

—A lo mejor no lo es para tu padre —arqueó la ceja con aquel gesto que sugería que no debería seguir provocándola—. Pero yo estoy en plena forma. Mejor que tú, seguro.

—Desde luego —me eché a reír.

Removió una cucharilla con un polvo verde en un vaso de agua y me lo tendió. Yo me lo bebí a toda la velocidad que pude, procurando no oler ni paladear la porquería que había añadido.

—He estado muy vago desde que volví de México. Debería empezar a correr otra vez.

—¿Sigues corriendo con Liv? —me preguntó mientras bebía feliz un sorbo de aquel limo—. Estoy segura de que ya estará ansiosa por encontrar un vestido de novia. Por lo menos eso es lo que dicen las revistas.

—Um —contesté—. Algo así.

Desde el final del jardín, junto a uno de sus lechos de flores, mi padre me saludó con la mano. Enfundado en un mono, con el sombrero y los guantes, blandió su paleta con orgullo. Mientras mi madre había ido saltando de una afición a otra, mi padre siempre había sido fiel a su único amor: la jardinería. Cuando éramos pequeños, cambiábamos a menudo de casa. Mi padre había sido asesor médico del RAF, pero, tras resultar herido en un accidente de coche, se había jubilado antes de tiempo y se habían ido los dos a vivir al pueblo, para estar más cerca de mis abuelos maternos. Durante los últimos doce años había llegado a desarrollar una muy buena mano para las plantas y tenía que admitir que había hecho un trabajo asombroso en el jardín. No había planta que no fuera capaz de cultivar y, cuando Chris había comprado la antigua rectoría que estaba en el otro extremo del pueblo, había asumido la tarea de arreglarle el jardín. Me pregunté vagamente si Chris estaría enfadado por haber dejado Londres después de que Cass se hubiera planteado el dejar de trabajar. Él se había mudado al pueblo para que ella no tuviera que cambiar de trabajo. Los colegios en Londres no eran seguros, había dicho Chris, y, de pronto, se encontraba allí metido, a dos horas de su empresa, con una casa de campo enorme en un pueblo al que nunca había tenido un especial cariño, ni siquiera cuando veníamos de niños.

—No puedes contarle a tu madre algo así y después pretender que ella espere pacientemente sin hacer preguntas —dijo mi madre mientras mi padre volvía al trabajo—. ¿Cuál es el plan? ¿Piensas pedírselo? Chris dice que ya tienes el anillo.

—Pensaba regalarle la sortija de la abuela —me atraganté y corrí a por otro vaso de agua—. Si te parece bien.

—Me parece más que bien —contestó.

Una triste sonrisa iluminó su rostro, aunque los ojos seguían llenándosele de lágrimas ante la mera mención de su madre. Ya habían pasado siete años desde su muerte, pero los tres habíamos estado muy unidos.

—A la abuela le habría encantado Liv —me aseguró.

—Bueno, no lo sé —bebí un sorbo de agua clara—. No el que le hubiera gustado, que estoy seguro de que sí. Me refiero a todo en general.

Mi madre terminó su poción verde con una exhalación y dejó el vaso debajo del grifo hasta que estuvo limpio. No le gustaba utilizar el lavavajillas, decía que derrochaba energía. Y aquella era la razón por la que mi padre esperaba a que saliera a cualquiera de sus clases para ponerlo y fingir que había lavado él los platos.

—¿Qué es todo en general? —preguntó—. ¿La propuesta de matrimonio? Yo no me preocuparía mucho por eso, lo único que tienes que hacer es formular la pregunta, cariño.

—No me refiero a la propuesta —farfullé casi para mí—, sino al matrimonio en general.

Mi madre era una mujer pequeña, pero no por ello menos aterradora, y las clases de krav magá y las de tiro que sabía que había recibido no fueron nada comparadas con su expresión.

—¿Y qué se supone que significa eso? —exigió saber con los brazos en jarras—. ¿Te está entrando miedo, Adam Floyd?

—Es posible —contesté. Estaba ya cerca de la puerta. Ella era más pequeña y más rápida, pero yo era mucho más fuerte y, en el peor de los casos, siempre podría con ella—. A tu hermano le pasó exactamente lo mismo, ¿lo sabías?

No lo sabía.

—¿A Chris le entró miedo antes de proponerle matrimonio a Cassie?

—Sí, vino aquí histérico, llorando y diciendo que creía que había cometido un error al comprar el anillo —asintió—. No sabía si sería capaz de hacerlo y si era lo bastante bueno para ella. Todo fue muy melodramático.

Aquella era una información de lo más novedosa. No podía imaginar a Chris pensando que no era lo bastante bueno para alguien. En una ocasión había llegado a decir que pasaría de Kate Aptan porque no parecía que fuera muy buena a la hora de dar conversación.

—No creo que haya un solo hombre que no haya pasado por esto —dijo mientras se quitaba unos pelos de alfombra de las mayas—. Por lo menos, de los que se toman en serio el compromiso. Y, en cierto modo, me parece que eso es bueno. Significa que te estás tomando en serio lo que vas a hacer.

—¿Qué más dijo Chris? —pregunté.

Sencillamente, no era capaz de imaginármelo. ¿Mi hermano mayor llorándole inseguro a mi mamá? ¡Qué no daría por poder dar marcha atrás en el tiempo y poder verlo todo por una rendija!

—Lo que dijo Chris ahora no importa. Lo que importa es lo que vas a hacer tú —me dirigió aquella mirada con la que daba por zanjada una conversación y supe que no debía presionar—. ¿Le has dicho algo a Olivia?

Um. Teniendo en cuenta le expresión de su delicado e incisivo rostro, no quería buscarme más problemas de los que ya tenía, pero, incluso después de tantos años de práctica, me resultaba difícil ocultar algo a mi madre. Iba a tener que decirle la verdad.

—Nos hemos dado un tiempo. Ella quería un descanso —dije. Ya estaba. Había conseguido arrancar la tirita y debajo solo quedaba la pequeña costra de una mentira. Liv había pedido un descanso. Después de que yo se lo pidiera. Pero aun así…—, así que no he hablado con ella en toda la semana.

—¿Habéis roto? —mi madre parecía desolada.

Se agarró con una mano en la encimera de la cocina y la otra se la llevó al pecho como si temiera estar a punto de desmayarse. Yo la observé con atención desde donde estaba, al lado de la puerta, preparando la salida. Agarré una manzana del frutero por si necesitaba un misil.

—¡Ay, Adam, no! Es terrible. ¿Estás de broma? ¿Qué ha pasado?

—No hemos roto —o, al menos, eso creía, añadí en mi cabeza—. Fue después del cumpleaños de su padre… dijo que necesitaba algún tiempo para averiguar lo que quería hacer con su vida.

—Bueno, y no la culpo a la pobrecilla —se recuperó ligeramente, pero continuó agarrada a la encimera, por si acaso—.

No puedo decir que pareciera muy ilusionada al tener que asumir toda la responsabilidad que estaba recayendo en ella.

Una vez seguro de que estaba a salvo, le di un mordisco a mi Granny Smith barra proyectil.

—Pero a ella le encanta trabajar de veterinaria —dije confundido—. ¿Por qué iba a asustarle?

—¡Oh, no sé, Adam! ¿A lo mejor porque su padre acaba de cambiarle la vida sin consultarle? Por la expresión de Liv fue más que evidente que no sabía lo que iba a pasar —sugirió—. Y, tanto si quiere ser veterinaria como si no, me imagino lo difícil que tiene que ser el que alguien tome una decisión de ese calibre por ti, sin preguntarte nada.

Bueno, dicho así…

—Supongo que no es muy diferente a tener que decidir si quieres pasar el resto de tu vida con otra persona —continuó—. Es una suerte y tú estás encantado, pero asusta, ¿verdad? Es un compromiso para siempre y a los seres humanos no se nos da muy bien eso de procesar las cosas como permanentes, ¿no crees?

Yo mastiqué la manzana y sacudí la cabeza lentamente.

—¿No?

—No —me confirmó—. Y cuando ocurre algo tan trascendente como esto, la gente tiende a verlo de dos maneras: o bien intenta aferrarse todo lo que puede a su vida o intenta cambiarla por completo. Todo está relacionado con el control, Adam. Es probable que Liv solo esté intentando encontrar la manera de controlarlo todo. Como tú.

Mi madre siempre había sido capaz de encontrarle el sentido a todo. Yo no era así. Yo siempre había sido un gran partidario de salir huyendo, aquella era mi manera de controlar las cosas. Dando la espalda, alejándome a toda velocidad y evitando quedarme en el mismo lugar durante mucho tiempo. Tras acabar el Bachillerato, me había pasado un año viajando de mochilero, y después había malgastado otros dos al terminar la diplomatura de derecho y antes de que mi padre me convenciera de que siguiera estudiando para llegar a ser abogado. En ambas ocasiones estaba evitando enfrentarme al hecho de que había elegido una carrera, que en realidad no me gustaba, solo porque la gente me había dicho que se me daría bien. Solo al empezar a trabajar en la carpintería en mi tiempo libre me había dado cuenta de que no tenía que seguir huyendo y que, en cambio, podía trabajar en algo que de verdad me gustaba.

¿Y si Liv había estudiado Veterinaria porque era eso lo que su padre esperaba que hiciera? ¿Y si en realidad no le gustaba? Nunca había dicho nada, pero la verdad era que nunca se lo había preguntado. Bajé la cabeza, sintiéndome estúpido. Debería de haberme dado cuenta por mí mismo. No debería haber necesitado que mi madre me dijera cómo se sentía mi novia.

—Lo único que puedes hacer es estar disponible para ella. No intentes solucionar nada ni decirle lo que tiene que hacer, limítate a escucharla —dijo mi madre, poniéndose de puntillas para bajar una lata de cuadros rojos y negros que estaba en el estante de arriba del armario. La abrió, revelando tres paquetes de galletas de mantequilla.

—Llévate uno y no le digas nada a tu padre —me instruyó—. No hay nada mejor para aclarar las ideas que una taza de té y una galleta.

Hice lo que me dijo y me guardé uno de los paquetes antes de que volviera a esconder la lata detrás de los botes de harina y de la salsa de carne.

—Piensa en ello y déjale a Liv el tiempo que necesite —se acercó a mí para darme un abrazo. La parte superior de sus rizos grises quedaba a mitad de mi pecho, después alargó la mano para agarrar el corazón de la manzana—. Pero no renuncies a ella, Adam. Es una buena chica y te quiere. Nunca te he visto tan contento con nadie. Estáis hechos el uno para el otro.

—Tienes razón —contesté, bajando la mirada hacia las galletas y sintiendo que una oleada de vergüenza teñía mis mejillas—. Olivia me hace muy feliz.

—Entonces arregla esto —tiró el corazón de la manzana a la basura y saludó con la mano a mi padre, que continuaba en el jardín—. ¿Te quedarás a comer?

—No puedo, tengo que irme. Tengo una reunión con una cliente y tengo que terminar algunas cosas.

Una cliente maravillosa, morena y de un metro ochenta de altura, añadí para mí, sintiéndome culpable por haber estado pensando en Jane cuando Liv estaba enfrentándose sola a una situación tan difícil. Le di a mi madre un beso en la mejilla y me despedí de ella moviendo las galletas en el aire.

—Dile a papá que ya le veré.

—Siempre sin parar —me dijo, siguiéndome descalza hasta la puerta. Se detuvo antes de llegar al cemento de la calle—. ¿Te veremos antes del bautizo?

¡El bautizo! El bautizo de Gus. El bautizo en el que se suponía que Liv y yo íbamos a ser los padrinos.

—¡Mierda! Es este domingo, ¿verdad? —me golpeé con las galletas en la frente y esbocé una mueca.

Las galletas estaban mucho más duras de lo que esperaba.

—Sí, y cuida esa lengua —me regañó mientras mi padre iniciaba un lento y firme recorrido por el jardín sin necesidad de bastón—. Y ahora vete, por el amor de Dios, antes de que venga tu padre y te vea con esas malditas galletas.

—¡Sí, y cuida esa lengua! —grité en respuesta mientras corría hacia el coche—. Hablaré contigo antes del domingo, te lo prometo.

—Y habla con Liv —me pidió ella—. Por favor.

—Lo haré —le prometí.

Pero lo primero era lo primero, pensé mientras abría la puerta del Land Rover y lanzaba el paquete de galletas al asiento de atrás. Tenía que marcharme, tenía una reunión con una cliente.

—Buenas tardes, holgazán.

Jane llamó a la puerta del taller y me descubrió reclinado en una butaca destartalada, con las piernas estiradas sobre el banco de carpintero, concentrado en un juego del móvil particularmente agresivo llamado Injustice y fingiendo el aspecto más natural que fui capaz de adoptar. Podía haber sido peor. Podría haber llegado minutos antes y haberme pillado con un par de guantes rosas y arrancando con un estropajo la porquería del cuarto de baño. No tenía ni idea de cómo podía haber llegado a estar tan sucio. Apenas entraba allí y tenía la sensación de que, cuando lo utilizaba, siempre era para limpiar algo. ¿Cómo podía estar tan sucia una habitación diseñada para lavar a la gente?

—Hola —apagué el juego sin molestarme siquiera en mirar el marcador. Aquello era muy fuerte—. ¿Cómo estás?

—Bien —asintió, remoloneando en la puerta—. Un imbécil ha intentado embestirme con el coche cuando estaba girando en la A1, pero, aparte de eso, estoy bien.

—¿Quieres que vaya a buscarle y le mate? —le pregunté.

—Solo si no es demasiada molestia —contestó con la más ancha de las sonrisas—. Voy a sacar mi Uzi del maletero y nos vamos, ¿de acuerdo?

—Hecho —asentí, con las manos en los bolsillos y los hombros alzados a ambos lados de mis orejas. No estaba muy seguro de cuál era el protocolo.

En realidad, estaba trabajando para ella y, normalmente, recibía a mis clientes con un educado apretón de manos, quizá incluso un medio abrazo si nos conocíamos y queríamos hacernos los modernos, pero aquel era un terreno desconocido. Era evidente que estábamos flirteando, ¿pero era un flirteo sin sexo o un «demasiadas-copas-y-¡uy!-mi pene está flirteando»? Jane no iba vestida como una mujer que estuviera intentando probar suerte, aunque imaginé que no tenía que esforzarse mucho. Llevaba los mismos vaqueros ceñidos del martes, junto a una camiseta de color azul y unas botas negras hasta los tobillos. Nada que incitara de manera explícita a ir a por ella.

—¿Dónde está mi bar? —preguntó, recorriendo el taller con la mirada—. ¿Todavía no lo has terminado?

—Todavía no.

Enderecé el cuello de la camisa, una camisa de cuadros negros y rojos, limpia, planchada, pero sin excesos.

—Solo hay que cortar y lijar la madera, planificar y montar. Y, ¿sabes?, normalmente es mucho más fácil una vez ha llegado la madera.

—Ya entiendo.

Quizá la melena estuviera un poco más brillante que la vez anterior y sus ojos parecieran más oscuros, como si llevara maquillaje. Pero podía ser la luz, no estaba seguro.

—En ese caso, ¿qué tal si me haces un recorrido por el taller?

—Será corto —dijo, supervisando mi reino—, Un banco de carpintero, las herramientas, el tornillo de banco, una nevera minúscula, los DVD de Danger Mouse, el torno.

—Es bonito —asintió con admiración—. Me gusta. ¿Qué es eso?

—Un cepillo de carpintero —contesté agarrando el cepillo y girándolo en mi mano—. Es para suavizar el acabado.

—¿Y eso? —señaló el panel con las herramientas que había al lado de la pared.

—Otro cepillo —contesté, dándole un golpecito—. Este tiene un ángulo más pronunciado que el otro. Le llamamos York Pitch.

—¿Por qué? —me preguntó Jane, agarrando un cincel y golpeando el mango contra la palma de su mano—. ¿Es de York? ¿Lo inventó un hombre que era de allí?

—En realidad no lo sé —admití—. Pero es el que utilizaré par el bar. Para la madera de cerezo es preferible una inclinación más alta.

—¿Por qué? —se acercó, sus tacones repiqueteaban contra el suelo de cemento.

Se agachó después hasta quedar al nivel del cepillo.

—Simplemente, es así —contesté—. Estudié durante un año en un centro y estuve después tres años de aprendiz, pero creo que nunca me he hecho tantas preguntas

—Soy curiosa —respondió, alzando la mirada desde su posición, con los ojos abiertos como platos, los labios llenos y «cucharilla, cucharilla, cucharilla»—. Me gusta aprender cosas nuevas. ¿Y si alguna vez quiero construir mi propio bar?

—¿Es probable? —pregunté, colocándome detrás de la butaca y apoyándome contra ella con fingida naturalidad. No había vuelto a tener problemas con aquellas inoportunas semierecciones desde que estaba en el instituto—. ¿Me has hecho un encargo para que diseñe tu bar o esto forma parte de un elaborado plan para echarme del negocio?

—¡Maldita sea! —se levantó de un salto, todo sonrisas y risa fácil—. Me has pillado.

En alguna esquina del taller sonaba la estática de la radio y me devané los sesos, incapaces en aquel momento de pensar en más de una cosa, para buscar algo que decir. No era propio de mí, a mí siempre se me había dado bien tratar con la gente, siempre tenía una respuesta. Aquella era una de las razones por las que todo el mundo estaba convencido de que sería un gran abogado. Era capaz de hablar hasta debajo del agua, y de seguir hablando al salir.

Jane seguía allí, en medio de mi sucio y polvoriento taller, como si no hubiera otro lugar en el mundo en el que prefiriera estar.

—¿Cómo es que al final te has animado a venir? —pregunté en cuanto mi cerebro se desconectó de los pantalones durante el tiempo suficiente como para formular una frase—. Ayer me dijiste que te pillaba de camino, ¿verdad?

—Eh, sí, es verdad —me dijo. Permaneció con la boca medio abierta durante una décima de segundo, como si su cuerpo estuviera dispuesto a hablar antes de que su mente hubiera decidido lo que quería decir—. He ido a ver a una amiga.

—¿A una amiga?

¿Estaría mintiendo? ¿Habría inventado una razón para verme otra vez?

—Sí, a una amiga —asintió, colocó el tirador de la cremallera de su cazadora de cuero en el tornillo de banco y giró la manivela hasta que quedó atrapado—. Lo siento, no es muy emocionante.

—No sé si te creo —dije, recuperándome mientras cedía mi semierección.

Jane alzó la mirada con brusquedad. Sus mejillas de color aceitunado enrojecieron.

—¿No me crees?

Tiró de la manga hacia arriba, pero había quedado atrapada en el tornillo. Seguro de que mi entrepierna no iba a comprometerme, crucé la habitación para liberar la cazadora.

—No, creo que estás mintiendo —dije, girando la manivela hacia mí.

Estábamos a treinta centímetros de distancia. Mi respiración era superficial. Su respiración era superficial. Olía a algo profundo, cálido e intenso. Estaba seguro de que el martes no llevaba ningún perfume. Sin lugar a dudas, aquella era una novedad.

—No estarás intentando robarme el negocio, ¿verdad? Eres una asesina internacional. Será mejor que confieses ahora. Tengo tu número, Jane.

—En el caso de que ese sea mi verdadero nombre dijo —emergió de ella una risa tensa mientras me daba un golpecito en el pecho.

En el instante en el que me tocó supe que quería besarla y estuve casi seguro de que también ella quería. Llevaba una buena temporada fuera de juego, eso era cierto, pero aquel no era mi primer rodeo. Jane no movió la mano y yo sabía que estaba oyendo lo rápido que latía mi corazón. Y la verdad era que estaba haciendo un esfuerzo considerable para conseguir que toda la sangre abandonara mi cabeza y mis pies y se concentrara en una zona que en aquel momento consideraba mucho más importante. Ninguno de los dos retrocedió. Podía sentir su aliento en mi cuello, oír el crujido de su cazadora y distinguir la pequeña peca de su mejilla izquierda desafiándome a alejarme.

—¿Una taza de té?

Me alejé.

Mi voz sonaba demasiado alta y demasiado aguda y sentí que el tobillo se me torcía al dar un enorme paso hacia atrás. Terminé cayendo en la butaca con los brazos y las piernas en alto.

—Estaba pensando en algo un poco más fuerte —sugirió Jane, sacudiendo la melena y cruzándose de brazos—. ¿Tienes vino?

Desde mi inusitadamente elegante postura en la butaca, advertí que se estaba aferrando al banco con más fuerza que el tornillo. ¡Dios mío! ¿En dónde me estaba metiendo?

—Vamos al pub —le propuse, recuperando la compostura y trazando un nuevo plan.

Tenía que alejar a Jane de mi casa. Tenía que alejarla de cualquier superficie que pudiera considerarse conveniente para disfrutar del sexo y salir a un lugar público en el que hubiera montones y montones de gente.

—Allí tienen vino —le expliqué—. Un vino sorprendente. La primera ronda la pago yo.

—Suena bien —dijo, dirigiéndome una intensa mirada antes de girar sobre sus talones y salir al jardín.

Habíamos recuperado la normalidad.

La seguí fuera del taller, cerré las dobles puertas y eché el cerrojo, dejando tras la puerta lo que quiera que acabara de pasar allí.

El Bell no era un buen pub; eso era indiscutible. Era un pub viejo, deslucido y, normalmente, lleno de hombres tan mayores que la leyenda urbana local decía que en una ocasión uno de los clientes habituales había muerto y nadie le había movido de allí en dos días. Dicho eso, continuaba siendo una mejor opción que Kingfisher, un pub famoso por una cerveza rubia y caliente que provocaba diarrea y la constante amenaza de un estallido de violencia adolescente. Con intención de evitar bromas pesadas de los jóvenes, llevé a Jane a nuestro pub local. Las volutas de polvo danzaron en el aire cuando abrí la pesada puerta, permitiendo que lo invadieran el inoportuno aire limpio y el desagradable sol de la tarde, y la seguí hasta una mesa redonda situada en una esquina.

—Bonito lugar —dijo mientras se sentaba en un taburete inestable junto a la pared—. Muy retro.

—He pensado que sería una fuente de inspiración para ti —contesté, palmeándome el bolsillo para asegurarme de que llevaba la cartera—. Por si acaso todavía no estás totalmente convencida del concepto campamento de verano y quieres algo un poco más relacionado con la estética de una pocilga de los setenta en Middle England.

—Es tentador —reconoció—. Pero no estoy segura de que Jim sea partidario. A lo mejor deberíamos comprar tú y yo este pub y asegurarnos de que nadie cambie nada.

—Nadie lo hará —le aseguré—. ¿Un vino? ¿Tinto o blanco?

—¿Se podrá beber? —me preguntó, mirando hacia la barra con los ojos entrecerrados—. ¿O será mejor que pida otra cosa?

—No será muy bueno —admití, intercambié un saludo con la cabeza con alguien con quien Liv había ido al colegio, pero de cuyo nombre no habría podido acordarme aunque mi vida hubiera dependido de ello. Él se fijó en Jane al instante, la recorrió de los pies a la cabeza con la mirada y arqueó las cejas—. Si no estás segura, yo pediría una cerveza.

—Sé que lo que voy a decir es lo peor para una barman profesional —dijo Jane, colocándose la melena sobre un solo hombro, alejándolo de aquella mesa pegajosa—, pero la verdad es que odio la cerveza. Soy más de cócteles. Lo sé, es terrible.

—Estoy en estado de shock. ¿Si no consigo que te hagan un mojito prefieres una copa de vino blanco?

Ella asintió y se colocó el bolso de cuero negro en el regazo. Sacudió su contenido mientras yo empezaba a encaminarme hacia la barra y rebuscó en su interior.

—Suena bien. Gracias, Adam.

Cada vez que decía mi nombre, yo pensaba «cucharilla».

—Buenas tardes.

Debía haber ido al Bell unas doscientas veces durante los últimos seis años y aquel hombre había estado detrás de la barra todas y cada una de las veces. Bajito, corpulento y con la barba pelirroja más impresionante que había visto en mi vida. Asintió con la cabeza y alargó la mano hacia un vaso de pinta.

—Buenas tardes —contesté, y me puse a la labor que tenía entre manos—. Una pinta de Fuller's y una copa de vino blanco, por favor.

—¿Grande o pequeña? —preguntó mientras llenaba la pinta—. Me refiero al vino.

—Um —miré por encima del hombro y vi a Jane aplicándose bálsamo labial y apretando sus labios llenos—. Grande.

—¿Una nueva amiga? No la había visto antes por aquí.

—Es una cliente —contesté rápidamente, antes de que pudiera pensar ninguna otra cosa—. Es una cliente.

—Si tú lo dices...

Sonreí para mí mientras le tendía un billete de diez libras y observaba cómo iba asentándose la espuma de la cerveza. La idea de llevar a una cita al Bell era tan ridícula que hasta Liv se habría reído a carcajadas. Aquel pub habría sido el último lugar al que la habría llevado. El Bell era el último lugar al que llevaría a mi peor enemigo si hubiera una opción mejor a la que llegar andando.

—Gracias, tío —me guardé el cambio que me tendió sin contarlo siquiera y me llevé las bebidas. Jane aceptó el vino con prudencia y bebió un sorbo.

—Salud —dije, alzando mi pinta.

—¡Ah, sí! —acercó su copa a mi vaso—. Lo siento, ¡salud! Me ha podido la curiosidad.

—Pues me parece fatal —bromeé, y bebí un sorbo—. ¿Qué tal está?

—Creo que no voy a meterlo en la lista de vinos —contestó, quitándose la cazadora de cuero. La camiseta se deslizó por su hombro, mostrando una esbelta clavícula y un tirante de sujetador finísimo. ¿Cómo era posible que sostuviera sus senos? Incluso a aquellas alturas, continuaba asombrándome la ingeniería del sujetador.

—¿Qué tal lo estás llevando todo? Me refiero al bar —pregunté. Se me hacía raro estar en el Bell sin Live. Amortigüé el dolor en la boca del estómago con la cerveza fría y le dirigí a Jane una sonrisa—. Debes de tener mucho trabajo.

—Sí —me confirmó—. Estamos con todo el papeleo y estamos hablando con distintos proveedores, pero debería cerrar eso pronto. Hay que contratar a los empleados, imprimir las cartas y decorar el bar. De momento, el diseño es lo único que tenemos.

—He oído decir que habéis contratado a un tipo muy bueno —dije, con un asentimiento—. Es el mejor en su campo.

Jane sonrió y elevó los ojos al cielo.

—Sí, me han dicho que es muy bueno. Pero no tiene muy buen gusto en vinos. En eso ha perdido varios puntos.

—Pero eso no parece estar desanimándote —señalé, inclinando mi pinta—. No soy capaz de seguirte el ritmo.

—Cuanto más rápido lo bebes, mejor sabe —contestó—. He bebido disolventes de pintura más agradables.

Ambos estiramos las piernas por debajo de la mesa al mismo tiempo y las retiramos cuando chocaron nuestras espinillas.

—Voy un momento al lavabo —dejó la copa medio vacía sobre un posavasos de cartón de una marca de cerveza y se levantó rápidamente—. Ahora mismo vuelvo.

Rodeó la mesa y todos los hombres que había en el bar alzaron la mirada. Solo había media docena de tipos, además del amigo de Liv, pero ni uno solo fue capaz de apartar la mirada de ella hasta que desapareció en el cuarto de baño de señoras. Después se volvieron todos hacia mí. El dolor de estómago que echaba de menos a Liv me dijo que desviara la mirada y los ignorara, pero el pavo real que siempre había disfrutado de la compañía de una mujer atractiva bregó con fuerza y me descubrí echando los hombros hacia atrás y estirando los brazos. Todos desviaron la mirada y una sonrisa se abrió camino hasta mi rostro antes de sentir un incómodo miedo a que aquello pudiera llegarle a Liv y provocara alguna reacción por su parte.

Pero yo no estaba haciendo nada malo.

Y, para empezar, no había sido yo el que había pedido que nos tomáramos un tiempo de descanso.

—Nos tomaremos una copa y después a casa —dije con voz queda, mirando el reloj—. No vamos a tardar más de una hora. Es una cliente y no quiero ser grosero con ella, eso es todo.

Levanté la pinta y suspiré. A veces me preocupaba que Chris y yo no fuéramos tan distintos.

CAPÍTULO 17

—La verdad es que no estoy de humor para ir al pub —se quejó David—. ¿No podemos hacer algo más divertido, como clavarnos agujas en los ojos o ver *Keeping Up with the Kardashians*?

—Yo creía que te gustaban las Kardashians —comenté perpleja.

Era su vergonzante secreto de heterosexual. Al principio, yo creía que seguía el programa por la posibilidad de ver senos femeninos, pero pronto se había hecho obvio que estaba sinceramente interesado. Se sabía hasta los nombres de los perros de Kylie. Era total.

—Me gustan Kourtney y Kendall —me corrigió mientras escurría la manga de su sudadera empapada—. Por mí, los demás pueden ahogarse en el mar.

—¿Incluso Kim?

Fijó en mí su horrorizada mirada.

—¡Sobre todo Kim!

Había sido un día horrible. Para empezar, se había roto la cafetera. Después, me había tirado un medicamento para contener la diarrea de los gatos en los pantalones y, para rematar, había tenido que explicarle a un niño de siete años que había tenido que dormir para siempre a su conejo porque no dejaba de sufrir desmayos y sus dueños no querían pagarle unas pruebas. Después de aquello, había pasado veinte minutos encerrada en el cuarto de baño, escondiéndome de mi padre, que quería hablar sobre la estrategia de traspaso de la clínica, mientras me comía un Crunchie y lloraba un poco. Algo que parecía estar ocurriéndome cada vez más a menudo. Lo del Crunchie, quiero decir. Había sabido que el miércoles iba a ser un día de prueba desde el principio —cielo oscuro, nubes negras y la lluvia rebotando en los charcos—, desde el momento en el que me despertara hasta que cerráramos. Y cuando llegamos al Bell, los dioses del tiempo decidieron que sería divertido transformar la lluvia en una triste llovizna mientras cruzábamos el aparcamiento con nuestros jerséis sobre nuestras cabezas. ¿Era posible encontrar un paraguas en la clínica cuando lo necesitábamos? No, claro que no.

—Es miércoles, tenemos que ir al pub —insistí, tal y como había estado insistiendo durante todo el día.

Estaban pasando muchas cosas, y casi todas ellas representaban cambios, de modo que lo menos que podía hacer todo el mundo era quedar conmigo en aquel asqueroso pub para tomar una copa de su repugnante vino. Si hubiera sido sincera conmigo misma, habría reconocido que habría estado mucho más tranquila en casa con una copa de vino y contemplando a una primera familia americana quirúrgicamente mejorada, pero la labor de un mejor amigo nunca terminaba.

—Además, Abi ha dicho que a lo mejor traía a Bill y no quiere que piense que es una cita.

—¿Y no es una cita? —preguntó David.

—No, si estamos nosotros también —contesté—. Y por eso tenemos que estar.

David se detuvo en seco.

—Mierda. Me voy a casa. Tengo que enterarme de si Kim se ha ido ya de casa de Kris.

—¡Pero si tú odias a Kim! —le recordé, agarrándole del brazo y arrastrándole hacia el pub—. No me dejes sola con ellos, por favor. Son las seis y media. Te prometo que para las siete y media estaremos en casa. A las ocho como muy tarde.

—Es verdad, odio a Kim —admitió con un suspiro—. Muy bien, ¿una copa?

—Una copa y después podemos ir a mi casa y ver toda la televisión basura que quieras —me comprometí—. De todas formas necesito volver para ver cómo está Ronald.

—Está bien —me aseguró David—. Ha comido algo malo, eso es todo.

—Eso espero —musité, pensando en aquel perro enorme y tontorrón que en aquel momento dormía en la sección en la que pernoctaban los animales—. Es uno de mis favoritos. Estuve presente en su parto, ¿sabes?

—No entiendo cómo puede ser tu favorito un animal que hoy te ha vomitado tantas veces encima —David alzó la mano para medir la llovizna antes de quitarse el jersey de la cabeza y colocárselo alrededor de los hombros—. ¿Al final te has duchado? Porque todavía hueles un poco.

—No es verdad —respondí indignada, antes de olisquearme el pelo. El muy idiota.

Ronald era un labrador dorado que había llegado después del almuerzo y había estado vomitando durante toda la tarde sobre todos y sobre todo lo que hubiera en un radio de dos metros a la redonda. Le habíamos suministrado líquidos, le habíamos hecho algunos análisis y, después de que yo hubiera tenido que cambiarme dos veces el pijama quirúrgico, el perro se había tumbado en su lecho y había dormido feliz durante el resto de la tarde. Si sus propietarios no me hubieran enviado un mensaje diciéndome que iban a salir, lo habría enviado a su casa, pero cuando había cerrado la clínica los dueños del perro estaban ya de camino hacia el cine. Eran personas con las prioridades bien organizadas, obviamente.

—Um —me mostré de acuerdo, mordiéndome los labios a falta de barra de labios. David me pasó al instante su bálsamo labial. Lo tomé, le quité la tapa y lo olí—. No tendrás nada contagioso, ¿verdad?

—No, ya no —me aseguró mientras me aplicaba el bálsamo—. El virus del papiloma humano ya lo has pasado, ¿verdad?

—Pídeme una copa —le ordené, dándole un manotazo en el dorso de la mano mientras empujábamos las dobles puertas del bar—. Voy a al baño a ponerme agua hirviendo en los labios.

Parte de mi no pudo evitar preguntarse si mi terrible, deprimente y desastroso día era un castigo kármico por haber salido huyendo de casa de Adam veinticuatro horas antes. Después de conducir hasta Melton Mowbray y regresar, había pasado por el pueblo tres veces antes de dirigirme a casa para compartir dos pescados y una bolsa grande de patatas fritas con Abi y Daniel Craig, mientras intentaba convencerme a mí misma de que Adam había sido víctima de un no deseado acoso sexual y que el bulto de su entrepierna era una reacción mecánica y traumática que no había podido controlar. Aquellas cosas pasaban. Abi me había dicho que lo había leído en Internet, así que tenía que ser cierto.

—Internet nunca miente —musité, empujando la puerta del baño, solo para oír el desagradable sonido de la puerta golpeando a alguien al otro lado.

—¡Ay!

—¡Oh, vaya, lo siento!

Me tapé la boca con las manos cuando la puerta se abrió y apareció una chica a cuatro patas, frotándose la frente con una mano e intentando guardar los contenidos de su bolso con la otra.

—No te preocupes —dijo. Una cortina de pelo oscuro cubría su rostro—. Solo me has dado en la cara.

—Déjame ayudarte —respondí mientras me arrodillaba.

Agarré un paquete de caramelos de menta y se lo tendí como si fuera una rama de olivo.

—Tranquila, no pasa nada. Tengo la cabeza muy dura —alzó la mirada y me dirigió una sonrisa deslumbrante—. Estoy segura de que no lo has hecho a propósito.

Me apoyé sobre los talones y dejé caer los caramelos al suelo. Si yo fuera ella, no habría estado tan segura. ¡Era ella! La chica que había visto en casa de Adam el día anterior. Oí sonar el teléfono en el bolsillo mientras continuaba sentada en el suelo, con la mirada fija en aquella belleza de enormes ojos castaños.

—¿Estás bien? —me preguntó mientras se levantaba, dejándome a la altura de la rótula de sus largas piernas.

—Estoy bien —le dije con voz fría e inexpresiva—, gracias.

—Vale —no parecía muy convencida, pero tampoco particularmente interesada—, de acuerdo.

Nos miramos la una a la otra durante largo rato y acordamos en silencio el fin de nuestra incómoda interacción. Ella abrió la puerta y pasó por encima de mí, dejándome en el suelo, con la mirada fija en su trasero perfecto a través del cristal esmerilado. Era guapísima. Era guapísima, olía bien y tenía una de aquellas voces roncas que solo funcionaban con mujeres de una belleza tan extraordinaria. Si yo tuviera una voz así, todo el mundo pensaría que fumaba mil cigarros al día. Pero yo no tenía una voz así y, sobre todo, no tenía un físico como aquel. Y no era capaz de superar lo perfecta que era aquella mujer de cerca y en persona.

Parpadeando, saqué el teléfono del bolsillo y vi un mensaje de David.

¡ADAM ESTÁ AQUÍ!

Por supuesto que Adam estaba allí. Adam estaba allí con ella. Adam y la Mujer más Bella del Mundo estaban allí juntos, en nuestro pub. Antes de que hubiera podido responder, llegó otro mensaje.

Para tu información, definitivamente, es él.

Aturdida, tecleé desde el lugar al que realmente pertenecía, el gélido suelo de linóleo de un servicio público.

¿Está con una chica morena muy, muy guapa?, pregunté.

Aparecieron tres puntos grises en la pantalla y esperé a que David edulcorara su respuesta.

Está bastante bien, contestó.

—Tengo salir de aquí —le dije a mi teléfono, incapaz de utilizar los dedos para escribir un mensaje—. No puedo salir de aquí y encontrarme con ellos.

No porque estuviera muy afectada, o avergonzada, sino porque no quería enfrentarme a aquella situación hasta que no pudiera hacerlo en mis propios términos. Es decir, sí, estaba avergonzada y tenía el corazón por los suelos, pero, lo más importante, tenía un aspecto terrible, me sentía horrible, un perro me había vomitado tres veces encima esa misma tarde y había tenido que practicar la eutanasia a un conejo monísimo. Ya era bastante para un solo día.

¿Puedo salir de aquí sin que me vea?, tecleé, intentando sobreponerme lo mejor que pude.

NO SÉ, contestó él, ¡ESTÁN PONIENDO YE! ¡EN EL BELL! ¡QUÉ DEMONIOS! ME ENCANTA PODER ESCUCHAR A KANYE.

Por mucho que le quisiera, era un inútil.

Hasta que no apareciera Abi estaba sola y necesitaba salir del cuarto de baño antes de que llegara mi amiga. ¿Qué pasaría si veía a Adam y a la doble de Chrissy Teigen antes de que pudiera advertírselo? ¿Y si les envenenaba con algún compuesto químico con el que había estado trabajando para curar la alopecia de los conejos? Bueno, si solo la envenenaba a ella… No, no era justo. No sabía nada de aquella mujer. Era totalmente inocente, y guapísima, y había estado besuqueando a mi novio un día y al siguiente estaba sentada con él en el pub y, ¡Dios!, iba a tener que matarla.

No podía pasar por delante de ellos con una de las sudaderas con capucha de David, sin maquillaje en el rostro y, quizá, oliendo a vómito de labrador. Tenía que haber otra manera de escapar. A lo mejor David podía hacer algo para distraerles, o Abi podía incendiar el pub. Alcé la mirada hacia la ventana y sentí el viento en el rostro. Siempre había otra salida.

—Es totalmente factible —anuncié.

Me aseguré de que tenía el teléfono, la tarjeta de crédito y las llaves del coche a salvo en el bolsillo de la sudadera y comencé a escapar.

Un pie en la tubería, otro en lavabo, las dos manos a través de la ventana y, ¡*voilà*!, estaba fuera. Medio fuera. Colgando sobre los contenedores de basura del pub. Colgando de una ventana, con el rostro sobre dos enormes y repugnantes contenedores y sin poder hacer otra cosa que bajar. Sí, Liv, desde luego, era mucho más digno que salir del bar con la cabeza alta. ¡Bien hecho!

—¿Debería preguntar siquiera?

Alcé la mirada y vi a Abi y a Cass en medio del aparcamiento. Cass parecía desconcertada, movía la boca, pero no salía de ella un solo sonido. Abi se estaba limitando a esperar una respuesta.

—En la tele parece mucho más fácil —moví las piernas hacia atrás, como si estuviera nadando en el aire. Tenía la sensación de que alguien había cambiado el lavabo de sitio solo para fastidiarme. El marco de la ventana se me clavó en las caderas cuando intenté recuperar el equilibrio—. No estoy teniendo un buen día. Primero he tenido que acabar con Peter Rabbit y ahora esto.

—¿Qué estás haciendo exactamente?

Cass corrió entre los contenedores de basura y me colocó las manos en los hombros para ayudarme a descargar parte del peso de las caderas. ¡Ah! Qué dulce alivio.

—¿Puedo contártelo cuando me bajes? —pregunté, moviéndome en el marco de la ventana y avanzando hacia delante. Sabía que debería haber seguido las clases de Pilates que la madre de Adam me había regalado para Navidad. No estaba en forma para hacer una cosa así—. Esto está siendo mucho más difícil de lo que pensaba.

—La forma más segura de bajar sería dejarte caer dentro del cubo —razonó Abi, retrocediendo para analizar la situación—. Es la distancia más corta y la superficie más segura.

—¡Es un maldito cubo de basura! —grité—. ¡Ven a ayudarme! Si me agarras de las manos y Cass me sujeta por la cintura, creo que podría salir sin demasiado...

Pero antes de que nadie hubiera podido hacer nada, oí que se abría la puerta del baño tras de mí y entré en pánico. Impulsé todo mi peso hacia delante y caí de la ventana, aterrizando encima de Cassie.

—Sí, otra forma de salir sería tirarte por la ventana y romperle el cuello a Cass —dijo Abi, corriendo a sacarnos de entre los contenedores—. ¿Estás herida?

—Creo que no —contestó Cass, saliendo de debajo de mi trasero—. Pero tampoco puede decirse que esté muy contenta.

—Lo siento —Abi me ayudó a incorporarme antes de levantar a Cass del suelo—. De verdad, Cass, lo siento. He oído que venía alguien.

—Sí —asomaron un rostro y una mano por la ventana del cuarto de baño. Y me saludaron. Era David—. ¿Qué haces?

—¡Tenía que salir de allí! —le expliqué, mirando alternativamente a mis amigas, intentando justificar una salida tan extrema mientras me quitaba trozos de lechuga pocha del jersey—. Adam está dentro, tenía que irme.

—¡Oh, Liv...! —apoyó la barbilla en la mano—. Esto no debería ocurrirle a una veterinaria.

—No entiendo nada —dijo Abi mientras Cass se examinaba en busca de posibles heridas—. ¿Has tenido que salir por la ventana porque Adam está en el pub? ¿Qué ha pasado que yo no sepa?

—Está dentro con una chica —contestó David, con la barbilla apoyada en el marco de la ventana—. Un chica muy, muy, muy guapa.

Después de dirigirle a David mi mirada más asesina, miré de nuevo a Abi y a Cass con un puchero.

—Sí, tiene razón.

—Estoy segura de que no es nada —intervino Cass a toda

velocidad—. Si te estuviera engañando, no creo que se dedicara a pasearla por el pueblo, ¿no te parece?

—Tiene razón —se mostró de acuerdo Abi, para absoluto deleite de Cass—. Estamos hablando de Adam, Liv. ¿Tan pronto te puede estar suplicando que no rompas con él como dedicarse a besuquear a una chica en la puerta de su casa y después llevar a una chica que parece una supermodelo al pub del pueblo? No creo. Lógicamente, no tiene ningún sentido.

—Lógicamente, tampoco tiene ningún sentido que Brad dejara a Jen por Angelina Jolie, pero lo hizo —contesté mientras David asentía sabiamente desde la ventana—. Y supongo que te encantará saber que es la misma chica de ayer. La chica a la que vi en su casa.

A pesar de que hice el esfuerzo de mi vida por mantener la calma, sentí que comenzaba a temblarme el labio inferior y los ojos me ardían. Está científicamente demostrado que es imposible evitar el llanto cuando llevas lentes de contacto. Y yo estaba casi segura de que así era.

—Creo que me voy a casa. Lo siento, Abi, no puedo seguir aquí —le dije, apretando las manos en el bolsillo de la sudadera e intentando no pensar en Adam y en su chica diez.

¿Y si estaban en nuestra mesa? ¿Y si Roger el Pelirrojo les había visto? ¿Cómo iba a volver a mirarle a los ojos? Todavía estaba intentando superar la vergüenza de la noche que había decidido empezar a tomar coñac y había terminado tirando un taburete cuando tenía veintidós años.

—Deberías entrar y hablar con él —sugirió Cass—. Porque estoy segura de que no hay nada.

—Yo no lo haría si estuviera en tu lugar —dijo David al instante—. Solo hay algo menos atractivo que una mujer celosa y es una mujer loca. A no ser que esa mujer loca esté buena. En ese caso, sí que puede resultar un poco atractiva.

—Liv está muy buena —me consoló Cass, acariciándome el hombro y retirando una colilla. David, Abi y yo le dirigimos una mirada idéntica—. ¿Qué pasa?

—Yo solo quiero irme a casa —dije, cada vez más desanimada—. Hablaré con él, pero no en público y, desde luego, no delante de ella.

—En ese caso, te acompaño —se ofreció Abi, sacando el teléfono del bolsillo y escribiendo un mensaje—. Bill me esperará. O no. Que haga lo que quiera.

—No tienes por qué acompañarme —le aseguré, viendo fracasar otra posible relación delante de mí—. Lo único que quiero es volver a casa para ponerme a ver telebasura y comer todo lo que tenga en la cocina. Tú vete con Bill.

—Y tiene que lavarme la sudadera —añadió David—. Tienes una mancha marrón al final de la espalda y no quiero saber lo que es.

—Yo iré contigo —se ofreció Cass. Se agachó para agarrar un manojo de llaves y me las tendió—. Mi madre está con Gus, así que tengo toda la noche libre. Es posible que para las nueve ya esté desmayada, pero te juro que, mientras esté despierta, te dedicaré cada segundo.

Bajé la mirada hacia las llaves y las agarré. Llaves de dos coches, de dos casas y la tarjeta de un gimnasio. No eran mías.

—¿De quién son esas llaves?

—Tuyas —dijo, apretándose la cola de caballo, que llevaba ligeramente torcida—. Se te han caído del bolsillo cuando has aterrizado encima de mí.

—No —sacudí la cabeza con aquellas llaves calientes y pesadas en mi mano—. No son mías —alcé la mirada hacia mis amigas con mano temblorosa—. Creo que son suyas.

Nos miramos los unos a los otros. Yo, horrorizada. Abi sonriendo. Cass con curiosidad. Y David, encantado.

—¿Cómo las has conseguido? —preguntó Abi, sosteniéndolas frente a ella y buscando alguna pista—. ¿Se las has robado?

—No, nos hemos tropezado en el baño —le expliqué—. Ella salía cuando yo iba a entrar, se le ha caído el bolso y la he ayudado a recoger sus cosas. Supongo que me las he guardado en el bolsillo por error.

—¡Esto es demasiado bueno para ser verdad! Esperadme que voy —David desapareció de la ventana y oí que se abría y se cerraba la puerta del cuarto de baño.

—¿Qué vamos a hacer con ellas? —pregunté, clavando la mirada en las llaves como si pudieran volver a la vida de un momento a otro—. No podemos quemarlas. Sé que es imposible.

—Podríamos tirarlas por la ventana del baño —sugirió Cassie en el momento en el que David doblaba la esquina con el rostro rojo—. Al final las echará de menos y en el primer lugar que mirará será donde se le ha caído el bolso.

—O podríamos hacer esto —sugirió David, arrebatándoselas a Abi y presionando el botón con el que se desbloqueaban las puertas del coche. Un coche aparcado en la esquina del aparcamiento, un Mini de color verde para mí ya familiar, pitó, volviendo a la vida—. Es un pitido que está diciendo «mírame, soy original, ¿verdad?

—Me gustan los Minis —respondió Cass mientras avanzábamos hacia el coche de la chica, antes de agarrarme del brazo y optar por una expresión de disgusto—. Pero es evidente que este Mini es una porquería. Porque es de una imbécil.

—No sabemos si es una imbécil —repliqué, repitiendo todos los argumentos que me había repetido durante las últimas veinticuatro horas en voz alta—. A lo mejor no sabe que Adam tiene novia. A lo mejor es un encanto.

David sacudió la cabeza y se agachó para mirar por las ventanillas.

—No, la he visto. Es demasiado atractiva como para ser un encanto.

—¿Qué se supone que significa eso? —preguntó Abi—. ¿Que las chicas guapas no pueden ser agradables?

—¡Oh, no me vengas ahora con eso! —le devolvió la mirada. Era la viva imagen de la exasperación con un pijama quirúrgico a rayas de todos los colores del arco iris. Parecía un payaso fuera del trabajo—. Sabes perfectamente a lo que me refiero. Entra y échale un vistazo. Si estuviera en *The Bachelor*, sería la primera en decir «estoy aquí para ganar, no para hacer amigas» y sería la primera en hacerle una mamada en cuanto pensara que nadie la estaba mirando.

—Qué agradable —replicó Abi, dándole una patada a los neumáticos—. Voy a hacer que me devuelvas la camiseta en la que ponía «Soy feminista».

—Hay algo en el asiento de atrás —Cass presionó las manos contra la ventanilla del asiento de pasajeros y miró el interior—. Pero no puedo leer lo que dice.

David volvió a apretar la tecla del dispositivo y todos nos sobresaltamos cuando el coche volvió a pitar y encendió los faros. Con la boca abierta en expresión de deleite, David hizo un gesto propio de la ayudante de un mago y abrió la puerta.

—No lo ha hecho —me tapé los ojos con las manos—. Decidme que no lo ha hecho.

—No lo ha hecho —dijo Cass con una burbujeante alegría—. Ahora sí.

—Es evidente que va al gimnasio —las palabras de Abi sonaron como una acusación, más que como una afirmación, mientras bajaba los asientos delanteros para acceder al de atrás—. Y mucho, por el olor de la bolsa. Huele a rancio.

—¡No podéis forzar el coche de otra persona! —retrocedí hasta abandonar el aparcamiento y alcanzar el terreno de al lado, tropezando con el bordillo de cemento—. Salid de ahí.

—No lo hemos forzado —respondió Cass mientras rebuscaba en la guantera antes de sacar un pasaporte con gesto triunfal. Tenía el rostro sonrojado por la emoción y la cola de caballo completamente torcida—, tenemos las llaves. ¡Jane Campbell! ¡Se llama Jane Campbell!

Jane. Um. ¿Cómo se atrevía una mujer como aquella a tener un nombre tan inocuo?

David metió las llaves en el encendido y el estéreo cobró vida.

—¡Puaj! Munford —dijo, apagándolo a toda la velocidad

de la que fue capaz—. ¿A quién le gusta Mumford a estas alturas?

—A Adam —contesté—. A Adam le encanta.

—Estoy empezando a pensar que es mejor que te alejes de Adam —contestó mientras se miraba en el espejo retrovisor—. No me habías dicho que tenía unos gustos musicales tan horribles.

—Vamos a ir todos al infierno —dije, sentándome en la hierba y viendo a mis amigos examinando el coche como si fueran cerdos buscando trufas—. Primero a la cárcel y después al infierno.

—Estarías muy bien en la cárcel —bajó la ventanilla del conductor y me saludó con la mano—. Tú serías la médica de la prisión, curarías todas las heridas que esas zorras se hacen cuando se pelean y no quieren ver a un verdadero médico para no buscarse problemas.

—Ha viajado a un montón de países —anunció Cass, hojeando el pasaporte con los ojos brillantes—. Pero está caducado. Me pregunto por qué lo lleva en el coche.

—Adam guarda su pasaporte caducado en la mesilla —dije lentamente—, para acordarse de la época en la que viajaba.

—¡Ah, sí! —asintió, sin dejar de pasar las hojas—. Camboya, Vietnam, Birmania. ¿Adam no estuvo también ahí, Liv?

—Sí, ha estado en todos esos países —contesté con un hilo de voz.

Fantástico. En tres días, había conseguido encontrar a la mujer perfecta. Atractiva, alta, propietaria de un bar, con sus mismos gustos musicales y que adoraba viajar. En ese mismo periodo de tiempo yo me había comido un paquete de Hobnobs de chocolate para cenar y solo me había duchado dos veces.

—Deberíamos marcharnos —propuso Abi, mirándome mientras me hundía en el barro como un hipopótamo rubio y deprimido—. Vamos a casa.

Fijé la mirada en el bar, preguntándome si seguirían allí.

¿Le habría puesto Adam la mano en la rodilla? ¿Estaría apoyando la cabeza en su hombro? Porque aquel era mi hombro, aquella era mi mano.

—Chicos —Abi empleó su tono autoritario y todos alzamos la mirada—, deberíamos marcharnos.

—Es posible que no esté pasando nada —dijo Cassie, siempre optimista—. A lo mejor es solo una reunión de trabajo.

—Voy a llamarle —me palpé buscando el teléfono y localicé su número—. Voy a llamarle y voy a preguntarle que qué está haciendo. Me dirá que es una reunión y todo se arreglará, ¿verdad?

—Sí —contestó David, tapándole la boca con la mano a Abi mientras Cassie asentía con presteza—. Llámale.

Con aquel público delante de mí, era imposible salir corriendo, conducir cien kilómetros y romper otro iPod. Conteniendo la respiración, apreté la tecla y esperé. Y esperé. Hasta la sonrisa de Cass comenzó a desvanecerse cuando puse el manos libres y se oyó el mensaje del contestador. David alzó la mirada hacia el cielo, estaba comenzando a llover otra vez.

—Llámale otra vez —me ordenó Abi—. Si está reunido, es posible que no pueda contestar a la primera llamada, pero, si no contesta a la segunda, le pondré en la lista.

Tras secar las gotas de lluvia del teléfono con la manga, volví a llamar otra vez, utilizando todavía el altavoz.

—¿Diga?

Contestó casi al instante.

—¿Estás bien? —me preguntó al ver que no contestaba.

—Sí —me resultaba muy extraño no saber qué decir—. Me estaba preguntando qué estabas haciendo.

—Eh, nada —se produjo un silencio demasiado largo—, ¿por qué?

—Por nada —respondí con la voz atragantada—. ¿Estás en casa?

—¿Por qué? —contestó, no supe distinguir si nervioso o esperanzado—. ¿Dónde estás tú?

—«¿Por qué? ¿Por qué? ¿Por qué?» —repitió Abi desde el interior del coche—. Será idiota.

—Iba a ir a ver a Cass —mentí—, pero no está en casa y he pensado que a lo mejor está contigo.

—No —contestó, y se aclaró la garganta—. No. La verdad es que ahora mismo estoy en medio de algo. ¿Puedo llamarte más tarde?

—Sí, claro —contesté, incapaz de dar la espalda a mis amigos y mantener parte de mi dignidad intacta—. Hablaremos más tarde

Adam colgó antes de que pudiera hacerlo yo. Sin decir una sola palabra, me encogí de hombros mirando a mis amigos, que seguían escondidos dentro del Mini, y guardé el teléfono en el bolsillo. Sentada en el suelo con el trasero mojado y el corazón destrozado, no supe qué decir.

—Lo que va a estar es en medio de mi puño —gruñó Abi, saliendo del coche y sentándose en el suelo empapado, a mi lado—. No te atrevas a llevarte un disgusto.

—Me siento igual que cuando me enteré de que Jay Z había engañado a Beyoncé —oí que le susurraba Cass a David—. No me lo puedo creer.

—¿Qué hacemos con las llaves? —preguntó él, sacándolas del encendido y siguiendo a Cass fuera del coche—. ¿Vamos a tirarlas al cuarto de baño?

—Vamos a tirarlas en cualquier parte —respondió Cass con una mirada salvaje.

Se las arrancó de la mano, corrió por el campo y las tiró lo más lejos que pudo hacia las zarzas que había al lado de la carretera. Se volvió después hacia nosotros con los brazos abiertos en un gesto de triunfo.

—No lo ha hecho —Abi fijó la mirada en nuestra amiga, que aullaba con toda la fuerza de sus pulmones—. Dime que no acaba de hacerlo.

—Lo ha hecho —respondió David, corriendo hacia Cass y levantándola a hombros—. Es mi heroína.

Sentada en el suelo, alcé la mirada hacia Abi con los ojos como platos.

—¿De verdad acaba de pasar lo que he visto?

—Esto es lo que se supone que le pasa a la gente cuando tiene hijos —respondió ella, asintiendo. Estuvimos mirando a David mientras corría en círculos con Cass a hombros, cantando la canción de Rocky.

—Les dejas una noche libre y se vuelven completamente locas —reflexionó.

—En el mejor sentido —añadí, empezando a sonreír—. Creo que nunca he estado más orgullosa de ella.

—Yo tampoco —dijo Abi, ayudándome a levantarme—. Vamos, esta noche ponen un nuevo episodio de *Real Housewives*. ¿Quieres que apostemos a ver quién se ha operado desde la última vez?

—Por supuesto —contesté mientras el teléfono me vibraba en el bolsillo. Lo saqué, esperando ver el nombre de Adam. Era, en cambio, una notificación de Tinder. Tenía un mensaje nuevo. Era de aquel hípster tan atractivo que había marcado el día anterior—. Ve a buscar a Bonnie y a Clyde. Ahora os pillo.

Crucé lentamente el terreno mientras mi amiga corría en su busca. Abrí el mensaje sintiendo una cálido cosquilleo extendiéndose por mi pecho.

Hola, leí, *¿qué tal ha ido la semana?*

Era un mensaje sencillo, educado y curiosamente familiar para proceder de un completo desconocido. ¿Pero qué otra cosa se suponía que podía decir? «Hola, no sé por qué, pero me gustaste en la fotografía que colgaste en Internet»: Por lo menos no había iniciado la conversación con una fotografía de su miembro. Ya había sufrido más que suficiente los penes que Abi había recibido a través de Tinder. Definitivamente, aquello era mucho mejor.

—No demasiado mala —susurré mientras tecleaba esas mismas palabras.

Era una mentira descarada, pero él solo era una fotografía

en un teléfono. No iba a verle nunca. Como David había dicho, solo era una caricia para el ego, y mi ego andaba dolorosamente necesitado.

¿Qué tal te ha ido a ti?, escribí. Aparté el teléfono y corrí por el campo embarrado para reunirme con mis amigos, huyendo del bar antes de que nos pillaran haciendo algo que no deberíamos haber hecho. Cuanto más cambiaban las cosas, más se parecían a como habían sido siempre.

CAPÍTULO 18

—En el cuarto de baño no están y el tipo de detrás de la barra dice que no se las ha entregado nadie.

Jane volvió a buscar tras los cojines de nuestro rincón una vez más, arrugando el gesto al pensar en lo que podía llegar a encontrarse.

—Supongo que se me han caído cuando esa chica me ha golpeado con la puerta del baño, pero no sé dónde pueden haber terminado. ¡No pueden haberse desvanecido!

—¿Y no tienes otro par? —pregunté, mirando en el suelo y palpando con el pie bajo el asiento.

—Aquí no —gruñó frustrada—. Tengo un código, pero las otras llaves están en el piso de Jim. Si tengo que llamar al cerrajero, esto me va a costar una fortuna. Seguro que me sale más barato ir en tren a casa y volver a por el coche.

—Entonces, deja el coche aquí —sugerí. Desvió la mirada hacia mí sin volver la cabeza—. Le contaré a la propietaria lo que ha pasado y seguro que no le importa que dejes el coche aquí.

—¡Eso sería genial! —Jane sacó las manos de entre los cojines y se las frotó con fuerza en los muslos—. ¿Estás seguro de que no te importa? Me iré a primera hora de la mañana, te lo prometo.

¿De la mañana? ¿No podía volver en tren aquella noche?

Alcé la mirada y vi que eran más de las nueve. Habíamos estado sentados allí desde las tres y ni siquiera me había dado cuenta. Habían pasado horas desde que Liv me había llamado y le había prometido devolverle la llamada en cuanto llegara a casa. ¿En dónde se había metido la tarde?

—Serías mi salvación si me dejaras dormir en el sofá —dijo, toda ella ojos esperanzados y reluciente melena.

Me descubrí aferrándome a mis rodillas y con la mirada fija en mi pinta vacía. ¿Por qué aquello se me parecía al principio de una maravillosa y terrible película porno? Solo estaba haciendo lo que haría cualquier persona decente. No podía permitir que malgastara cientos de libras en un taxi, ni que se fuera en tren a última hora de la noche cuando tenía una habitación de sobra, ¿verdad? Bueno, una habitación de sobra y una habitación muy especial, para ser sincero. Si fuera mi hermana, me gustaría saber que podía pasar la noche segura en una cama. Además, aunque no estaba borracho, tenía la certeza de que los dos habíamos traspasado el límite. Jane no debería conducir. Era algo del todo inocente. Un gesto de caballerosidad, de hecho.

—Mi casa es tu casa —le dije, asegurándome de que llevaba en el bolsillo las llaves. Aquel no sería el mejor momento para pedirle a Liv las llaves de mi casa—. Y hasta puedes quedarte en la habitación de invitados.

—No quiero causarte muchas molestias —dijo, sonriendo radiante.

Saludé con la mano al compañero de colegio de Liv, que continuaba solo en el bar, pero él no me devolvió el saludo. De hecho, su mirada fue de desaprobación. El muy estúpido.

—Pero eres muy amable. Te lo agradezco de verdad —realmente, si pensaba en ello, me había convertido en el héroe de la situación—. Gracias, Adam.

Jane se inclinó hacia mí desde su asiento y posó las manos en mis hombros con un abrazo fugaz, confirmando mis sospechas. Era un héroe. El hombre que estaba en el bar y el

camarero de barba pelirroja intercambiaron una mirada y yo aparté a Jane a toda velocidad. ¿Qué sabían ellos?
—Eres mi héroe.
Superman, Batman, Adam Floyd. La gente había hablado.

—Me emociona saber que voy a ver algo más que la cocina —Jane se cernía sobre mi hombro mientras abría la puerta de la casa quince minutos después—. ¿Has diseñado tú todos los muebles?
—No exactamente —contesté mientras me limpiaba los zapatos llenos de barro en el felpudo de la entrada y la observaba hacerlo a ella también.
Una vez dentro, Jane se sentó a los pies de la escalera, se quitó las botas y las dejó al lado de la puerta. Sus pequeños calcetines blancos chocaban con el resto de su conjunto, pero había algo encantador en ello.
—He diseñado alguna que otra cosa, pero la mayor parte de los muebles los heredé junto a la casa.
—¡Vaya! —me siguió al cuarto de estar y se detuvo en la puerta—. ¿Tenías los mejores abuelos del mundo o qué?
—Mi abuelo construyó gran parte de los muebles —encendí la luz, revelando mi cuarto de estar estilo años cincuenta en todo su esplendor—. El sofá es nuevo, pero mi abuelo hizo el mueble de la televisión, las mesas auxiliares y la mesita del café. El otro armario lo compraron justo después de casarse.
—Me encanta —cruzó el parqué con sus pequeños calcetines blancos y deslizó la mano por la madera—. Quiero uno igual para el bar. ¿Podrías hacer uno?
—Nunca lo he intentado —contesté, estirando el brazo por encima de mi cabeza y agarrándome al marco de la puerta antes de bajar los brazos a ambos lados de mi cuerpo. No estaba intentando impresionarla—, pero, en teoría, debería ser capaz. Aunque no estoy seguro de que encaje con la decoración que había previsto.

—Bueno, todavía no he hablado de esto con Jim, pero llevo tiempo dándole vueltas a una idea y creo que acabo de verlo claro —me miró con una enorme sonrisa—. En realidad, contamos con un segundo piso en el bar y estaba pensando que podríamos montar un bar más pequeño y más moderno con una decoración más sesentera. Tendríamos la parte de abajo como un campamento de verano y el piso de arriba como si fuera un cuarto de estar de los sesenta, pero será un bar. Y, básicamente, tendría que robarte todos tus muebles.

—Me parece una idea brillante —me mostré de acuerdo, con el cerebro plagado de ideas—. Podrías encargar algunos muebles a medida y comprar el resto de segunda mano.

—Y estaba pensando que podríamos ofrecer unas bebidas completamente diferentes en el piso de arriba —los ojos le brillaban con una emoción por la que resultaba difícil no dejarse arrastrar—. Haríamos auténticos cócteles de los sesenta, como los *manhattans* o los *oldfashioneds*. Hasta he encontrado un lugar en el que venden copas originales de la época. Creo que sería muy divertido.

—Y muy popular —me mostré de acuerdo. Crucé la habitación para abrir el armario—. Este es el decantador de whiskey de mi abuelo. ¿Qué te parece?

—¡Es total! —alargó las manos hacia él—. ¿Te importa que lo toque?

Yo desvié la mirada y ella estalló en carcajadas y apartó la mano cuando cerré la puerta del armario. Su risa decayó hasta convertirse en un embarazoso suspiro mientras permanecíamos de pie, a solo unos centímetros, en mi cuarto de estar y por la noche. Ahí estaba otra vez. No solo mi semi, sino aquel algo inexorable que vibraba entre nosotros, ese algo que me hacía desear desgarrarle los calcetines a dentelladas.

—Debería ir a prepararte la cama —dije con una voz ronca mucho más cercana a un susurro de lo que pretendía—. Tengo que acostarme pronto, mañana voy a tener mucho trabajo.

—Sí, sí —contestó al instante, presionando las manos bajo

sus axilas—. De todas formas, yo también tendré que levantarte pronto para coger el tren.

—Te haré la cama. No tardaré ni un minuto.

Dejando a Jane, al decantador y mis confusos sentimientos tras de mí, subí las escaleras al trote, abrí la puerta del dormitorio de invitados y miré el interior. Estaba mucho peor de lo que recordaba. En cuanto mis padres me habían cedido aquella casa, había limpiado el cuarto de estar, había fregado la cocina a conciencia y había atacado el cuarto de baño del piso de abajo, solo por si acaso, pero no había hecho nada en el de arriba. La clásica táctica de evitación. Liv solía decirme que ella nunca se depilaba antes de una primera cita, pero yo no podía decir que eso fuera a detenerme. Sin embargo, el estado de aquel lugar podía asustar a cualquiera. En otra época, aquella había sido una confortable habitación de invitados, con almohadas esponjosas y cojines innecesarios, pero en aquel momento era un antro total. Ropa sucia al lado de la puerta, una botella medio vacía de whisky, algunas botellas de cerveza totalmente vacías y dos cajas de pizza. No era la imagen de mi mejor momento.

—Caramba, Adam, ¿has estado alquilando la habitación para *Stig of the Dump*?

Me volví y vi a Jane al final de la escalera.

—No. Últimamente he estado durmiendo aquí —respondí lentamente, sin estar muy seguro de lo que iba a decirle. Ni de por qué había abierto la boca para empezar—. Lo siento.

—No tienes que disculparte por dormir donde te apetezca en tu propia casa —contestó mientras yo lanzaba todo aquel desastre al cubo de la ropa sucia antes de que Jane pudiera verlo mejor—. ¿Esto tiene algo que ver con tu novia? ¿Ella también vive aquí?

—No, no vive aquí —no había vuelto a mencionar que tenía novia desde la primera vez, pero ella se acordaba. No supe si aquello me alegraba o no—. No vivimos juntos. Voy a traerte unas sábanas limpias.

—Yo quitaré estas mientras vas a por las limpias —Jane puso las manos en mis caderas y me empujó con suavidad para sacarme de la habitación. Después agarró una almohada y la sacudió para sacarle la funda—. Después hablaremos, si quieres.

Obediente, fui al armario de la ropa blanca y saqué un juego de sábanas, que olfateé con curiosidad por si acaso. En el dormitorio, Jane estaba sentada sobre el colchón desnudo, con la cazadora de cuero y el bolso sobre la cómoda y los pies enterrados en la alfombra de felpa de color crema.

—Me dijiste que os estabais dando un descanso —dijo, tendiendo las manos para que le diera la funda de la almohada—. ¿Qué significa eso exactamente?

Era una sensación extraña. Quería contárselo porque me sentía muy cómodo con ella, pero, como me sentía tan cómodo con ella, no quería decir una sola palabra. Quería mantener a Liv en el departamento de Liv y a Jane en el departamento de Jane, de manera que las dos nunca pudieran encontrarse, pero hubo algo en su expresión, además de todas las pintas que me había tomado en el Bell, que me impidió mantener la boca cerrada.

—Nos estamos dando un descanso —comencé a decir, sacudiendo la sábana bajera—. Pero no tengo la menor idea de qué significa eso. La culpa es mía. Fui yo el que empezó todo, pero ahora ella está enfadada y no sé lo que está pasando.

—¿Empezaste tú? —preguntó Jane, levantándose para que yo pudiera poner la sábana—. ¿Rompiste tú con ella?

—No quería romper con ella. Solo quería que nos diéramos un descanso —contesté. ¿Por qué a la gente le costaba tanto comprenderlo?—. Quería ordenar mis ideas. Pero no lo conseguí. La verdad es que no sé lo que quería. La última vez que la vi ella me dijo que también necesitaba un descanso y ahora no sé qué hacer.

—Muy bien. Adam, yo creo que esto debería ser fácil. ¿Quieres romper con ella? —se sentó de nuevo en la cama y colocó las almohadas recién ahuecadas en la cabecera de la cama—. ¿O quieres arreglarlo?

Cruzado de piernas en el suelo, con el edredón en el regazo, fijé la mirada en mis uñas. Necesitaban un buen corte.

—No lo sé —confesé—. No sé lo que quiere ella.

—No es eso lo que te he preguntado —me recordó Jane en voz suave y queda.

Se sentó en el borde de la cama y me miró. Lo único que tenía que hacer yo era besarla, tumbarla en la cama para que ocurriera. ¿Pero ella quería que lo hiciera? ¿Podía hacerlo? ¿Debería? Estaba acostumbrado a interpretar bien situaciones como aquella. Sería muy fácil.

—¿Qué quieres, Adam?

No podía. No debía.

—Irme a dormir —me levanté y dejé el edredón sobre la cama—. Buenas noches. Hasta mañana.

—Buenas noches, entonces —contestó Jane, subiendo los pies a la cama y dejando que su larga melena cayera sobre su rostro. ¿Eran imaginaciones mías o parecía desilusionada?—. Que duermas bien.

Cerré la puerta del dormitorio de invitados y permanecí en el frío y oscuro pasillo, oyendo crujir el colchón mientras Jane se movía. ¿Cómo dormiría? ¿Debería volver y ofrecerle algo para dormir? No. No iba a pasar nada bueno si regresaba a aquella habitación. Bueno, sí, sería algo bueno, pero solo duraría unos siete segundos, teniendo en cuenta el estado en el que me encontraba, y lo que seguiría sería un mundo de dolor. De modo que di los cuatro pasos que me separaban de mi dormitorio y agarré el picaporte de bronce.

No había dormido en mi dormitorio desde que había vuelto de México. La primera noche me había quedado dormido en el sofá; la segunda lo había intentado, pero en cuanto me había metido en la cama todo me había olido al perfume de Liv. Desde entonces había evitado el dormitorio a partir de la hora en la que se ponía el sol. La cama estaba bien hecha y la luz de una luna casi llena se filtraba por la ventana, reflejando las gafas que Liv dejaba siempre en mi mesilla. Sus gafas, el humidificador y su pequeña colección de gomas de pelo. Estaban hasta unas lentes de contacto secas que no había tirado a la basura la última vez que se había quedado a dormir. Y tampoco yo había sido capaz de tirarlas.

Me desabroché el cinturón y me quité los pantalones de un tirón. Después me acerqué a la ventana para cerrar las cortinas. Algunos de mis vecinos estaban paseando a sus perros y me saludaron al verme asomado. Les devolví el saludo, bajé la mirada hacia mis boxers y corrí las cortinas. Me desabroché después los tres primeros botones de la camisa, me la quité por encima de la cabeza, la lancé junto a los vaqueros, me quité los calcetines y me subí a la cama. Todavía olía a Liv. Su almohada olía a coco y de las sábanas emanaba el olor a limón y hierba, la fragancia de aquel enorme tubo azul de loción para el cuerpo que Liv adoraba. Tiré de las sábanas y me metí en el interior de la cama, refugiando mi cuerpo y enterrando las manos bajo las almohadas hasta encontrar lo que estaba buscando. Era una camiseta vieja de color azul claro con el dibujo de un uómbat en la parte delantera. Por un momento, la estreché contra mi pecho e inhalé su olor, pero en vez de sentirme cómodo, todo aquello me dio miedo.

Alcé la camiseta en la tenue luz de la habitación. Me encantaba cómo le quedaba a Liv. Con un punto de desaliño, y era lo bastante corta como para que pudiera verle las bragas. Liv tenía un trasero notable, probablemente hasta mejor que el de Jane, seguramente el mejor que había visto nunca, pero ella nunca me creía cuando se lo decía. Busqué el agujero del cuello y metí la cabeza por él. Era realmente pequeña. Muy, muy pequeña. Me obligué a meter los brazos por las mangas y me tumbé en la cama. Con el uómbat de la camiseta estirándose sobre mi pecho y las mangas cortándome la circulación de los brazos.

—¡Mierda!

Con un enérgico giro, me levanté de la cama y rebusqué entre la ropa que había tirado en un rincón para sacar el teléfono del bolsillo de los vaqueros. Ya estaba bien. Aquel tiempo de descanso estaba siendo horrible y fuera lo que fuera lo que le pasara a Liv, no importaba, lo solucionaríamos. Claro que lo solucionaríamos. Con la camiseta enrollada alrededor de mi ombligo y las rodillas crujiendo contra el suelo de madera, marqué su teléfono y esperé a que contestara. El teléfono sonó tres veces y oí después un clic, como si hubiera descolgado, pero no se oía nada al otro lado.

—¿Liv? —pregunté con voz vacilante y el vientre helado. Debería haber puesto moqueta también en el dormitorio, en vez de haber dejado aquel estúpido y bonito suelo de madera—. Soy yo.

La oír respirar, moverse y tomar aire.

—¿Liv? Lo siento. No he podido llamarte antes, pero lo estoy haciendo ahora. ¿Estás ahí?

Volví a oír un susurro y después:

—No vuelvas a llamarme nunca más —antes de que colgara el teléfono.

Sostuve el teléfono a un brazo de distancia de mi rostro y fijé la mirada en la fotografía que asomaba detrás de todas mis aplicaciones. Liv y yo en la boda de Cassie, agarrados del brazo, nariz contra nariz, riendo de tal manera que recordaba haber tenido que secarme las lágrimas y, aunque no era capaz de acordarme del motivo de nuestras risas, no importaba. Tumbado en el suelo del dormitorio, a los pies de la cama, con la camiseta de Liv y mis segundos mejores boxers, me tumbé de lado y lloré.

Y el primer premio al tarugo más grande es para... Adam Floyd.

Me metí en la cama, cerré los ojos y me dejé caer contra las almohadas.

—¿De verdad ha pasado? —pregunté.

—¿A qué parte te refieres? —preguntó Abi—. ¿A Adam, a la chica, al hecho de que hayas salido por la ventana, a que nos hayamos metido en un coche que no era nuestro o a que Cass haya perdido la cabeza y haya tirado las llaves entre los escaramujos? Por lo menos ha sido bonito volver a ver a la antigua Cassie —Abi rebosaba admiración—. ¿Crees que habrá sufrido algún daño cerebral cuando te has caído encima de ella?

—A lo mejor el sentido común abandonó su cuerpo al mismo tiempo que el bebé —aventuré.

Abi se levantó, abrió el primer cajón de mi cómoda, rebuscó hasta encontrar un paquete de toallitas desmaquilladoras y comenzó a quitarse el lápiz de ojos.

—Últimamente está muy rara —le dije.

—No está rara, está completamente loca —contestó ella con las mejillas manchadas de rímel—. No es mi ejemplo de maternidad favorito. Nunca la vemos y, después, la primera vez desde hace una eternidad que ha pasado más de dos horas con nosotras monta un numerito a lo Britney Spears en el 2007.

Hice un puchero, coloqué las piernas tras de mí y clavé la mirada en el suelo.

—¿Qué? —dijo Abi—. ¿Qué quieres decirme, pero crees que no deberías contarme?

Aquel era el peligro de conocer a alguien desde hacía veinte años.

—Muy bien, no te enfades, pero le sugerí que viniera a trabajar conmigo a la clínica —comencé a explicarle, enderezándome en la cama y protegiéndome con una almohada—. Cuando mi padre se retire, vamos a necesitar a alguien un par de días a la semana.

—Me parece una idea brillante —contestó, con la cara a medio limpiar—. ¿Por qué no se me habrá ocurrido a mí?

—Porque no tienes el monopolio de las ideas brillantes —contesté—. De todas formas, rechazó mi oferta. Porque quiere quedarse en casa haciendo de mamá.

Abi no dijo nada, pero, en vez de continuar desmaquillándose, siguió arrancándose varias capas de piel.

—Creo que te estás frotando demasiado fuerte —apunté, señalando su rostro.

—Bien por ella —dijo Abi con voz tensa. Se colocó su corta melena castaña detrás de las orejas y arrojó la toallita sucia a la papelera—. Eso está muy bien.

Asomándome por detrás de la almohada, arqueé una ceja.

—¿De verdad?

—Yo no podría hacerlo —contestó—. Pero que haga lo que quiera, tiene que hacer lo que la haga feliz. Y, al fin y al cabo, con el tiempo habríamos terminado distanciándonos.

—No vamos a distanciarnos —discutí—. De hecho, ahora vive mucho más cerca de nosotras. Aparte de cuando vivíamos las tres en el mismo piso, evidentemente.

Abi tenía la misma expresión que cuando me había asegurado que su perro iba a morir.

—Ya nos está pasando, Liv —me dijo—. ¿Con cuanta frecuencia la vemos? ¿Y de qué hablamos cuando estamos juntas? Sé que tiene un marido y un hijo, las dos son cosas muy importantes y no lo discuto, pero no puedo recordar la última vez que tuvimos una conversación que no sea sobre ti o sobre el bebé. Ni siquiera recuerdo la última vez que tuve noticias de ella sin ser yo la que llamara.

—Eso cambiará cuando Ming el Implacable sea algo mayor —la tranquilicé, esperando que fuera cierto—. Ahora está muy atrapada por la situación, pero sigue siendo Cass.

—Pronto volverá a quedarse embarazada otra vez —anticipó Abi—. Y no quiero que pienses que digo esto por maldad, pero, si Adam y tú no os arregláis, entenderás lo que quiero decir. ¿Cuántas veces has tenido que salir con los dos? ¿O ir a cenar? Si rompes con Adam, ella seguirá casada con su hermano, ¿y cuándo crees que la verás? Lo mismo que yo. Es decir, nunca.

Las cosas habían cambiado desde que Cassie había empezado a salir con Chris, pero jamás se me había ocurrido pensar que pudiera llegar a perderla si cortaba con Adam. Cass era amiga mía antes de conocer a Chris. Seguro que este no conseguiría separarme de mi amiga.

—La gente toma partido, Liv —Abi rodeó la cama para ir al baño. El atronador extractor cobró vida cuando encendió la luz—. Dice que no, pero siempre lo hace. Ahora ya no te gusta contarle muchas cosas por miedo a que se las cuente a Chris, pues imagínate cómo sería si Adam y tú no estuvierais juntos. Ella sabrá todo sobre su vida y él lo sabrá todo sobre la tuya. ¿Cómo se supone que vas a superar lo de Adam si siempre está formando parte de tu vida?

—Pero no hemos roto —dije, abrazándome a la almohada—. Técnicamente.

—Y estoy segura de que no romperéis —contestó en un poco entusiasta intento de optimismo mientras cerraba la puerta del baño—. Al final todo saldrá bien.

Abi era la mujer más cínica del mundo en lo que a las relaciones se refería; las mías, las suyas, las de Jennifer Aniston… las que fueran. Ella siempre pensaba que las cosas no iban a salir bien. Entre los múltiples divorcios de sus padres y el haber soportado a más novios insufribles que Taylor Swift, no la culpaba por haber tirado los cuentos de princesas por la ventana, pero habría sido bonito que hubiera intentado mentir de forma un poco más convincente.

—¿Qué es esto? —me preguntó, agarrando mi ejemplar prestado de *Conservar el amor cuando lo encuentras* de la mesilla.

—Me lo prestó Cass —contesté haciendo una mueca—. En realidad no es el peor.

—Debería quemarlo y haceros un favor a las dos —se acercó la cama y se metió bajo las sábanas. Tomando la ruta más corta, por supuesto—. ¿Sigues sin saber nada?

—Sí —sacudí la cabeza y le di un almohadonazo—. Y, sinceramente, ahora no me apetece pensar en ello.

En mi cabeza, había dos posibles salidas. La primera implicaba a Adam apareciendo en mi puerta con una sortija de compromiso, confesando su miedo y una aventura producto del pánico que nunca había ido más allá de un beso, suplicándome un perdón que yo le concedía de forma incondicional y, después, toda una vida de resentido silencio. La segunda era un largo e interminable período de tristeza durante el que él se paseaba con naturalidad por el pueblo con un surtido de mujeres atractivas mientras yo enviaba mensajes por Internet a chicos sin tener la menor intención de quedar con ellos y nuestros amigos jugando al «él ha dicho» «ella ha dicho», hasta que nuestra relación iba marchitándose poco a poco hasta terminar muriendo.

Por algún motivo, mi orgullo se inclinaba hacia la segunda opción.

—Yo no voy a llamar si él no llama —anuncié en voz alta. Cuanto más alto hablas, más segura pareces. Era la misma técnica que utilizaba mi abuelo para hacerse entender cuando viajaba al extranjero—. Que se vaya al infierno, Abi. Me mintió delante de mis narices. Bueno, de mi oreja. Ya sabes lo que quiero decir. Habíamos quedado en que no veríamos a nadie, así que, sí, que se vaya al infierno.

Abi parecía preocupada, pero también convencida mientras yo me levantaba para lavarme los dientes vibrando de indignación y enfado.

Uno de los focos del techo se había fundido, dejando el baño con una luz más favorecedora de la habitual y yo lo agradecía; no tanto aquel extractor hiperactivo. Me volví y me miré en el espejo con el cepillo eléctrico en una mano y la parte de arriba del pijama en la otra. No estaba en muy mala forma. No podía decirse que pudiera salir en el catálogo de bañadores de Victoria's Secret, pero no había nada debajo de mi pijama de franela con lunares que espantara a los hombres. No había sido bendecida con unos senos como los de Abi, pero tenía un trasero medianamente decente que podía pasar por la clase de trasero que hacía cien sentadillas cada mañana cuando lo enfundaba en un par de medias negras opacas.

Y después estaba mi cara: ojos grandes, nariz pequeña, una boca más que adecuada y ningún defecto en la piel que no pudiera cubrir con un poco de maquillaje y el filtro adecuado. Y eso era solo el envoltorio. ¡Yo era un buen partido! Probablemente. Tenía trabajo, me gustaba reír. Sí, era cierto que pasaba del fútbol y la cerveza y era incapaz de ver porno sin terminar doblada y riendo como una histérica, pero era una persona de fácil trato, amable y muy buena jugando al Trivial en el pub. ¿Quién no iba a querer algo así?

Por supuesto, había una muy obvia respuesta a aquella pregunta, pensé, dirigiéndome una desagradable mirada y escupiendo la pasta de dientes en el lavabo. Adam Floyd. ¿Qué tenía aquella mujer alta y morena y sin llaves que yo no tuviera? ¿Aparte de veinte centímetros más de pierna, unos labios de Kylie Jenner y mi novio? Ella no sabía cuándo Adam tenía que hacer la revisión anual del coche, ni compraba un suavizante especial porque el normal le provocaba sarpullidos, y, desde luego, no sabía cantar el tema de *ThunderCats*, pero cambiando la letra y diciendo «Thunderpants», lo cual, por lo que a Adam concernía, era lo más divertido del mundo. Aquellas tonterías importaban, eran las pequeñas cosas que cimentaban una relación.

¿Pero qué ocurría cuando todas aquellas cosas se convertían en algo predecible y aburrido y, en vez de a tu encantadora novia con su pelo rubio y su vieja cazadora vaquera empezabas a desear a una mujer morena y sexy con cazadora de cuero? Apuesto a que ella tenía por lo menos dos tatuajes, se sabía de memoria todas las letras de las canciones de Nirvana, solo tomaba café negro y jamás, jamás, había pasado toda la tarde un martes googleando «¿Qué fue de los actores de *Salvados por la Campana*?». Me miré a mí misma a los ojos, intentando identificar el momento exacto en el que las cosas habían cambiado. ¿Le ocurría así a todo el mundo? En uno de los libros de Cass decían que enamorarse era como quedarse dormido, que, al principio, todo ocurría muy despacio y después se precipitaba todo. ¿Ocurriría lo mismo cuando te desenamorabas? ¿Se habría desenamorado Adam de mí y yo no lo había notado?

—No voy a sacar nada bueno de todas esas preguntas —me dije a mí misma, deseando estar en la cama con Adam en vez de con Abi y preguntándome si volvería a dormir alguna vez con él.

Con media botella de vino chapoteando en mi estómago, dejé el cepillo de dientes en el cargador, apagué el ensordecedor extractor y la luz del baño con su correspondiente zumbido.

—¿Estás leyendo otra vez mis mensajes? —pregunté, cuando al volver al dormitorio encontré a Abi con el teléfono en la mano—. Porque si es así, deberías saber que utilizo «imbécil» en un sentido cariñoso. Como los niños.

—Solo estaba viendo la hora —dejó el teléfono otra vez en la mesilla de noche, boca abajo, y apartó el edredón, invitándome a acostarme en mi propia cama—. ¿Cómo es posible que ya sean las doce de la noche?

—Es un misterio —contesté. Mi cabeza encontró la almohada al instante y cerré los ojos, pesados y secos—. Buenas noches, asquerosa.

—Yo también te quiero —susurró.

Se colocó de espaldas a mí y se enterró bajo el edredón mientras yo permanecía despierta, con la mirada clavada en el techo.

Abi ya estaba roncando cuando se oyó el quedo sonido de las garras de Daniel Craig alrededor del dormitorio. Se detuvo un instante antes de que sonara un leve gruñido a mis pies, girara un par de veces, trepara por mis piernas y se acomodara en mi pecho mientras yo continuaba con la mirada clavada en el techo. DC era un gato pequeño y ni mojado pesaba más de dos kilos y medio, así que sabía que la fría y pesada carga que oprimía mi pecho no tenía nada que ver con él. Le acaricié detrás de las orejas, agarré el teléfono y tiré del edredón por encima de mi cabeza. Sin molestar ni a Abi ni al gato, abrí las fotografías y fui directa a nuestro archivo. Doscientas cuarenta y siete fotografías de Adam, de los dos, de DC. Cientos de fotografías de nuestra pequeña familia que parecían ser lo único que me había quedado. Estuve viéndolas durante un minuto, torturándome con aquellas sonrisas y aquellos incómodos selfies de besos antes de apagarlo y deslizarlo debajo de las sábanas. Con el último resplandor de la pantalla cegándome en la tenue luz del dormitorio, deseé que llegara el sueño y me llevara mientras mis lágrimas calientes empapaban la almohada.

Aquella era la peor parte, me recordé, a mí misma. Todo el mundo pasaba por aquello antes o después, pero ni siquiera el ser consciente de ello parecía ayudarme.

CAPÍTULO 19

Cuando me levanté el jueves por la mañana, Jane ya se había ido. Había dejado una nota en la mesa de la cocina para darme las gracias y anunciar que volvería más tarde a por el coche. Mi primera reacción fue de alivio, en gran parte porque me había despertado llevando todavía la camiseta de Liv y no había tenido suficiente energía como para quitármela mientras bajaba a prepararme una taza de té. Pero mientras el agua hervía casi al instante y yo metía una bolsita de té en una taza más o menos limpia, me di cuenta de que también estaba decepcionado.

—No es justo —dije en voz alta en medio de la cocina.

De acuerdo, sí, debería haber hablado con Liv cuando me había llamado estando yo en el pub. ¿Por qué de pronto era todo tan complicado? ¿Y por qué estaba hablando conmigo mismo? Echaba de menos a Daniel Craig, él siempre me comprendía. Me pregunté cómo le estaría yendo, encerrado en casa con Liv. Apostaba a que también me echaba de menos. Aquel gato necesitaba a un hombre en casa.

Tres meses antes, todo estaba muy claro. Iba a proponerle matrimonio a Liv, Daniel y ella iban a venir a vivir a mi casa y seríamos felices por siempre jamás. Hasta había decorado el dormitorio de Daniel en secreto. Pero en aquel momento me había convertido en un hombre con un dormitorio decorado con la temática del pescado y un bebedero para gatos. En su momento me había parecido una buena idea, pero aquel día tuve la sensación de que había sido fetichista en extremo. El recipiente gigantesco para la arena no ayudó.

No tenía la menor idea de lo que iba a pasar. Sí, había tenido un momento de pánico, pero eso no significaba que Liv tuviera que salir huyendo para tener su propia crisis existencial y terminar empeorándolo todo. Me preparé el té, saqué los últimos restos de copos de maíz y me senté en la cocina, masticando con ganas. Las mujeres siempre lo complicaban todo. Me acordé de la primera vez que había utilizado el cuarto de baño de Liv y me había pasado quince minutos leyendo las etiquetas de los productos que tenía en la ducha y oliéndolos todos. Yo solo tenía un bote de gel y otro de champú, ella debía de tener cerca de veinte. Hasta una ducha tenía que convertirse en algo complejo. Tenía que admitir que yo había añadido un exfoliante de cara y dos cremas hidratantes a mi cuarto de baño, pero eso también había sido por culpa de su influencia.

—Las mujeres no son capaces de dejar las cosas en paz —anuncié en la cocina vacía, imaginando a Daniel Craig dándome la razón mientras esperaba con paciencia los restos de leche y cereales.

Y Jane... No podía seguir con eso. Ella parecía interesada, era evidente que me estaba enviando señales, estaba seguro. Pero no importaba; yo quería arreglar las cosas con Liv. Aunque Jane estaba tan buena... Había salido con algunas mujeres muy atractivas. Ana, la colombiana con la que había viajado por Sudamérica era de una belleza increíble, Jen, mi novia de la universidad, una pelirroja espectacular. Y también estaba Liv, a la que tampoco iba a echar nadie de su cama. Aun así, Jane tenía algo que no acababa de entender. Me ponía al límite, pero en el buen sentido. Era como el regalo bajo el árbol de Navidad. Podías verlo, estabas casi seguro de lo que había dentro, pero estabas loco por abrirlo a la mañana siguiente, por si no era como lo imaginabas. Y no era solo porque fuera tan atractiva. Había una conexión. Antes de Liv, era eso lo que me decía a mí mismo para explicarme los motivos por los que me apetecía acostarme con alguien en la cama y no volver a salir nunca más, pero con Jane era cierto que había algo especial. Teníamos muchas cosas en común: los viajes, una carrera profesional desafiante, hermanos insoportables. Y los dos éramos altos. Eso tenía que contar algo.

Sonó el teléfono cuando estaba lavando el que había sido mi último cuenco de cereales limpio y vi el nombre de Tom en la pantalla.

—Muy bien —contesté después de secarme los dedos en los boxers—. ¿Cómo estás?

—Bien, tío, bien —contestó—. Estoy en el coche, de camino a una conferencia en Noruega. Te llamaba para saber cómo estabas.

—Hay días en los que me arrepiento de haber dejado la carrera —reflexioné en voz alta, abriendo la puerta de atrás para enfrentarme a una fresca y limpia mañana de septiembre.

Puse el teléfono en modo manos libres, me quité la camiseta de Liv, la miré un momento, la tiré a la lavadora y la sustituí por la sudadera roja que tenía en el respaldo de una silla de la cocina.

—Hoy no es uno de ellos.

—Es un negocio con glamur —contestó él riendo—. ¿Qué novedades hay por allí?

—No muchas —pisé las primeras hojas caídas mientras cruzaba el jardín para dirigirme al taller.

Tom tenía una casa preciosa en Londres, pero su jardín trasero se limitaba a un patio de cemento de cuatro por cuatro metros detrás de la cocina compartido por una barbacoa desechable, dos sillas, una mesa y todo un surtido de gatos, ratas y solo Dios sabía qué más. Una de las cosas que me gustaban de vivir en el campo era el espacio, la posibilidad de respirar. Mis abuelos no habían hecho grandes cosas ni en el jardín ni en la casa durante los últimos años, pero su mera existencia me había dado mucho juego. Tenía un invernadero, un patio, un pequeño jardín de flores silvestres en la parte más alejada (porque por mucho que lo intentara no era capaz de mantener ninguna flor viva a propósito) y una enorme parcela de frondosa hierba que te suplicaba que salieras de casa en cuanto brillaba el sol. Aunque una parte de mí echaba de menos la vida en la ciudad, solo con el jardín ya había hecho un negocio decente.

—La madera para el bar llega dentro de diez minutos, así que voy a empezar a trabajar esta mañana.

—¿Y eso qué implica exactamente?

—Quieren darle al bar una pátina de antigüedad, así que tendré que lijar un poco, teñir la madera, envejecerla, ya sabes… Hay que darle un aspecto rústico, pero, al mismo tiempo, pulirla para que soporte las bebidas y todo lo demás.

—Eres consciente de que las únicas herramientas que tengo en casa son un taladro manual y el juego de destornilladores que me tocó en un *cracker* de Navidad, ¿verdad?

—Eres un fracaso de hombre —le dije—. Para ti ya no hay esperanza.

—Ya lo sé, Adam, no necesito que me lo recuerdes. El otro día llegué a casa y encontré a Mads cambiando el enchufe del tostador. Yo no tenía ni la menor idea de lo que estaba haciendo, por mí, habría comprado un tostador nuevo.

—¿Vas a venir al bautizo el domingo? —le pregunté—. Chris me ha dicho que Maddie ha estado ayudándoles.

—Maddie no ha estado ayudándoles —me corrigió Tom—. Maddie ha estado trabajando las veinticuatro horas del día para encontrar artistas disponibles del Cirque du Soleil. Tu hermano quiere hacer una actuación estilo *flashmob* de *Circus* de Britney Spears.

—A mí me habían hecho creer que la temática era el circo. Mi hermano es un monstruo.

—Me gustaría poder contradecirte, pero ayer por la noche mi novia estaba a punto de llorar porque el elefante que quería tu hermano estaba resfriado y le daba miedo decírselo. Es una organizadora de eventos profesional, Adam, una mujer que trata con novias psicóticas un día sí y otro también, y tu hermano le da miedo.

—Te remito a mi última frase —contesté—. Mi hermano es un monstruo.

—En el último bautizo al que fui ni siquiera daban bebidas, solo té y pastelitos —respondió Tom—. ¿Quién tiene un elefante? ¿Sabes que también quería leones? Sí, de verdad, quería que le buscara leones. Para el bautizo de su hijo.

Y yo quería mostrarme sorprendido, pero no lo estaba. Todavía recordaba la cara que había puesto cuando le había dicho que no podía conseguir que Bradley Cooper apareciera en su fiesta de soltero de despedida en Las Vegas y estoy seguro de que no nos lo ha perdonado ni a mí, ni a Bradley ni al estado de Nevada.

—¿Entonces se han arreglado las cosas con Liv? —la voz de Tom sonaba demasiado alegre para ser tan temprano—. ¿O todavía te tiene castigado en la perrera?

—Sigo castigado —contesté mientras me sentaba en mi banco—. De hecho, ni siquiera me dejan estar en la caseta del perro. Puedo verla, pero estoy al final del jardín, empapado en el barro.

—¿Le pediste perdón?

—Sí.

—¿Lo dijiste de manera que pareciera sincero?

—Sí, lo hice de manera que pareciera de verdad.

—¿Y en algún momento te dijo que no pensaba decirte lo que le pasaba? —me preguntó—. Porque esa es una señal inequívoca de que está muy enfadada.

—Me dijo que quería un descanso —contesté—. Y eso fue antes de que soltara el discurso del «soy yo, no tú» —preferí no hablar de la llamada de la noche anterior, diciéndome a mí mismo que todo junto resultaría demasiado deprimente.

Tom hizo un ruido que yo normalmente asociaba con los mecánicos de coches o con los electricistas.

—No me gusta cómo suena eso. Lo siento, tío.
—Sí, bueno...

Me pasé la mano por el pelo, deshaciendo los nudos que no había cepillado. Se había acabado el acondicionador de Liv y no había sido capaz de comprar más. No porque me diera vergüenza, sino porque habría sido excesivo estar oliendo a ella durante todo el día.

—Al final todo se arreglará, ¿no?
—Se arreglará siempre que tú quieras que se arregle —contestó Tom—. Puedes intentar hablar otra vez con ella. No creo que te haga ningún daño.
—Supongo que no.

Tom volvió a hacer aquel ruido.

Yo no tenía la menor intención de volver a hablar con Liv después de aquella llamada de teléfono. Ya vendría a ella a mí cuando se tranquilizara. Al fin y al cabo, había sido Liv la que había pedido tiempo, yo solo le había dado lo que ella quería.

—Odio hacer afirmaciones tan generales, pero las mujeres no siempre saben lo que quieren —me dijo con la voz crepitante por la estática de la línea—. O, por lo menos, no ven las cosas tan en blanco y negro como dicen. ¿Es posible que todavía esté esperando a que aparezcas con un diamante enorme declarando tus intenciones?

—En condiciones normales, te diría que no —desde luego, cuando había hablado con ella por teléfono no parecía que estuviera esperando una sortija—. Pero ahora mismo estoy perdido. No se está comportando como es ella.

—Entonces vais a tener que hablar. Y esperar lo mejor.

Fuera lo que fuera eso.

—Será mejor que cuelgue —contesté, deseando acabar con aquella conversación y comenzar con la parte más sencilla del día. Al menos una parte que tenía sentido—. Hoy voy a estar muy ocupado, tengo que dejar espacio para todo un pedido de madera.

—Muy bien, de acuerdo —dijo con un ligero suspiro, dejando claro que no daba por zanjada la conversación—. Te veré el domingo.

—Hasta el domingo —me despedí a mi vez, poniendo fin a la llamada y estirando los brazos por encima del mi cabeza hasta que oí hacer «clic» a mis hombros.

Eran las pequeñas cosas las que me hacían sentirme mal. El haberme quedado sin el acondicionador que siempre compraba ella, el no sacar su taza del armario cada vez que estaban sucias todas las demás. Durante toda la semana había estado intentando convencerme de que las cosas iban bien, pero cada vez me estaba costando más. Vivir sin Liv era como intentar ver mi serie de televisión favorita después de que la abandonara el actor principal; aunque todo seguía siendo igual, tú eras consciente de que algo no andaba bien y el conjunto ya no parecía tan bueno. Dicho lo cual, si alguien me hubiera preguntado una semana atrás como sería mi vida sin Liv, habría descrito un paisaje Mad Maxesco, posapocalíptico, con menos Charlize Theron y más guitarras eléctricas. Pero eso había cambiado. La vida sin Liv era extraña, pero no insoportable, solo triste. Y, aunque me sentía culpable hasta al considerarlo siquiera, había una ligera posibilidad de que la vida sin Liv también pudiera ser conocida como la vida con Jane.

La vida con Jane. Cerré los ojos y sopesé las posibilidades. Ir a vivir a Londres cuando ya estaba instalado en el pueblo sería un fastidio, pero siempre podía ayudar en el bar por las noches, quedarme en su bar clandestino bebiendo *oldfashioneds* como un Don Draper rubio, solo que sin tendencias sociópatas. Y a lo mejor podíamos viajar en cuanto yo tuviera un par de encargos más y las cosas comenzaran a rodar en Camp Bell. Jane me había dicho que siempre había querido conocer mejor Centroamérica y aquel viaje también estaba en la lista de las cosas que yo estaba deseando hacer. Liv nunca había sido mochilera, pero la inquietud de Jane por los viajes parecía más acusada incluso que la mía.

—A lo mejor todo podría cambiar para bien —le expliqué

a la plancha gigante de madera que estaba girando—. A lo mejor todavía no estoy preparado para sentar cabeza.

Al igual que la mayor parte de las planchas de madera, aquella tenía muy poco que decir, pero mi imaginación estaba dispuesta a llenar su silencio. El futuro que imaginaba con Liv era bastante sencillo. Nos comprometeríamos, nos casaríamos y le daríamos a Daniel Craig uno o dos hermanos humanos. Cuando pensaba en ello, lo veía todo tan claro que era casi como estar viendo una película: un niñito corriendo por el jardín y una Liv embarazada persiguiéndole mientras yo hacía un caballito de madera en el taller. Era el recuerdo de algo que todavía no había ocurrido, pero, como decía mi madre, todo ocurría por alguna razón. Normalmente, yo lo consideraba una bobada, pero, ¿y si la razón por la que no le había propuesto matrimonio era que se suponía que tenía que conocer a Jane? Era difícil negar aquella posibilidad. Sobre todo porque no quería hacerlo.

No había hecho nada malo, me aseguré a mí mismo. Odiaba sentirme tan miserable y culpable por motivos que ni siquiera era capaz de señalar. Liv había dicho que necesitaba tiempo para pensar, y después me había dicho que no la llamara. ¿Se suponía que tenía que quedarme de brazos cruzados esperando a que tomara una decisión? No era justo. Al fin y al cabo, aquello podía durar meses y, cuando al final tomara una decisión, a lo mejor yo terminaba solo. Por mucho que me costara admitirlo, aquello me asustaba. Le había hecho un corte de mangas definitivo a la soltería en el momento en el que había decidido proponerle matrimonio a Liv y no me parecía una cuestión a la que fuera fácil darle la vuelta.

De manera que, en realidad, solo me quedaban dos opciones. Podía continuar de brazos cruzados en mi casa, hablándole a una plancha de madera, durmiendo con la camiseta de Liv y llorando en el suelo, o ponerme manos a la obra y ver lo que ocurría. Perseguir a Jane estaba totalmente descartado, pero tampoco iba a evitarla. Me parecía justo.

—No estás haciendo nada malo —me repetí.
Y, en aquella ocasión, sonó casi como si me lo creyera.

—No sé tú, pero yo estoy agotado —dijo David, dejándose caer en el pequeño sofá de Ikea con una taza de café en la mano mientras yo entraba en el cuarto de descanso.
Asentí y me sequé los ojos con la manga.
—Liv, por favor, no llores.
—Sí, ya lo sé, no se podía hacer nada más —dije, masajeándome las sienes como si así pudiera aliviar el dolor de cabeza.
—Eso no tiene nada de atractivo —respondió él, señalando mis mejillas—. Tienes la cara hinchada y no te favorece.
—Tomo nota —me palmeé las mejillas con las manos—. Ayer por la noche, cuando fui a verle, estaba bien. Dios mío, estaban destrozados.
—Siempre se quedan destrozados —me recordó David mientras me sentaba en el Klippan a su lado—. Yo estaría más preocupado si no sufrieran. Acaba de morir su perro.
Al final, Ronald, mi adorado labrador, no había comido algo en mal estado. Cuando había abierto la puerta de la clínica el jueves por la mañana, parecía estar bien, contento incluso. Pero en menos de una hora estaba vomitando otra vez, dando vueltas en la jaula, y había quedado claro que había sufrido un derrame cerebral. Había llamado entonces a sus propietarios que, en cuanto mencioné aquella posibilidad, me confirmaron que sí, que el perro había estado caminando de forma extraña el día anterior, pero que ellos lo habían atribuido a que estaba vomitando hasta las entrañas, así que no se les había ocurrido comentarlo.
—Si lo hubiera sabido ayer, a lo mejor podría haber hecho algo —me lamenté, moviendo los brazos como si no estuvieran unidos a los hombros—. Pero debería haberlo visto, debería haber sabido...
—¿Y hacer qué? —preguntó David, dejando la taza en la

mesa para prestarme toda su atención—. ¿Aparte de haberle ahorrado un día de sufrimiento? Estaba bien cuando hemos venido esta mañana, no estaba sufriendo. Ya sé que es un horror, pero no se puede hacer nada.

—Debería haber estado en casa con su familia y no pasar su última noche en una jaula, en el veterinario —todavía no era capaz de desconectar—. Pobre Ronald.

—Querrás decir que qué suerte tuvo Ronald al disfrutar de una vida larga y agradable con personas que lo querían y al no haber sufrido al final de su vida —me tomó la mano y me la apretó—. ¿Qué te pasa? No es la primera vez que pasamos por esto.

—Lo sé —respondí, sorbiendo con fuerza—, es que tengo la sensación de que he pasado algo por alto, eso es todo.

—No es así —respondió David con asertividad—. Así que déjalo ya. Los dos necesitamos descansar.

—En ese caso, tengo buenas noticias —dije, palmeándole el muslo cubierto con el pijama quirúrgico—. Ya es hora de irse a casa.

Los jueves abríamos más temprano y solíamos terminar a las cuatro, pero entre la intempestiva pérdida de Ronald y las citas de último momento ya eran más de las ocho. Me había prometido a mí misma que me tomaría la tarde libre y la dedicaría a intentar organizar mi vida, pero en vez de estar sentada delante de mi mural de Pinterest y buscando mi ejemplar de *El Secreto*, había estado entregada a la peor parte de mi trabajo: limpiar las glándulas anales de un gato atigrado especialmente rancio y enviar a Ronald a la muerte.

—¿Estás bien? —me preguntó David, sacando un paquete de caramelos de menta del bolsillo y ofreciéndome uno—. Y no me refiero a lo del perro. Lo de ayer por la noche fue un poco raro.

—¿Un poco? —pregunté, rechazando el caramelo—. Adam estaba en el Bell con otra mujer.

Cuando lo decía en voz alta no me parecía posible. Ni siquiera un poco.

—Todavía no estamos seguros de lo que estaba pasando allí —me recordó—. ¿Cass ha conseguido sonsacarle algo a Chris?

Arqueé una ceja.

—No me creo una sola palabra de las que diga ese hombre —respondí—. Tiene más porquería dentro que todos los cuartos de baño del pueblo juntos.

—Pero, aun así, querrás saber algo.

—Pues sí, evidentemente. Pero no he vuelto a mirar el teléfono desde hace... ¿cuánto? ¿Siete segundos? Así que no tengo ni idea.

—¿Puedo hacer algo por ti?

Asentí.

—La verdad es que estaba considerando la posibilidad de coserme la vagina. A ti se te da muy bien poner puntos, ¿verdad?

—Me tengo prohibido el ver la vagina de mi jefa, tanto por motivos recreativos como por cualquier otra razón —contestó David con gran seguridad—. Dejando de lado las bromas, ¿estás bien? No has vuelto a ser tú misma desde que volviste de las vacaciones.

—No puedo entender por qué —apoyé la cabeza en las rodillas, dejando que el pelo cubriera mi rostro—. No quiero pensar en ello.

—Si te estuviera preguntando cómo te sientes al tener que desparasitar un gato esa sería una gran respuesta —dijo David. Me obligó a erguirme tirándome de la cola de caballo—. Son demasiadas cosas para asumirlas a la vez. Tú no eres Abi la Grande e Insensible y esta no es una separación como otra cualquiera.

—Es mejor que rompamos ahora que más adelante —dije, sintiendo las lágrimas en las comisuras de los ojos—. Ahora puedo concentrarme en la clínica.

—¿En esa clínica que ni siquiera estás segura de querer?

—En esa misma —confirmé—. Aunque, para serte sincera, ahora no estoy tan segura de no estar segura.

—Ahora me he perdido —dijo David—. ¿Estamos hablando de la clínica o de Adam?

Me clavé las uñas en las palmas de las manos cuando comenzó. Primero sentí un cosquilleo en los oídos, después en los ojos. Era algo a lo que estaba empezando a acostumbrarme de manera peligrosa.

—Me siento tan estúpida —susurré mientras mi compañero de trabajo me envolvía en un reconfortante abrazo—. Es como si ni siquiera le conociera. Mi Adam no haría una cosa así. Es el mismo, pero es diferente. Como si fuera el mismo personaje interpretado por un actor diferente.

—¿Como Doctor Who?

—Peor que eso.

—¿Sam Mitchell?

—No tan malo.

—¿El Maestro?

—¿Tú haces algo más que ver la televisión? —le pregunté.

—No —contestó—. ¿Siguiente pregunta?

—Todo es horrible —contesté, clavándome la uña del pulgar en la yema del dedo índice para distraerme de potenciales lágrimas—. No me puedo creer que Ronald haya muerto, no me puedo creer que estemos rompiendo y que todo esto sea culpa mía.

—Podrías dejar eso para otro momento —David se apartó para fijar la mirada en mis ojos hinchados y rojos—. No soporto la autocompasión y lo sabes.

—Pero me sienta tan bien —dije, extendiendo mi máscara de ojos, supuestamente a prueba de agua, por su bonito pijama quirúrgico. Revlon, eres un maldito y asqueroso mentiroso—. De verdad, no entiendo lo que ha pasado. ¿Qué es lo que he hecho mal?

—Liv, le pediste un tiempo y él no ha sido capaz de dártelo —contestó—. Esto no ha sido culpa tuya.

—Pero, si no le hubiera pedido un descanso, si lo hubiera dejado pasar cuando vino a pedirme perdón...

—Entonces estaríamos pasando por todo esto dentro de seis meses —dedujo sabiamente—. Si iba a hacerlo, terminaría haciéndolo y nadie podría hacer nada para evitarlo.

—Me gustaría pedirte tu sincera opinión como hombre —empecé a decir, sin estar muy segura de si de verdad estaba pidiendo una respuesta sincera—. ¿Qué crees que está haciendo?

—¿Quieres una opinión sincera? —me preguntó. Tragué con fuerza y asentí—. Si está pasando algo entre él y esa chica, que, por cierto, tampoco está tan buena, lo está haciendo por despecho. Yo diría que se la llevó al Bell porque pensaba que podrías estar allí para verles.

Era una sincera, considerada y cromosoma XY respuesta. Aunque hacía meses que las chicas y yo no íbamos los miércoles al bar, era posible que se hubiera acordado. Que hubiera ido con Jane para ponerme celosa. Aquella posibilidad debería haberme enfadado, pero, en cambio, me resultaba curiosamente tranquilizadora.

—Tengo la sensación de que he sido yo la que lo ha estropeado todo —admití—. No debería haberle presionado porque estaba asustada con lo de la clínica. Debería haber dejado que me ayudara.

David se estudió las uñas mientras pensaba en lo que iba a decir a continuación.

—A lo mejor —contestó—, pero no lo hiciste, así que, ¿cuál va a ser el siguiente paso?

Directo, preciso y al grano. Justo lo que le había pedido, pero no lo que quería oír.

—¿Hacer de verdad algo con mi vida? —sugerí—. ¿Dejar de esperar sentada a que la vida haga algo por mí? Hace nada era la niña rara que se dedicaba a limpiar las jaulas de los perros los fines de semana y de pronto me convertí en la mujer rara que se dedicaba a limpiar las jaulas de los perros para ganarse la vida. Ya tengo treinta años, no quiero despertarme a los cuarenta y tener esta misma conversación.

—Esto ya es algo —dijo David, moviendo los brazos en el aire. Supuse que se refería a la clínica en general, y no solo a la habitación de descanso con los pósteres de Tom Hardy doblados en las esquinas y una papelera llena de cajas vacías de Jaffa Cakes—. Que no hayas ganado un Óscar ni hayas reventado Internet con tu trasero no significa que no hayas hecho nada con tu vida. Y, si es eso lo que piensas, ¿entonces qué puedes decir de mí? ¿Que soy el escudero de una fracasada? No lo creo. Soy un tipo muy atractivo, Liv. No me quedaría al lado de una persona que está malgastando su vida.

—Mi trasero solo podría reventar Internet si me sentara encima de la red —contesté—. Y sí, eres atractivo, pero ya sabes lo que quiero decir. Quiero hacer algo con mi vida.

David me atravesó con la mirada.

—Eres una veterinaria maravillosa, cocinas el mejor asado del domingo que he probado en mi vida y, con sinceridad, es probable que seas mi mejor amiga.

Alcé la mirada y descubrí unos coloretes rosados en sus mejillas antes de que David chasqueara la lengua y se levantara para recoger las tazas sucias que habíamos dejado en la mesa.

—¿Es probable?

—Si de verdad fueras mi mejor amiga, le hablarías a Abi de mí —me aclaró mientras dejaba las tazas en el fregadero—. Ya sé que tú las tienes a Cassie y a ella, pero, desde que te conozco, mi vida ha cambiado para mejor. Siempre eres muy dura contigo misma, pero, por una vez en tu vida, ¿no puedes relajarte un momento para ver lo que ve todo el mundo?

—Ya sabes que te voy a obligar a decirlo —le advertí mientras volvía a atarme la coleta.

—Veo a una mujer inteligente, cariñosa, divertida, con un trasero magnífico y un buen par de tetas que dedica su vida a mejorar la vida de los demás —contestó David, con un puño en la cadera—. Me fastidia que siempre te estés menospreciando. Abi no lo hace, Cass tampoco. Ni yo. Eres una buena persona, Liv, pero vives enfadada contigo misma por no ser alguien excepcional. Sin embargo, te equivocas por completo, lo eres.

—Ahora mismo me siento excepcionalmente estúpida —confesé, más cerca de las lágrimas de felicidad que de las de tristeza por primera vez desde hacía una eternidad—. Gracias. Todavía no estoy convencida del todo, pero es agradable oírlo.

—Y, si estuvieras convencida, serías una imbécil y yo tendría que retirar todo lo que he dicho —respondió, encogiéndose de hombros—. Menos lo del trasero increíble. Eso no puedo negarlo.

—Preferiría que no hablaras de mi trasero —lo ordené, cambiando incómoda de postura.

—Apuntado.

—Te lo agradezco sinceramente —le dije—. Algún día tendrás una mujer maravillosa. Pero no será Abi.

—Es todo lo que siempre he querido. Ahora vete antes de que empiece a sonar el teléfono y llame alguien que quiera que te pases a examinar a su jerbo o algo parecido.

No necesité que me lo dijera dos veces.

Tras despedirme a toda velocidad, agarré el bolso y fui tambaleándome hasta la puerta, abrazándome para protegerme contra el frío. Miré el teléfono y rodeé el edificio. Nada de Adam, nada de Abi ni de Cass, pero tenía otro mensaje de Henry. Una oleada de alivio fluyó en mi interior cuando lo abrí y vi el emoticón de un rostro sonriente. Era solo un mensaje, no la fotografía de un pene. Entre el que Henry hubiera decidido no enviarme la fotografía de su miembro y la arenga de David, estaba comenzando a recuperar la fe en los hombres.

—¡Livvy!

Lo último que quiere oír nadie cuando acaba de salir del trabajo es la voz de su jefe diciendo su nombre. Sobre todo cuando ha estado evitándole durante toda la semana y su jefe es su padre.

—Me alegro de haberte pillado —recorría el camino a grandes zancadas con un sobre en una mano y una botella de champán en la otra—. Traigo algunos documentos que tienes que firmar.

—¿No podemos hacerlo en otro momento? —pregunté, secándome la cara con el dorso de la mano—. Es tarde, papá. Estoy agotada.

—No, tiene que ser ahora —insistió mi padre, sacudiendo el sobre en el aire—. No tiene ningún sentido retrasarlo, Livvy, no hay que dejar las cosas para el futuro. Hay que vivir en el presente.

Vaya, por lo menos él tenía alguna idea de dónde estaba mi ejemplar de *El secreto*.

—En mi presente necesito una taza de té —contesté, frotándome los ojos con la muñeca—. Y en mi presente no estoy en condiciones de leer ningún documento cuando llevo trabajando desde las seis y media de la mañana.

—No tienes que leerlo —me aseguró—. Solo tienes que firmarlo.

Cerré los ojos y los abrí, solo para asegurarme de que mi padre estaba de verdad allí y yo no había inhalado alguna substancia sin darme cuenta y me había desmayado en la sala de exploración. Pero no, estaba con los ojos bien abiertos y mi padre estaba enfrente de mí, con una chaqueta de tweed, unos pantalones limpios, las mejillas rubicundas y convertido en la viva imagen de un veterinario de pueblo. Yo, por otra parte, era la viva imagen de una veterinaria auténtica: pijama sucio, pelo revuelto, nada de maquillaje y los ojos rojos.

—Vamos entonces —cedí y señalé hacia mi piso—. Voy a calentar el agua.

—He traído champán —contestó mi padre, siguiéndome por el camino y subiendo las escaleras del interior.

—Y lo dejarás aquí cuando te vayas —le dije. Arrojé las llaves a la encimera y encendí el hervidor, que ya estaba lleno de agua—. No te preocupes por eso.

—Es una suerte que no haya venido tu madre conmigo —lanzó una mirada de desaprobación a mi cuarto de estar y dio unos golpecitos con el sobre en la palma de la mano—. Tienes que ordenar tu casa, Olivia.

—Lo que de verdad tengo que hacer es dormir —le aseguré—. Esta semana ha sido una locura.

—Estoy seguro de que no ha sido para tanto —repuso él, despejando el sofá para sentarse—. Cuando vuelves de las vacaciones siempre parece peor.

Dirigí a su nuca una mirada fulminante.

—No quiero azúcar en el té, por cierto. Estoy intentando quitármela. ¿Sabes que dicen que es más adictiva que las drogas? ¿No te parece una locura? La madre de Adam nos lo estuvo contando en la fiesta. Deberías tirarla, Olivia, es un asesino silencioso.

Agarré las dos tazas por el asa, intentando concentrarme en preparar el té y no lanzárselas a la cabeza. Asesinar a un padre no estaba bien, ¿verdad? Hablando en general.

—Le pedí al abogado que preparara una escritura de la propiedad —me explicó mi padre mientras yo juntaba las suficientes galletas como para que pudieran considerarse un surtido aceptable.

—Um.

—Así que tienes que firmar las tres copias para que se las lleve al abogado, él terminará de arreglarlo todo y al final serás la única propietaria de la Clínica Veterinaria del Dr. Addison y Asociados. ¿No te parece emocionante?

Se volvió justo a tiempo de verme meterme una Hobnob entera en la boca.

—Sé que necesitarás otro veterinario —continuó—, así que he preguntado a mis amigos y resulta que el hijo del doctor Khan está buscando un lugar para hacer las prácticas y va a llamarme. El doctor Khan es un nombre encantador, y siempre lleva corbata.

—¿Y no debería llamarme a mí? —pregunté, echando el

agua hirviendo en las tazas y pasando por completo de la tetera. Básicamente, por fastidiar—. Al fin y al cabo, va a trabajar para mí.

—Sí, pero pensé que te ahorraría trabajo —contestó mi padre—. ¿No acabas de decirme lo ocupada que estás?

Entrecerré los ojos y hundí las bolsitas tres veces en la taza antes de tirarlas al fregadero.

—Además, preferiría que hubiera alguien de confianza, Livvy. Tu madre está loca por que hagamos un crucero y quiero dejar la clínica en buenas manos.

—¿Y esto que son? —pregunté, ondeando las manos delante de su cara—. ¿Aletas?

—Tu serías la primera en admitir que no eres la mujer con la mejor visión empresarial del mundo —me dijo con una sonrisa. Agarró un número antiguo de la revista *Marie Claire*, frunció el ceño al ver los titulares de la portada y volvió a dejarla en la mesa, boca abajo—. Ahora vas a tener muchas más preocupaciones de las que te imaginas, ¿sabes? Te sorprenderá ver la cantidad de tiempo que llevan los aspectos más relacionados con el negocio. Vas a necesitar a alguien que te descargue de parte del trabajo de la clínica para poder ocuparte de todo lo demás.

—La verdad es que he estado pensando en ello —respondí, retirando unas motitas blancas que flotaban en su té—. Sabes que la administración no es precisamente mi pasión, así que he estado pensando en contratar a un gerente que se encargue de la oficina.

Mi padre miró el té, estudiándolo durante varios segundos.

—¿Lo has hecho en la tetera? —me preguntó.

—Sí —mentí—, por supuesto.

—Um —olió el té y lo dejó en la mesa—. No estoy muy seguro de que eso sea lo mejor para el negocio. Es preferible que esté un Addison a cargo de todo, como ha estado siempre.

—¿Y qué es lo mejor para mí? —le pregunté—. En serio, papá, si tengo que encargarme yo de llevar la contabilidad, al final no quedará ninguna Addison para hacerse cargo de la clínica. Tiene mucho más sentido contratar a un gerente que se ocupe de la parte administrativa que contratar a un veterinario a tiempo completo cuando esa es la parte del trabajo que mejor se me da.

—Olivia, no grites, estás asustando al gato —mi padre señalo a DC, que dormía impasible en un rincón del cuarto de estar—. Y creo que la leche está pasada.

Mi padre tenía el don de hacerme sentir como una niña. Yo todavía no había gritado, pero estaba a punto de hacerlo. También estaba a dos segundos de dar una patada en el suelo, salir corriendo a mi dormitorio y recordarle que no había pedido nacer.

—Livvy —se quitó las gafas y las limpió con un pañuelo blanco que sacó del bolsillo—, ¿hay algo más que te preocupe?

—Me preocupan muchas, muchas, otras cosas —contesté, bebiendo un sorbo de té amargo—. Pero lo que de verdad me preocupa ahora es que estás descartando todas mis ideas. Papá, tengo treinta años, si quieres que dirija la clínica, tendrás que dejar que sea yo la que tome las decisiones.

—¿Te has peleado con Adam? —me preguntó con una expresión excesivamente compasiva—. No es normal que una tontería como esta te afecte tanto.

Temblando de enfado, dejé la taza de té en la mesa para no terminar desparramándola. ¿Cómo se atrevía a sugerir que estaba así por algo que no tenía que ver con la clínica? Pobrecita Liv, era imposible que estuviera cuestionando la decisión que había tomado su padre.

—Es una tontería —repetí—. ¿Te estás oyendo? Quieres que me haga cargo de la clínica, quieres que renuncie a curar animales, que es la parte de mi trabajo que más me gusta, que me ocupe de la administración, algo que odio. Y, además, quieres elegir a la persona a la que tengo que contratar para que se haga cargo del trabajo que pretendes quitarme. No es precisamente un regalo.

Él volvió a ponerse las gafas, sacudió la cabeza y me sonrió. Condescendencia, tu nombre es padre.

—Estás exagerando, ¿sabes? —me dijo, bebiendo con desgana un sorbo de té—. Solo estoy intentando ayudar. Dirigir la clínica no es un juego, Olivia, no puedes ocuparte solo de lo que te apetece y dejar de lado la parte del trabajo que no te gusta. No es así como funciona la vida.

—En realidad, es exactamente así como funciona —repliqué—. No tiene ningún sentido que me aparte de los animales para dedicarme a la gestión cuando puedo contratar a alguien que lo haga mejor que yo.

—No voy a permitir que un desconocido dirija mi negocio —mi padre movió las manos en el aire y fui entonces consciente de que, con toda probabilidad, aquella era la vez que más apasionado le había visto sin haberse metido un sherry en el cuerpo. Tenía motivos para no beber—. No es así como se hacen las cosas.

—No, así era como tú las hacías —le contradije—. Pero esto ahora va a ser mi negocio, no el tuyo. Si no quieres que haga las cosas a mi manera, a lo mejor no deberías retirarte, para empezar.

Me dirigió una mirada que yo reconocía de las discusiones sinfín que habíamos mantenido en el comedor. «No, no puedes salir con Abi después del colegio cuando tienes que hacer los deberes. No, no puedes ir a la universidad en Londres cuando puedes ir a Nottingham y seguir viviendo en casa. No, no puedes tomar ninguna decisión aunque seas una maldita adulta que ha sido capaz de elaborar un plan perfecto para su negocio sin ninguna ayuda».

—Muy bien —mi padre se levantó y palmeó el sobre que había dejado en la mesita del café—. Tengo que irme. Ya me llevarás esto cuando lo firmes, Puedes llevármelo el domingo, después del bautizo.

—Papá, siéntate —insistí, pasándome las manos por el pelo—, quiero que hablemos de esto.

—Creo que ya has dejado muy claro lo que piensas —contestó, tanteándose los bolsillos para buscar las llaves del coche—. Cuando haya hablado con el hijo del doctor Khan, te avisaré.

—¡Dios mío! —musité mirando al gato.

¿Estaba sufriendo una alucinación? ¿Por qué nadie me hacía caso? David siempre me estaba amenazando con echarme ketamina en el té. Al final, debía de haber cumplido su promesa.

—Hablaré contigo más tarde —respondió mi padre, abriéndose camino a través del desorden de mi piso—. Y limpia este maldito piso. Está hecho una pena.

Esperé a que se fuera antes de cerrar la puerta tras él, dar una patada en el suelo, meterme dos galletas más en la boca y volar hasta el sofá. Daniel Craig soltó un quedo rugido antes de estirar su única pata trasera y saltar para acurrucarse en mi vientre.

—Esto no es cómodo para mí, ¿sabes? —le dije mientras él hundía sus patitas diminutas en mi carne—. Ya te lo he dicho otras veces.

Pero, al igual que todos los seres con pene de la tierra, Daniel Craig tenía poco interés en escuchar lo que yo tuviera que decirle. Que casi todos los seres de la tierra, me corregí, agarrando el teléfono y buscando el mensaje de Henry. Henry estaba interesado en lo que yo tenía que decir. Henry no había ido a mi pub con otra mujer, mi me había obligado a contratar al hijo del doctor Khan, que podía ser o no un gran veterinario, pero aquella no era la cuestión. Henry quería intercambiar emoticonos y comentarios amables y, por lo que decía su último mensaje, tomar una copa conmigo el viernes por la noche. Cerré los ojos y nos tapé a Daniel Craig y a mí con una manta, permitiéndome imaginar por un instante lo que pasaría si aceptara.

CAPÍTULO 20

Por si yo no bastara con que no estuviera del todo convencida de lo que estaba haciendo, el tren que me llevó a la ciudad el viernes por la noche era lo más cercano que podía imaginar al séptimo círculo del infierno sin tener que conducir hasta Basildon. No eran ni las siete de la tarde y el cielo apenas estaba empezando a oscurecer, pero, a media que el sol iba poniéndose, los dobladillos de las faldas iban acortándose y una asfixiante olor a Joop! tenía atragantados a todos los pasajeros mayores de veinticinco años. Es decir, a David y a mí.

—Parece que estés a punto de vomitar —me dijo David mientras yo acunaba mi bolso en el regazo—. ¿Es esa la imagen que estás buscando?

—Esperaba tener un aspecto más del tipo «hola, ¿qué tal? Por favor, no me mates —contesté.

Tamborileaba con los pies en el pegajoso suelo mientras un grupo de mujeres de edades indeterminadas se pintarrajeaban la cara las unas a las otras con lápices marrones, pegadas a las pantallas de sus teléfonos mientras mezclaban, mezclaban y mezclaban maquillaje.

—¿Doy también esa impresión?

—Liv, no seas tan 2007 —se burló—. Ahora ya nadie asesina a nadie en una cita por Internet. Es más probable que acabe contigo el conductor de Uber de camino a casa.

—Qué tranquilizador —dije, con un ojo puesto en las chicas que estaban en el otro extremo del vagón—. ¿Se están haciendo dibujos en las abdominales?

—El hecho de que las camisetas que dejan el ombligo al aire hayan vuelto a ponerse de moda la misma década en la que alguien inventó una aplicación para encargar pizza solo demuestra que Dios no existe —asintió—. Es terrible que esto esté sucediendo en las Islas Británicas, no estamos hechos para una cosa así. Somos gente de naturaleza blanda.

—Um— presioné mi propia blandura bajo el abrigo. Nadie más llevaba abrigo. Literalmente, no había nadie en el tren que llevara encima algo más que sus coloridos y escasos atuendos—. ¿Pensará que soy rara porque llevo abrigo?

—No sé. Pero mira esas chicas. No llevan abrigo y es evidente que van buscando sexo. Tú estás… guapa.

—¡Oh, no! —sacudí la cabeza de lado a lado—. No, no y no. ¿Estoy guapa? Voy a cancelar la cita. Me voy a casa.

—No puedes —me arrancó el teléfono de la mano antes de que pudiera ponerle un mensaje a Henry y me dio un cachete en la muñeca—. Ya es demasiado tarde para cancelar la cita. Vas a quedar con él, te vas a tomar una copa y eso es todo. Yo estaré en el bar para que no estés sola. Nadie tiene ninguna expectativa y, cuando he dicho que estabas guapa, quería decir que estabas deslumbrante. Eres un pibón, estás como un tren, eres la Sandy del final de Grease. La Khloé Kardashian de 2016.

—¿Habíamos dejado claro lo que pensabas sobre Khloé? —le pregunté.

—No le tengo mucha simpatía —replicó mientras observaba a las chicas del tren cambiar el lápiz grueso de color marrón por un lápiz de ojos blanco brillante—. Pero nadie puede criticar su trasero. En primer lugar, porque si lo haces, te mataría su madre.

Me había estado arrepintiendo de aquella cita desde que había quedado con Henry. Había sacado el teléfono para cancelarla por lo menos una docena de veces, pero, de alguna manera, Abi y David se las habían arreglado para convencerme de que no lo hiciera. Cass me había aconsejado que la cancelara y, dado que me había arrepentido de contárselo en el preciso instante en el que las palabras habían salido de mi boca, le había dicho que ya lo había hecho. Lo último que necesitaba era que se lo contara a Chris, que Chris se lo contara a Adam y que Adam tuviera algo que decir al respecto. Aunque ni siquiera estaba segura de que le importara. A lo mejor se sentía aliviado. Si yo estaba saliendo con alguien, él podía seguir con Superpiernas McGee sin sentirse en absoluto culpable. Yo no sabía qué esperaba exactamente, pero, de alguna manera, durante el tiempo que había pasado desde que había visto a esa chica y el momento de subirme en aquel tren en dirección a Nottingham, había dejado de esperar noticias suyas. La desilusión que sentía cada vez que revisaba los mensajes de texto y el correo electrónico se había convertido en un lugar común y tenía la sospecha de que, más que deshacerme de ella, estaba comenzando a acostumbrarme a su presencia.

—Míralas —observé a aquellas maquilladoras amateur dibujándose bigotes de gato las unas a las otras—. Maquillándose en el tren. Olvídate de Kris Jenner, mi propia madre les daría una buena azotaina.

—Están usando maquillaje para la luz negra —me susurró David.

—Leo revistas, tengo treinta años, no estoy muerta.

—El hecho de que estés intentando defenderte diciendo que lees revistas no refuerza lo que estás diciendo —aspiró con fuerza—. ¿Viste el vínculo que te mandé?

—A no ser que fuera alguien haciendo una tortilla en una bolsa de congelar, no —le confirmé—. Pensé que era pornografía.

—Lo era, solo era una pregunta —se colocó su negro pelo detrás de las orejas e inclinó la cabeza hacia un hombre que estaba sentado dos asientos delante de nosotros—. Pensé que te ayudaría a relajarte.

—Gracias.

Apreté los labios para redistribuir el pintalabios y alargué la mano hacia mi bolso diminuto en busca del bálsamo labial, antes de acordarme de que no podía ponérmelo después de una pintura mate. Ponerme bálsamo labial era uno de los pocos placeres de mi vida. ¿Cómo se me había ocurrido negarme algo así en una noche tan estresante?

—No sé si voy a ser capaz de hacer esto.

David me palmeó el dorso de la mano mientras el tren entraba en la estación de Carlton y entraron nuevas chicas, de aspecto más comedido e indumentaria a rayas, acompañadas de chicos con pantalones estrechos y camisas abotonadas hasta el cuello.

—Si de verdad no quieres ir, no vayas —se encogió de hombros—. No tiene ninguna importancia.

Pero la tenía. Era incuestionable, me estaba precipitando al hacer una cosa así, pero no podía pasar otro viernes por la noche sola en casa, contemplando a Ming el Implacable, mientras Adam paseaba a aquella mujer por el pueblo. Y, a pesar de todos mis esfuerzos, las únicas alternativas que habían aparecido habían sido una partida improvisada de Scrabble con mi madre, un consumo abusivo de substancias legales o el suicidio. La cita era la mejor opción. Si Adam podía tener una cita, yo también podía tener una cita. Aunque tuviera ganas de vomitar y estuviera sollozando y riendo al mismo tiempo.

Pobre Henry.

—Parece un tipo agradable —comenté, moviendo la cabeza al ritmo de la canción de Justin Bieber que sonaba en el teléfono móvil del nuevo grupo que había entrado en el tren—. Tiene treinta y cuatro años, fue a la universidad en Londres. Es originario de Newcastle. Alto. Con barba. Y todos sus dientes son suyos.

David parecía impresionado.

—Lo único que sabía de mi última cita online era lo mucho que le gustaba hacerse selfies en el cuarto de baño —contestó—. Eres muy exigente.

—Supongo que mis prioridades son otras —le dije, palmeándole la rodilla—. Y, ahora, dímelo de verdad, ¿cómo estoy?

—Mejor que bien —contestó. Me colocó su móvil delante de la cara—. Ahora ríete como si acabaras de ver el pene de Donald Trump.

—¡Puaj! —arrugué la nariz en el momento en el que el flash iluminaba mi rostro—. Eso es asqueroso.

—Y también esta foto —dijo riéndose—. No hay filtro sobre la faz de la tierra que pueda salvarla. Vamos a intentarlo otra vez. ¿Quién tiene un pene gracioso?

—¿Todo el mundo? —sugerí mientras él disparaba la foto.

—Esta ha salido bien —me enseñó la pantalla durante un segundo. Mi rostro prefiltro era un borrón de piel blanca y labios rojos—. No te estás riendo, pero estás muy bien.

—¿Y por qué necesitas una fotografía en la que esté bien? —le pregunté sin querer conocer la respuesta—. No pretenderás ofrecerme a tus amigos, ¿verdad? Es demasiado pronto y, además, son todos horribles.

—Quiero colgarla en Facebook —me contestó, demasiado ocupado filtrando la fotografía hasta morir como para mirarme—. Y en Twitter e Instagram. Supongo que querrás que todo el mundo vea lo bien que te lo estás pasando. Y cuando digo todo el mundo, me refiero a Adam.

Me enseñó la foto y hasta yo tuve que admitir que era condenadamente buena.

—No me digas lo que le has hecho, limítate a colgarla —le dije mientras entrábamos en la estación de Nottingham—. ¿Estás seguro de que no eres gay?

—Del todo —contestó—. No soporto el roce de la barba. Vamos, nos bajamos.

Subiéndome la falda por encima de las rodillas, me levanté

y le seguí hasta la puerta para enfrentarme a las brillantes luces de una ciudad de un tamaño discreto.

—Muy bien. Vamos a hacerlo. Entra tú primero y yo estaré en el bar dentro de cinco minutos.

Dos portales antes de llegar al Tilt, David posó las manos en mis hombros, dispuesto a animarme con su mejor labia antes de empezar el partido.

—Si la cosa no va bien, hazme una señal e iré a rescatarte. ¿Cuál es la señal?

—David, las cosas no van bien, por favor, ven a rescatarme —le dije.

Hacía mucho tiempo que no tenía una cita. Había olvidado lo mal que podía llegar a sentirse uno. Ansiosa, nerviosa y preocupada por la posibilidad de que no le gustara, a pesar de que seguía deseando volver a mi casa. ¿Cómo habría conseguido sobrevivir la raza humana durante tanto tiempo teniendo que enfrentarse a tamaña dificultad?

—¿Cómo tengo el lápiz de labios?

—En la cara —contestó él, alzando los pulgares—. ¿Cómo te encuentras?

—Como si el hombre al que quiero me hubiera dejado por otra mujer más atractiva y, si a él ya no le gusto, ¿por qué voy a gustarle a otro?

—No es la actitud ideal —David cerró el puño para chocarlo contra el mío—, pero ahora que estás aquí, no te vendrá mal tomar una copa.

Al bar se accedía por una escalera estrecha. La música de jazz en directo me acompañó durante mi ascenso. Una guitarra blusera y una voz ronca de mujer interpretaban una canción que no conocía en algún lugar que no era capaz de ver. El quedo rumor de las conversaciones parecía seguir el ritmo de la música y del latido de mi corazón en mis oídos. El bar ya estaba lleno. Me detuve en el marco de la puerta, intentando averiguar si alguno de los hombres que estaban sentados en aquellas diminutas mesas con los ojos fijos en sus teléfonos podía ser Henry. Cuatro de ellos tenían el pelo castaño claro, tres llevaban barba y todos parecían altos, al menos estando sentados. Podía ser cualquiera. Aquella era la versión más difícil y potencialmente peligrosa que había visto en mi vida del juego ¿Quién es quién?

Mis ojos escudriñaron el bar como los de un Terminator maquillado mientras intentaba localizar a mi cita. Terminaron posándose sobre un hombre con el pelo castaño muy claro, algo de barba, un pendiente y ojos verdes y luminosos que estaba sentado al lado de la ventana. Miró en mi dirección y me sentí como si me estuviera clavando contra la pared. Sin mover ninguna otra parte de su cuerpo, alzó la mano y me atrajo hacia él.

—Hola.

Tenía una voz serena, firme y profunda. Me gustó.

—Hola —contesté.

Aparté mi silla haciendo bastante ruido. Me senté y tiré de la falda sobre los muslos. Debería haberme puesto los vaqueros, me dije a mi misma mientras me ponía el bolso sobre las rodillas, lo colgué después en el respaldo de la silla, y, al final, opté por dejarlo a mi lado en el suelo. Me coloqué el pelo detrás de las orejas, alisé las puntas y ofrecí a mi cita mi mejor, más tensa y radiante sonrisa. Estaba hecha un manojo de nervios.

—¿Una copa? —sugirió.

—Sí, supongo que es una buena idea —contesté.

—Ahora mismo vuelvo —dijo él.

Henry era un hombre atractivo, de eso no cabía la menor duda. Verdaderamente atractivo. Tenía la clase de rostro clásico que mi abuela habría aprobado y, por su aspecto, debería haber ido vestido con el uniforme de oficiales de la Segunda Guerra Mundial. En aquel momento iba con unos vaqueros oscuros y una camisa azul clara y habría estado igual de guapo con una bolsa de basura. Desde luego, tenía los hombros para ello. La barba con la que aparecía en todas las fotografías de Tinder era bastante más ligera en la vida real, la llevaba recortada de tal manera que apenas parecía una sombra de barba, y, si no me hubiera saludado él antes, no sabía si le habría reconocido. Tenía la rara cualidad de ser más atractivo en la vida real que en las fotografías y yo, enfrentada a sus pómulos marcados, a sus ojos verdes y a su completa seguridad en sí mismo, no sabía qué hacer conmigo misma.

—En este bar hacen unos cócteles increíbles —dijo Henry, volviendo de la barra y colocando un vaso alto con la forma de un brote de bambú descomunal delante de mí—. Los cócteles con ron son increíbles.

—Genial, gracias —bebí un sorbo por una de las pajitas que sobresalían de la copa y me recliné en mi asiento—. ¡Vaya! Está muy bueno.

Henry asintió, removió el mismo brebaje, prescindió de la pajita y bebió directamente del vaso.

—Sí, suelo beber whisky, pero estos cócteles están muy buenos.

—¿Ah, sí? —pregunté, buscando algo que decir—. ¿Vienes muy a menudo por aquí?

Henry ensanchó la boca en una sonrisa.

—Muy buena esa pregunta.

Era una sensación de lo más extraña. Aquel hombre era un completo desconocido: solo habíamos intercambiado cinco mensajes cortos, no habíamos cruzado suficientes palabras como para que pudieran ocupar ni dos minutos y, sin embargo, allí estaba yo. Sentada en un bar, fingiendo que era algo normal, sin que ninguno de nosotros diera ninguna señal de reconocer que estábamos en la línea de salida y no teníamos ni idea de dónde íbamos a terminar.

—Espero no haberte hecho esperar mucho —bajé la mirada hacia el reloj de mi abuela que llevaba en la muñeca izquierda y al instante deseé no habérmelo puesto.

A mi abuela le habría gustado el rostro de Henry, pero no habría aprobado aquella situación en absoluto. Excepto por el ron. A mi abuela le encantaba el ron.

—El tren ha llegado con algo de retraso —me justifiqué.

—Y has estado hablando con ese tipo que está ahí abajo unos buenos cinco minutos —dijo, dando unos golpecitos en la ventana para señalar el lugar en el que permanecía David jugueteando con el teléfono. Me consumí en el asiento, más avergonzada de lo que habría creído posible—. Espera, ¿te está enviando un mensaje?

Mi teléfono pitó la respuesta antes de que hubiera tenido oportunidad de contestar.

—¿Es tu mensaje «sal de ahí» o «no es un asesino»? —preguntó Henry.

—Todavía es demasiado pronto para ninguna de las dos cosas —contesté, mientras el ron y la situación encendían mis mejillas—. No estoy segura.

—Echemos un vistazo entonces —hizo un gesto con la cabeza y yo, obediente, saqué el teléfono—. ¿Qué dice?

—«¿Está bueno?» —contesté, y el calor de mis mejillas se transformó en una explosión nuclear.

Apareció otra vez aquella sonrisa.

Henry se reclinó en la silla y saludó a David con la mano. Mi mejor amigo, el caballero de reluciente armadura dispuesto a acompañarme a las duras y a las maduras, alzó la mirada, entrecerró los ojos y huyó. Giró sobre sus talones, corrió calle abajo y desapareció en la noche.

—Esto siempre es un poco embarazoso —dijo Henry, volviendo a la mesa mientras yo tecleaba la palabra «imbécil» antes de guardar el teléfono en el bolso—. Yo me miro, tú me miras, no sabemos por dónde empezar, qué decir. En los primeros dos minutos siempre sabes si la otra persona ha tenido muchas citas online.

—¿Siempre? —di un sorbo a mi bebida y sentí el frío y chispeante licor descendiendo por muy interior—. ¿Haces esto muy a menudo?

Henry se inclinó hacia delante. La camisa abierta a la altura del cuello revelaba una ínfima parte del vello que cubría su pecho.

—Yo no diría que muy a menudo, pero, desde luego, he pasado antes por esto —contestó—. ¿Eso es malo?

—Me siento tan especial —musité con la pajita todavía entre los dientes.

—Pues deberías —replicó Henry—. Podría haber terminado en cualquier otra parte esta noche, con cualquier otra persona, pero aquí estamos. A mí eso me parece especial, ¿a ti no?

Le miré con atención durante un segundo. El muy canalla. ¿Para eso me había pintado los ojos?

Adam era la clase de persona que siempre se estaba moviendo. A no ser que estuviera trabajando en el taller, siempre estaba tamborileando el pie o cerrando el puño, pero Henry parecía muy tranquilo, hasta su respiración era firme y serena. Aquello no me gustó. Todo aquello era un error.

—¿Y eso te funciona a menudo? —pregunté.

La realidad de la situación estaba serenando mis nervios. De pronto, comprendí que podía hacerlo. Al infierno los nervios de la primera cita. Allí estaba él, armado con sus frases previamente ensayadas y aquella firme sonrisa, y ahí estaba yo, demasiado inteligente como para caer rendida ante ellas. O, por lo menos, demasiado cínica. Al fin y al cabo, había pasado mucho tiempo con Abi.

—Es una gran frase.

Sería fácil, quizá incluso divertido. Me terminaría la copa, me despediría de aquel guasón, iría a la caza de David y le llevaría hasta casa a patadas.

—No —dijo él con una carcajada de sorpresa, perdiendo parte de su aparente calma—. Ni una vez. No, miento. Lo hice una vez, pero no puedo decir que fuera una mujer brillante. Era encantadora, no quiero ser desagradable, pero no, aquello no fue a ninguna parte.

—Entonces sí que habías hecho esto antes —tiré de la falda para taparme los muslos, tomando nota de que debía decirle a Abi que yo tenía razón, que la falda era demasiado corta, en cuanto estuviéramos las dos en casa—. Eres un profesional de las citas. Debería habérmelo imaginado.

—¿Y eso por qué? —preguntó con sus ojos verdes todavía fijos en mí.

Al parecer, se estaba divirtiendo.

—Bueno, fuiste muy amable —le expliqué mientras movía mi copa hacia delante y hacia atrás delante de mí—. Y no dijiste ninguna tontería, ¿verdad? Solo «hola, soy Henry, ¿quieres tomar una copa conmigo el viernes?

Henry pensó en ello un momento.

—¿Qué otra cosa debería haber dicho?

—No sé —admití—. Pero todos los demás eran más habladores, hacían más preguntas. Tú ni siquiera sabes cómo me gano la vida. Y yo no sé ni tu apellido.

—¿Cómo te ganas la vida? —me preguntó.

Reprimí una sonrisa.

—Soy veterinaria.

—Y yo me apellido Maddox —elevó las manos al cielo—. Hecho. ¿Puedo hacerte una pregunta?

Asentí.

—¿Dónde están esta noche todos esos hombres que te han hecho tantas preguntas? —preguntó, relajándose en su asiento.

¡Ohhh! ¡Qué tramposo!

—Ahí te doy la razón —removí mi bebida con la pajita.

¿Era yo o estaba más fuerte a medida que se acercaba al final?

—Esto fue lo que pasó… —Henry se subió las mangas hasta los codos. Tenía unos buenos antebrazos, y unas muñecas bonitas y fuertes—. Estaba aburrido, así que me puse a juguetear en Tinder. Apareciste entre las personas interesadas en mí, me gustaste y decidí que prefería pasar una noche empezando a conocerte y tomando una copa a hacer otra cosa.

—¿Cuáles eran las otras opciones?

—¿Siempre eres tan cínica?

Asentí con fuerza.

—Muy bien. Podría haber ido a tomar una copa con alguno de mis amigos, o haber ido a una fiesta de cumpleaños de una persona con la que trabajo, o podría haberme quedado en casa y, no sé, ¿haberme puesto a trabajar? ¿Haber visto la tele?

—¿Haberte hecho una paja? —sugerí.

—No haces esto muy a menudo, ¿verdad? —contestó él—. Pero, sí, obviamente.

—Me siento muy halagada —transigí. Contra toda probabilidad, no estaba pasando la peor velada de mi vida—. ¿Y a qué te dedicas tú?

—Cuando no me está interrogando alguna de mis citas en Tinder o estoy haciéndome pajas, soy diseñador gráfico —dijo, mientras la música en vivo, cualquiera que fuera, terminaba, la gente aplaudía y subía el volumen de las conversaciones—. Trabajo por mi cuenta, pero en este momento estoy trabajando para un periódico local, en un cambio de imagen para la edición online.

—¿Y te gusta?

—Sí —contestó, frotándose la sombra de barba—. Me gusta trabajar con gente diferente, y me encanta el diseño. Ningún día se parece a otro, ¿y en tu trabajo?

—Cualquiera pensaría que, en el caso de una veterinaria, todos los días son distintos, pero este momento mi vida es como estar en *Atrapado en el tiempo* —removí el hielo, haciéndolo tintinear alrededor del vaso, para que no quedara ningún poso. Porque, o bien había aspirado la copa como una borracha de primera o la mayor parte del vaso era hielo. Aunque tampoco parecía haber mucho hielo—. Trabajo en un pueblo, el pueblo en el que me crie, en realidad, así que más o menos es siempre la misma gente, los mismos animales.

—¿Pero te gusta? —preguntó Henry.

Gracias a Dios, se acabó la copa antes de que yo terminara considerándome una borracha.

—Es más una situación del tipo «me encantas, pero no siempre me gustas» —le expliqué, con la que esperaba fuera una irónica sonrisa—. Así es como me siento.

—¿Por qué? —preguntó, encogiendo ligeramente sus anchos hombros—. Seguro que podrías trabajar como veterinaria en cualquier otra parte.

Por un momento, había olvidado que no me conocía.

—Es complicado —le expliqué, esperando que no pensara que me estaba quejando de lo mucho que me apretaban mis zapatos de diamantes—. Es un negocio familiar, ya sabes cómo son esas cosas.

—No hay nada que no pueda cambiar, ¿sabes? —respondió él, rascándose la barba—. La vida no es una línea recta. Mañana no tenemos por qué estar donde estamos hoy.

—Un poco fuerte para la primera copa —contesté, tamborileando con las uñas en mi vaso casi vacío—. Pero, no sé. Si nos ponemos profundos, yo diría que ahora mismo me siento como si estuviera cruzando un puente de cuerda y hubiera una caída terrible a cada lado, con cocodrilos esperando a que resbale y caiga.

—Eso sí que es fuerte para la primera copa —Henry soltó una carcajada—. Por lo menos quita los cocodrilos.

Me recliné en la silla y sonreí, bajando la mirada hacia mis manos.

—Tú lo has pedido.

—Parece que te he conocido en un momento interesante. ¿Cuántas copas hacen falta para que me cuentes lo que de verdad te pasa?

—Más de las que tienen aquí —contesté. Y señalé su copa vacía—. Pero creo que tomaré otra, ¿lo mismo de antes?

—Sí —se levantó y agarró mi copa con la mano. Tenía unas manos enormes—. Iré yo a por ellas.

Ya había comenzado a avanzar hacia la barra antes de que

yo pudiera protestar. Tampoco pensaba protestar mucho, pero, aun así, habría sido agradable tener la oportunidad de hacerlo. Vacié los contenidos del bolso en la mesa: el teléfono a un lado, la polvera a otro. Rápida como un gato de tres patas, abrí la polvera, comprobé el estado del lápiz de labios y me empolvé la nariz. Después, pasé el dedo por el teléfono para devolverle a la vida hasta encontrar un mensaje de Abi y dos notificaciones de Facebook. Abrí el mensaje de Abi primero.

Salgo del trabajo a las 8. Avísame si necesitas escapar. ¡Espero que no sea un loco!

Pobrecilla, pensé, trabajando hasta tan tarde un viernes por la noche. Debería haberle pedido a ella que viniera a trabajar conmigo, en vez a Cass, y alejarla de tantos tubos de ensayo y bazos de ratón.

Alcé la mirada para ver por dónde andaba Henry. El bar estaba más lleno incluso que cuando había llegado. La gente se agrupaba junto a las paredes, esperando una mesa. Estaba tan nerviosa que no me había fijado en lo lleno que estaba. Todavía no sabía si me lo estaba pasando bien o no, pero, desde luego, estaba siendo una cita interesante. Las notificaciones eran de Facebook. Había colgado mi fotografía. Gracias a Dios, se habían conservado su artística edición y los filtros, y sonreí al pensar que de verdad tenía aquel aspecto. Era perfectamente posible que una chica como aquella estuviera saliendo con un diseñador gráfico con un adorable par de antebrazos un viernes por la noche. Aquella chica era brillante, encantadora, y si se le caía su copa, tendría preparado un rápido juego de palabras con el que distraer a todo el mundo. E Internet estaba de acuerdo. ¡Seis «me gusta»! ¡Seis! A las ocho menos cuarto de un viernes por la noche. David, por supuesto, Abi, Cassie y Chris, Jeremy, el amigo de David y... ¡oh! Adam.

A Adam Floyd le gusta tu foto.

Y volvieron los nervios, la culpa y aquella sobrecogedora sensación de tristeza.

—Aquí tienes —Henry me puso la copa delante, yo me

guardé el teléfono en el bolsillo del abrigo y forcé una sonrisa—. También lleva ron, pero es un poco diferente. ¿Qué te parece?

—Creo que me gusta —dije mientras le daba un buen trago y dejaba que el alcohol arrastrara todos aquellos sentimientos horribles. El primer trago consiguió borrar las aristas, pero los sentimientos continuaban allí. ¿Cuántos cócteles necesitaba para perder la memoria a corto plazo?—. Gracias.

—Salud —se sentó en su asiento y alzó su copa para hacer un brindis—. Por las nuevas amistades.

Acerqué mi copa con cuidado a la suya.

—Por las nuevas amistades —repetí, y esbocé una mueca al sentir el gusto agrio de aquel cóctel—. Y por las bebidas fuertes.

—Cualquiera diría que estoy intentando emborracharte —dijo, probando su propia copa y chasqueando la lengua—. ¡Dios!

Yo subí los hombros hasta las orejas y los solté después.

—Nunca se sabe —respondí, preparándome para dar un trago más largo mientras él relajaba el rostro con una sonrisa ladeada que hasta entonces no le había conocido—. A lo mejor te dejo…

Dos copas después, mareada y lista para meterme en la cama, bajé la escalera tambaleándome y salí al frío aire de Pelham Sreet. La ciudad apenas estaba empezando a animarse, pero cuatro cócteles eran más que suficientes para tumbarme. Henry había estado intentando persuadirme para que tomara una copa más, pero yo estaba lo bastante sobria como para saber que era una mala idea.

—Voy a la estación —le dije. Se levantó el viento a nuestro alrededor, levantándome la falda que, afortunadamente, iba sujeta por el abrigo. Y aquellas pobres chicas con sus ombligos pintados y desnudos. No volvería a tener dieciocho años ni aunque me pagaran—. ¿Tú hacia dónde vas?

—No voy a permitir que vuelvas a Long Harrington en

tren a esta hora de la noche —me advirtió, sacudiendo la cabeza—. Vamos a llamar a un taxi.

—No, no importa —le aseguré—. He vuelto en tren a casa miles de veces, no tienes por qué preocuparte.

Aunque me sacaba casi treinta centímetros, sin lugar a dudas, él era el que estaba más borracho. Lo sabía porque quería terminar la noche con un kebab. Por lo menos, aquella era la prueba de que no le gustaba, pensé confiada. Nadie había intentado seducir nunca a otra persona cuando sus pensamientos estaban llenos de carne de cordero. Y teniendo en cuenta que yo había pasado la mayor parte de la noche preguntándome qué estaría haciendo Adam, a pesar de su encantadora conversación y de aquel rostro absurdamente atractivo, me sentí aliviada.

—Te llamaré a un Uber —Henry sacó un teléfono gigante del bolsillo interior de su chaqueta y lo blandió ante mi rostro—. Harás lo que te digo.

—¿Ah, sí? —pregunté, coqueta y achispada.

O achispada y beligerante, dependiendo de cómo se lo tomara. No me gustaba que me dijera lo que tenía que hacer, pero no me desagradaba la idea de que me llevaran en coche a casa a expensas de otro. ¿Germaine Greer tendría algún problema al respecto? ¿Y yo sería capaz de volver a mirar a Emma Watson a los ojos otra vez? En realidad, todavía no la había mirado a los ojos, pero aun así…

—No me sentiría bien dejándote ir en tren —dijo, frotándome el brazo con suavidad mientras continuaba manipulando su teléfono—. Si no puedo acompañarte andando a tu casa, lo menos que puedo hacer es asegurarme de que llegues sin correr ningún peligro.

—De verdad, no tienes por qué llamar a un taxi —dije sin la menor convicción. Ya me arrojaría a los cascos del caballo del rey cualquier otra noche. En aquel momento tenía frío, estaba borracha y alguien se estaba ofreciendo a pagarme un taxi. Caso cerrado—. Además, ¿sabes que es más probable que muera asesinada por tu conductor de Uber que por una cita? Es un hecho.

—Muchas mujeres esperan que su cita haga algo así y lo sabes —replicó, tamborileando la pantalla con aire triunfal mientras deslizaba la otra mano desde mi hombro hasta mi codo y volvía a subir otra vez—. He salido con chicas que me han exigido que les pidiera un taxi para volver a casa.

—No quiero ofenderte, pero... —observé hipnotizada el movimiento de aquella mano que subía y bajaba—, pero no creo que aquellas citas fueran muy bien.

—No hace falta que me lo digas —contestó—. No estaría aquí si hubieran ido bien.

La sonrisa ancha y de ojos somnolientos que había sacado a relucir al principio de la noche había sido sustituida por una hermosa sonrisa ladeada que iluminaba todo su rostro. Me fijé en que inclinaba la cabeza hacia un lado cada vez que sonreía, como si la sonrisa le pesara.

—Esta noche me lo he pasado muy bien —me dijo, tensando la mano y apretándome el hombro, haciéndome sentir un cosquilleo que descendió hasta las yemas de mis dedos—. Gracias por no ser aburrida.

—Es lo más bonito que me han dicho nunca —dije, sonriendo borracha—. Gracias, Henry.

—De nada —contestó mientras se acercaba un poco más a mí. Le miré a los ojos. Había alguna posibilidad de que me hubiera equivocado con lo del kebab—. Y gracias por los zapatos que llevas. Me encantan esos zapatos.

—¿De verdad? —eran unos Mary Jane de color negro. Los había elegido porque el tacón no era muy alto y, en el peor escenario, las tiras del tobillo podían ayudarme a mantener el pie en su lugar si necesitaba salir corriendo—. ¿Cuándo me has mirado los zapatos?

—Los he visto cuando llegabas —dijo, enredando mi pelo en su mano y tirando ligeramente. Tuve que hacer un esfuerzo para no caer en plena calle—. ¿Sabes? Todos los hombres del bar estaban deseando que hubieras quedado con ellos.

—¡Ah! —dije sin moverme—. Vale.

Henry no dijo nada más. En cambio, con mi pelo enredado en su mano, deslizó la palma por mi nuca y me atrajo hacia él. Tenía los labios suaves y los dos teníamos el mismo gusto cálido y agrio. Apoyé las manos en sus caderas mientras retrocedíamos tambaleantes hasta terminar apoyados contra una puerta de madera un poco retirada. El calor de su cuerpo se mezclaba con los cócteles de ron, alejando cualquier preocupación sobre el hecho de estar besuqueándome con un extraño contra una puerta un viernes por la noche. Adam y aquella especie de Angelina podían irse al infierno. La barba de Henry me pinchaba la cara, pero no le aparté; en cambio, le estreché contra mí, eché la cabeza hacia atrás, animándole a seguir besándome. Cerré los ojos y abrí la boca, entregándole todo mi cuerpo.

Hasta que un resplandeciente Honda Jazz de color negro hizo sonar la bocina detrás de nosotros.

—¿Has llamado a un Uber?

Henry interrumpió el beso y rio avergonzado antes de volverse hacia el conductor con los pulgares en alto.

—¿Puedes darnos un minuto? —le pidió, y se volvió de nuevo hacia mí.

El conductor soltó un suspiro audible y puso el estéreo del coche.

—Debería marcharme —dije, mirando aquellos ojos verdes.

—¿Qué? —alargó la mano para apartar algo inexistente de mi rostro—. ¿Qué pasa?

—Nada —contesté.

Me puse de puntillas y le besé otra vez, para alegría de Henry. Había olvidado la emoción de besar a un hombre al que no conocía y no tenía la menor idea de lo que podía pasar a continuación. Los besos de Adam podían dividirse en categorías muy claras: un pico mañanero, un beso de buenas noches, un beso con la boca abierta, un beso con lengua, un beso de vamos a acostarnos en los próximos diez minutos. Aquello era toda una novedad. Se me hacía extraño. Objetivamente, era un buen beso, no había nada que objetar, pero fallaba algo.

—Puedo ir contigo —sugirió Henry mientras yo me apartaba, apretando los labios en una fina línea—, si quieres.

—No creo que sea una buena idea —me aparté de él y le hice un gesto al conductor de Uber.

Este apartó la mirada del teléfono y entornó los ojos antes de teclear un mensaje con tanta fuerza que no pude menos que asumir que su teléfono había hecho algo para molestarle.

Henry abrió la puerta de atrás del coche y yo entré con toda la elegancia posible. Es decir, casi conseguí no enseñarle las bragas.

—Gracias por esta noche —le agradecí mientras él esperaba en la puerta. Yo sabía que estaba esperando que le invitara a subirse conmigo—. Me ha gustado mucho conocerte.

—Te llamaré —me prometió, cerrando por fin la puerta y aceptando su derrota.

Yo me presioné contra la ventana, observándole observándome mientras el coche se alejaba. Después comprendí cuál era el problema de los besos de Henry. No eran de Adam. Aquel extraño y angustioso sentimiento fue haciéndose cada vez más fuerte, hasta terminar agriándose y convirtiéndose en algo mucho más familiar. Era la culpa, me sentía culpable y sola y muy lejos del hombre al que amaba.

—¿Adónde vamos? —preguntó el conductor cuando salimos a la carretera, con el estéreo bombardeándonos con una música electrónica de baile que arruinó los matices más delicados de aquel momento.

Le di mi dirección y me recosté contra el asiento mientras abandonábamos el centro de la ciudad. Intentando ignorar la sobrecarga sensorial de aquel coche diminuto, me mordí el labio y reviví por un instante el beso de Henry.

Mientras cruzábamos las calles con una banda sonora de hip hop atronadora, saqué el teléfono con intención de enviar un mensaje de texto a mis amigos para hacerles saber que había sobrevivido a la cita. Pero mi dedo se posó sobre la notificación de Facebook que me hacía saber que a Adam le había gustado mi foto. Cerré los ojos y sentí una náusea cuando aquel coche diminuto y capaz de saltar sobre un badén me hizo rebotar en el asiento y me golpeé la cabeza contra el techo.

—Lo siento —se disculpó el conductor al instante.

—No se preocupe —respondí, atándome el cinturón de seguridad e intentando relajarme.

Me pregunté cómo se sentiría Adam si supiera que había tenido una cita. Celoso, me dije a mí misma. Celoso y enfadado. ¿Igual que me sentiría yo si le viera besando a aquella chica? Bueno, pues ya estábamos empatados. Él no era el único que podía ir besuqueando a gente atractiva en público. Él no era el único que podía continuar con su vida. Pero aquella indignación con tintes moralistas no consiguió aplacar la tristeza que se arremolinaba en mi estómago. Me sentía como si todo aquello a lo que no había dado ninguna importancia hasta entonces fuera a tener las peores consecuencias. ¿Y si Adam se enteraba? ¿Se enfadaría? ¿Querría siquiera volver a hablarme otra vez?

—Lo siento —gritó el conductor por encima de aquella música capaz de destrozarle a cualquiera los oídos cuando salvamos otro badén y aterrizamos rebotando en medio de la carretera.

Sorteó a un autobús que venía de frente y chasqueó la lengua con fuerza.

—Malditos autobuses.

—Sí, malditos autobuses —le apoyé, aferrándome al cinturón de seguridad con puro terror.

Probablemente no fuera una buena idea enfadarle señalando que era el peor conductor sobre la faz de la tierra. Era evidente que andaba mal de la cabeza.

Si moría de camino a casa, por lo menos ya no tendría que preocuparme de sentirme culpable por haber besado a Henry, pensé para mí. Cerré los ojos y estuve rezando a lo largo de la A52 para poder llegar a mi destino.

CAPÍTULO 21

—Lo que yo haría es conseguir que alguien secuestrara a M y después, cuando Bond se enterara de quién la tiene, descubriría que la ha secuestrado su padre —dijo Chris, golpeando el volante con la mano—. Sería increíble.

—¿Pero su padre no estaba muerto? —pregunté—. ¿El que sea huérfano no es una parte importante de la película?

—Se supone que está muerto —me confirmó mientras cambiábamos de carril para adelantar por la izquierda a un Volkswagen Beetle que viajaba por encima del límite de velocidad.

—Por eso sería increíble. Es la última persona que te esperarías. La figura del padre versus el verdadero padre. La única persona a la que Bond nunca puede matar.

Miré por la ventanilla y observé el paisaje pasar como una mancha verde, azul y gris.

—¿Y su madre?

—Sigue muerta —me confirmó—. De eso no hay la menor duda.

Chris piso el acelerador tras pasar una enorme señal verde que anunciaba que Londres estaba a ciento veinte kilómetros de distancia y yo me incliné hacia delante para encender la radio. El viernes por la noche, cuando estábamos en casa de mis padres, había insistido en acercarme a Londres el sábado por la mañana y yo no había podido negarme delante de mi padre. Había quedado con Jane y con su hermano para echar un vistazo a la parte de arriba del bar y comprobar si su sueño de convertirlo en un bar de los sesenta podía hacerse realidad y Chris quería comprar alguna joya ridículamente cara de regalo para el bautizo de Gus y algo para Cassie. Me había dicho lo que era, pero no me acordaba. No le estaba escuchando.

—Escucha, no quiero entrometerme —comenzó a decir. Yo no siquiera pude reírme—, pero le dije a Cassie que hablaríamos sobre lo de mañana.

—¿Qué hay que hablar sobre lo de mañana? —le pregunté.

Era una táctica típica de Chris. Cada vez que tenía que hablar de algo que le resultaba embarazoso comenzaba culpando a otra persona de tener que abordar el tema. Yo estaba casi convencido de que aquella era la única razón por la que se había casado. Cassie se había convertido en su cabeza de turco de por vida.

—El bautizo —dijo, bajando el volumen de la música que yo acababa de subir con los controles del volante—. De Liv y de ti.

—¿Qué pasa con Liv y conmigo? —pregunté, tensando los hombros.

—Sois dos tercios de los malditos padrinos y hace una semana que no cruzáis una sola palabra —me recordó—. No irás a darme un disgusto, ¿verdad?

Me estiré contra el cinturón de seguridad para dirigirle una mirada interrogante.

—¿Alguna vez en mi vida te he dado un disgusto? —le pregunté—. ¿Qué crees que voy a hacer?

—¡No lo sé! —exclamó mientras corríamos por la A1—. Pero necesito saber que os vais a comportar como es debido. Cass no quiere que se monte una escena.

—En ese caso, no debería haberse casado contigo, ¿no? —sugerí, abrochándome y desabrochándome el puño de la camisa—. No vamos a montar ninguna escena.

—Podías haber esperado a romper con ella hasta después del bautizo —aspiró con fuerza y desvió la mirada hacia el Beetle que se veía por el espejo retrovisor.

—Lo siento —contesté. Teníamos el coche pegado. Era evidente que no le había hecho ninguna gracia que le adelantáramos—. De todas formas no hemos roto. Y, te vuelvo a repetir por enésima vez que no quiero hablar de eso.

—Vale, vale —asintió y una sonrisa asomó a las comisuras de sus labios—. Si no quieres hablar de ello, no diré una palabra.

Uno de los mayores problemas de Chris era su incapacidad de guardar un secreto aunque dependiera su vida de ello. Sabía algo que yo ignoraba y estaba desesperado por contármelo, pero estaba disfrutando del momento, dándome a entender que retenía información.

—¿Qué hay entre tú y esa mujer de pelo oscuro?

Cerré los labios, tensé la mandíbula como si llevara aparato y abrí los ojos un instante. Chris ensanchó su sonrisa.

—¿Qué mujer de pelo oscuro? —pregunté. Una luz de alerta se encendió en mis entrañas.

—Vamos —me pinchó—, Cassie te vio en el Bell con una mujer espectacular. No irás a negarlo, ¿verdad?

¿Cassie nos había visto? Si Cassie nos había visto, Liv lo sabía y eso no podía ser bueno.

—¿Te refieres a Jane? —contesté con naturalidad.

—Sí, creo que es a ella a quien me refiero.

—Es la propietaria del bar, de ese mismo bar al que me estás llevando ahora, ¿sabes? —contesté, remitiéndome a los hechos e intentando no dejarme llevar por el pánico—. No sé qué es lo que cree haber visto tu mujer, pero no hay nada más. Vino a elegir la madera para el bar y tomamos una copa. ¿Qué tiene eso de escandaloso?

No era la rigurosa sucesión de los acontecimientos, pero sí toda la información que Chris necesitaba. Aunque la verdad era que poco iba a importar la verdad si el mensaje emitido por los tambores de la jungla ya habían llegado hasta Liv. No había visto a Cassie en el Bell el miércoles. Desde dondequiera que hubiera estado vigilándonos, no había considerado adecuado acercarse a saludarme, así que no podía decir lo que pensaba que había visto. Y era evidente que se lo habría contado a su mejor amiga. Me sentí mal al pensar en ello. Habían pasado tres días desde que había estado en el Bell con Jane y Chris no habría necesitado ni tres minutos para convertir una inocente copa en algo más. ¿Qué le habría contado a Liv? ¿Por eso me habría dicho que no volviera a llamarla? ¿Y si Liv no estaba en casa, intentando averiguar lo que quería, sino pensando que estaba acostándome con otra? Las preguntas se acumulaban en mi cerebro y los potenciales desastres de la conducción de Chris dejaron de ser lo único que me provocaba arcadas.

—¿Qué dijo Cassie exactamente? —pregunté con la boca seca—. ¿Ha hablado con Liv?

—Me dijo que estabas en el Bell con lo más parecido a una supermodelo que se ha visto por Midlands Este desde que Kelly Brook estuvo firmando playeras en Debenham's —me dijo, conduciendo con una sola mano—. Y claro que ha hablado con Liv. De todas formas, eso es lo de menos, puesto que Liv también estaba allí.

¡Oh, no! Mierda, mierda mierda, mierda. Estaba perdido.

—¿Liv me vio con Jane?

—¿Y eso qué importa? —preguntó Chris alegremente—. Solo es una persona con la que trabajas. No hay nada entre vosotros.

—No lo hay —insistí. El teléfono me ardía en la palma de la mano—. Pero nunca se sabe qué pudo parecerle a otros, ¿no?

—Sé exactamente lo que les pareció a otros —replicó—. Sé que les pareció que estabas saliendo con una mujer espectacular, tomando con ella copas en el pub cuando se supone que tienes novia.

—Si no fuera por toda esa tontería de darnos un tiempo nada de esto sería un problema —le di un puñetazo al techo del coche y Chris saltó en su asiento. El coche comenzó a correr a más velocidad incluso que antes—. Liv siempre ha confiado en mí. ¿Qué más da que estuviera tomando una copa con una mujer? Trabajo con mujeres constantemente y nunca ha estado celosa.

—¡Eh! No desahogues tus frustraciones en mi coche —me advirtió, reduciendo la velocidad—. Sé que me consideras un estúpido, hermanito, pero no soy tan tonto.

No tenía nada agradable que decir, así que no dije nada.

—¿Cuánto tiempo lleva durando esto? ¿Dos semanas casi?

Asentí y clavé la mirada en mi teléfono como si pensara que, si me concentraba durante el tiempo suficiente y con suficiente intensidad, Liv me llamaría y aclararíamos todas aquellas tonterías de una vez por todas.

—Ya es hora de hacer algo —me aconsejó mi hermano—. Si quieres cortar con ella, corta. Si quieres proponerle matrimonio, propónselo. Como sigas en el limbo, vas a terminar fatal.

—Ya estoy fatal —contesté—. Y llámame loco, pero no creo que pedirle matrimonio sea lo más sensato ahora.

Miré el teléfono que tenía en el regazo. ¿Debería llamarla? Liv me había pedido que no lo hiciera, pero aquello había sido antes de que yo supiera lo que ella pensaba que sabía.

—Háblame de Jane —dijo Chris, apagando la radio—. ¿Estás seguro de que no hay nada entre vosotros?

—No hay nada —repetí, mientras seguía intentando conectar telepáticamente con Liv—, nada en absoluto.

—Entonces, enséñame una foto —me pidió—. Vamos a echarle un vistazo.

—Por curioso que pueda parecer, Chris, no llevo fotografías de mis clientes —respondí, furioso con él, furioso con Cassie y furioso conmigo mismo—. Eres un imbécil.

—Búscala en Facebook entonces, idiota —respondió

mientras esquivaba a una paloma kamikaze—, ¿o todavía no la has añadido?

—Claro que no la he añadido. No tengo catorce años. Casi no utilizo Facebook.

Chris permanecía en el asiento del conductor con una sonrisa de suficiencia extendida por todo su rostro.

—No la has añadido porque te gusta. Si no hubiera nada entre vosotros, la añadirías.

—Eso es ridículo —contesté, negándome a mirarle—. Tarado, no la he añadido porque le estoy haciendo un bar. Es una cliente, no necesito que vea todas las fotografías de tu despedida de soltero.

—Claro, porque te gusta —dijo con absoluta convicción—. Si no hubiera nada, la habrías añadido. Pero no quieres que Liv se meta en tu Facebook y te vea añadiendo montones de fotografías de pibones.

—Si la hubiera añadido podría haberse llevado una idea equivocada —respondí, acercando el dedo al icono de Facebook de mi pantalla—, y eso es lo último que quiero.

—Muy bien, ¿cómo es entonces? —preguntó Chris—. Cass decía que era Scarlett Johansson cruzada con Jennifer López cruzada con, no sé, Stoya o algo así.

—Me parece altamente improbable que tu mujer haya comparado a la mujer con la que estaba en el pub con una de tus actrices porno favoritas —dije, frunciendo el ceño—. Pero, sí, supongo que está muy bien.

—¿Y?

—Y no sé —contesté, intentando poner una tras otra las miles de palabras que estaban desesperadas por salir de mi boca—. Es genial. Ha viajado mucho, ha estado en muchos de los lugares en los que he estado yo. Está muy metida en el mundo de los vinos e invirtiendo mucho trabajo en su futuro bar. Es fácil hablar con ella, es una persona directa. Y también muy divertida. ¿Puedo parar ya?

—Podrías haber parado hace tiempo —me respondió,

preocupado—. Mierda, Adam. Deberías proponerle matrimonio a ella en vez de a Liv.

—Es, básicamente, la esposa de Marsellus Wallace —busqué una manera de describirla para que pudiera comprenderme—. Tengo que ser amable con ella porque trabajo para ella, pero no voy a hacer nada.

—«Vas a salir de aquí, terminarte la copa, decir: "he pasado una noche maravillosa", irte a casa y hacerte una paja, eso es lo que vas a hacer» —citó a *Pulp Fiction*—. Lo entiendo, pero no estoy seguro. Para empezar, eres tú el que tienes novia. Creo que eso te convierte a ti en Uma Thurman y a ella en John Travolta.

—¿Y Liv es Ving Rhames?

—Sería la última celebridad con la que la compararía, pero, si a ti te parece que encaja...

—No, no encaja. Es un tipo mil veces más grande que ella. No encaja para nada —miré por la ventanilla del Jaguar para que Chris no pudiera ver el color que teñía mis mejillas—. Me has preguntado cómo era y te lo he dicho. No hay nada más.

—Y si no estuvieras interesado, la respuesta correcta habría sido alta, con el pelo bonito y unas buenas tetas, no que es la mujer más maravillosa del mundo y además, ¡oh!, es tan divertida —terminó con énfasis—. Adam, lo digo en serio. Tienes que pensártelo bien. Si las cosas están difíciles con Liv y estás loco por esa tal Jane, ¿por qué no lo intentas? Ya sabes lo que siempre digo: para comprarse un coche, hay que probarlo antes.

—Porque quiero a Liv —contesté con una muy ligera vacilación—. Porque hace dos semanas iba a pedirle que se casara conmigo.

—«Iba» es la palabra clave en esa frase. Futuro imperfecto. Ibas a pedirle que se casara contigo.

La forma más rápida de cerrarle la boca era mostrarme de acuerdo con él, por mucho que me doliera. Y nunca me dolía más que cuando había una ligera posibilidad de que tuviera razón.

Apoyé las manos en la cabeza. Los nudillos rozaban el techo del Jaguar. Era un coche bonito, pero no estaba hecho para hombres altos, algo que Chris no había tenido en cuenta cuando había ido a comprarse un coche que compensara lo que no tenía en los pantalones.

—Sabes que por lo visto Liv tenía una cita ayer por la noche, ¿no?

Se interrumpió para mirarme.

—No, no es verdad —contesté, con la mirada clavada en el parabrisas—. No seas ridículo.

—¡Oh! Muy bien —encendió la radio para escuchar el resultado final de los partidos—. No quiso salir con un tipo de Tinder y canceló la cita. Pero tenía una cita.

Metí las mejillas para dentro y me las mordí, negándome a hacer más preguntas. Imposible. Liv no era una persona de Tinder, y Liv no habría no ido a una cita. Había sido ella la que había dicho que no saldríamos con nadie. A menos que pensara que yo también había tenido una cita...

—Solo te estoy contando lo que me han contado. Cass no quería que te lo dijera, pero me parece justo, ¿no? No va estar ella paseando por ahí con solo Dios sabe quién y tu sentado en casa como un estúpido. Pero es probable que no pasara nada —añadió, subiendo la radio—. Según Cass, canceló la cita.

Más le valía, No soportaba imaginarla siquiera viendo fotografías de otros hombres; solo eso ya era suficiente para ponerme al límite. ¿Qué era aquella fotografía que había añadido a Facebook? ¿Sería la fotografía de su perfil de Tinder? Me había gustado aquella maldita foto. Sentado en casa de Chris, viendo un horrendo vídeo casero de mi madre haciendo yoga, arrepentido y deseando con desesperación estar con Liv, había decidido que me gustaba, no, que me encantaba aquella foto.

—Probablemente no pasó nada —me mostré de acuerdo

en tono amigable mientras el mundo ardía a mi alrededor—. Gracias, Chris.

—Puedes dejarme aquí —le pedí cuando pasamos delante del Mini de Jane, que estaba aparcado justo delante del bar—. Es perfecto.

—Espera, ahí tengo un sitio —dijo Chris, aminorando la velocidad y cruzando la calle para dirigirse a un sitio demasiado pequeño para su coche. Me miró y sonrió de oreja a oreja—. Vamos, ese sí que ha sido un buen aparcamiento.

Me desaté el cinturón de seguridad y abrí la puerta. Estaba desesperado por salir y alejarme de mi hermano desde que había decidido compartir conmigo la noticia sobre la no-cita de Liv. Si me seguía, aunque solo fuera medio metro, había muchas posibilidades de que terminara arrojándole a las ruedas del primer camión que pasara.

—Bien hecho. Llámame cuando hayas terminado e iré a buscarte.

—Espera —apagó el motor y se quitó el cinturón también él—. Voy contigo.

—No, no vas a venir conmigo —repliqué sobresaltado. Desplegué mis largas piernas, acalambradas después de haber pasado dos horas pisando unos frenos imaginarios en el asiento de pasajeros, y crucé la carretera—. Voy a trabajar. Este es un asunto de trabajo. No vas a venir conmigo.

—Si crees que voy a marcharme sin ver a esa diosa en la que no tienes ningún interés —comenzó a decir Chris, mirando hacia ambos lados de la calle antes de correr detrás de mí—, es que estás más loco de lo que pensaba.

—Chris, estoy hablando en serio —envuelto en los seductores aromas de la ciudad, a pollo frito al estilo sureño y a cubos de la basura sin vaciar, giré para amenazar a mi hermano de la forma más educada posible—. Por favor, no seas imbécil. No necesito que arruines esto.

Los cinco centímetros de altura que nos separaban desaparecieron cuando encogí los hombros y él irguió la espalda todo lo que le fue posible.

—Adam, ¿qué crees que voy a hacer? —me preguntó—. No voy a quitarte el trabajo, ¿no? No pretendo entrar diciendo «perdón, voy a dejar que Adam termine el trabajo, pero, en realidad, soy el mejor diseñador de muebles del mundo».

—No sé qué te propones —comenzó a entrarme el pánico cuando vi que Jane caminaba hacia nosotros con las gafas de sol puestas y una taza enorme de algo en la mano—, pero los precedentes no sugieren que vayas a servirme de mucho apoyo.

—Ya no eres abogado, hermanito —me recordó, demostrando así que tenía razón y que no le importaba un comino—, así que no hables de precedentes. Quiero ver este pedazo de monumento.

—Entonces has llegado al sitio indicado —Jane me pasó el otro brazo por el cuello y me dio un beso en la mejilla antes de colocar las gafas de sol sobre aquel pelo absurdamente brillante y dirigirle una larga mirada a mi hermano—. Está hablando del bar, ¿no?

Chris, enmudecido, asintió.

—Adam —susurró Jane en un tono dramático—, ¿le ocurre algo?

—Si empiezo a explicártelo me llevará todo el día —dije, sin estar más tranquilo por su presencia—. Jane, te presento a mi hermano Chris. Me ha traído hasta aquí y, por lo visto, eso significa que tiene derecho a fastidiarme durante el resto de la eternidad. Si te parece bien, voy dejar que le eche un vistazo al bar.

Jane bebió un sorbo de café, presionando sus labios llenos contra la tapa blanca sin apartar en ningún momento la mirada de Chris.

—Me portaré bien —prometió él con voz ronca—. Seré bueno.

—En ese caso, perfecto —cedió Jane mientras sacaba un manojo de llaves del bolsillo—. Pero solo porque eres el hermano de Adam y Adam es el mejor.

Me dirigió una rápida sonrisa antes de meter las llaves en la cerradura y abrió la puerta con la cadera. Unos gruesos tablones de madera cubrían los cristales.

—Bienvenido a Camp Bell —anunció abriendo los brazos para mostrar un espacio frío, oscuro y completamente vacío—. Así que dime, hermano de Adam, ¿te gusta?

Chris dio un par de vueltas, me miró a los ojos y arqueó las cejas antes de volverse hacia Jane.

—Es increíble —dijo—. El mejor bar que he visto en mi vida.

—Respuesta acertada —presionó el interruptor y las tres bombillas desnudas que colgaban del techo se iluminaron—. Y, cuando tu hermano haya obrado su magia, será todavía mejor.

—¿Está Jim aquí? —pregunté mientras ella dejaba el café y se agachaba sobre manos y rodillas, enterrándose entre un montón de cajas y dejando su trasero en el aire.

—No —respondió. El pelo amortiguaba el sonido de sus palabras—. Se ha atrasado, pero está a punto de llegar.

Chris me dio un agresivo codazo en las costillas con los ojos firmemente pegados al final de la espalda de Jane.

—Ya basta —susurré, dándole un empujón que le envió tambaleando varios pasos hacia la izquierda—. ¿No puedes irte ya?

—Ya está, ya he encendido la calefacción —Jane se apoyó sobre los talones y nos miró a los dos—. ¿Qué pasa?

—Chris tiene que irse —contesté a toda velocidad—. Tiene que comprarle un regalo a su esposa. Mañana bautizan a su hijo.

—Deberías venir —la invitó Chris antes de que Jane pudiera reaccionar—. Va a ser una verdadera fiesta. Superior a todos los bautizos a los que hayas ido.

—¿Eso es verdad? —preguntó Jane, mirándome en busca de una confirmación que no encontró—. ¿Un bautizo que va a ser una verdadera fiesta? ¿Un domingo?

—Sí —continuó Chris, ajeno por completo al tono burlón de su voz—. Pondremos una carpa. He contratado a un grupo de música, una barra, el catering... todo. No todos los días bautizas a tu primer hijo, ¿verdad?

—No, desde luego —se mostró de acuerdo ella. Alargué la mano para ayudarla a levantarse y, en el momento en el que nuestras manos se tocaron, volví a sentir el mismo burbujeo en el estómago—. Lo siento, pero no podré ir. Seguro que será una fiesta fabulosa. ¿Y tío Adam está muy contento?

—No cabe en sí mismo de alegría —le aseguré. Le palmeé el hombro a Chris mientras me dirigía hacia la habitación de atrás—. ¿Echamos un vistazo al piso de arriba? No quiero retenerte todo el día.

—No tengo ningún sitio mejor en el que estar —contestó Jane, siguiéndome. Ambos nos volvimos al mismo tiempo y descubrimos a mi hermano clavado donde estaba — ¿No vienes con nosotros, Chris?

—No —me adelanté antes de que él pudiera abrir la boca—. No viene. Llámame cuando acabes.

—Sí, te llamaré cuando acabe —contestó, sin dejar de mirar fijamente a Jane—. No hace falta que me acompañéis a la puerta.

—En serio, ¿está bien? —me preguntó Jane cuando cruzamos la puerta de atrás para subir la corta pero empinada escalera que conducía al segundo piso—. ¿No es especial o algo así?

—Definitivamente, es especial —le aseguré, mientras palpaba la pared en busca de algún interruptor—, pero no en ese sentido. Lo siento, está casado. Ha olvidado cómo hablar a una mujer.

—Cómo hablar, escuchar y estar a dos metros de ella —

añadió mientras alargaba la mano para encender las luces—. Pero parece agradable.

—¿Ah, sí? Solo ha estado un minuto aquí. No has podido llegar a conocerle como es debido —bromeé—. ¡Hala! ¿Todo esto es vuestro también?

—Sí —dijo, avanzando hacia el centro de la habitación con los brazos en alto—. ¿Qué te parece?

—Es genial.

Aparté todos los pensamientos sobre Liv de mi cabeza y me concentré en el trabajo. El espacio era la mitad que el del piso de abajo, pero era perfecto para lo que Jane tenía en mente. Un bar de los años sesenta, con asientos a ras del suelo, lámparas bajas y originales y estampados modernos y horrorosos. Ideal para gente cool.

—Estoy convencido de que puede funcionar —le aseguré.

—Me encanta que te guste —tenía el rostro sonrojado y las manos detrás de la espalda—. No es que no esté contenta con el bar principal, pero, en realidad, es como la criatura de Jim y no soy capaz de dejar de pensar en esto. Me encantaría poder tener algo que fuera solo mío.

—Te comprendo —le dije—. Lo entiendo perfectamente.

Sonrió y bailoteó donde estaba con los ojos brillando con una alegría tan sincera que no pude reprimir una sonrisa idéntica en mi propio rostro. La miré, contemplé aquellos labios voluptuosos, el pelo brillante, los ojos negros, enormes, y aquel cuerpo de locura. Y todo dejó de importarme. Jane dejó de ser la suma de muchas partes y se convirtió en algo más. La miré y vi a una persona feliz. Satisfecha con su vida y encantada de que yo formara parte de ella. Si Chris tenía razón y mi relación con Liv tenía que terminar, si de verdad Liv ya estaba saliendo con otro, sería una locura desperdiciar aquel momento.

Impulsado por una confianza que en realidad no sentía y por la idea de que Liv había aceptado una cita en Tinder, di un rápido y certero paso, me acerqué a ella, le enmarqué la cara posando los pulgares bajo sus mejillas y acariciándole el pelo con las yemas de los dedos y la besé.

—¡Qué haces!

Jane se apartó, me dio un empujón que me lanzó hasta el otro extremo de la habitación y se limpió la boca con el dorso de la mano. Para ser una mujer tan delgada tenía una fuerza desconcertante.

—¿Qué pasa?

Conseguí recuperarme, con una mano en la pared, la otra en el aire y mis testículos encogiéndose dentro de mí.

—¿Qué estás haciendo? —preguntó Jane—. Tienes una maldita novia.

—Pensaba que tú también querías —estaba muy confundido.

Confundido, avergonzado e increíblemente excitado. A veces era asqueroso ser un hombre.

—¿Por qué voy a querer besar a alguien que tiene novia? —preguntó, frotándose la boca hasta irritarse la piel de alrededor—. Dios mío, Adam, eso no está bien.

—Pero yo pensaba... —bajé la cabeza avergonzado. Estaba resultando ser un idiota de primera.

—Sí, me gustas —Jane comenzó a calmarse, muy, muy poco a poco—. Pero no salgo con los novios de otras.

Bajó la mirada hacia el suelo, examinando sus botines, y me miró de nuevo.

—¿Todavía tienes novia?

—Algo así. En realidad, no lo sé.

Me pregunté cuánto daño me haría si saltara en aquel momento por la ventana. Aunque no lo hiciera, a lo mejor moría de pura vergüenza. ¿Sería posible morir de vergüenza? Desde luego, en aquel momento me lo pareció.

—Jane, lo siento. Soy un imbécil por favor, no... no sé. Lo siento de verdad.

Con los ojos cerrados, suspiró pesadamente mientras regresaba hacia las escaleras. Tenía el rostro ardiendo. En aquel momento se me escapaba el porqué habría llegado a pensar que besar a Jane podía mejorar algo. Aparte de mi hermano antes de casarse, ¿a qué clase de imbécil se le ocurría besar a una mujer cuando todavía tenía novia? Aunque me hubieran dicho que a lo mejor mi novia estaba saliendo con otro, era un movimiento estúpido. Sobre todo teniendo en cuenta que dicha novia podía estar saliendo con alguien porque pensaba que yo también lo estaba haciendo. La idea de que toda aquella situación pudiera haber sido culpa mía me hizo sentirme mareado, enfermo y desesperado por tener un lugar tranquilo en el que tumbarme. Tom tenía razón, ¿qué demonios me pasaba?

—Adam, no te vayas —me pidió Jane justo cuando estaba a punto de llegar a la escalera, dispuesto a salir corriendo para no volver.

Miré hacia atrás y la vi con una mano en la cadera y otra en la frente.

—No tienes que irte. Solo te has dejado llevar, ¿de acuerdo?

—Sí —dije al instante, dispuesto a aceptar cualquier cosa—. Es verdad y lo siento, lo siento muchísimo.

—En ese caso, no pasa nada —parecía estar hablando consigo misma más que conmigo—. Pero quiero que sepas que no quiero tener nada con alguien que ya tiene novia.

—Muy bien. De verdad, lo...

—Si vuelves a decir que lo sientes, me temo que voy a tener que pegarte —dijo Jane con un vacilante intento de sonrisa.

—A partir de ahora seré un cien por cien profesional.

Maldije en silencio mientras la tensión en la habitación comenzaba a ceder para dar paso a algo más incómodo y violento, menos que deseable, pero algo que podría soportar durante el tiempo que me quedaba siempre y cuando no fuera despedido. Qué imbécil.

—Podemos ser amigos —cedió Jane, bajando los hombros—. Quiero que seamos amigos. Pero yo no soy así, Adam. Yo no le haría algo así a tu novia. No me parece bien.

Asentí mientras Jane posaba la mano en mi hombro y comenzaba a caminar hacia la estrecha y empinada escalera.

—No, estoy de acuerdo, tienes razón —tomé aire mientras ella pasaba por delante de mí para darle todo el espacio que me resultaba humanamente posible—. Solo amigos, me parece genial.

Jane se detuvo un segundo, me miró a los ojos y presionó una mano contra mi pecho.

—No estoy diciendo que las cosas no pudieran ser distintas si estuvieras soltero —dijo antes de apartar la mano—. Pero no lo estás.

—No lo estoy —asentí en un susurro.

Tras asentir con la cabeza, Jane bajó trotando las escaleras y oí a Jim llamándola desde la puerta. Clavado donde estaba, cerré los ojos y esperé a volver a sentir las piernas. Habíamos superado muy rápido el momento cucharilla. Iba a necesitar la cubertería de una cafetería para poder recibir a su hermano con el semblante normal.

¿Por qué nada podía ser más sencillo?

CAPÍTULO 22

Estaba tumbada en el sofá, disfrutando de una intensa partida con mi gato, jugando a ver quién era capaz de sostener durante más tiempo la mirada, cuando oí que llamaban a la puerta. Para empezar, casi todas las personas que podían llamar a mi puerta tenían su propia llave, e incluso aquellas que no la tenían podían entrar, así que esperé una segunda llamada antes de apartar a Daniel Craig y bajar a ver quién podía ser.

—¿Mamá?

—Evidentemente —contestó mi madre, sacudiendo el paraguas en la puerta y esperando a que me apartara para entrar—. Espero que Cassie tenga mejor tiempo mañana. Últimamente cambia a cada momento. El pronóstico dice que hará sol, pero quién sabe con lo que nos encontraremos.

—Ya —contesté.

Seguí su paso rápido y alargué los brazos hacia el impermeable que se acababa de quitar.

—No sabía que ibas a venir.

—Evidentemente —dirigió una mirada desaprobadora al piso en cuanto entró.

Yo había empezado a limpiar, de verdad, pero, después de una tarde del sábado de mucho trabajo en la clínica, sentarse con una taza de té y el último capítulo de *Deséalo. Quiérelo. Hazlo.* había resultado demasiado tentador.

—Tu padre me dijo que el piso estaba hecho un desastre.

—No está tan mal —contesté mientras dejaba su impermeable sobre una pila épica de ropa para la plancha y Daniel Craig se escondía debajo, desapareciendo de vista.

—Para ti no —se puso a trajinar en la cocina—. Pero tu padre no solía pasar mucho tiempo en tu habitación cuando eras adolescente.

—Déjame hacerte un té —me ofrecí mientras ella rebuscaba entre las cajas de té medio vacías, intentando localizar algo que mereciera su aprobación—. Tú siéntate.

—Tu padre está preocupado por la clínica —por lo visto no quería sentarse—. Y yo estoy preocupada por ti.

—No tienes por qué preocuparte —contesté.

Ella volvió sus ojos azul grisáceo en mi dirección y comprendí que no iba a librarme tan fácilmente.

—Todo va bien, de verdad.

—Dime la verdad —me pidió, plenamente consciente de que yo era incapaz de mentir en cuanto ella insistía en «la verdad».

Era como si me hubiera lanzado un hechizo el día de mi nacimiento. Me sentía impotente contra aquella orden.

—Esta forma de comportarte no es propia de ti.

—¿Qué forma? —pregunté, luchando contra el impulso de contarle todo y con una curiosidad sincera por saber cómo pensaba que me estaba comportando.

Mi madre continuó haciendo el té, calentó la tetera con agua recién hervida, volvió a colocar el hervidor, vació la tetera en el fregadero antes de añadir dos bolsas de té y verter de nuevo el agua caliente.

—No eres tú misma —contestó con un mano en la tetera y la otra en su cadera enfundada en unos vaqueros.

Bajé la mirada hacia las rodillas rasgadas de mis vaqueros ajustados y la alcé después hasta la prudente cintura alta de sus vaqueros de corte recto. Si pensaba en ello, era probable que los suyos fueran más modernos que los míos.

—Debería haber imaginado que te pasaba algo cuando apareciste en el cumpleaños de tu padre con ese vestido.

—Era un vestido precioso —crucé los brazos sobre mis pobres senos—. Es posible que no fuera del todo apropiado, eso lo admito, pero, aun así, era muy bonito.

—No es esa la palabra que yo habría utilizado —colocó mi única bandeja sobre la mesita del café, entre nosotras, con dos tazas limpias llenas con, exactamente, un centímetro y medio de leche en el fondo, y una humeante tetera en el medio—. Primero te vas de la fiesta y después tu padre dice que no estás de acuerdo con el nuevo veterinario que ha elegido.

Emití unos gruñidos que no podían ser considerados como equivalentes a palabras y alargué la mano para servirme el té.

—Déjalo —me dijo mi madre con brusquedad—. Tiene que reposar dos minutos. Olivia, ¿qué te pasa?

Hasta que había conocido a la familia de Adam, siempre había sentido que estaba muy unida a mis padres, pero había resultado que, geográficamente, cercanía y proximidad no eran lo mismo. Comparados con la familia de Adam, éramos los Walton. Por supuesto, mi madre no había abofeteado a mi padre ni una sola vez en medio de una cena y mi padre no la había acusado de ser una bruja zorra en el Tesco más cercano, pero, al miso tiempo, no pasábamos el tiempo juntos y felices como lo hacían los Floyd. Adam elegía estar con sus padres; en su caso no había nada parecido a la comida obligada de los domingos. En su familia todo eran puertas abiertas, pasarse a saludar y cenar fajitas las noches de los martes. ¡Incluso habían ido de vacaciones juntos más de una vez siendo adultos!

Yo quería a mis padres, pero, aunque trabajaba con mi padre, nunca pasábamos mucho tiempo juntos. Si estábamos los dos en la clínica era porque los dos estábamos muy ocupados y cualquier conversación no relacionada con el trabajo permanecía en un plano superficial… quién estaba enfermo en el pueblo, el precio de los huevos o si alguien estaba haciendo trampa o no en el programa Bake Off. Por esa razón, la visita de mi madre ya era una sorpresa lo bastante alarmante como para, además, tener que mantener una conversación sobre la vida real.

—¿Es por Adam? —presionó.

—No, bueno sí, pero no es solo Adam —no soportaba un segundo más aquella situación sin el poder estimulante del té. Agarré la tetera, la giré dos veces y serví el té mientras los delgados labios de mi madre desaparecían en su rostro—. Me están ocurriendo muchas cosas. Pero no es que esté cuestionando a papá, lo que pasa es que no sé si estoy de acuerdo con la forma en la que está haciendo las cosas.

—Eso es lo que no entiendo —contestó, apartándose el flequillo rubio de los ojos—. Tu padre ha dirigido esta clínica desde antes de que tú nacieras, ¿por qué no quieres aceptar su ayuda?

—Sí que acepto su ayuda —contesté, tirando de una hebra dejada en la camisa por un botón desaparecido—. Pero no quiero que me diga lo que tengo que hacer durante el resto de mi vida.

Sabía cómo había sonado. Y la expresión de mi madre me lo confirmó.

—No estoy siendo difícil —le leí el pensamiento para ahorrarle tiempo—, pero no estoy de acuerdo en que contratar a un veterinario, alejarme de los animales y sentarme en un despacho para ocuparme del todo el papeleo sea la mejor manera de llevar el negocio. Si quiere que dirija la clínica, tendrá que dejar que lo haga a mi manera, mamá, tengo treinta años.

Mi madre me sostuvo la mirada con expresión firme y serena mientras yo me retorcía en el asiento. Aquella era la parte en la que ella esperaba a que yo confesara, me disculpara y prometiera que no volvería a hacerlo. El problema era que yo no había hecho nada y no iba a llegar ninguna disculpa.

—Pues podrías comenzar a comportarte como si los tuvieras —sugirió, e ignoró después mi sorprendida exclamación—. ¿Qué está pasando entre Adam y tú?

¡Hala! Me había distraído con un insulto para lanzar después la verdadera pregunta. Una sibilina estrategia de distracción por parte de Addison la Mayor.

—No estoy muy segura —le dije, tomando buena nota de su táctica para poder utilizarla en el futuro—. Nos hemos dado un descanso.

Me miró antes de hablar y me sonrojé incómoda ante el peso de sus ojos azules. No era la mirada habitual de «mira en qué estado estás», sino una verdadera mirada de atención.

—Hay muchas cosas en mi vida que podría haber hecho de forma diferente si hubiera tenido la oportunidad de cambiarlas —comenzó a decir—. Y te aseguro, Olivia, que si tuviera tu edad, estaría haciéndolas. Pero una cosa de la que nunca tuve ninguna duda fue de que tu padre era el hombre de mi vida. Y deseo lo mismo para ti.

—¿Y eso cómo lo sabes?

Yo no estaba muy convencida. Por lo que yo sabía, y por lo que yo había querido saber, mi padre era el único novio que había tenido.

—Hay, ¿cuántas?—le pregunté—. ¿Siete mil millones de personas en el mundo y se supone que un tipo al que he conocido en el supermercado de mi pueblo es el hombre de mi vida solo porque sí? Ni siquiera conozco a todos mis amigos de Facebook en la vida real, así que mucho menos a todos los solteros elegibles del planeta.

—Para tu padre y para mí el mundo era un lugar mucho más pequeño —contestó mi madre, sonriendo por primera vez desde que había cruzado la puerta—. Pero, aunque hubiera sido una viajera profesional, tu padre habría continuado siendo único. Es posible compartir muchas cosas con alguien que comprende quién eres y de dónde vienes, no subestimes nunca la importancia de ese tipo de cosas. Es mucho más importante encontrar a alguien que aprecia todos esos detalles que te convierten en la persona que eres que a alguien con un trasero bonito y un Ferrari.

—¿Por qué? ¿Conoces a alguien que tenga un bonito trasero y un Ferrari?

Mi madre, la gurú de las relaciones, se sonrojó mientras ocultaba el rostro en su taza de té. Yo me pregunté reacia si no tendría razón. Jamás había tenido que explicarle a Adam quién era yo; nunca había tenido que fingir ser alguien que no era. De los siete mil millones de personas que había en la tierra, ¿cuántas se habrían tomado el día libre para darme la mano mientras me quitaban la muela del juicio y después me habrían dicho que estaba preciosa cuando en realidad parecía un gerbil demente? ¿Cuántas me habrían llevado hasta Budapest para presentarme a un uómbat cuando cumplí treinta años? ¿Y cuántas eran capaces de acariciarme cada noche el borde de la oreja hasta que me durmiera al cabo de tres años de relación? Ninguna, porque ninguna era Adam.

—Tu generación ha convertido el mundo en un lugar muy grande, Olivia —me explicó—. Y no sé si eso es siempre bueno. Cuando volviste a casa después de terminar la carrera, me preocupaba que quisieras irte a viajar por el mundo o algo parecido, porque tú siempre has tenido ese rasgo de locura y entre Abigail y tú, no me habría sorprendido que decidierais marcharos.

—No me fui de casa —le recordé, irguiéndome en la silla—, así que no tuve que volver. Y comencé a trabajar en cuanto me gradué, eso lo sabes.

—Me refería a volver a hacer vida en el pueblo —contestó mientras arrancaba aquella hebra suelta de mi camisa—. Lo único que he deseado siempre para ti es que fueras feliz y sentaras la cabeza. Es posible que no suene muy excitate, pero en esta época, no es algo fácil.

—Soy feliz —le dije. Pero, mientras lo decía, me di cuenta de que no era del todo cierto—. O, por lo menos, pensaba que lo era. Ahora no sé qué pensar.

—Um —mi madre se metió en los pantalones la hebra que acababa de arrancar.

¿Um? ¿No se le ocurría nada mejor que decir?

—¿Qué habrías cambiado tú de tu vida si hubieras tenido oportunidad? —le pregunté, devanándome los sesos para imaginar a mi madre haciendo algo que no fuera ser mi madre, la predecible y siempre fiable Lesley Addison, experta en bizcochos, remendar calcetines y la autoridad local en la mejor época del año para plantar narcisos.

Tomó aire por la nariz y miró hacia la grieta que tenía en el techo.

—Muchas cosas —su delicada sonrisa se tornó nostálgica—. Me habría gustado viajar más, pero, con un poco de suerte, todavía tendré tiempo de hacerlo. Creo que me habría gustado tener un trabajo... Se me hace raro haber llegado a mi edad sin haber hecho nada.

—Yo pensaba que eras feliz sin trabajar —le dije, pensando en Cass, en Chris y en Gus—. No lo sabía.

—Fui feliz cuidándote —me dijo, haciéndome una rápida caricia en la rodilla—, pero, en cuanto comenzaste a ir al colegio, mi vida empezó a ser muy aburrida. Estuve dando vueltas a algunas posibilidades, pero es difícil comenzar algo nuevo cuando tienes más de treinta años y no has hecho otra cosa en la vida que criar a una hija. Para cuando terminaste la primaria, todas mis titulaciones estaban desfasadas y tu padre mostró una actitud un poco extraña cuando se me planteó la posibilidad de trabajar en el pueblo.

Mi curiosidad era cada vez mayor.

—¿Extraña en qué sentido?

—Cuando lo abrieron, no quería que trabajara en el supermercado —arqueó una ceja al recordarlo—. Creo que no te descubro nada nuevo si te digo que tu padre puede llegar a ser un poco esnob.

No consideré que aquel fuera el momento adecuado para señalar que más de unas cuantas de sus tendencias esnob habían sido contagiosas.

—Siempre quisimos tener más hijos, pero no pudimos, así que nos quedamos con uno.

Se quitó unas migas inexistentes del regazo, como si no acabara de dejar caer una bomba de destrucción masiva en medio del cuarto de estar.

—¿No pudisteis tener más hijos? —pregunté con voz queda—. ¿Por qué?

—Porque no pudimos —contestó veloz—. En realidad no sabemos por qué. Tu padre no quiso hacerse las pruebas y yo no quise pasar por todo el lío de los médicos, así que eso fue todo. Pero sí, me gustaría haber encontrado algo que hacer que mereciera la pena. Aunque, cuando miro lo bien que has salido, no me siento demasiado mal.

—¿Lo dices en serio? —me permití distraerme por aquel raro y en apariencia sincero cumplido mientras procesaba su confesión. Eran muchas cosas a la vez—. Podrías ponerte a trabajar ahora, mamá. Todavía puedes hacer muchas cosas.

—Lo único que quiero ahora es que tu padre se quite esa bata blanca y se ponga el bañador —tomó un largo sorbo de té e hizo sonar sus pulcras uñas contra la taza—. Ha trabajado mucho durante toda su vida. Ya es hora de que haga algo por él, por los dos, en realidad. Será un placer apagar la luz y saber que no va a salir corriendo en medio de la noche a cuidar al estúpido conejo de alguien.

—Lo que me espera —dije con expresión sombría.

Las urgencias de los conejos eran las peores. Eran muy pocas las cosas que se podían llegar a hacer por un conejo.

—Si Adam y tú tenéis una vida tan feliz como la mía con tu padre, te irá condenadamente bien —contestó, sonrojándose ante aquel leve juramento, tan impropio de ella. Si me hubiera oído hablar con David y con Abi se habría muerto—. Y haya pasado lo que haya pasado entre vosotros, arregladlo. Por lo que yo sé, ahora es muy fácil dar la espalda a los problemas con vuestros Tinders, los Grindrs y los «me gusta», pero las cosas que merecen la pena no se consiguen de forma tan fácil, y eso es indiscutible.

—¡Mamá! —estaba estupefacta—. ¿Pero tú sabes lo que es Grindr?

—Tengo cincuenta y cinco años, no estoy muerta —contestó, vaciando los posos de su té—. Ya sabes todos esos casos que salen en *Loose Women*, Olivia. Todas esas parejas que rompen en cuanto surge el menor problema porque creen que al doblar la esquina van a encontrar algo más fácil. Pero las cosas más fáciles no siempre duran. Las cosas fáciles no se merecen ni la hora.

—¿Y si él no quiere arreglarlo? —pregunté, manteniendo un tono de voz ligero y los ojos clavados en los dedos de los pies.

—Entonces es que es tonto —se levantó y me besó en lo alto de la cabeza antes de alargar la mano hacia su impermeable.

La pila de ropa de la plancha cayó al suelo y Daniel Craig salió corriendo del desastre, con un par de bragas alrededor del cuello. Mi madre volvió a tensar la boca y sacudió la cabeza.

—No voy a decir nada.

—Gracias —levanté al gato en brazos y lo dejé en sofá.

Lo arreglaría todo antes de ir al bautizo.

—Habla con tu padre de la clínica —me recomendó mi madre, mirando por la ventana para ver el tiempo que hacía mientras se ataba el cinturón del impermeable. Todavía estaba lloviendo—. Habla con Adam sobre lo que quiera que esté ocurriendo y, por favor, cósete el botón que le falta a la camisa, si es que sabes dónde está.

—La vida es demasiado corta como para preocuparse por la falta de un botón —contesté, lanzando los brazos al aire. No tenía la menor idea de dónde estaba—. ¿No era de eso de lo que trataba esta conversación?

—Esta conversación trataba de que tienes que hacer caso de vez en cuando a tus padres —me corrigió—. Es posible que alguna que otra vez tengan algo útil que decirte.

—Dios no lo quiera —contesté mientras la veía salir, abrir el paraguas y cerrar la puerta tras ella.

Recuperé mi posición en el sofá, miré la taza de mi madre manchada de lápiz de labios y me pregunté de qué cosas me arrepentiría yo cuando cumpliera sesenta años. La fotografía en la que aparecía con Adam y el adorado uómbat de mi cumpleaños me observaban desde la pared. ¿Qué historias querría compartir yo con mi hija? Daniel Craig salió corriendo indignado de mi dormitorio, todavía con el tanga rosa alrededor del cuello. Alargué la mano para quitárselo, pero, a cambio de tomarme tantas molestias, solo conseguí un zarpazo y un aullido agudo.

—Quédate con él puesto entonces —le dije, reclinándome en el asiento y cerrando los ojos—. Estás como una cabra.

Como si no tuviera ya suficientes preocupaciones sin necesidad de que un gato de tres patas y travestido llamado Daniel Craig me cuestionara.

CAPÍTULO 23

«Despacio», pensé para mí, concentrándome en mis pasos mientras Abi y David caminaban cerca, detrás de mí. Los escalones de la iglesia eran empinados y muy irregulares y los tacones demasiado altos para la tarea que tenía entre manos. No había tenido en cuenta la funcionalidad de los tacones versus antiguos escalones de piedra cuando había elegido el modelo que me iba a poner aquella mañana y la verdad era que lo último que necesitaba era terminar yendo a urgencias. Aunque, en realidad, una tarde en el Queen's Medical Centre podía ser preferible a una tarde con Adam y la familia Floyd. Consideré la posibilidad de pedirle a David que me empujara, pero me dio miedo que fuera capaz de hacerlo.

El coche de Chris dobló la esquina y David hizo un redoble de tambor con los dedos contra la rodilla.

—Allá vamos —susurré.

Vi a Chris salir del coche y comenzar a gesticular como un salvaje al hombre que sostenía una moderna cámara de vídeo mientras una mujer con una camiseta de Pokémon blandía un micro gigante que debía de medir dos veces más que ella.

—¡Dios mío, lo había olvidado! —gimió Abi—. Cass me dijo que Chris había contratado a un director independiente para que documentara el primer año de vida de Gus. Está convencido de que necesita ser grabado para la posteridad.

—Teniendo en cuenta que está casi destinado a convertirse en el malo de James Bond, no puedo dejar de estar de acuerdo con él —dije, poniéndome las gafas encima de la cabeza. No podía sentarme a esperar la llegada de Adam. Iba a volverme loca. Tenía que hacer algo—. Voy a echarle una mano a Cass. Os veré dentro.

—Dile a Chris que no le he dado permiso para utilizar mi imagen —me pidió David—. Estaremos aquí fuera, esperándote.

—¡Liv! —exclamó Cass, apoyando el moisés en el asiento de atrás mientras yo bajaba las escaleras de puntillas. Gus estaba profundamente dormido, ajeno a todo el jaleo que se estaba montando a su alrededor—. Estás preciosa, madrina.

—Es curioso, porque me encuentro de pena —contesté con una sonrisa. Le di un beso en la mejilla—. Tú sí que estás guapísima.

—¿Te gustan mis pendientes? —inclinó la cabeza para que viera los cristales de hielo que resplandecían bajo la luz de la tarde—. Chris me los ha regalado esta mañana. ¿No te parecen preciosos?

—Hola, Olivia —Chris me saludó por encima del capot del Jaguar.

—Hola Chris —dije inexpresiva—. Qué corbata tan interesante llevas.

Incapaz de elegir un solo color para celebrar la ocasión, había decidido ponerse todos a la vez. O eso, o Gus le había vomitado encima de camino a la iglesia. Bajó la mirada hacia la corbata y me miró después a mí, no muy divertido.

—Es de diseño, tú no lo entiendes —me atacó mientras me volvía—. En realidad, estaba preguntándome algo relacionado contigo. ¿Cómo es que cancelaste la cita del viernes?

Me volví con un lento movimiento. Chris era todo dientes, un hombre con aspecto de cocodrilo satisfecho de sí mismo. Cass esbozó una mueca, apretando los labios con cara de pocos amigos. Gus hizo una burbuja de saliva desde su moisés y yo concluí en silencio que aquella era la reacción más adecuada.

—¿Se lo has contado? —le pregunté con un medio suspiro—. ¿Qué pasó con aquello de «amigas antes que esposas»?

Cassie abrió la boca y la cerró y Gus rio al ver que parecía un pez hasta que se dio él mismo un golpe en la cabeza y estalló en llanto.

—No pretendía hacerlo —se metió en el coche y levantó al bebé en brazos—. Le pedí que le dijera a su madre que hiciera de canguro y me preguntó por qué y Gus estaba llorando y yo estaba intentando hacer diez cosas a la vez y entonces se me escapó. Lo siento. Además, ¿qué más da? ¡Si cancelaste la cita!

Si pensaba que utilizar el bebé como escudo humano iba a impedirme utilizar la violencia, estaba muy equivocada.

—Buenas tardes.

Me volví y descubrí a Adam abriéndose camino a través de una manada de invitados al pie de las escaleras de la iglesia. Saber que iba a verle y verle eran dos cosas distintas. Mientras permanecía enfrente de mí, protegiéndose los ojos del sol con la mano, nos miramos. Había pasado mucho tiempo desde la última vez que habíamos estado los dos en el mismo lugar. Pero ahí estaba, a menos de dos metros de distancia, y lo único que deseaba yo era tocarle. La magnética atracción del hábito quería que le besara, pero mi incertidumbre respecto a nuestra situación me contuvo. Él observó con el ceño fruncido mi amago de retirada, sin moverse todavía, sin decir nada.

—¡Ah! Veo que ya está aquí todo el mundo.

El reverendo Stevens apareció en lo alto de las escaleras, delante de la iglesia, radiante con su sotana blanca y una estola con los colores del arco iris en los hombros. Juntó las manos y nos sonrió a todos: cuatro idiotas y un bebé.

—Qué día tan bonito tenemos para el bautizo —detuvo su mirada en cada uno de nosotros y su sonrisa se transformó en un ceño fruncido—. Dios mío, ¿va todo bien?

—Buenas tardes, reverendo —le saludó Cass, subiendo los escalones con el bebé—. Todo va maravillosamente. ¡Chris, ven!

Y Chris fue, corriendo tras ella con el cámara detrás, deteniéndose únicamente para dirigirnos y a mí y a Adam la clase de mirada asesina con la que Abi solo podría soñar.

—Necesito hablar contigo —dijo Adam, frotándose las cejas con fruición mientras una horda de invitados al bautizo subía tras nosotros.

Estaba espectacular, con el pelo todavía resplandeciente con los reflejos más claros de México, y la piel lisa y bronceada. Nos habíamos conjuntado de manera involuntaria. Mi vestido azul oscuro complementaba su traje azul marino y, con cada segundo que pasaba, me resultaba mucho más difícil no alargar la mano para acariciarle, aunque solo fuera para asegurarme de que de verdad estaba allí.

—No —negué con la cabeza—, aquí no.

Me estudió un momento antes de volverse y comenzar a subir las escaleras de dos en dos. Me obligué a seguirle sobre mis inseguras piernas.

—David —Adam saludó a mis amigos con la cabeza al pasar por delante de ellos—. Abigail.

—Seguro que vas a estar bien —me prometió Abi mientras David le enseñaba sendos índices a la espalda de Adam. Iba flanqueada por ambos y me empujaron hacia la puerta. No habíamos estallado al entrar así que aquello ya era un buen principio—. No te preocupes por nada, nadie montaría una escena en un bautizo.

—Yo no estoy tan segura de que eso sea cierto —repliqué—. Una pregunta tonta, ¿hay suficiente agua en esa fuente como para ahogar a alguien?

Se metieron en un banco situado a tres filas del altar y yo continué avanzando sola, hasta que encontré mi asiento al lado de un Adam con el semblante pétreo. No era exactamente así como le había imaginado encontrarle al final del pasillo de la iglesia, pero, siempre y cuando fuéramos capaces de salir indemnes de la siguiente hora, estaba dispuesta a considerar el silencio como un buen resultado.

La iglesia se llenó muy rápido. Como era de prever, Chris había invitado a todo el pueblo, aunque apenas se supiera el nombre de sus vecinos y, como en cualquier otro acontecimiento social, habían aparecido todos. Mis padres estaban sentados con Chris, Cassie y el resto de su familia en el pasillo de enfrente, dejándome a mí entre Liv y los demás. Liv estaba guapísima. Aquel vestido azul era del mismo color de sus ojos y me pregunté si sería consciente de lo conjuntados que íbamos. Pero por muy guapa que estuviera, yo todavía estaba haciendo esfuerzos para digerir el asunto de Tinder. Necesitaba oír su versión; con descanso o sin él, aquello ya era más que suficiente. Tenía derecho a saber lo que estaba pasando.

—Qué traje tan bonito —me comentó su madre cuando llegó a nuestro banco. El organista comenzó a tocar algo que sonaba sospechosamente parecido a *When Doves Cry*—. ¿Es nuevo?

—No, tiene años —contestó Liv por mí, hojeando la biblia con aire ausente antes de alzar sobresaltada la mirada—. Lo siento.

—Lo tengo desde hace años —contesté mientras Liv se concentraba en su programa—. Me gusta tu sombrero, Lesley.

—Gracias —alargó la mano, fingiendo ajustase el sombrero con forma de hojaldre de crema que llevaba en la cabeza y sonrió—. Espero tener que comprarme algo nuevo pronto.

—Mamá —le advirtió Liv.

—¿Olivia? —contestó ella, arqueando una ceja con expresión interrogante.

—Va a empezar —avisó Olivia, alejándose unos centímetros de su padre en el banco. No se habían hablado cuando su padre se había sentado. Era evidente que pasaba algo y me frustraba no saber lo que era—. Shh.

Tenía los ojos enrojecidos y me sorprendió que mi primer impulso fuera el de sostenerle la mano. Pero no lo hice. Odiaba verla llorar y odiaba saber que, probablemente, yo era la causa. A no ser que tuviera un novio nuevo y fuera él el responsable. Triste y confundido, agarré mi propio programa de la ceremonia y lo enrollé hasta convertirlo en un tenso cilindro.

El sacerdote permanecía frente a nosotros, sobre su plataforma, y yo me estiré la corbata, para aflojarla aunque solo fuera un poco. Dos semanas atrás estábamos en México. Yo había pasado toda la noche despierto, dándole vueltas a lo que quería decirle a Liv al día siguiente, contando las horas que faltaban para hacerle mi gran propuesta. Y en aquel momento estábamos allí, sin hablarnos, sin ser apenas capaces de mirarnos en el bautizo de nuestro ahijado.

El sacerdote, como quiera que se llamara, hablaba sin parar de la gracia de nuestro Dios y Salvador. El resto de la congregación emitía sonidos de vez en cuando, mostrando su acuerdo, mientras Gus protestaba sonoramente en los brazos de Cassie. Cuando Chris y Cassie nos habían pedido que fuéramos los padrinos, los dos habíamos estado de acuerdo en que nosotros no bautizaríamos a nuestros hijos y en que les apoyaríamos si ellos decidían bautizarse más adelante. Me pregunté qué pensaría Jane del bautizo. Ni siquiera sabía si era una mujer religiosa. Por lo que yo sabía, podía hasta adorar a un extraterrestre.

Miré a Liv, contemplé su pelo rubio resplandeciente, la vi sosteniendo el programa de la ceremonia con manos temblorosas y sentí un frío glacial que no tenía nada que ver con el tejado destrozado del que el vicario llevaba hablando cerca de diez minutos. Si Liv estaba saliendo con otro hombre y ya habíamos terminado, eso significaba que tenía todo el derecho del mundo a hacer avances con Jane, pero, estando allí sentado junto a Liv, no se me ocurría nada que me apeteciera menos.

—¿Padres y padrinos?

Alcé la mirada y vi al otro padrino de Gus, el primo de Cassie, saliendo de su banco. Liv ya estaba de pie, abriendo los ojos como platos para meterme prisa. La seguí arrastrando los pies hasta la parte delantera de la iglesia, me coloqué al lado de Cass y de mi hermano y me tensé la corbata hasta ahogarme.

—Padres y padrinos —comenzó a decir el sacerdote con expresión grave y seria—. La Iglesia recibe a este niño con alegría.

Bajé la mirada hacia Mingus, en aquel pomposo vestido blanco. Él no parecía muy contento. Daba la sensación de que preferiría estar tumbado con un pañal lleno de sus propia inmundicia.

—¿Rezaréis por él, le integraréis a través de vuestro ejemplo en la comunidad de la fe y caminaréis a su lado en el camino de Cristo?

—Sí, lo haremos —respondieron al unísono Cass, Chris y el primo de Cassie, de cuyo nombre no era capaz de acordarme.

—Eh... ¿sí? —dijo Liv.

Lo más cerca que había estado Liv del camino de Cristo era la banda sonora de *Jesucristo Superstar* y los dos lo sabíamos.

—Eh...

Todo el mundo se volvió hacia mí.

—¿Eh? ¿Sí? Sí, lo haré.

Liv y Cassie elevaron los ojos al cielo al mismo tiempo mientras Chris vocalizaba en silencio la palabra «idiota». Al principio pensé que me estaba pidiendo que me despertara, pero el gesto sutil de la mano que tenía al lado de la cadera me confirmó lo contrario.

Inhalé con fuerza e intenté concentrarme. A lo mejor Jane había sido una prueba, pensé, clavando la mirada en la vidriera. Yo no sabía gran cosa de religión, pero sabía que había pruebas, pruebas de fe. A lo mejor me habían enviado a Jane para probar la mía. Y había sido una tentación, de eso no cabía la menor duda, pero, en última instancia, no era Liv. Jane era la chica con la que me habría gustado enrollarme en los cuartos de baño de un bar cuando tenía veinticinco años, pero no con la que quería despertarme cada mañana durante el resto de mi vida. ¿Y si el negocio iba mal? A Liv no le importaría. Si había seguido junto a mí el verano en el que había decidido dejarme bigote, sería capaz de enfrentarse a cualquier contratiempo.

—Como padres y padrinos, tendréis la responsabilidad de guiarle y ayudarle durante los primeros años de su vida —el sacerdote me dirigió una dura mirada—. Esta es una tarea muy exigente para la que necesitaréis la gracia de Dios. Recemos por tanto.

Bajé la cabeza y junté las yemas de los dedos. Sí, recemos, pensé. Había que rezar para que Gus no fuera un cretino mayor que su padre, para que tuviera mejor gusto que su madre a la hora de elegir pareja y para que tuviera más agallas que su tío. De hecho, su mejor apuesta era parecerse a su tía Liv cuanto le fuera posible.

—Mingus Christopher Floyd, hoy Dios te ha tocado con su amor y te ha dado un lugar entre los suyos —continuó el sacerdote—. Dios promete estar contigo en la alegría y en la tristeza, ser tu guía en la vida y conducirte al cielo.

Yo no debería tomarme todo aquello demasiado en serio, pensé, mientras Gus pateaba la cara a su madre. Mis padres me habían bautizado y en aquel momento de mi vida no podía convertirme en el guía de la vida de nadie. Miré de reojo, echándole un rápido vistazo a Liv. Estaba maravillosa, resplandeciente, fresca, luminosa. Siempre estaba increíble, ya fuera a primera hora de la mañana o a última hora de la noche. Ni siquiera se mordía las uñas. Aunque en una ocasión me había explicado que, si yo tuviera las manos donde las tenía ella metidas durante todo el día, tampoco me las mordería. La miré, bañada por la luz que se filtraba por la ventana y se posaba a sus pies, como si Liv fuera un ángel, y experimenté una certeza como no la había experimentado durante toda mi vida y, de pronto, supe que no quería pasar ni un solo segundo más separado de ella.

Después de lo que me pareció una eternidad, el organista comenzó a tocar y sonó un coro de suspiros mudos alrededor de la iglesia mientras la congregación comenzaba a levantarse.

Chris estaba ocupado estrechando la mano con falsa alegría a todos aquellos que se acercaban a él y recordándoles que les esperaba en su casa para participar en la fiesta de bautizo del siglo. Había gastado más en aquella fiesta que la media de unos estudios universitarios, un hecho que yo había preferido no señalar, dada mi situación.

Aquel era mi momento. Tenía que hacerle comprender a Liv que teníamos que estar juntos. Lo único que quería era agarrarla de la mano y empezar a correr. Lo ideal sería que pudiéramos salir corriendo a tal velocidad que diéramos marcha atrás en el tiempo, como Superman, pero como aquello parecía bastante improbable, me conformaría con poder distanciarme de aquella celebración todo lo lejos que nuestras piernas pudieran llevarnos.

—Liv —la agarré de la muñeca mientras la gente comenzaba a marcharse, dispensando, antes de salir, todo tipo de atenciones a Cassie y a Gus, que permanecían al lado de la puerta—, necesito hablar contigo.

—Pero aquí no —respondió, escrutando la habitación con la mirada. Seguí el rumbo de su mirada y vi a David y a Abigail saliendo y chocando el puño con el de Gus en el proceso—. Déjame salir.

—Pero necesito hablar contigo —insistí—. ¿Puedes escucharme, por favor?

—No, no puedo —contestó, sacudiendo la mano libre y con los ojos ardiendo de furia.

Retrocedió dos pequeños pasos en el pasillo. Era fácil imaginarla con un vestido blanco, avanzando hacia mí, pero la verdad era que, prácticamente, estaba huyendo.

—Todo lo que se ha ido a la mierda durante estas últimas dos semanas lo ha hecho siguiendo los ritmos que tú has marcado. No puedes conseguirlo todo cuando a ti te apetezca, Adam. Eso ya se ha acabado.

Aunque quería seguirla, no fui capaz de hacerlo. En cambio, la observé correr por el pasillo y salir a la luz del sol, dejándome solo y sintiendo cómo se me escapaba mi última oportunidad.

—Jamás había visto nada igual —David estaba boquiabierto mientras seguíamos a los ríos de gente que entraban en el jardín trasero de Cassie y Chris. O, por lo menos, lo que hasta entonces había sido su jardín trasero—. ¿Estamos donde teníamos que estar o nos hemos metido en Disneyland por error?

—Han contratado a una organizadora de eventos —le expliqué, intentando verlo todo, pero quedándome detenida en el carrusel y la noria. Todavía estaba temblando después de mi enfrentamiento unilateral pero, al parecer, Adam había decidido perderse la fiesta. No sabía si sentirme aliviada o desilusionada—. No sabía que iba a ser tan grande.

—Cass me contó que estaban organizando algo parecido a una fiesta —contestó Abi, aceptando una copa de champán de un payaso—. No quiero ni saber lo que considera una verdadera fiesta.

Todo el jardín, y al menos la mitad del prado de detrás, se había convertido en una feria temática de Mingus Floyd. Payasos, domadores de leones y directores de circo con sombreros de copa patrullaban por el jardín mientras chicas con leotardos plateados nos ofrecían copas y algodón de azúcar.

—Voy a inventar una aplicación —anunció David, sosteniendo su primera copa de burbujas y alargando la mano en busca de otra—. Necesito una manera de explotar a los demás de forma miserable para ganar un millón y poder montar mi parque temático particular en el jardín de mi casa. ¿Ideas? ¿Propuestas? ¿Sugerencias?

—¿A la gente qué cosas le da pereza hacer? —preguntó Abi—. Esa es la clave.

—A mí me da pereza hacer cualquier cosa —contestó David mientras un hombre corría dentro de una burbuja de plástico—. Esto no va a funcionar, ¿verdad?

—Tú limítate a seguir bebiendo —le ordené, buscando a Adam entre la multitud—. Al final se te ocurrirá algo.

En vez de al que ya era casi con toda certeza mi exnovio, descubrí a Cassie entre los coches de choque y el puesto de pescar patitos, sola y con la mirada perdida en aquella multitud.

—Ahora mismo vuelvo —dije, tocándole a Abi el brazo mientras David hacía malabares con su copa de champán y un puñado de perritos calientes diminutos.

—No sé, Cass —dije mientras me acercaba a ella con una prudente sonrisa—, podrías haberte esforzado un poco más, al fin y al cabo, es el bautizo de tu hijo.

—Existe la ligera posibilidad de que Chris se haya dejado llevar por la emoción —contestó, abriendo los brazos para darme un abrazo—. Empezamos pensando en organizar un banquete en el Millstone y Chris terminó alquilando una noria. Bueno, él dice que la ha alquilado, pero yo estoy casi segura de que la ha comprado.

Tomó aire, se retorció las manos y me miró con expresión de disculpa.

—Siento haberle dicho a Chris que ibas a ir a una cita. No debería haberlo hecho.

—Por favor, no te disculpes —contesté, intentando olvidar que le había gritado fuera de la iglesia el día del bautizo de su hijo—. No debería haberte dicho nada. Además, la verdad es que fui a la cita, aunque a ti te dije que la había cancelado.

Tengo que dejar de echarle la culpa de todo al «él le dijo, ella me dijo» y empezar a enfrentarme a la verdad.

Cassie me miró esperanzada.

—¿Que es?

—No tengo ni idea —contesté, desviando mi atención hacia Chris y su sombrero de copa.

—Mírale —señaló con la cabeza a su marido, el director del circo, resplandeciente con su esmoquin rojo y con un látigo entre las manos—. Feliz como una perdiz —dijo con un suspiro.

Le vi restallar el látigo frente al señor Davies mientras la señora Davies se agarraba a su brazo con una risita de pura emoción.

—Me sorprende que no haya conseguido un león auténtico. ¿No encontraron leones?

—No creas que no lo intentó —contestó—. Pero la organizadora dijo que no quería animales vivos. Por lo visto, ha tenido problemas en el pasado. Chris también quería traer un elefante.

—¿Alguna vez te has preguntado en qué te has metido? —le pregunté. Chris estaba animando a la señora Davies a hacer restallar el látigo, para gran desconcierto del señor Davies—. No recuerdo que fuera tan intenso cuando empezasteis a salir.

—Sé que a veces puede ser un bocazas —reconoció Cassie inclinando la cabeza y estudiando a su marido con una mirada más tierna—. Pero le quiero. Y él me quiere y está obsesionado con Gus. Cree que necesita demostrarse lo que vale y demostrárselo a todo el mundo y no sé por qué, pero no se queda contento hasta que no recibe la aprobación general. Normalmente, me limito a dejar que siga a su aire. Cuando estamos los dos solos no es así. No te lo creerás, pero es muy callado.

—No, claro que me lo creo —dije, sin dejar de buscar entre la gente a Floyd El Joven, deseando verle y esperando no verle al mismo tiempo—. Adam hace lo mismo, pero de forma diferente. Él es muy de «no me importa lo que piense la gente», pero, en realidad, le aterroriza decepcionar a los demás. Yo siempre he creído que era porque había dejado los estudios, pero a lo mejor es cosa de la familia.

—Yo les echo la culpa a sus padres —me explicó Cassie mientras su marido hacía una muy poco favorecedora voltereta lateral delante de los hijos de su vecina. Los niños se pusieron a llorar inmediatamente—. Su padre tiene tan buen carácter y su madre es todo «haz lo que quieras». A esos dos nunca les ha dicho nadie lo que pueden o no pueden hacer. Es literalmente imposible decepcionar a unos padres así y sus hijos no son capaces de enfrentarse a ello.

—¿Quieres decir que han destrozado a sus hijos al ser tan buenos padres con ellos? —me eché a reír—. Es un tanto rebuscado, ¿no crees?

Se subió el tirante de su vestido rosa y se rascó el hombro.

—Esa es la conclusión a la que yo he llegado. Todas las noches, cuando acuesto a Gus, le pido disculpas.

Asentí mientras observaba la escena. Todo era luminoso y brillante a mi alrededor, como si lo hubieran pintado con rotuladores. Los coches de choque rojos y blancos, los caballos dorados del tiovivo... Había tantas luces parpadeantes, tanta música y todo olía de tal manera a palomitas que era como estar en el delirio febril de un niño de cinco años, pero con brebajes de adultos.

—¿Dónde está Ming? —pregunté al darme cuenta de que no había visto a mi ahijado desde que había llegado. A pesar de todos aquellos banderines, globos e hinchables que proclamaban que aquel era su día, no había ni rastro del bebé—. ¿En los coches de choque?

—En la cama —Cass se frotó las sienes—, donde me gustaría estar a mí. Mis padres están con él. Para ellos, esto no es un plato de buen gusto. Querían tomarse un té.

—Ohh —hice un mohín y el estómago me rugió de forma audible. No había sido capaz de comer nada en toda la mañana por culpa de los nervios—. Ahora mismo mataría por una taza de té.

—Siempre podemos irnos un momento y preparar un té —sugirió, pareciendo más emocionada ante la perspectiva de una galleta rellena que ante la de montarse en la noria—. Nadie nos va a echar de menos porque nos vayamos diez minutos, ¿verdad?

Me volví y vi a Abi y a David dando palmadas mientras una hermosa mujer con un traje de lentejuelas prendía fuego a una vara de un metro y se la tragaba enterita.

—Vamos. Volveremos antes de que nadie haya notado que nos hemos ido.

—¡Cassie! Tienes que conocer a Chris y a Andrew —gritó el director del circo desde el otro extremo del jardín, pasando sendos brazos por los hombros de dos hombres de aspecto perplejo vestidos de traje.

—¡Dios mío, creo que son inversores! —Cassie esbozó una mueca mientras volvía a subirse el tirante errante—. Ven conmigo, por favor. Odio hablar con gente de su trabajo.

—Muy bien —dije, siguiéndola por el césped—. Pero me debes más de una taza de té.

—¿Va todo bien, Liv? —Chris se quitó el sombrero y nos hizo una reverencia mientras nos acercábamos—. Me alegro de ver que estás más relajada.

—Muy gracioso —dije con una educada sonrisa—. Bonito sombrero. En realidad ya lo tenías, ¿verdad?

—¡Ah! —se volvió a poner el sombrero e hizo serpentear el látigo—. ¿Todavía sigues enfadada?

—Por favor, cállate —mantuve la sonrisa en el rostro mientras Cass iniciaba una incómoda conversación con los inversores, con un ojo puesto en nuestra discusión en todo momento—. Me gustaría que pudiéramos acabar la tarde sin montar una escena.

—¿Quién está montando una escena? —bramó, palmeándome la espalda con tanta fuerza que casi me estampa contra el suelo—. Que tú y el idiota ya no estéis juntos no significa que no sigas siendo parte de la familia.

Recuperé el equilibrio y fijé la mirada en la banda que apareció por un lateral de la casa y comenzó a rodear el jardín con una impactante ejecución de *Oops, I Did it Again*. Miré a Chris parpadeando, pensando en lo mucho que desentonaba su expresión de felicidad con lo que yo estaba sintiendo.

—¿Se lo dijiste? —pregunté—. ¿Le dijiste a Adam que se suponía que yo tenía una cita?

—¿Por qué? —hizo restallar el látigo dirigiéndole hacia un vecino que tenía un punto de venta de patatas fritas— ¿Se suponía que no tenía que decírselo?

Lo que más me enfadaba de aquello era el hecho de que me sorprendiera. Claro que se lo había dicho. Habría apostado cualquier cosa a que no había podido esperar. Seguro que había conducido hasta su casa para darle la noticia en persona, solo para verle la cara. Me importaba muy poco lo que Cass dijera o las muchas veces que Adam le hubiera defendido, Chris Floyd era un completo y auténtico capullo.

—¿Por qué se lo dijiste? —pregunté, enfadada con Chris, enfadada con Cass y, sobre todo, enfadada conmigo misma—. ¿Por qué no puedes mantenerte al margen de nada?

—Si no querías que le dijera a mi hermano que la que se supone que es su novia iba a salir con otro hombre, no deberías haberte metido en Tinder, ¿no? —se limitó a contestar.

—Y tú deberías meterte en tus malditos asuntos —le espeté, perdiendo los estribos con él de una vez por todas—. No tienes ni idea de lo que está pasando, así que deja de entrometerte.

—Liv… —Cass posó vacilante la mano en mi hombro—, ¿vamos a tomar una taza de té?

—Ahora no estoy de humor para tés —contesté, haciendo girar la falda de mi vestido cuando me volví hacia ella—. ¿Sabes que se lo dijo a Adam?

—¡No! —se volvió hacia su marido y el látigo se quedó flácido—. ¡Christopher Floyd, me lo prometiste!

—Se habría enterado de todas maneras —respondió Chris, eludiendo cualquier tipo de responsabilidad, como el hombre niño que era—. No dispares al mensajero.

Lo peor de todo era que tenía razón. Y yo no solo había considerado la posibilidad de tener una cita, sino que había ido a una. Eso era uno hecho irrefutable. Pero la tentación, no solo de disparar, sino de darle una paliza mortal al mensajero con el zapato, era tan abrumadora que apenas podía respirar.

—Liv, ¿estás bien? —susurró Cass, pasándome el brazo por los hombros y apartándome—. Te estás poniendo de un color muy extraño.

—¡Para empezar, nada de esto habría ocurrido si no me hubieras dicho que Adam iba a proponerme matrimonio en México! —la aparté y todas las personas que había a nuestro alrededor empezaron a abandonar sus conversaciones para sintonizar con nuestro drama—. ¿Por qué no podéis dejarme en paz?

—¡Le contaste que mi hermano iba a proponerle matrimonio! —Chris dejó caer el látigo a la hierba—. ¡Cass! ¡Era algo confidencial!

—¡Y me lo dices tú! —gritó ella en respuesta, mientras la gente que nos rodeaba era cada vez más numerosa. Me tapé la cara con las manos, intentando encontrarme a mí misma mientras ellos se gritaban frente a mí—. ¡Nadie debería contarme nada! ¡Acabo de tener un hijo! Apenas sé en qué día vivo y menos aún quién se supone que sabe algo y quién se supone que no sabe nada. Y, ahora, pídele perdón a Liv.

—Sinceramente, Liv, es probable que estés mejor sin él —Chris fijó en mí su atención e intentó salir de aquel agujero antes de que su mujer se pusiera histérica—. Nunca crecerá, cree que es un maldito Peter Pan. Seamos sinceros, ni siquiera tiene un verdadero trabajo, ¿verdad?

—Está haciendo exactamente lo que quiere hacer con su

vida —le contradije con voz baja y encendida—. ¿Cuánta gente puede hacer algo así? ¿Cuánta gente tiene tanta valentía? ¿Tú has hecho lo que has querido, Chris? ¿Se suponía que tenía que continuar estudiando algo que le hacía desgraciado solo para hacerte feliz?

—No, pero podría haberlo mencionado antes de que mis padres se gastaran la mitad de sus ahorros matriculándole en la Facultad de Derecho —contestó, sacudiéndose una mota imaginaria de polvo de la manga—. A lo mejor puede hacerles otra mesita de café para compensarlo.

Había veces como aquella en las que me alegraba de ser hija única.

—Tus padres quieren que sea feliz —señalé—, así que, ¿qué problema tienes? ¿O es que estás celoso?

—Por favor —soltó una sonora carcajada, sorprendido ante la mera idea—. ¿Por qué iba a estar celoso de Adam?

—No sé —contesté mientras iba barajando varias opciones.

La gente que se arracimaba al final del camino había crecido hasta incluir a un número de boquiabiertos vecinos, además de los invitados al bautizo, y tres adolescentes en bici, que eran lo más parecido que teníamos en el pueblo a una banda.

—Es verdad que tienes muchas cosas a tu favor, pero él es más alto, más guapo y, desde luego, más simpático que tú. ¿O es la cuestión del pene?

—¡Ja! —respondió él sonrojándose—. Muy graciosa.

—Vaya —oí decir a David detrás de mí—. Es evidente que es el pene.

—Tú sabes que el tamaño no importa, Cassie siempre ha sido una persona muy comprensiva —le aseguré antes de volverme hacia su esposa—. Lo siento, Cass.

Cass se enredó un mechón de pelo en el dedo y mantuvo la boca cerrada.

—No estoy celoso de mi hermanito —respondió Chris muy tenso. Se agachó para recuperar el látigo—. Y ahora mismo creo que está mejor sin ti.

—Pues muy bien —empecé a serenarme, consciente de que mis padres estaban cruzando el césped, avanzando hacia nosotros—, como tú digas.

Pero mientras yo estaba acabando, Chris apenas acababa de empezar.

—Sí, me enfadé cuando mis padres le dieron la casa de mi abuelo —enfatizaba cada palabra restallando el látigo en el aire. Si no hubiera estado tan enfadada con él, me habría parecido impresionante—. Y no me hizo mucha gracia que dejara los estudios para dedicarse a viajar, en vez de conseguir un verdadero trabajo para devolver el dinero a mis padres. Si yo hubiera hecho algo así, no me habría atrevido a mirarles a la cara.

—Gracias a Dios, Adam no es como tú —contesté, dando un frío paso hacia atrás—. Adam trabaja como un condenado y lo sabes. Continuar estudiando Derecho habría sido el camino más fácil. Pero corrió un riesgo, se fue a vivir al campo y sobrevivió durante casi seis años sin prácticamente nada. Y ahora que por fin está consiguiendo llegar a alguna parte, ¿quieres portarte como un miserable con él? Tu hermano es el mejor hombre que he conocido nunca. Es cariñoso, le apasiona lo que hace, y siempre piensa en los demás antes que en él. Incluso en ti.

—No sé por qué estás tan desesperada por defenderle —continuó, con dos coloretes ardiendo en el centro de sus mejillas—. Te deja y después cambia de opinión, le dejas y, antes de que se haya enfriado su cama, ya tiene a alguien esperando. No necesita que libres sus batallas por él, Olivia. De hecho, no te necesita para nada.

Sin moverme ni un solo milímetro, me mordí el labio, desesperada por que se me ocurriera algo inteligente que decir, pero Chris se me adelantó.

—¿No deberías estar limpiando la diarrea de un perro o algo parecido?

—¡Eh! —David salió de entre la multitud y se colocó a

mi lado, dándose por aludido por aquel ataque verbal—. Si alguien limpia la diarrea de perros en este pueblo ese soy yo.

—¿Chris?

Todo el mundo se volvió y descubrió a Adam rascándose la cabeza. Tom, su mejor amigo, le seguía de cerca.

—¿Me he perdido algo?

—Haces bien en dejar a esta —respondió Chris, sacudiéndose los hombros y estirándose las mangas mientras Cassie y David formaban una barrera humana entre nosotros—. Está como una regadera.

—Cierra el pico, Chris —Adam despachó a su hermano con una simple orden y yo observé, impresionada, cómo Chris se encogía. ¿Por qué no lo habría hecho yo?

—No me importa —continuó diciendo Adam, volviéndose hacia mí—, no me importa que hayas salido con alguien.

—Por supuesto que no te importa —contesté con un inoportuno graznido al final de la frase—. ¿Por qué iba a importarte que haya tenido una cita cuando ya tienes otra novia?

—¿Qué? —miró a Chris mientras me hablaba—. ¿Te refieres a Jane?

Así que era cierto. A pesar de todo lo que había visto y oído, todavía tenía la esperanza de haberme equivocado, pero su mirada lo confirmó todo.

—No es mi novia —contestó.

Su rostro bronceado se tornó blanco.

Di una patada a la hierba y lancé un trozo de césped justo a la entrepierna de Chris.

—¡Os vi juntos! Y la llevaste al Bell, todo el mundo te vio.

En aquel momento era yo la que estaba gritando. Estaba gritando y todo el mundo podía oírme. La fiesta entera levantó las orejas y comenzó a avanzar en masa hacia nosotros.

—Y la besó —añadió David—. Lo siento.

—Sí —señalé a David con expresión triunfaste—. ¡Lo hiciste! ¡La besaste!

—¿Cómo sabes que besé a Jane? —Adam miró a su hermano confundido—. Yo no te dije que la había besado, ¿verdad?

—¿Por qué tengo que llevarme yo todas las culpas? —bramó Chris—. ¡Yo no he hecho nada!

—Y Bill la vio salir de su casa el jueves por la noche —contribuyó Abi desde el final de la fiesta—. Lo siento, Liv. Yo no pensaba decir nada.

—¿Pero al final has decidido que este era un buen momento para compartirlo? —preguntó Adam, apartándose el pelo de la cara—. Jane se quedó en casa porque había perdido las llaves del coche, pero no pasó nada. Si me hubieras dejado explicártelo...

—Una historia muy verosímil —respondí, antes de darme cuenta de que, en realidad, lo era—. Adam y Jane. Jane y Adam. Adam y Jane, su nueva novia.

Sí, había alguna posibilidad de que me hubiera vuelto completamente loca.

—Ya he oído bastante, me voy.

Alcé los brazos al aire, olvidando por un momento que llevaba el bolso colgando. Todo lo que llevaba dentro cayó como una lluvia sobre mí: tampones, las llaves del coche y media docena de bálsamos de labios se extendieron a mis pies mientras la cartera caía directamente en mi nariz.

—Estoy bien —susurré, apretando la cara mientras David se agachaba para recuperar mis posesiones—. Que no cunda el pánico.

—Necesito hablar contigo. Intenté hablar contigo la otra noche —replicó Adam, con el rostro rojo y a la defensiva, mientras yo me palpaba la cara, esperando no estar tan mal como me sentía—. Pero me dijiste que no te volviera a llamar.

—¿De qué estás hablando? —grité. La cara me palpitaba mientras hablaba—. ¿Cuándo me llamaste?

—Eh... —Abi levantó la mano a mi lado—. En realidad...

—Por favor, dame solo cinco minutos.

—Me voy —insistí, sacudiendo la cabeza con un no. Aquello ya era excesivo para una tarde de feria—. Y, en cualquier caso, todo es culpa tuya. Si me hubieras propuesto matrimonio en México, como se suponía que tenías que hacer, nada de esto habría pasado.

El pueblo entero soltó una exclamación ahogada.

—¿Le dijiste que iba a proponerle matrimonio? —Adam se volvió de nuevo hacia Chris, dándome unos segundos para limpiarme furiosa los ojos y secar unas ardientes e inoportunas lágrimas.

—No creo que ahora sea esa la cuestión —dijo Chris, retorciendo el látigo sobre la hierba con expresión avergonzada.

—¡Os podéis ir todos a paseo! —grité, arrancándole el bolso a David y alejándome a grandes zancadas—. Idos todos al infierno. Lo siento, Cass.

—¿Qué es eso, querida?

Mi madre y mi padre permanecían al final del grupo, agarrados el uno al otro como si acabara de revelarme como nazi.

—Lo siento —dije, negándome a derramar las lágrimas que ardían en el fondo de mis ojos delante de todo el mundo—. Lo siento, de verdad. Tengo que irme.

—¡Liv, espera! —Adam me siguió a través de la multitud.

Todos los ojos estaban fijos en nosotros y estaba segura de haber visto al menos un iPhone en el aire. Por supuesto, algún cretino lo estaba grabando.

—Si tienes algo que decir, ¿por qué no se lo cuentas a Cass? —le espeté—. Estoy segura de que al final me enteraré.

No, no podía parar. Definitivamente, iba a llorar.

—¡Liv, para! —gritó.

A pesar de mí misma, clavé los pies en el suelo y me quedé helada. Adam me rodeó corriendo y se plantó ante mí, convertido en agotado desastre en rubio y azul.

—¿Qué quieres saber? —pregunté, decidida a no atragantarme con mis propias palabras—. ¿Qué es lo que no has entendido todavía? Sí, tuve una cita el viernes y, sí, besé al chico, pero eso fue todo. Por lo menos yo tuve la deferencia de esperar una semana y lo hice después de que tú empezaras a salir con una maldita supermodelo.

—No me importa —repitió él, aunque su mirada sugería que a lo mejor sí le importaba un poco—. No necesito oírlo, pero no me importa. Entre Jane y yo no ocurrió nada. Bueno, no, ya también la besé, igual que tú le besaste, pero fue igual. Me refiero a que tampoco significó nada.

Me limpié las lágrimas de las mejillas, concentrando la vista en Adam mientras todo lo demás se desdibujaba tras él.

—Cass tenía razón. Iba a proponerte matrimonio en México, pero me acobardé —continuó, acercándose ligeramente y tendiéndome las manos—. La última noche lo eché todo a perder y después fui un estúpido. No te culpo por querer romper conmigo.

—No eras solo tú —me coloqué el bolso bajo el brazo y me abracé a mí misma, poniéndome fuera de su alcance—. Fue todo. Mi trabajo, mi familia, el pueblo.... Todo. Nunca he dejado de quererte. Nunca he querido dejarte. Solo necesitaba estar segura de que estaba tomando las decisiones que debía, y después, cuando dijiste que necesitabas un descanso, empecé a dudar de todo. Nunca he querido que pensaras que quería que rompiéramos.

Miré por encima del hombro y vi que todo el pueblo avanzaba lentamente. ¿Cómo era posible que continuáramos siendo la atracción principal en medio de un circo?

—Por favor, ¿no podemos olvidarlo todo? —me suplicó Adam, con las mejillas de un rojo intenso—. ¿No podemos fingir que no ha pasado nada? Nada de lo que ha pasado importa.

—Claro que importa —me froté la sien, intentando encontrar las palabras adecuadas para hacérselo comprender—. A mí me importa.

—¡Olivia! —mis padres avanzaban a paso firme por el camino, seguidos de cerca por Abi y por David. Mi padre, en

concreto, con una alarmante expresión de firmeza—. Cuando hayas terminado de montar una escena, ¿podríamos tener unas palabras dentro? —pasó rozando a Adam e inclinó la cabeza hacia la cocina de Cass—. ¿Ahora, por ejemplo?
—No.
Después de haberlo dicho una vez, me resultaba sorprendentemente fácil repetirlo.
—No.
Una repentina sensación de calma se derramó sobre mí y la opresión del pecho comenzó a ceder. Había estado en lo cierto durante todo aquel tiempo: necesitaba un descanso.
—Quería tener tiempo para pensar y llegar a mis propias conclusiones y ninguno de vosotros estaba dispuesto a dármelo —les dije a todos ellos—. Es evidente que no voy a conseguir nada mientras siga aquí, así que me voy a ir. Me voy esta noche.
—¿Qué?
Mi padre y Adam intercambiaron una mirada. Cada uno de ellos miraba al otro como si pudiera darle pistas de lo que estaba pasando.
—Voy a ir a Japón —anuncié—. Siempre he querido ir. Si no voy a hora, ¿cuándo lo voy a hacer?
—No te vas a ir a Japón —aseveró mi padre, como si fuera lo más absurdo que había oído en su vida—. Acabas de volver de vacaciones, no seas ridícula.
—Voy a ir —me limité a decir—. Compré el billete después de hablar con mamá el otro día. No se lo he contado a nadie porque no quería que nadie me disuadiera.
—Mi niña por fin está madurando —le susurró Abi a David con una sonrisa radiante.
—¿Lo dices en serio? —preguntó Adam.
Yo asentí.
—¿Pero por qué?
—Porque puedo —en realidad, aquella era la única respuesta que tenía.

—Olivia, no puedes dejar el trabajo solo porque hayas tenido una discusión con tu novio —mi padre miró a Adam, le dirigió una mirada feroz y se volvió de nuevo hacia mí—. Vamos dentro para que te tranquilices. Le debes a Cassie una disculpa.

—Me estás hablando otra vez como si fuera una niña —sacudí la cabeza—. Lo siento, papá, pero no.

—Porque te estás comportando como si lo fueras —contestó.

Sabía que, hasta cierto punto, tenía razón, pero nadie quería escuchar a la Liv adulta. Todo el mundo quería opinar y decirle lo que pensaba que debería hacer. Por lo menos en aquel momento me estaban prestando atención.

—A lo mejor me he equivocado. A lo mejor no estás preparada para llevar un negocio.

—Es posible que tengas razón —le apoyé—. No quiero dirigir tu negocio, papá. Quiero dirigir el mío. Y eso es algo que tendrá que esperar hasta que vuelva.

—Liv, no te vayas —Adam tomó el relevo mientras mi padre buscaba una respuesta adecuada, y fracasaba—. Quédate. Cásate conmigo.

Por lo que parecía, mi padre no era el único que se había quedado sin palabras.

—Estás de broma —dije vacilante mientras Adam posaba una rodilla en el suelo—. ¡Ay, Dios mío! No estás bromeando.

—No, estoy hablando en serio —dijo, palpándose los bolsillos—. Y quiero casarme contigo, Liv. Estoy fatal sin ti. Te quiero, no quiero que pase un día más sin saber que vamos a pasar juntos el resto de nuestras vidas.

Dos semanas atrás, aquello era lo único que quería oír. Si Adam me lo hubiera dicho dos semanas atrás, le habría dicho que sí, habría vuelto a casa con una sortija resplandeciente y la cabeza llena de bodas y, probablemente, habría estado de acuerdo en todo lo que mi padre me ordenara. Pero eso había sido dos semanas atrás.

—No puedo creer que estés haciendo esto ahora —le dije, mientras comenzaba a tambalearse sobre una rodilla. Era imposible que estuviera cómodo, ni física ni emocionalmente—. Por favor, levántate.

—Solo si me dices que sí —contestó, buscando en el interior de su cartera algo que yo no quería ver—. Liv, vamos, tenemos que estar juntos, sabes que es así. Yo soy tu Yeti. Di que sí.

—No puedo —aunque sentía una extraña calma, todavía podía percibir el temblor de mi voz—. De verdad, no puedo. Estaba hablando en serio, me voy a Japón. Tengo un billete de avión.

Moviéndose incómodo en el suelo, Adam bajó los brazos.

—¿Me estás diciendo que no? —preguntó, sonrojado por tantas emociones—. ¿De verdad me estás diciendo que no?

Asentí apenas.

Al final, optó por el enfado.

—Pues si ahora dices que no, ya no hay nada que hablar —se levantó con una rodilla manchada y una mirada apagada que yo jamás me perdonaría—. Hemos terminado. Hemos terminado de verdad.

—Lo cual demuestra que no me estás escuchando —dije. Tenía la voz rota por las lágrimas al darme cuenta de que todo en nuestras vidas estaba a punto de cambiar—. Adam, te quiero, pero todo lo que ha pasado durante estas últimas semanas… A lo mejor no somos tan perfectos el uno para el otro como pensaba. Así que, lo siento, pero te estoy diciendo que no.

Antes de que mi padre o Adam pudieran decir algo más, me volví y salí corriendo por el camino que conducía a la carretera. Cuando por fin alcé la mirada, vi que David y Abi corrían tras de mí.

—Vamos a tu coche —dijo David mientras Abi me agarraba la mano.

Me mordí el labio con fuerza y asentí, aferrándome a mi

amiga y concentrándome en poner un pie delante del otro hasta que Chris, Cass y me exnovio estuvieron lejos, muy lejos de nosotros.

CAPÍTULO 24

Octubre no fue fácil.

El día posterior al bautizo, el tiempo cambió por completo y no era capaz de acordarme de la última vez que había visto todo un día soleado. Las últimas hojas que quedaban cayeron de los árboles y una llovizna casi constante convirtió su dorado otoñal en un lodo marrón. Para mitad de mes, todo parecía tan gris y deprimido como yo me sentía y ni siquiera las calabazas y los esqueletos colgados en los jardines a lo largo de la calle conseguían arrancarme una sonrisa. Liv odiaba Halloween. Decía que eran unas fiestas para sacar dinero, que no eran unas verdaderas fiestas. Pero, en realidad, yo sabía que era porque odiaba las cosas de miedo: las películas de miedo, los esqueletos, las arañas. Ni siquiera era capaz de pasar por delante del cementerio sin estremecerse. Esa era mi Liv, lo bastante valiente como para montarse en un avión y volar a Japón, pero demasiado cobarde como para ver una película de miedo con su novio.

—¿Qué crees que estará haciendo tu mamá? —le pregunté al No Daniel Craig, el gatito de peluche que tenía sentado al final de mi sofá—. ¿Crees que se estará divirtiendo?

No Daniel Craig no contestó. Había intentado luchar por la custodia del primero, pero David no había querido saber nada al respecto. Liv le había dejado a cargo de mi peludo hijo y él me había dejado muy claro que estaba dispuesto a superar la Guerra de las dos Rosas si hacía falta. Yo había contemplado el dar un complicado golpe al estilo de *Ocean's Eleven*, pero había recordado a tiempo que no era George Clooney y no sabía gimnasia china y había renunciado incluso antes de empezar. Estuve viendo *Ocean's Eleven*, pero, en realidad, no me sirvió de mucho.

Me cerré la bata con más fuerza mientras el viento aullaba fuera de la ventana. Hacía demasiado frío para trabajar en el taller y, de todas maneras, tenía muy adelantado el trabajo en el bar. La culpa y la vergüenza me habían empujado a ello, así que podía tomarme un día libre. Y hacía demasiado frío como para hacer otra cosa que no fuera ver la televisión, tomar ponches calientes y hablar con No Daniel Craig. Pero no tenía ningún ingrediente, aparte del whisky, para preparar un ponche y no había nada en la televisión que me apeteciera ver, así que, en realidad, estaba bebiendo whisky a solas a las once de la mañana y hablando con un tierno juguete. No era mi mejor momento.

Reorganizando el contenido de mis boxers, me obligué a ir a la cocina, llené la taza de Liv hasta el borde de Jack Daniels y regresé hacia el cuarto de estar, pero me detuve al ver una sombra en la puerta.

—¿Adam? —llamó una voz a través del buzón.

—Hoy no, gracias —respondí—. No es un buen momento.

—En ese caso, no deberías haberme dado una llave para emergencias —contestó la voz.

Mientras oía girar la cerradura, comprendí que era Tom. Empujó la puerta, me recorrió de arriba abajo con la mirada y sacudió la cabeza.

—¡Dios mío de mi vida!

—Tú estás muy bien —contesté, alzando la taza—. ¿Un traje Tom Ford?

—Topman —contestó, siguiéndome al cuarto de estar—. He estado llamándote durante toda la mañana. He estado en

Edimburgo un par de días y quería saber si te apetecía venir a comer ahora que voy de camino a casa.

—¿De verdad? —miré alrededor de aquel desastre en el que era imposible localizar mi teléfono. Había renunciado a llevarlo encima día y noche cuando el teléfono de Liv había dejado de conectar una semana después de que ella se hubiera ido a Japón—. Debo de tenerlo en silencio.

—¿Estás en calzoncillos a estas horas de la mañana? —Tom permaneció durante unos segundos junto a una butaca antes de sentarse—. ¿Estás enfermo?

—No —contesté—. Pero no me da la gana vestirme.

—Lo que más me gusta de ti es tu implacable honestidad. ¿Qué tal por aquí?

—Sin grandes novedades —miré la taza y bebí un largo trago—. ¿Y tú qué tal?

—¿Estás bebiendo? —me preguntó Tom mientras se quitaba la chaqueta.

Asentí.

—Sí, pero ya no bebo de la botella, así que voy haciendo progresos.

—El día que conocí a Mats estaba sentada debajo de un árbol, bebiendo a morro y diciendo chorradas. A lo mejor por eso me gustó tanto, me recordó a ti —estiró las piernas y se reclinó contra el respaldo de la butaca—. No sé si alguna vez me has contado cómo conociste a Liv.

—Estábamos en el supermercado —comencé, haciendo girar el oscuro líquido en la taza—. Yo estaba con mis padres y mi madre andaba buscando algo que quería añadirle a uno de sus zumos pestilentes, creo. Mi padre señaló a Liv y dijo «bonito par de piernas» o algo igual de ridículo.

—¿Se lo dijo a ella? —preguntó Tom, riendo a carcajadas—. Me sorprende que no le abofeteara.

—No, me lo dijo a mí —empecé a sonreír—. Podría haber sido «ahí tienes una buena potra», es una de sus frases favoritas. Recuerdo que yo estaba muerto de vergüenza. Le ignoré, por supuesto, entonces mi padre agarró una caja de pasta y, básicamente, la lanzó por el pasillo, justo hacia Liv.

—Un hombre con clase, tu padre.

Tom se levantó y cruzó la habitación para abrir el armario de las bebidas y servirse un doble del decantador de mi abuelo. Había olvidado que había vasos. Había olvidado que tenía un decantador de whisky. ¿Por qué habría perdido tanto tiempo yendo hasta la cocina?

—Es un movimiento clásico, ese.

—Liv pensó que se le había caído, así que la agarró, nos la trajo y eso fue todo, empezamos a hablar —me presioné los ojos con la palma sudada de mi mano—. Yo no le habría dicho nada, se lo habría agradecido con un movimiento de cabeza y ya está.

—Me lo imagino —dijo Tom—. Es posible que no la hubieras conocido.

—La verdad es que ahora tampoco me parece muy mala idea —contesté—. Odio todo.

Tom consideró aquella declaración durante unos instantes.

—¿Entonces no has hablado con ella?

—Le he dejado cerca de veinticinco mensajes de voz y le he enviado media docena de correos.

Agarré una hoja de papel arrugada, una de mis cartas abandonadas de disculpa, e intenté encestarla en la taza que tenía en medio de la mesita del café. Ni me acerqué.

—No contesta —terminé.

Mi amigo agarró la bola de papel del suelo y lanzó un tiro.

—Pero veo que has estado ocupado, eso es bueno.

—Es básico —contesté—. Casi he terminado el bar. Solo estoy esperando al electricista para poder terminar. De momento no tengo nada más.

—¿Ha ido todo bien? —preguntó.

Contesté «más o menos» con un gesto. En realidad había ido muy bien, pero me resultaba difícil contemplarlo con orgullo cuando sabía la cantidad de noches sin dormir que había implicado el proyecto, y no porque estuviera desesperado por hacer un buen trabajo.

—Y es evidente que ahora estás luchando como un profesional.

—Estoy esperando inspiración —repliqué—. ¿Cómo está Maddie?

—Muy bien —contestó, agachándose para agarrar la bola de papel y volver a tirar. Tiro fallido para el señor Wheeler—. Todo va muy bien.

—Bien por ti —musité—. ¿Cuándo es la boda?

—Espero que el próximo verano —buscó en el bolsillo y sacó una cajita que contenía una sortija con un diamante impresionante—. ¿Crees que dirá que sí?

—Jo, tío, hasta yo diría que sí.

Me levanté de un salto, alargué la mano hacia la sortija y me detuve un instante esperando la aprobación de Tom. Asintió. Agarré la sortija entre el pulgar y el índice y la sostuve contra la ventana, intentando no quedarme ciego.

—Es increíble. Pensaba que el calentamiento global estaba derritiendo todos los icebergs. Si lo miras con los ojos entrecerrados, puedes llegar a distinguir huellas de osos polares.

—Ja, ja —agarró la sortija y la guardó en la caja—. No es demasiado grande, ¿verdad? ¿Crees que es ostentosa?

—No empieces a arrepentirte —le advertí—. Pero pregúntaselo cuanto antes, antes de que tú mismo te quites la idea de la cabeza.

—Eso no ocurrirá —me aseguró—. Voy a pedírselo el viernes, es su cumpleaños. Vamos a salir a cenar y he reservado un hotel con toda clase de lujos. No voy a decirte nada con todo lo que has pasado, pero, desde luego, tío, necesitas una buena patada en el trasero.

Miré el jarrón de la repisa de la chimenea en el que guardaba la sortija de mi abuela. Ni siquiera había sido capaz de mirarla desde que Liv se había marchado.

—¿Cómo lo supiste? —me preguntó, estudiando su sortija

antes de guardarla en la cajita y dejarla en un lugar seguro—. ¿Cómo supiste que era la mujer de tu vida?

—¿Cómo lo sabe todo el mundo? —pregunté a mi vez, recogiendo todas las bolas de papel que pude alcanzar sin levantarme del sillón—. ¿Qué te ha hecho decidirte a dar el paso?

—La semana pasada era el cumpleaños de mi padre —Tom levantó una nueva bola de papel y apuntó—. Este año habría cumplido sesenta y cinco, ¿sabes? Siempre llamo a mi madre el día del cumpleaños de mi padre, aunque lo hago con cierta prevención. Odio saber lo triste que se va a poner. Pero, por alguna razón, este año no lo estaba.

—¿Se droga? —sugerí—. Nunca se es demasiado viejo para empezar.

—A lo mejor —admitió Tom—. Pero lo que me dijo fue que se había pasado el día viendo álbumes de fotos, recordando todos los días felices que habían pasado juntos, en vez de lamentando lo que habían perdido.

—¡Ah! —le miré y lancé el papel, que casi alcanzó su objetivo.

A veces olvidaba que Tom había perdido a su padre. Me sentí estúpido y egoísta y le lancé una de mis bolas para que disfrutara de un tiro extra.

—Vaya —comenté—, es bonito.

—Siempre me ha hecho sentirme culpable el hacerle pasar a mi madre por una boda —me explicó—. No quería que tuviera que pasar por todo eso sin mi padre, ni que todo el mundo estuviera diciéndome lo orgulloso que se habría sentido mi padre. Pero al hablar con ella conseguí ver las cosas con perspectiva. Podía seguir postergándolo y dejar la situación tal y como estaba o comprar una maldita sortija y decirle a Maddie que es la persona con la que quiero estar.

Alargué el brazo y lancé una bola de papel, con excesiva fuerza en aquella ocasión, y ni siquiera alcanzó la mesita del café.

—Al día siguiente le compré la sortija. Sabía que era lo que tenía que hacer.

—Juego limpio, compañero —le tocó a Tom y volvió a fallar—. Pero, en serio, ¿qué diferencia puede haber entre casarse o no? Por lo que yo veo, cuando te casas te conviertes en Chris y en Cass y todos los matrimonios se odian.

Tomo se remangó la camisa y frunció el ceño con un gesto de concentración.

—Si es eso lo que sientes, ¿por qué querías proponerle a Liv matrimonio?

Sacudí la cabeza lentamente, me levanté y me acerqué a la chimenea. Contuve la respiración y, casi pensando que no lo iba a encontrar, busqué y saqué el zafiro engarzado de mi abuela del jarrón.

—Fue hace un par de meses —le conté, dejando caer la joya en la palma de su mano—. Se suponía que íbamos a salir a cenar para celebrar el cumpleaños de Cassie y le dije que pasaría a buscarla cuando saliera del trabajo. Ya conoces a Liv, siempre llega pronto a todas partes, así que aparqué al lado de la clínica, esperando que estuviera esperándome, pero no estaba allí. Esperé un momento y la llamé, pero no contestó. Y comencé a asustarme, porque esa chica jamás está a más de medio metro de su teléfono.

—Maddie es igual —Tom asintió mientras volvía a dejar la sortija con mucho cuidado en mi mano. Yo la guardé en la caja y la dejé en la repisa de la chimenea, abierta, para poder verla—. En algún momento, hasta se me ha ocurrido enviarle la propuesta de matrimonio en un mensaje. Está todo el maldito día conectada.

—Muy romántico —le alabé. Tom se encogió de hombros con un gesto de modestia—. El caso es que subí a su piso y allí estaba, totalmente dormida en el sofá, vestida y maquillada, con el regalo envuelto y la tarjeta escrita. El gato tenía un cuenco de Whiskas delante de él y ella ni siquiera había sido capaz de terminar de prepararse un té. Tenía una taza con una bolsa y el agua caliente, pero había estado tan ocupada haciendo todo lo demás que ni siquiera había podido hacerse un té antes de quedarse dormida.

—Es ridículamente adorable —dijo.

Eligió con cuidado la siguiente bola, la arrojó y estuvo a punto de acertar mientras yo contenía la respiración.

—Bien hecho —le dije con un aplauso de aprobación mientras Tom lanzaba las manos al aire con un gesto de angustia—. Puse el agua a calentar, preparé una taza de té y, estaba sacando la leche de la nevera, cuando pensé «voy a asegurarme de que tú, que haces tantas cosas por los demás, tengas siempre a mano una taza de té».

—Adam —me dirigió una mirada radiante desde el otro extremo de la habitación—, eres un canalla sentimental.

—Había estado pensando en eso durante meses, ¿sabes? —le confesé, recostándome en el sofá y cerrando el albornoz sobre mi pecho desnudo—, pero fue entonces cuando lo supe.

Tom recogió un montón de papeles apretujados y me los lanzó. En el momento en el que alcé la mano, supe que iba a fallar.

—Pero lo fastidié todo y ella se ha ido. Por favor, no me pidas que sea tu padrino.

—¿Quieres ser mi padrino? —me preguntó.

—Por supuesto, tarugo. Maddie es genial. Me alegro un montón por los dos.

—Para serte sincero, Adam —dijo Tom, acercándose a mí—, estoy un poco desilusionado contigo.

Dejó la copa en el suelo y se acercó a la ventana para contemplar mi jardín. El césped necesitaba una poda urgente. Bajé la mirada hacia el whisky y me sentí enfermo al verlo. ¿Cómo era posible que la gente bebiera tanto en las películas? Todo el mundo era capaz de meterse botellas enteras de alcohol y yo me tomaba dos copas y ya estaba fatal.

—Nunca has tenido miedo de ir a por aquello que quieres. Y ahora, cuando es algo de verdad importante, ¿vas a huir?

—Te recuerdo que ha sido ella la que se ha ido —respondí, examinándome las uñas. Hacía días que no hacía nada que pudiera ser considerado un trabajo manual. Estaban limpias y brillantes y, francamente, necesitaban un buen corte—. ¿Me he ido yo un mes a Japón? No, he estado aquí.

Desvié la mirada hacia el anillo que estaba en la chimenea e imaginé el momento. Yo con una rodilla en el suelo, Liv sonriéndome, y seguro que llamándome idiota, y después, diciendo, con un poco de suerte, sí. ¿Cómo podía haberlo estropeado todo hasta aquel punto? ¿Y qué podía hacer para arreglarlo? ¿Aparte de decapitar a mi hermano y colocar su cabeza en una pica fuera de su ventana?

Una violenta llamada a la puerta interrumpió aquella fantasía sobre decapitaciones.

—¿Hola? —oí a Cassie en el pasillo—. Adam, ¿estás ahí?

No lo entendí. ¿Estaba sintonizada para detectar cualquier amenaza violenta contra su marido?

—Está aquí —respondió Tom.

Le fulminé con la mirada y me erguí a toda velocidad, asegurándome de que todas las partes relevantes de mi cuerpo estuvieran cubiertas.

No había visto mucho a Chris y a Cassie desde el bautizo. No había visto mucho a nadie, aparte de a la mujer que trabajaba en el último turno del supermercado y a mi madre. Era una situación lamentable.

—¡Ah, hola! —Cassie entró en salón, limpia y arreglada, no en albornoz—. ¿Qué hacéis aquí?

—Yo solo he venido de visita —contestó Tom, levantándose. Era tan caballeroso que me entraron ganas de meterle un puñetazo—. ¿Te apetece un té? —me miró—. Asumiendo que haya té.

—Hay té, pero no tengo leche —contesté—. Lo siento.

—No te preocupes, no quiero nada —contestó ella, buscando algo en su enorme y elegante bolso—. No puedo quedarme mucho tiempo, mi madre está cuidando a Gus. Pero tenía que venir a enseñarte una cosa, Adam.

La miré expectante mientras Tom se movía incómodo, cambiando el pie de peso, antes de volver a sentarse.

—Siento haberle dicho a Liv que ibas a proponerle matrimonio —se disculpó Cassie, arrugando la frente y expresando las disculpas que ya había oído antes—. Estábamos hablando de vuestras vacaciones y se me escapó. De verdad, no pretendía estropear nada. Sé que ella odia las sorpresas y quería que fuera algo perfecto para los dos.

—Nada de esto es culpa tuya —le aseguré. Aunque claro que lo era—. Es evidente que teníamos problemas más graves de lo que yo pensaba.

—A lo mejor no son tan serios como tú piensas —me dijo, mirando hacia mi televisión—. ¿Tienes un reproductor Blu-ray?

Asentí.

—¿Crees que mi hermano me dejaría tener algo peor?

—Ayer por la noche recibimos todo lo que rodó el director de cine que contratamos para el bautizo —me explicó—. Chris le despidió cuando nos envió la primera edición. Cree que él puede hacerlo mejor, se está convirtiendo en un auténtico vlogger.

—Tiene sentido —dije mientras ella deslizaba el disco en el reproductor—. Por fin ha conseguido su propia plataforma global. Me sorprende que no haya empezado antes.

—Sí, yo me preocupé un poco cuando revisé el historial de Internet —contestó—. Me refiero a que, ¿qué hace un hombre de treinta y ocho años viendo a Zoella?

—Podría haber sido mucho peor —la consoló Tom.

—Sí, lo sé —respondió Cassie con un suspiro—. Dice que va a ser el primer gran papá vloggero.

—Ya sabes cómo es cuando se le mete algo en la cabeza —le dije—. ¿Qué es lo que vamos a ver?

—Vas a ver a mi marido y a tu novia teniendo una conversación después del bautizo —me explicó—. No me di cuenta de que no habías estado durante toda la conversación hasta que les vi al revisar lo grabado.

Agarré al falso Daniel Craig del extremo del sofá y lo senté en mi regazo.

—Parece que están discutiendo de verdad —Tom silbó cuando Liv agarró a mi hermano.

—Si es posible, intenta ignorar todo lo que dice tu hermano —me pidió Cassie. No parecía especialmente orgullosa del hombre con el que se había casado—. En realidad, no lo decía en serio. Lo sabes, ¿verdad? El problema es que estaba muy enfadado.

—Creo que una parte sí la decía en serio —la corregí mientras veía el vídeo con el corazón henchido y herido al mismo tiempo—. Es un poco duro.

—Es muy duro —se mostró de acuerdo Cassie—. Chris siempre presume de ti cuando está con sus amigos, ¿sabes? Le dice a todo el mundo que eres un maestro de la carpintería.

—Me dijo que debería poner «masterbador» en mi tarjeta porque lo único en lo que había conseguido llegar a ser un maestro había sido en hacerme pajas —le conté, sin estar muy seguro de por qué estaba sonriendo—. Es un gran hermano, en serio.

—Para ser alguien que no te quiere, Liv se lanzó muy rápido a defenderte —señaló Tom con delicadeza.

—Dice que soy increíble —susurré—. Y que está orgullosa de mí.

Cass estaba asintiendo.

—He hecho bien, ¿verdad? En traerte el vídeo, quiero decir.

—Sí, pero no estoy seguro de que me sirva de nada —respondí.

Observé al mismo tiempo el momento en el que aparecía yo en la pantalla. El pelo lo tenía bien, aunque necesitaba un corte. Las cejas, sin embargo, estaban fatal. No tanto como días después, pero, aun así, ¿por qué no había tenido tiempo de depilármelas antes de ir al bautizo.

—El caso es que se ha ido —añadí.

—¡No! —contestó Cassie con una risa nerviosa—. Se fue, pero ya está volviendo.

Las nubes se abrieron y los coros de ángeles comenzaron a cantar en mi sucio salón, descendiendo sobre mí y sobre mi mugriento albornoz.

—Le envió un mensaje a Abi esta mañana —dijo, sin profundizar en el hecho de que a ella no se lo había enviado—. No sé cuándo llega exactamente, pero viene hacia acá.

—Cass, de verdad, no pasó nada con Jane —le dije, levantándome. No había necesidad de entrar en detalles por el momento—. No sé qué te contó Chris ni qué le dijiste tú a Liv, pero nunca ocurrió nada. Te lo juro por la vida de Chris.

—¿Por la vida de Chris? —parecía dubitativa.

—¿Por la vida de Gus? —le ofrecí.

—Con eso me basta —Cassie clicó el ratón y el vídeo se detuvo cuando Liv estaba cuestionando la virilidad de Chris—. Sigo sintiéndome fatal por todo lo que pasó. Sigo sintiéndome responsable.

—Pues no lo eres —le aseguré, con los ojos todavía pegados a la pantalla. Liv estaba más increíble incluso de lo que recordaba, con los ojos resplandecientes, fuego en las mejillas y su melena volando tras ella mientras machacaba a Chris—. Tengo que arreglar esto.

Me levanté, me acerqué a la chimenea y agarré la sortija de mi abuela decidido. Ligeramente histérico, desesperadamente aterrado, pero totalmente decidido.

—Pero es posible que necesite ayuda.

—Pensé que nunca ibas a pedírmela —intervino Tom, alzando su copa y dándole un trago enorme—. Maddie ha organizado algunas propuestas de matrimonio increíbles. ¿Qué necesitas? ¿Un caballo blanco? ¿Una hora en Tiffany con las puertas cerradas? ¿Una cena íntima en lo alto de la Torre Eiffel?

—Cinco cajas de penne y un bote de té Yorkshire Gold —respondí mientras él bajaba el whiskey con un gesto de desilusión—. Cuanto antes.

—Creo que lo primero que necesitas es una ducha —sugirió Cassie—. ¿Estás seguro de que estás bien? No creo que Liv haya echado mucho de menos la comida italiana, Adam.

—Confía en mí —le aseguré, quitándome el albornoz mientras ella desviaba la mirada de mis boxers de color gris—. Voy a meterme en la ducha. Tom, ve a buscar la pasta y, Cassie, de verdad, no tienes por qué hacer nada, pero gracias por venir y todo eso.

Miré a mi tripulación, allí reunida. ¿Quién necesitaba a Brad, a George y a Julia?

—En serio —les prometí cuando Tom y Cassie se miraron, encogiéndose de hombros con un gesto de duda—. Esto va a ser algo épico.

CAPÍTULO **25**

Había dormido casi durante todo el trayecto a casa en el tren desde Londres, pero en el taxi que me había llevado de la estación a casa la cosa había sido muy diferente. No paraba de recordarme a mí misma que, en realidad, nada había cambiado, que solo había estado un mes fuera. Cuando el taxista me había dejado me había debatido pensando a dónde debería ir antes, pero, en realidad, solo había un lugar al que ir.

Me sentí rara mientras entraba en la clínica como si nada hubiera pasado, con la mochila al hombro, la maleta en la mano y una bolsa llena de KitKats con mis sabores más raros favoritos en la otra. Había pensado que podría resultarme más pequeña o, quizá, menos familiar, pero estaba exactamente igual. Los mismos pósteres, las mismas revistas en la mesita del café. La campanilla de la puerta tintineó cuando la puerta se cerró tras de mí, alertando a quienquiera que estuviera dentro de que tenía visita. Tomé aire, preparándome para lo que quiera que me esperara.

—¡Solo un minuto! Ya voy.

¡Ay, Dios mío! No estaba preparada. Miré de nuevo hacia la puerta y consideré la posibilidad de hacer una escapada, pero ya era demasiado tarde.

—¡Livvy!

Mi padre permanecía en el marco de la puerta, entre la sala

de exploración y la de espera, con los guantes de goma hasta el codo y los brazos en alto.

—Hola, papá —le dije con una sonrisa débil y todo dientes—. ¿Va todo bien?

—Estaba a punto de ocuparme de la pata rota de un perro —dijo, sorbiendo por la nariz.

—¿Estás llorando? —le pregunté mientras él intentaba limpiarse la cara con el interior del codo—. ¿Papá?

—No —contestó, corriendo hacia la sala de espera y apretándome en un abrazo—, claro que no. ¡Qué alegría volver a verte la cara!

Le rodeé la cintura para devolverle el abrazo. Debía de ser nuestro primer abrazo sincero desde que terminé la primaria, pero la espera había merecido la pena.

—Lo siento mucho —le dije a su pecho cubierto por el pijama de cirujano. Éramos tan británicos que tenía que quitarme las disculpas de en medio si no quería que tuvieran que esperar hasta estar en el lecho de muerte de alguno—. No debería haber salido huyendo como lo hice.

—No, no deberías —se mostró de acuerdo antes de sopesar la situación—. Pero entiendo que estabas pasando por un montón de complicaciones y debería haber hablado contigo en vez de limitarme a esperar que hicieras lo que te mandara. Ya no eres una niña.

Interrumpí el abrazo y descubrí la expresión rígida de su rostro.

—¿Mamá te dijo que me dijeras eso?

—Sí —admitió—, pero creo que tiene razón. ¿Todavía no la has visto? Ha estado muy preocupada.

—Le he estado enviando correos —me encogí de hombros—, y mensajes.

—Querrá verte —me dijo con firmeza—. Voy a estar en el quirófano cerca de una hora, ¿por qué no te acercas por casa?

—¿Necesitas ayuda con la pata? —le pregunté mientras dejaba la mochila en una silla del cuarto de estar—. Puedo subir corriendo a casa y cambiarme.

Mi padre negó con la cabeza.

—Ya tengo ayuda. El hijo del doctor Khan, ¿te acuerdas? Lo sé, lo sé —añadió al ver mi expresión—, pero necesitaba a alguien, Livvy. He tenido mucho trabajo durante estas semanas y no sabíamos cuándo pensabas volver.

—¡Ah! —me mordí el labio inferior y asentí.

No podía esperar volver, cruzar la puerta y haber conseguido por arte de magia todo lo que quería. Tanto si pensaba que tenía razón como si no, me había marchado de la clínica. De hecho, debería estar agradecida por el hecho de que mi padre todavía me hablara, e incluso se alegrara de verme.

Por supuesto, no lo estaba.

—¿Ahora trabaja aquí?

—Sí —contestó mi padre—. Y está haciendo un gran trabajo.

Um. Un gran trabajo.

—Pero le he explicado que es una situación temporal —me aclaró—. Y que las cosas pueden cambiar cuando te hagas cargo de la clínica.

Disimulé una sonrisa, intentando no parecer demasiado feliz.

—Todavía estoy muy afectado por tu forma de comportarte —me advirtió mi padre—. Pero no tenemos por qué hablar ahora de eso. Tienes que ir a ver a tu madre.

—¿Dónde está David? —pregunté, evitando contestar.

Yo también quería ver a mi madre, aunque solo fuera para llevarle sus KitKats antes de comérmelos todos, pero todavía no estaba preparada para la regañina que sabía que me iba a tocar y estaba segura de merecerme.

—¿No ha llegado todavía?

—¡Ay, Dios mío! —oí tras de mí.

—Está aquí —contestó mi padre.

Me volví y reconocí la silueta de mi amigo en la puerta principal, aferrada a un saco de diez kilos de arena para gatos.

—¡Has vuelto! —me gritó al oído—. ¿Por qué no me has llamado?

—Ya me conoces —tosí con un pulmón lleno de arena—. No me gusta montar mucho revuelo.

—Tengo que volver con el doctor Khan y con la pierna rota del señor Punk —dijo mi padre, sonriendo mientras se retiraba. La sonrisa no abandonó en ningún momento su rostro—. Hablaremos después.

—Estás increíble —dijo David, arrastrándome a la habitación de descanso y encendiendo en seguida el hervidor—. ¿Te teñiste de rosa? Tienes el pelo más corto. ¿Qué has comido? ¿Has cantado desnuda en un karaoke? Cuéntamelo todo.

—Me lo teñí de rosa, pero ya se me ha quitado —respondí, pasándome los dedos por las puntas—. Pero sí, lo llevo más corto. He comido todo tipo de cosas y no sé qué películas ves, pero no creo que haya nada parecido a karaokes nudistas. ¿Con eso te vale?

—No —contestó con franqueza, dándome un golpecito en la cara con una bolsita de té—. Quiero algo más específico. Necesito detalles. ¿Y por qué no nos has dicho que volvías a casa?

Antes de que pudiera contestar, el teléfono comenzó a sonar en recepción. Con un gesto reflejo, alargué la mano hacia el mostrador y contesté sin pensar:

—Doctor Addison y Asociados. ¿En qué puedo ayudarle?

—Soy el señor Beavis —la voz que sonó al otro lado de la línea no parecía muy contenta—. El general Beavis. Es Valerie, no está bien. No está nada bien.

—Por supuesto, señor Beavis —contesté con mi tono más profesional mientras David movía la cabeza hacia delante y hacia atrás—. ¿Quiere traerla?

—¿El doctor Addison trabaja hoy? —preguntó vacilante.

Cerré los ojos, tomé aire y exhalé.

—Mi padre está ahora mismo en el quirófano —le dije—. ¿Puedo ayudarle en algo?

—No para de vomitar —dijo con voz temblorosa—. No sé qué le pasa, pero no puede parar.

—¿Puede traérnosla? —pregunté con toda la amabilidad que pude—. Es posible que tengamos que hacerle algunas pruebas.

—No quiero moverla —respondió, deteniéndose para aclararse la garganta—. Está muy mal.

—Iré a verla —contesté, enderezándome y sacudiéndome el *jet lag*.

—Gracias, doctora Addison —dijo el señor Beavies tras una muy ligera vacilación—. Estaremos esperándola.

David me miró con expresión avinagrada cuando colgué el teléfono.

—Odio a esa gata —se quejó—. Y, de todas formas, ya está muy vieja. Déjalo y vamos a emborracharnos.

—No puedo —respondí, agarrando la bata blanca de una percha. Lo único que me faltaba era la capa. Tengo que ir a ver a un hombre con una gata enferma.

—Y después tienes que venir a tomarte una copa conmigo —insistió, dándome un nuevo abrazo antes de sacar su teléfono—. Reuniré a las tropas.

—Te llamaré en cuanto acabe —le prometí, cambiando la maleta por el maletín con el instrumental y dirigiéndome hacia la puerta—. Espero no tardar mucho.

Hacía menos de media hora que había vuelto al pueblo y ya me sentía como si nunca me hubiera marchado. Alcé la mirada hacia la ventana de mi piso y vi una cola peluda pasando por delante de la cortina. Con algo parecido a una sonrisa, me dirigí hacia la carretera.

El señor y la señora Beavis vivían a cinco minutos de mi casa y aquel paseo era justo lo que necesitaba para aclararme la cabeza. Hacía comenzado a hacer frío, pero yo apenas lo sentía. Estaba demasiado excitada. El viaje a Japón había sido increíble. Durante años, había estado viéndolo en la televisión y conformándome una visión de aquel país en mi cabeza, una mezcla entre *Memorias de una geisha*, *Lost in Translation* y *Godzilla*, llena de chicas Harajuku, Hello Kitty y pescado. Para ser justa, dejando de lado los lagartos gigantes, no me había alejado mucho de la realidad. Cada uno de los días de aquellas cinco semanas había sido una sobrecarga sensorial que había ido de un extremo a otro. Había aterrizado en el aeropuerto internacional de Narita después de hacer dos escalas, con nada más que mi maleta, una mochila y dos noches reservadas en un hotel de Tokio. Después, había pasado de la alucinante locura de las ciudades que jamás se detenían a una serenidad que jamás había conocido, alojada con unos mojes en Mount Kōya. Y, aunque en Tokio no había tenido mucho tiempo para pensar, cuando había estado alojada en los templos no había podido hacer otra cosa. Había estado sin Internet, sin móvil y sin ni siquiera televisión. Jamás me había sentido tan lejos de mí misma y había tenido que obligarme a encontrarme, pero aquello solo había servido para plantear un problema nuevo. Había dado por sentado que, una vez me tomara un tiempo libre, todo volvería mágicamente a su lugar, que mi mundo volvería a tener sentido. Sin embargo, había ocurrido lo que mi madre había predicho. Nada bueno o real era tan fácil.

El chalet adosado de los Beavis estaba a solo un par de calles de la casa de Adam. Valerie estaba en su lecho, colocado sobre la mesa de la cocina, recubierta en papel de periódico, y no parecía ni remotamente complacida con lo que le había tocado en la vida.

—Ha empezado a vomitar esta tarde —dijo el señor Beavis mientras su esposa se concentraba en calentar el agua por, yo imaginé, centésima vez aquel día—. No puedo imaginar qué puede quedarle dentro a la pobrecilla.

—¿Y ha empezado hoy? —pregunté mientras sacaba mi adorado estetoscopio y escuchaba el débil latido del corazón de la pobre Valerie—. ¿Ha estado bien el resto de la semana?

—Completamente —asintió—. Ha estado comiendo bien, haciendo sus cosas y jugando fuera.

Presioné con suavidad el abdomen de la gata mientras miraba por la ventana de la cocina con los ojos entrecerrados.

—¿Había sangre en el vómito?

—Hemos reservado una parte —dijo la señora Beavis poniéndome un yogur rancio bajo la nariz—. Está aquí.

Aparté la cabeza, se lo quité y giré rápidamente para respirar por la boca.

—¿Ese árbol de ahí es un roble?

Dejé el no yogur en el fregadero de la cocina y señalé un árbol enorme que había al final del jardín.

—Sí —contestó el señor Beavis, acariciando con delicadeza la cabeza de la gata mientras ella maullaba su incomodidad—. ¿Crees que se ha comido las hojas? ¿Son venenosas?

—No podré estar segura hasta que no le hayan hecho pruebas, pero creo que Valerie ha comido algo que no debería. Parece como y, desde luego, huele como, si tuviera una obstrucción y eso suele ocurrir con las bellotas. Creo que lo mejor que se puede hacer es llevarla al hospital veterinario de Nottingham y pedir que le hagan una endoscopia.

—¿No puedes hacerlo tú? —preguntó el señor Beavis, agarrando la mano a su esposa—. Yo estaría mucho más tranquilo si pudieras hacerla tú. A Valerie no le gusta que los desconocidos la manoseen.

—Sí —dije sorprendida.

Les observé mientras ellos corrían para preparar el carrito de la gata, le guardaban sus juguetes y su comida favorita y miraban a Valerie con una pequeña sonrisa.

—Lo solucionaremos —les prometí en un susurro—. No se preocupen.

—¿No dijiste que esto iba a ser algo épico?

—Sí, lo dijo —le confirmó Tom a Cass, que permanecía

tras nosotros supervisando nuestro trabajo—. Ha utilizado la palabra «épico».

Los tres estábamos delante de mi taller, contemplando mi obra maestra. La idea era sencilla, pero espectacular. Iba a ganarme a Liv recreando el pasillo del supermercado en el que nos habíamos conocido, llenándolo a partes iguales de pasta y de velas y después iba a suplicarle que me perdonara. Pasaríamos por alto el capítulo en el que había estado besuqueándose con un tipo al que había conocido en Tinder, había rechazado mi propuesta de matrimonio y se había largado a Japón, y después le propondría matrimonio. Otra vez. Era la idea más romántica del mundo.

Excepto que la ejecución no fue tan romántica como el concepto.

Tom había hecho un excelente trabajo con la pasta, pero, por desgracia, a pesar de que le había hecho salir dos veces, solo teníamos cuarenta cajas de penne y treinta de orecchiette y, aunque setenta cajas de pasta podían parecer muchas, cuando coloqué las estanterías en medio del taller para crear un improvisado pasillo de supermercado, solo conseguí rellenar dos de los cinco estantes de cada lado. Y, por culpa de un agujero en una lata de tinte para madera y un mes en el que no había parado de llover, el taller entero olía a muerto. En mi cabeza, aquello iba a ser una réplica exacta del momento en el que nos conocimos, con mejor iluminación y menos comentarios lascivos por parte de mi padre, que nos transportaría a unos años antes de que yo me hubiera convertido en un increíble idiota. Pero en vez de una adorable recreación de nuestro momento más especial, parecía que estaba construyendo una tienda para el decorado de una película de zombis posapocalíptica. Y de las malas.

—Las velas son bonitas —dijo Cassie, desesperada por encontrar el lado bueno, tal y como hacía siempre Liv—. Has hecho un trabajo precioso con las velas.

Pero hasta eso era mentira. Yo siempre había pensado que

había más velas en esas bolsas que se compraban en Ikea El efecto final era, más que de ninguna otra cosa, el de un corte de luz inesperado.

—¡Esto es ridículo! —le pegué una patada a una de las mil bolsas de plástico que había esparcidas por la habitación—. Qué idea tan estúpida.

—Es una idea preciosa —objetó Cass—. Y a Liv le encantará.

—No sé... —Tom hundió las manos en los bolsillos y añadió—: Si vas a pedirle matrimonio a una mujer, tienes que hacerlo bien. Y no estoy seguro de que esto esté muy bien.

—Malditos hombres —se lamentó Cass sonoramente—. ¿Sabes? Hay una mujer en esta habitación que, además, da la casualidad de que es una de las mejores amigas de la mujer a la que piensas pedirle matrimonio. ¿A nadie se le ha ocurrido preguntar mi opinión?

Tom y yo intercambiamos una mirada. La verdad era que no.

—A Liv le encantará que hayas hecho este esfuerzo —me aseguró, señalando mi pasillo de pasta—, pero lo único que de verdad necesita es oírtelo decir. ¿Chris te ha contado cómo me propuso matrimonio?

—En unas vacaciones en Italia —contesté. Tom asintió mostrando su acuerdo—. Fue en Venecia, ¿verdad?

—Estábamos en Venecia —me confirmó—, y había contratado una góndola y reservado un restaurante elegante y todas esas tonterías, ¿Pero sabes cómo me lo pidió de verdad?

—¿No fue en la góndola ni en un restaurante lujoso?

—Cuando estaba en el cuarto de baño —contestó rotunda—. Yo estaba en el baño, ¿sabes?, arreglándome, y él empezó a parlotear fuera, diciendo que llevaba semanas pensando en ello y que nada le parecía bien, pero que tenía que decirlo, y cuando abrí la puerta con la cara llena de crema antiacné, me lo encontré allí, a cuatro patas y con la sortija en la mano.

—Es curioso que él no haya comentado nunca nada de

esto —dije, mirando mi desastrosa obra.

—¿Y aun así le dijiste que sí? —Tom estaba asombrado.

—Le dije que sí porque quería casarme con él —contestó Cassie—. No me importaba cómo me lo pidiera. No me importaba el anillo. Le dije que sí porque le quería y quería estar con él.

Cassie pensó durante unos segundos en lo que ella misma había dicho, bajando la mirada hacia la sortija.

—La sortija me importó un poco —admitió—. Pero lo más importante fue que me lo pidiera. El cómo, el cuándo y el dónde fueron lo de menos.

—No me lo creo —me susurró Tom al oído—. Mi novia es planificadora de eventos.

—¿Y cuántos de esos eventos son de novias pidiendo matrimonio a sus novios? —preguntó Cass—. ¿O de novias pidiéndole matrimonio a otras mujeres? Confía en mí, toda esta historia se os ha ido por completo de las manos. Lo único que tienes que hacer es ir a su casa, decirle que lo sientes y pedirle a esa mujer que se case contigo.

—No voy a discutir con ella —dijo Tom, dando un paso atrás—. No porque le tenga miedo, sino porque, bueno, cualquier cosa es mejor que esto.

Agarró una caja de orecchiette y la giró en sus manos.

—Vas a tener que comer pasta y salsa durante el resto de tu vida. Debería haberte comprado algo de ragú.

—Lo único que a Liv le importa eres tú, sus amigos, sus padres y Daniel Craig —dijo Cassie otra vez, volviéndose hacia Tom y dándole una palmadita aclaratoria en la espalda—, es su gato. Pero también le importa el Daniel Craig humano.

—¿A quién no? —respondió Tom.

—Tienes razón —le dije a Cassie mientras esparcía las velas por todo el taller y asentía mirando a Tom—. Tiene razón.

—Además, este lugar corre el peligro de terminar ardiendo —dijo Tom mientras encendía la luz—. De verdad, tío, tienes que limpiar el taller.

—Ni siquiera sabía que iba a volver —me defendí. Lo absurdo de la situación me golpeó con la fuerza de setenta cajas de pasta—. Estoy apilando cajas de pasta en un taller lleno de humedad para impresionar a una mujer que me ha dejado ya una vez para largarse al otro extremo del mundo. No entiendo lo que estoy haciendo.

Me hundí en el banco y observé cómo Cass y Tom también iban perdiendo fuelle.

—Debería volver con Gus —dijo Cass, comenzando a avanzar hacia la puerta—. En serio, Adam, no renuncies. Seguro que a Liv le encantará esto.

No pude evitar preguntarme si de verdad lo creía o si todavía se sentía culpable.

—Yo también me voy, colega —anunció Tom, dándome una palmada en la espalda—. Tú conoces a Liv mejor que yo. Si Cass dice que le encantará, seguro que le encantará.

Um.

—Y la sortija es preciosa —me consoló—. Siempre puedes contar con eso.

Les observé mientras se alejaban por el camino de entrada a mi casa, dejándome solo en el supermercado más triste del mundo.

CAPÍTULO 26

—Para no estar segura de si quieres seguir siendo veterinaria, se te da muy bien —dijo David, deslizando a Valerie de nuevo en su jaula para que descansara después de haber superado la obstrucción. Tal como había predicho, la gata había comido algunas bellotas y no era la ardilla Nutkin de los cuentos—. Y no parece que lo odies.

—Jamás en mi vida he dicho que no quiera seguir siendo veterinaria —alargué la mano para acariciar la cabeza de la gata dormida y le toqué la garra que movía nerviosa—. Me sentía atrapada.

—¿Y ahora ya no te sientes atrapada? —me preguntó David mientras apagaba las luces y me seguía a la habitación de descanso—. ¿Cinco semanas en Japón y, ¡zas!, ya está todo arreglado?

Me derrumbé en el sofá, solté los hombros y giré la cabeza para relajar el cuello. Había estado en el quirófano casi una hora, seguida por unos buenos veinte minutos al teléfono con el señor y la señora Beavis. Me sentía agradecida, no solo porque le habíamos salvado la vida a Valerie, sino porque no podía imaginar cómo se habrían puesto si las cosas no hubieran ido bien. Explicarle a un cascarrabias de unos cincuenta y cinco años que no podía dormir en el suelo de la clínica no era la manera en la que había imaginado pasar la primera noche de vuelta a casa. Aun así, tampoco la había imaginado durmiendo yo misma en la clínica, pero, al parecer, iba a tener que hacerlo, a no ser que Valerie despertara de la anestesia.

—Yo no diría todo —contesté, haciéndome un ovillo en el sofá—. Todavía hay muchas cosas que tengo que arreglar.

—*Domo arigato* —contestó él—. ¿Y qué piensas hacer?

—No lo sé —tomé una profunda bocanada de aire—. ¿Ir a ver a mi madre? ¿Ir a ver a Abi? ¿Pedirle a Cass que venga a verme? ¿Prepararme la cama plegable y esperar a que una gata anestesiada se despierte?

—A lo mejor piensas que estoy loco, pero me parece que falta una opción en esa lista —señaló David—. ¿Ir a ver a Adam no es una opción para esta noche?

Cerré los ojos y gemí.

—Eso pensaba dejarlo hasta que me hubiera duchado y cambiado de ropa —contesté—. Y, ¿sabes?, no estaría mal averiguar qué es lo que quiero decirle.

—¿No has tenido cinco semanas para eso?

—Pero no han sido suficientes —abrí los ojos y le vi moviendo una galleta Penguin sobre mi cabeza. Estuve a punto de arrancarle la mano—. Lo único que de verdad he averiguado es que ni él ni yo tenemos la menor idea de lo que estamos haciendo.

David contempló mi sabiduría mientras mordía su propia Penguin por la mitad.

—¿Eso lo has aprendido de algún monje budista?

—Estuve viendo *Come, reza, ama* en el avión —le expliqué—. Resulta que Japón en realidad no es muy buen lugar para encontrarte a ti misma. ¿Para perderte, disfrutar de armas termales y que te toqueteen los ejecutivos en el metro? Sí. ¿Para encontrarte a ti misma? No mucho.

—¿Entonces por qué te has quedado tanto tiempo? —me preguntó, dándome una patada en la espinilla—. Aquí nos estábamos muriendo sin ti.

—Era mucho más fácil fingir que todo el horror que había dejado detrás no había pasado estando a varias zonas horarias de distancia —confesé—. Cuando estás intentando pedir algo para comer que no lleve anguila no te queda tiempo para preocuparte por haber sugerido delante de todo el pueblo que el hermano de tu novio la tiene pequeña.

—Entendido —dijo David—. ¿Y podemos hablar de dicho novio?

Cerré los ojos y tendí la mano para que me diera otra Penguin.

—Te ha echado de menos —admitió David con gran desgana—. Quería llevarse a Daniel Craig. Cass dice que apenas ha salido de casa durante todo el tiempo que has estado fuera y que le ha visto caminando por el pueblo con una cara que parecía un trasero apaleado.

—Me gustaría fingir que eso me alegra, pero la verdad es que no —contesté—. Sigo sin saber qué hacer.

Nos quedamos en silencio durante unos segundos.

—Todo el mundo ha tenido tiempo para pensar mientras estabas fuera, Adam incluido —dijo mi amigo lentamente—. Ve a verle.

—¿Ahora?

—Liv, durante estas cinco semanas que has estado fuera, he estado aquí sentado sin tener ni idea de cuándo o, ni siquiera, si tenías pensado volver, soportando a tu padre y teniendo que lidiar con un veterinario amable, pero, y seamos brutalmente honestos, no muy divertido. No ve la televisión, nunca. No teníamos nada de qué hablar. Y tú ni siquiera has tomado una maldita decisión. Así que, y que Dios me ayude, voy a agarrar el endoscopio y lo voy a meter en algún sitio muy incómodo si no vas a ver a Adam Floyd ahora mismo.

Las amenazas de David siempre tenían más peso del que deberían, sobre todo desde que había lanzado el teléfono de Abi por la ventanilla de un coche de camino a Glastonbury.

—Iré a ver a Adam entonces.

Me levanté temblorosa, me recogí el pelo en un moño y saqué uno de los millones de bálsamos de labios que tenía en un cajón, debajo del hervidor de agua.

—Vete —me ordenó David cuando empecé a perder el tiempo arreglándome el pelo delante del espejo—. Ya has estado ocupándote de la gata y de mí y ella va a seguir inconsciente durante dos horas más, así que piensa en ti misma por un momento.

—Entendido —contesté.

Dejé el teléfono tras de mí y me adentré en la noche.

Después de que Cassie y Tom se fueran, había reorganizado mi pasillo de pasta varias veces, pero ninguna de ellas había conseguido mejorar su aspecto. Al final, me había limitado a abandonar el taller sin molestarme ni en apagar la luz. Sin ser consciente siquiera de lo que estaba haciendo, comencé a caminar y, antes de darme cuenta, me encontré frente a la puerta de Liv.

La luz de la clínica estaba encendida, a pesar de que era tarde. Tenía que ser David, pensé mientras llamaba a la puerta. El padre de Liv cerraba a las seis en punto pasara lo que pasara. Esperé cambiando el peso de pie mientras emergía una silueta desde el despacho de la clínica.

—No te quites las bragas, estoy entrando.

David abrió la puerta con expresión de sorpresa.

—¿Qué estás haciendo aquí? ¿Dónde está Liv?

—¿En Japón? —sugerí, saltando de un pie a otro. Aunque había estado caminando durante cerca de una hora antes de llegar allí, estaba muy nervioso—. Vengo a ver a Daniel Craig.

—Adam —David posó las manos en mis hombros y me sujetó hasta que dejé de moverme—, Liv ha vuelto.

Fue como una patada en los testículos a la que había que añadir un golpe las costillas en el camino de bajada.

—¿Ha vuelto?

David asintió antes de retroceder incómodo.

—Yo pensaba… —comenzó a decir.

—¿Qué pensabas?

No podía creer que hubiera vuelto. Tenía que verla.

—Pensaba que había ido a verte —contestó David, cerrándose un jersey de cuello smoking—. Ha dicho que iba a verte.

—¿Cuándo? —pregunté. Aquel no era1 momento de preguntar de dónde había sacado aquel jersey, por bonito que fuera—. ¿Es posible que haya ido a mi casa y no me haya encontrado? ¿Iba directa a mi casa?

—No lo sé —respondió David lentamente—. A lo mejor deberías volver a tu casa por si decide aparecer.

—¿Crees que irá?

No contestó.

—Me gusta tu jersey —le dije, señalando hacia él sin precisión y desviando la mirada antes de que se me ocurriera siquiera la posibilidad de llorar.

No se me había ocurrido pensar que Liv podría haber regresado ya. Lo único que yo pretendía era ver a Daniel Craig y llevarme prestados un par de DVD.

David se irguió el cuello.

—Es Topman. Es nuevo, es posible que todavía los tengan.

—¿Crees que estará bien que suba para ver cómo está Daniel Craig? —pregunté—. A lo mejor debería esperarla en su casa.

—No creo que debas esperarla en su casa —me contestó con la compasión dibujada en cada una de sus facciones—. A no ser que quieras que le dé un infarto. Pero estoy seguro de que no le importará que pases a ver al gato.

—Sí, bien pensado —contesté, encaminándome ya hacia la puerta de atrás—. Gracias, David.

El camino que llevaba desde la fachada de la clínica hasta la puerta trasera que conducía al piso de Liv no debía de llegar ni a los diez metros, pero aquella noche tuve la sensación de que tenía miles de kilómetros. Por primera vez me sentí incómodo al girar la llave en la cerradura, como si fuera un desconocido en la escalera de su casa. Debían de haber pasado cerca de dos meses desde la última vez que había estado en el piso, pero Daniel Craig continuaba allí, esperándome, como siempre, sentado con sus dos patas delanteras pulcramente juntas y su única pata trasera entre ellas.

—Buenas noches, hijo —me agaché, me levanté y lo sostuve sobre su espalda como si fuera un peludo bebé gatuno—, ¿estás bien?

Él ronroneó complacido y yo caminé alrededor del cuarto de estar con él en mis brazos. ¿Liv no había quitado nuestras fotografías ni había tirado ninguno de mis regalos? Aquello tenía que ser una buena señal, ¿no? Aunque ella no hubiera estado allí en todo un mes. Tirar un cojín del Capitán América seguramente no había sido una de sus prioridades antes de largarse al otro extremo del mundo.

—He venido a ver a tu mamá —le dije al gato—. Estoy seguro de que tú sabes dónde está.

Daniel Craig se retorció en mis brazos y maulló para que le bajara. Aunque solo tuviera tres patas, era más que capaz de cortarme en pedacitos cuando estaba de mal humor, así que le solté y le seguí al sofá.

—¿Y tú conociste al otro tipo? —le pregunté, abriendo con aire ausente una carpeta de anillas que había encima de la mesita del café—. Espero que le arrancaras los ojos.

Debí de pasar unas cinco páginas antes de darme cuenta de lo que era aquella carpeta. Tartas, anillos, vestidos blancos. Todo estaba relacionado con las bodas. Liv había empezado a reunir información sobre bodas. No solo pensaba que iba a ofrecerle matrimonio, sino que de verdad quería que lo hiciera. Daniel Craig maulló sonoramente, aliviado al saber que por fin lo había entendido.

—Soy un rematado idiota —dije, tirándome hacia atrás en el sofá con la carpeta en el regazo—. Todo esto podría haberlo evitado si no me hubiera comportado como un gato cobarde.

El gato maulló mostrando su acuerdo.

—Lo siento —le dije—, supongo que esa es una expresión ofensiva para ti y todos los de tu especie.

Me quedé mirándole mientras él me daba un cabezazo en el estómago. Fuera lo que fuera lo que estuviera haciendo Liv, sabía que no tardaría mucho en regresar a casa para ver a Daniel Craig.

—Haznos un favor, DC... —metí la mano en el bolsillo y saqué la sortija de mi abuela—. ¿Puedes darle esto a Liv por mí?

Sosteniendo al gato entre las rodillas, le desaté el collar y deslicé la delgada banda de oro del anillo en la cinta de tela negra antes de volver a atárselo. David tenía razón. No podía estar allí, no estaba bien. Además, Liv odiaba las sorpresas.

—Te queda bien —dije, mientras le presionaba entre los omoplatos y fijaba el cierre—. Espero volver a verte pronto.

Apagué las luces, medio deseando dejar una encendida para que cuando Liv llegara a casa, pero sabía que sufriría un ataque de pánico al pensar que había entrado alguien en su piso. Desolado, sin anillo y con la cabeza llena de recetas de pasta, volví hacia las escaleras y las fui bajando de dos en dos antes de salir por última vez.

—¡Ay, Dios mío!
—Liv, me has asustado.

Un metro y noventa centímetros de Adam Floyd salieron de mi puerta en el momento en el que doblé la esquina y, por primera vez en mi vida, comprendí el significado de la frase «como si el corazón fuera a salírseme del pecho». Me llevé la mano a mi palpitante corazón y Adam dejó caer las llaves al suelo. Los dos nos agachamos a la vez y nuestras cabezas chocaron.

—Primero intentas provocarme un infarto y después me das un cabezazo —musité, echándome hacia atrás hasta asentar el trasero en la grava.

—Lo siento —se disculpó él. Se acuclilló en el escalón de la puerta y se frotó la frente—. Me has asustado.

—¿Que yo te he asustado? —me levanté, apoyando las manos en la grava y con cualquier vestigio del jet lag a millones de kilómetros de distancia. Estaba más que despierta—. ¡Eres tú el que andas rondando a escondidas por mi piso. ¿Qué estás haciendo aquí?

Adam me miró de manera muy extraña. O a lo mejor no era extraña. A lo mejor me había olvidado. Le devolví la mirada. ¿Habrían comenzado a asomar algunas canas antes de que yo me fuera? La sombra de barba era más larga que antes, parecía casi una auténtica barba.

—¿Te has teñido el pelo de rosa?

Debería haber sido una afirmación, pero sonó como una pregunta.

Yo no podía dejar de mirarle. No nos habíamos visto desde hacía cinco semanas, pero podría haber sido toda una vida.

—¿Estás bien? —me preguntó—. ¿Dónde estabas?

—Sí —contesté, quitándome piedrecitas de grava de las manos—. Estaba en Japón.

—Ya lo sé —contestó, pasándose la mano por el pelo. Sí, lo tenía más largo—. Me refiero ahora. David me ha dicho que habías ido a alguna parte.

—¿Estabas arriba? —eludí responder—. ¿Estabas en el piso?

—Sí —Adam bajó la cabeza. Parecía tan avergonzado como yo—. Quería saludar al gato. No sabía que habías vuelto.

—¿Al gato? —señalé mientras Dane Craig bajaba corriendo las escaleras y salía disparado delante de nosotros, como un pequeño torbellino de pelaje carey.

—¡Mierda! —gritó Adam, levantándose y lanzándose tras DC—. ¿Adónde ha ido? ¿Puedes verlo?

—Tranquilízate —le dije, sacudiéndome las rodillas—. Volverá.

—¡No! —Adam se llevó las manos a la cara y sacudió la cabeza de lado a lado—. ¡No, no y no! Tenemos que encontrarle.

—Vendrá dentro de un rato —le tranquilicé mientras le

veía correr hacia el aparcamiento—. Probablemente, en cuanto consiga quedarme dormida.

—Él... yo... el collar... —Adam se volvió hacia mí, agarrándose la garganta con las manos—. Tenemos que encontrarlo.

—Si sacudo su comida, volverá —le aseguré—. De noche es imposible encontrar a un gato, a no ser que él quiera que le encuentren.

—Tú eres la experta —se llevó las manos a la cabeza y se acercó a mi coche, mirando hacia los bosques—. Dios mío...

Yo subí escaleras arriba, estirándome el jersey para taparme el trasero, consciente en todo momento de que Adam subía detrás de mí.

—Toma —le tendí un bote con golosinas para gatos que tenía en la estantería de al lado de la puerta—. Agita esto y volverá en dos segundos.

Adam agarró el bote, corrió escaleras abajo y lo sacudió como si fuera una maraca y él estuviera acompañando a Ricky Martin mientras yo le observaba desde el marco de la puerta.

Al salir de la clínica, en vez de ir andando a casa de Adam, había ido directa al coche y me había puesto a recorrer la A1, oyendo música a todo volumen e intentando despejarme la cabeza. Al cabo de un rato, al volver al pueblo, había ido directa a casa de Adam, pero no estaba allí.

De pie en lo alto de la escalera, bajé la mirada hacia el hombre que estaba recorriendo el aparcamiento sacudiendo un bote de golosinas para gatos como si su vida dependiera de ello.

—He ido a tu casa —le grité—. ¿Por qué tienes el garaje lleno de pasta?

Se volvió, me miró fijamente y entrecerró los ojos para protegerse de la resplandeciente luz de la escalera.

—¿Has ido a mi casa?

Asentí.

—¿Por qué?

—¿Por qué has venido tú a la mía? —contraataqué.

—Ya te lo he dicho, quería ver al gato —estaba tenso y no se molestó en volverse para mirarme—. ¿Te lo has pasado bien? En Japón, quiero decir.

—Sí —afirmé—. Ahora entiendo por qué te gusta tanto viajar. No es lo mismo que ir a algún sitio de vacaciones, ¿verdad?

—Es totalmente diferente —se mostró de acuerdo—. Me alegro de que hayas disfrutado.

La rígida formalidad que se había impuesto entre nosotros se mantenía inamovible.

—Pero he echado de menos algunas cosas —dije lentamente—. Creo que el estar lejos te ayuda a apreciar lo que has dejado detrás.

Adam volvió a sacudir el bote antes de renunciar.

—He echado mucho de menos la clínica —le expliqué, bajando un peldaño de la escalera—. Para serte sincera, me ha sorprendido hasta qué punto. Y, ¿sabes?, también me ha resultado difícil estar lejos de mis amigos y mi familia durante tanto tiempo.

—Y de Daniel Craig —sugirió, avanzando hacia la escalera y sentándose en el último escalón.

Dos pasos más.

—Y de Daniel Craig —reconocí.

Bajé a saltitos los últimos escalones.

—Y de ti.

Cuando me senté a su lado, descubrí que estaba temblando.

—A veces necesitas un descanso para reconocer los problemas —dije con una voz tan ligera que me preocupó que las palabras se alejaran flotando en el viento.

—Lo estropeé todo —las manos de Adam se cernían sobre sus rótulas y el bote de golosinas estaba sujeto entre sus piernas—. Me daba tanto miedo el estar equivocándome que me convencí a mí mismo de que era preferible no hacer nada.

—Antes de ir a México, yo pensaba que las cosas iban bien —susurré, agarrando el bote y girándolo entre mis manos—, pero todo se estropeó a una velocidad de vértigo. No debería haber sido tan fácil arruinar lo que teníamos. Eso no fue culpa tuya.

—Pero, si hubiera hecho las cosas bien la primera vez, no habríamos tenido que pasar por todo esto —replicó, enfatizando la última palabra señalando delante de nosotros con las dos manos—. No habría hecho falta nada de esto.

—Yo creo que era necesario —le corregí con delicadeza—. Si me hubieras pedido que me casara contigo en México y te hubiera dicho que sí, todo lo que nos ha pasado desde que volvimos nos habría pasado de todas formas, pero habría sido mucho más complicado. Mi padre me habría cedido la clínica por sorpresa y tú la habrías conocido a ella.

—No pasó nada entre ella y yo —insistió—. No sé qué te contaron Cass y Chris, pero no pasó nada.

—Ahora eso ya no importa —contesté, miré hacia la noche y descubrí un par de ojos verdes y brillantes resplandeciendo bajo mi coche—. Ella fue el síntoma de un problema, no la causa.

—Liv… —Adam bajó la mirada hacia mí con los ojos más tristes del mundo—, he estado fatal.

—Yo no —admití, y Adam se pasó la mano por aquel rostro de aspecto agotado—. Estuve muy mal antes de marcharme, pero las últimas semanas han sido increíbles.

Él se inclinó hacia delante con los codos apoyados en las rodillas y la cabeza entre las manos, sacó algunas golosinas del bote y se las colocó a los pies.

—Pero aun así te he echado mucho de menos.

Fue difícil expresarme con aquellas palabras y armarme de valor ante mi propia reacción a la verdad mientras Adam iba digiriendo lo que le estaba diciendo. Durante las primeras dos semanas, había achacado las noches sin dormir y el constante dolor a la nostalgia y, después, al hecho de ser una extranjera en tierra extraña. Pero cuando había comprado el billete de vuelta casa y me había dado cuenta de que tendría que volver a ver a Adam, todo parecía haberse colocado en su lugar. No estaba triste. Estaba asustada. Tenía miedo de que todo hubiera terminado entre nosotros.

—Dondequiera que fuera o lo que quiera que estuviera haciendo, siempre deseaba que estuvieras conmigo —admití—. Cada día.

—¡Ah!

¿Eso era todo? ¡Ah! Me humedecí los labios y volví a empezar.

—No sabía si querrías volver a verme —le dije, dejando el bote de cristal y tomando su mano. Él mantenía la mirada fija frente a él, pero no apartó la mano—. No contesté a tus correos.

—Una grosería —sorbió por la nariz y se secó los ojos con el antebrazo—. Pensé que no tenías Internet o algo así.

—Estuve sin Internet una semana, cuando me alojé con los monjes. Pero esa es otra historia —contesté, contemplando nuestros dedos entrelazados—. El problema era que no sabía qué decir.

—¿Y ahora lo sabes? —me preguntó, volviéndose para mirarme con las lágrimas empapando sus mejillas.

Los dos estábamos llorando, pero yo sonreía. Había pasado mucho tiempo desde la última vez que le había mirado y había visto a mi Adam devolviéndome la mirada. Todos los miedos se esfumaron y lo único que quedó fue un gran alivio.

—Antes de irme tuve una conversación con mi madre. En aquel momento no la entendí —le expliqué—. Me dijo que la gente huía de las cosas que le resultaban difíciles porque prefería las cosas fáciles, y ahora sé que tenía razón. Es mucho más fácil seguir enfadado con alguien que perdonarle. Pero no tiene la misma importancia.

—¿Entonces me perdonas? —a Adam se le quebró la voz mientras hablaba.

—Y espero que tú también puedas personarme.

Hacía un anoche silenciosa y fría, no gélida, pero, desde luego, no tan cálida como para estar en la calle. Pero, aunque sabía que los dos nos estábamos helando, ninguno de los dos se movió.

—Me estaba preguntando... —comencé a decir, con la voz espesa, forzada y ronca—, ¿tu oferta sigue en pie?

—¿Mi oferta? —Adam se quedó boquiabierto unos instantes antes de cerrar la boca en una sonrisa—. ¿Lo preguntas en serio?

—¿Por qué no? —pregunté con un feliz encogimiento de hombros—. Ya no podemos liarla más de lo que la hemos liado, ¿no?

Los ojos verdes salieron disparados de debajo de mi coche y corrieron hacia la pila de golosinas que Adam tenía a los pies. Daniel Craig alzó la mirada hacia nosotros, nos miró alternativamente y se acercó las golosinas con la pata.

—Llegas en el momento oportuno, hijo —dijo Adam, levantándolo y poniéndomelo en brazos. Daniel Craig se retorcía y aullaba desesperado por recuperar sus golosinas. Era un auténtico yonqui—. Hay algo que quizá te guste en su collar.

Eludiendo el ataque de su zarpa, deslicé el dedo alrededor del collar de Daniel Craig y encontré algo que, desde luego, no estaba allí cuando me había ido. Era una maravillosa sortija de zafiros y diamantes.

—Es un estilo demasiado Liberace para él —dije, girando la sortija entre mis dedos—. No creo que a DC le guste algo tan ostentoso.

—¿Y a ti? —preguntó Adam, levantándose del escalón y apoyando una rodilla en el suelo—. Ya sé que no fue muy bien la última vez, pero a la tercera va la vencida.

Abrí la boca para decir algo divertido, pero lo único que salió de mis labios fue el eco de un sollozo. Retuve a Daniel en mis brazos en contra de su voluntad mientras Adam sacaba la sortija del collar. En el instante en el que lo solté, salió disparado escaleras arriba, desconcertado tras haber participado de forma inconsciente en la petición de matrimonio Adam.

—Es la sortija de mi abuela —me explicó Adam mientras la deslizaba en el dedo anular de mi mano izquierda—. Aunque no la conociste, sé que le habrías encantado. Aunque yo no sé si a te hubiera caído tan bien. Era un poco rara, mi abuela. Creía que podía controlar los autobuses y era… un poco racista. Pero, por lo demás, era una mujer encantadora.

—Desde luego, menuda manera de venderme la sortija —contesté, con la mirada fija en la sortija—. Por suerte, es preciosa.

—Todos los días que he pasado sin ti han sido horribles —continúo Adam. Su sonrisa iba creciendo por segundos—. Tú me conviertes en mejor persona y, con un poco de suerte, espero no estar convirtiéndote en alguien peor. Liv, quiero casarme contigo.

Me eché a reír, el sonido de la risa burbujeaba desde mi interior como si fuera un idioma que no sabía que conocía.

La sortija era preciosa, tanto si iba acompañada de alguna suerte de poder telepático sobre los autobuses como si no. Un zafiro azul oscuro vintage de forma ovalada flanqueado por tres diamantes, casi como una diminuta pajarita.

—Adam Floyd —contesté, sosteniéndole la mano con fuerza—. Yo también quiero casarme contigo. Además, eres el único que me lo ha pedido.

—¿Quieres hacer unas cuantas llamadas antes de comprometerte a nada? —me preguntó con las lágrimas corriendo por sus mejillas sucias—. Puedo esperar un poco si quieres.

—Me limitaré a ponerlo en Facebook —contesté, frotando la nariz contra la suya—. Así, si recibo algún mensaje durante el próximo par de días, me reservo el derecho a cambiar de opinión.

—Por eso eres la mejor —presionó sus labios contra los míos y sentí un calor familiar y bienvenido por todo mi cuerpo—, por lo pragmática que eres.

—Lo intento —le devolví el beso con la cabeza llena de jet lag y el corazón lleno de alegría.

—Entonces —dijo Adam, separándose de mí y enmarcándome el rostro con las manos—, ¿te casarás conmigo? Porque voy a necesitar un sí definitivo.

Estiré la mano, examiné la sortija de su abuela y volví a mirarle a él, desastrado y sucio, con una camiseta mugrienta y unos vaqueros, sentado en el suelo, fuera de mi casa. Era exactamente como le quería.

—¿Por qué no? —contesté—. La verdad es que Tinder no me gustó nada.

—Con eso me basta —dijo, tirando de mí hacia él para darme otro beso—. Pero voy a obligarte a atenerte a lo que has dicho.

—Más te vale —le amenacé con un cosquilleo en los labios, nuestros rostros pegados y los brazos alrededor del cuello del otro—. Aunque tengo una pregunta importante. ¿Tienes algo de comer en casa? Porque estoy muerta de hambre.

—Tengo pasta —contestó, con las manos alrededor de mi rostro—. Y durante los próximos seis meses no voy a tener otra cosa.

—Qué raro eres —dije, riendo.

—Qué rara eres —contestó él, plantándome un beso en la punta de la nariz.

A veces, comprendí, la vida no funcionaba como uno imaginaba que lo haría.

Y, a veces, por eso era infinitamente mejor.

Agradecimientos

Como siempre, hay millones de personas a las que darles las gracias y me queda muy poca potencia cerebral como para acordarme de todas ellas, pero aquí voy.

Rowan Lawton, gracias por ser mi confidente, mi motivación, mi animadora, mi agente y mi amiga. La mera existencia de este libro se debe a ti y al Griffith Observatory. ¡Bien hecho!

A Lynne Drew y Martha Ashby, de HarperCollins, en este caso, son unas gracias y unas disculpas, ¡aunque esta vez solo me he retrasado dos semanas en la entrega! ¿Será un nuevo récord? Gracias por no machacarme y por conseguir que este libro sea mejor de lo que podría haber sido.

A todo el mundo de Furniss Lawton y James Grant: Liane, Isha, Eugenie, Georgie, Blaise y Will (y a todos los demás), gracias por hacer que todo haya sido mucho más fácil y divertido de lo que podría haber sido de otra manera. Os agradezco enormemente todo lo que hacéis.

HarperCollins, mi familia editorial internacional, eres increíble. Sarah, Katie, Liz, Louise, a todas os debo unas copas, o abrazos, o drogas, o cualquier cosa. Jean Marie, Liza, Laura y (snif), Victoria, de Harper 360 y Leo, Sara, Kelsey y todos los demás de HC Canadá, os apunto también a mi lista de «copas pendientes». Y no quiero olvidar a HarperCollins Australia, estoy segura de que os debo una visita, ¿de acuerdo Kimberley? Vete conectando el hervidor. Gracias a todos por todo lo que hacéis.

Y, sinceramente, no podría haber pasado un solo día sin mi familia online. Quiero dar las gracias a autores, periodistas, vloggers y a todos aquellos que se esfuerzan tanto para hacer algo bueno, y también a todos cuantos soportan mis locuras en Twitter, Facebook, Instagram, Snapacht, YouTube y mi blog, Hello! Sois todos unos campeones y estoy deseando conoceros en la vida real.

Y, en cuanto a la pobre gente que ha tenido que aguantarme un día sí y otro también, lo siento, os doy las gracias y reconozco que, sin vosotros, a estas alturas estaría (más)loca. No, «masloca» no es una palabra, tachad eso.

No voy a escribir nombres porque me llevaría todo el día. Ya sabéis quiénes sois: sois los mejores y os quiero. Bueno, supongo que Jeff merece una mención porque si no a lo mejor no me deja entrar en casa.

Y gracias por leer esto. Ahí tenéis vuestros agradecimientos. La próxima vez, me limitaré a imprimir una lista de nombres y vales para copas para ahorrarle tiempo a todo el mundo.

www.ingramcontent.com/pod-product-compliance
Lightning Source LLC
LaVergne TN
LVHW091615070526
838199LV00044B/805